서문문고
002

황야의 늑대

헤르만 헤세 지음

강 두 식 옮김

해 설

강 두 식

 헤세의 작품은 그 자신이 걸어갔던 인간의 생성 도정에 대한 비유라고도 할 수 있다. 그 길은 다시 말하면, 어린이의 순진함에서부터 성년의 절망에까지 이르는 길로서 그것은 의식한 인간 정신의 당연한 도정이다. 이러한 도정에서 '의식한 인간'이란 모든 가치에 대해서 점점 회의를 갖게 마련인데, 그것은 인간에게 주어진 법칙이 유지될 수 없고 정신의 최후의 현실화를 실현할 수 없기 때문에 일어나는 것이다. 여기서 오는 절망은 인간을 멸망으로 이끌어 가거나 윤리와 법칙의 피안의 상태, 즉 은총과 구제, 단적으로 말해서 신앙의 세계, 무의식의 새로운 단계 속으로 이끌어 가게 될 것이다. 이러한 '지식'·'회의'·'신앙'의 세 단계는 독일 정신, 즉 낭만 정신의 특징으로서 헤세 이전에도 독일 철학이나 독일 문학에서 흔히 볼 수 있었던 현상이었다. 이러한 도정은 헤세 개인만이 걸었던 고유한 운명의 도정이 아니었다. 인식이란 능력을 지닌 전체 인간의 고뇌에 찬 도정이기도 한 것이다. 이러한 도정 속에서 인간은 새로운 조화, 새로운 통일을 희구·갈망하여 방황하고 생성해 나가는 것이다.

그리하여 헤세의 초기에서 보는 바, 페터 카멘친트의 소년답고 신비에 찬 자연 숭상으로부터 데미안의 데몬적인 고백에 이르는 긴긴 도정이 전개된다. 데미안은 모든 '사람들을 위한 단 한 가지 천직은 오직 자기 자신에게로 돌아가는 일'이라고 역설한다.

그리고 다시 에밀 싱클레어의 자기 실현의 이상으로부터 의식 분열에 대한 죄의 감정에 사로잡혀 새로운 구제, 즉 대지로, 신의 품 안으로 돌아가려 방황하는 ≪황야의 늑대≫의 견해에 이르는 도정이 계속되는 것이다.

헤세의 작품이 가진 다양성에도 불구하고 그 문제의 범위는 동일한 방향을 떠나지 않았으니, 생과 예술의 분열과 그것의 통일이라는 문제를 둘러싸고 무한한 투쟁을 한 것이 그의 작품이었다고 할 수 있다. 주인공 하리할라의 고뇌는 시대적인 위기 감정이었다. 그는 자기가 처했던 제1차세계대전이 끝나고 독일에서 사상적인 붕괴가 일어났던 시기의 경험을 자기의 내면적인 체험으로 삼고, 또 이미 자기의 내부에 싹트고 있던 전술한 위기 감정을 50대의 인간으로서 사정없이 해부하고 분석하였던 것이다.

하리할라가 지녔던 고뇌는 파우스트에게 두 영혼이 마음속에 깃들었던 고뇌와 흡사하며, 인생 속을 황야를 헤매듯하는 늑대로서의 즉 아웃사이더로서의 고뇌라고도 볼 수 있다. 헤세가 취급한 이 작품에서의 분열은 정신과 감정, 인간성과 동물성, 질서와 반역 등등의 모순 대립의 문제를 내포하고 있다. 이것은 니체 이후의 현대적인 문제라고도 할 수 있다. 단적으로 말해서 구심점을 잃고 의지할 곳 없는 현대 인간의 내적인 고뇌를 '황야의 늑대'라는 별명을 가진 인간의 형자를 통하여 여지없이 자극적인 수법으로 묘파한 것이다.

'황야의 늑대'가 얻고자 하는 지상의 자유는 자기의 의식이 설정한 한계선을 없애 버리고자 하는 정신의 자유다. 즉 시공(時空)을 초월한 세계, 계급과 사회의 단계, 시민적인 질서로 얽매인 세계를 벗어나려고 노력하였으나, 실제로 그런 세계는 현실에서 찾을 수 없으므로 오직 현실에 대해 긍정적으로 유머러스하게 웃어 넘겨 버리려는 태도를 우리는 느끼게 된다. 여기서 우리는 릴케에게서 보는 바와 같은 '열린 세계'에 대한 불가사의하다고 할 만한 적극성을 볼 수는 없으나, 어떤 통일의 세계를 꿈꾸고 현실을 긍정하는 태도에서는 유사한 데가 있으며 또 심미적인 면보다도 윤리적인 면, 이성적인 면이 더욱 두드러진다는 것을 알 수 있다.

실로 헤세는 구도의 시인이었다. 이런 점에서 동양적이었고 동시에 독일 낭만주의에서 벗어나지 않는 작가였다고 할 수 있다. 또 주제에 있어서도 토마스 만과 유사한 것을 느끼게 하지만, 그것은 이 두 작가가 괴테와 니체, 프로이트의 영향을 받은 현대적인 경향을 지니고 있다는 점에서 그렇게 보일 뿐, 작가로서의 수법이나 기교에서는 전혀 판이하다.

헤세에 대한 자세한 해설은 이미 여러번 나왔으므로 여

기에서는 오직 이 소설에 대한 나 개인의 간단한 인상을
적어 해설을 대신하였다.

황야의 늑대

편집자의 말

이 책은 '황야의 늑대'라고 하는 한 사나이 —자기 자신도 가끔 그렇게 부르기도 하였지만— 가 남겨 놓고 간 기록이다. 이 수기에 소개조의 머리말 같은 것이 필요한지 어떤지는 고사하고라도, 나로서는 이 기록들에 몇 마디 덧붙여 그에 대한 추억을 남겨 두고 싶은 것이다.

나는 그에 관하여 그다지 자세히 알지 못할 뿐아니라 더욱이 그의 과거이며 신원에 관해서는 통 알지 못하고 있다. 그러면서도 나는 그로부터—문제되는 점은 많다고 해도— 깊은 공감이 가는 그런 인상을 받았다고 말하지 않을 수 없다.

'황야의 늑대'는 쉰 살 가량의 사나이였다. 몇 해 전 어느날, 그는 내 큰집의 세간 딸린 셋방을 보러 왔다. 그래서 지붕 밑 마루방 하나와 그 옆에 붙은 조그마한 침실을 빌리기로 하고, 2,3일 후에 트렁크 두 개와 큼직한 책상 하나를 가지고 옮겨왔다. 그때부터 아홉 달인가 열 달 동안 그는 우리집에 머물렀다. 그의 생활은 몹시 조용하고 고독했다. 우리 두 사람의 방이 서로 이웃해 있어서 계단이나 복도에서 자주 마주치곤 했으니까 말이지 그런 일이라도 없었던들 서로 얼굴조차 익히지 못하고 지냈을 것이다. 그는 사교성이 없었다. 그 비사교성은 그때까지 내가 다른 어느 누구한테서도 찾아보지 못한 그런 정도의 것이었다. 그는 사실 자기 스스로가 종종 부르기도 했듯이 '황야의 늑대'였다. 우리가 살고 있는 세상과는 딴 세상에서 찾아온 괴팍스럽고 야생적이었던 반면 무척 수줍음을 타는 사람이었다. 그가 자기 성격과 운명 때문에 얼마나 심한 고독한 생활 속에 빠져 있었으며, 또한 그 고독한 생활을 자기 운명이라고 얼마나 뼈저리게 느끼고 있었던가 하는 것을 나는 그가 남겨 놓고 간 이 기록물을 읽고서야 비로소 알 수 있었다. 물론 여태까지 서로 몇 번은 만나서 이야기해 보았기 때문에 그라는 사람을 어느 정도 파악하고 있기는 했지만, 그의 수기에서 알아낸 그라는 인간과 직접적인 교제를 통해서 알게 된 그와는 —다소 확실치 못하고 애매한 점이 없던 바는 아니나— 그 근본에서 부합하는 것이었다.

우연히 그가 처음으로 우리 큰집을 찾아와서 셋방을 계약했을 때, 그곳에 나도 함께 있었다. 그가 찾아온 것은 점심때였다. 점심 식탁이 아직 치워지기 전 그리고 점심 시간이 한 30분쯤 아직 남아 있을 무렵이었다. 처음 그에게서 받은 괴상한, 갈피를 잡을 수 없던 인상을 잊어버릴 수가 없다. 그는 초인종을 누르고 나서 유리로 된 현관문을 밀고 들어왔다. 큰어머니는 어두컴컴한 현관에서 그에게 용무를 물었다. 그러나 그 '황야의 늑대'는 대답도 않은채 이름조차 알리지 않고 짧게 깎아올린 머리를 휘둘러 대면서 신경질적으로 두루 사방의 냄새를 맡아 보면서 말했다.

"아아, 아주 냄새가 좋군요." 하고는 빙긋이 웃었다. 사람 좋은 큰어머니는 그 말에 끌려 미소를 지었지만, 나는 이런 말투에 우스웠다기보다도 나도 모르게 노엽기조차 했다.

"그건 그렇고, 댁의 셋방을 좀 보려고 왔는데요."라고 그가 말했다.

우리 세 사람이 지붕 밑 방으로 올라갈 때 계단목에서 나는 처음으로 이 사나이를 천천히, 똑똑히 관찰할 수 있었다. 그는 그다지 키가 큰 편은 아니었다. 걸음걸이며 머리를 가누는 품이 늘씬하게 큰 사람 같았다. 새로 유행하는 몸에 알맞는 겨울 외투를 걸치고 있어서 품위는 있어 보였지만, 어딘지 모르게 아무렇게나 입고 있었다. 짧게 깎아올린 머리에는 띄엄띄엄 흰 털이 섞여 있었다. 그의 걸음걸이는 아무래도 내 마음에 들진 않았다. 어딘지 모르게 지친 듯했고, 힘이 없어 보여 그것이 모난 그의 옆얼굴과 말투에 잘 어울리지 않았다. 나중에야 나도 안 일이지만, 그는 보행이 어려웠던 것이다. 내 마음에 들지 않던 그 야릇한 미소를 띠면서 그는 계단이나 벽, 창문 그리고 계단에 세워 놓은 낡고 높은 장롱 따위를 훑어보곤 하였는데, 그것이 모두 마음에 드는 모양이었다. 동시에 그는 어딘지 모르게 그 모든 것이 우스꽝스럽다는 그런 표정이기도 했다. 말하자면, 그는 어딘가 해외에서 왔기 때문에 눈에 띄는 것이 모든 것이 아름답게 보이는 한편 다소 얄궂게도 보여지는 것 같았다. 그래도 그의 태도는 점잖았고 싹싹한 면도 있었다. 집이나 방이나 방세, 아침 식사, 그밖의 모든 것을 즉석에서 아무런 이의 없이 승낙하였다. 그런데도 꺼림칙한 공기가 그를 싸고 도는 것은 감출 수가 없었다. 그는 방과 침실과 난방 장치나 물, 식사, 집안에 대해 물은 다음 큰어머니의 말을 주의깊게 듣더니 방세를 선불해 주겠다고 했다. 그래도 그의 태도에는 어딘지 모르게 진지한 빛이 보이기 시작했다. 이따위 쑥스러운 짓을 하고 있는 자기가 자못 우스꽝스럽다는 듯한 눈치였다. 말하자면, 자기는 마음속으로는 아주 다른 것을 생각하고 있는데, 이렇게 방을 빌린다든지 안주인이나 나 같은 인간과 독일말을 서로 주고받는 것이 몹시 희한한 일이라는 듯한 그런 표정이었다. 내가 그에게서 받은 인상이란 대개 이와 같은 것이었다. 만약에 이런 인상이 몇몇 특징에 의하여 상쇄되고 시정되지 않았던들 결코 좋은 인상이라고는 할 수가 없었을 것이다. 그러나 그에게 이로운 효과를 자아내게 한 것은 처음부터 내 마음에 든 그의 얼굴 모습 때문이었다. 그 표정이 괴상했음에도 불구하고 그것은 확실히 내 마음에 들었다. 어딘지 모르게 야릇한 애수를 띤 얼굴이면서도 생기가 돌고, 아주 사상적이고 깊이와 기품이 있는 얼굴이었던 것이다.

그뿐만 아니라 더욱더 내 마음을 부드럽게 해준 것은 점잖으면서도 상냥한 그 태도였다. 그러기 위해서 무척 애를 쓰는 듯이 보이기는 했지만 결코 사람을 깔본다거나 하는 그런 것이 아니라, 그와는 정반대로 그 속에는 거의 감동적인 애원과도 비슷한 그 무엇이 감추어져 있었다. 그 원인은 나중에야 알게 되었지만, 나는 그때 이것 때문에 어느 정도 그에게 호감이 가기 시작했다. 두 방을 아직 자세히 보지도 않았고 홍정도 끝난 것은 아니었지만, 점심시간이 다 되었으므로 나는 직장으로 돌아가야만 했다.

나는 큰어머니에게 일임해 놓고 그와 헤어졌다.

저녁때 돌아와서 들으니, 그는 셋방 계약을 했으며 수일 내로 이사해 오겠다는 말을 하고 갔다는 것이다. 또 자기가 병중에 있으며, 수속이고 조사 같은 것이 귀찮으니까 어쨌든 자기가 이사 오는 것을 경찰에는 알리지 말아 달라고 부탁하고 갔다는 것이었다.

이 말에 깜짝 놀란 나는 큰어머니에게 그런 조건에는 응하지 않는 게 좋겠다고 주의시켰던 일을 아직도 잘 기억하고 있다. 나는 그가 수수께끼 같은 야릇한 용모로 해서 혐의를 받을까 봐 겁을 집어먹고 경찰을 피하고 있는 것임에 틀림없을 것이라는 생각이 들었다.

나는 큰어머니에게 사정에 따라서는 그에게 아주 불리한 결과를 빚어내게 될지도 모를, 근본도 알 수 없는 이런 사나이의 괴상한 말을 들어 주어서는 안 된다고 말했다.

그러나 큰어머니는 벌써 그 사나이의 청을 들어 주기로 약속한 뒤였고 이미 그 괴팍스러운 사나이의 매력에 끌리고 있었던 것이다.

큰어머니는 지금까지도 자애심 깊은 아주머니로서, 친어머니 같은 입장에서 돌봐줄 수 없는 사람을 받아들인 적은 한 번도 없었다.

여태까지 셋방든 사람들은 죄다 적지않게 큰어머니 덕을 입어 왔다. 처음 몇 주일이 지난 후 나는 또 나대로 이 사나이한테 여러 가지 비난할 점을 발견했지만 큰어머니는 한사코 그를 두둔하는 입장에 섰다.

경찰에 신고 안한다는 것이 내 마음에 들지 않았으므로, 나는 큰어머니에게 이 사나이의 경력이나 목적에 관해서 아는 것이 있거든 좀 들려 달라고 했다. 실제로 그 사나이는 내가 점심때 집을 나간 후 잠시 머물러 있었을 뿐인데도 큰어머니는 그에 관하여서 여러 가지를 알고 있었던 것이다. 그는 도서관 이용과 이 시의 옛 고적을 구경하기 위하여 2,3개월간 이곳에 머무를 작정이라는 것이었다.

셋방을 단기간 놓는 일이 큰어머니가 원하던 바 아니었으나, 그 이상한 태도에도 불구하고 그는 벌써 큰어머니를 자기 손아귀에 넣어버렸던 것이다. 어쨌든 방을 빌려 주기로 계약이 된 뒤라 내가 새삼스럽게 이의를 제기해 봤자 안 될 말이었다.

"여기가 냄새가 좋다고 했는데, 대체 그게 무슨 뜻이던가요?" 하고 내가 물었다. 그랬더니 눈치 빠른 큰어머니는, "그건 잘 알 수 있지. 우리집이 깨끗하고 질서가 잡혀 있어 기분 좋게 살 수 있을 것 같아서 그게 그 사람의 마음에 든 거야. 보아하니 그 사람은 그런 생활에는 젖어 본 일이 없는 것 같더군그래."라고 대답하는 것이었다.

사실 그럴싸한 일이라고 나는 생각했다. "그렇지만 그 사람이 만일 칠칠치 못하고, 깨끗한 생활에 젖어 보지 못한 그런 사람이라면 이 집은 어떻게 되겠어요. 칠칠찮고 더럽고 지저분한 사람이어서 밤늦게 곤드레 만드레 취해서 돌아온다면, 큰어머니는 대관절 어떻게 하실 작정이세요?"

"모르지, 그건 두고볼 일이야." 하고 말하면서 큰어머니는 웃었다. 나는 입을 다물고 말았다.

사실 그것은 기우에 지나지 않았다. 하기야 그는 깔끔한 생활을 해온 사람은 결코 아니었으나 우리에게 신세를 지거나 폐를 끼치는 일은 없었다. 우리는 지금도 좋은 기분으로 그를 회상할 수가 있다. 그러나 정신적으로 그가 나와 큰어머니, 두 사람을 괴롭힌 것은 이만저만이 아니었다. 털어놓고 말할 것 같으면, 나는 아직도 그의 정체를 종잡지 못하고 있다. 나는 요즘도 종종 그의 꿈을 꾸는 일이 있다. 그리고 그로 인해서 또 그와 같은 인물이 이 세상에 있다고 하는 생각만으로도 —그에게 호의가 가면서도— 벌써 기분이 헝클어지고 불안한 생각에 사로잡히고 마는 것이다.

이틀 후 마차 짐꾼이 '하리 할라'라고 하는 그 사나이의 짐을 운반해 왔다. 아주 훌륭한 소 가죽 트렁크는 좋은 인상을 주었다. 또 둥글넓적한 커다란 선실용 트렁크는 여태까지의 수많은 여행의 흔적을 나타내고 있었다. 적어도 그

트렁크에는 각국의 개중에는 해외 여러 나라의 호텔이나 운송 회사의 이미 누렇게 바랜 짐표가 몇 개쯤은 붙어 있기도 했다.

이윽고 그가 나타났다. 그때부터 이 괴상한 사람과 나는 차차 안면을 익히면서 살아 가게 된 것이다. 그러나 내 쪽에서 먼저 교제를 청한 것은 아니었다. 그를 처음 만났을 때부터 이미 흥미를 느끼지 않은 바는 아니었지만, 처음 2,3주일간은 내 쪽에서 그를 찾아가서 말을 건다거나 그와 이야기를 해보려고 시도 하지는 않았다. 그러나 사실 바른대로 말해 두어야 할 일이지만, 처음부터 그를 어느 정도는 관찰하고 있었으므로 때로는 그가 방을 비우고 없을 때면 그의 방에 들어가서 일종의 호기심에서 탐정 비슷한 짓을 해보기도 했다.

이만하면 '황야의 늑대'의 외모는 얼만큼 설명을 해버린 셈이다. 그를 처음 보았을 때부터 그는 보기 드물게 뛰어난 재사(才士)라는 인상을 받았다. 얼굴에는 재기가 넘치고 있었다. 지나치게 예민하고 히스테리칼한 얼굴 표정은 동요하기 쉽고 섬세하고 감동하기 쉬운 어떤 흥미로운 정신생활을 반영하고 있었다. 그와 이야기를 해보니 그의 표현은—언제나 그랬다는 것은 아니지만—괴상망측하기 짝이 없었다. 우리와 아무런 교섭도 없는 그의 내면세계에서 개성적인 그의 독특한 의견이 입 밖으로 튀어나올 때면 우리는 옴쭉달싹도 못하고 마는 것이었다. 하긴 우리들보다 그는 생각이 깊었다. 뿐만 아니라 사상적인 것에 관해서는 그야말로 사상적인 인간에게서만 찾아볼 수 있는 냉정한 객관성과 정확성과 함축성을 지니고 있었다. 일체 야심이라고는 없고, 세속적으로 위대해진다거나 남을 설복한다거나 지나치게 자기 주장을 내세우려고는 하지 않았다. 참되고 진실한 사상적인 인간이었던 것이다.

그의 그와 같은 의견 표명의 하나—그것은 결코 의견 표명이라고 할 만한 것은 아니고, 그저 단순한 어떤 식견에 의해 표명된 것에 지나지 않는 일이었지만—가 생각난다.

그것은 그가 우리집을 떠나기 얼마 전의 일이었다. 유명한 역사 철학자요 문명 비평가이며 유럽적인 명성을 떨치고 있던 한 학자가 시(市) 강당에서 일장 강연을 할 예정이었다. 그런 일에는 별다른 흥미를 가지고 있지 않던 이 '황야의 늑대'를 권유하여 나는 기어이 그를 그 강연에 참석시키고야 말았다. 우리 두 사람은 나란히 자리를 잡았다. 연사가 등단하고 인사말을 시작했을 때 그 연사를 처음 보는, 무슨 예언자처럼 생각해 왔던 일부 청중은 그의 약간 난 체하며 허식적인 태도를 보고 어느 정도 기대에 어긋난 듯한 그런 표정들이었다. 그가 입을 열고 먼저 청중에게 몇 마디 인사치례를 하느라고, 이렇게 많이 왕림해 주어서 감사하다는 말을 막 했을 때, '황야의 늑대'는 흘끔 나를 쳐다보았다. 그것은 연사의 그 말투와 전 인격에 대한 비평의 일별이었던 것이다. 그 잊을 수 없는 무서운 일별—그것이 무엇을 의미하는지를 설명하려면 넉넉히 책 한 권이 필요하다. 그것은 단순히 연사를 비판하고 그 유명한 인물을 비꼬는 듯 완전히 무시했을 뿐만 아니라, 아니 그런 일은 고작해야 아주 사소한 일에 지나지 않지만, 오히려 극도에 달한 절망적인 슬픔의 일별을 던진 것이었다. 그것은 감추어진, 위험성이 없으나 버릇이 되어 버린 채 그대로 굳어져 버린 절망의 표현이었다. 그는 이 절망의 불빛으로 거드름 피우던 연사의 정체를 뚜렷이 드러내어 놓았을 뿐만 아니라, 그 순간의 청중의 기대라든지 기분, 연사의 근사한 허두의 말 따위를 완전히 비꼬아 버렸다. 아니, 그 '황야의 늑대'의 일별은 우리들의 전 시대 군색한 살림살이, 공리주의, 허영에 들뜬 천박한 정신활동 따위를 거울처럼 환히 비추어 내놓았다. 또 그 일별은 보다 더 깊고 넓게 파고들어 우리 시대의 사상과 문화의 결함과 절망 따위를 표현해 놓은 것일 뿐만 아니라, 모든 인간의 심장을 꿰뚫어 단 2, 3초 동안에 우리의 삶의 값어치와 의의에 대한 한 사람의 사상가, 아니 한 석학의 모든 미심스러운 점을 멋지게 표명했다. 그 일별은 이렇게 말해 주는 듯했다. '보시구려, 우리는 모두가 원숭이인 것이오. 인간이란 다 그런 것이오.'라고. 그 순간 정신적인 자랑과 위대성과 영원에의 행진, 이것들은 몽땅 무너져 버린 것이다. 그것은 모두 원숭이의 흉내가 되어 버린 것이다.

나는 나도 모르는 사이에 신바람이 나서 내 본래의 계획과 뜻에서 벗어나, 벌써 '할라'라는 인물의 핵심을 말해 버린 것 같다. 사실은 그와 내가 가까이 사귀게 된 전말을 이야기해 가면서 그의 모습을 차례차례로 그려 보려고 했다.

신이 나서 너무 많이 지껄인 것 같지만, 할라의 그 수수께끼 같은 '괴팍성'과 무서울 만큼 절실한 고독의 이유와 뜻을 알게 된 연유에 대해서 좀더 소상하게 이야기하지 않으면 안 되겠다. 그러기 위해서는 나는 될 수 있는 대로 나라는 인간을 뒤에 감추어 두지 않으면 안 된다고 생각한다. 나는 고백이라든지, 소설을 쓴다든지, 심리 해부를 할 생각은 없다. 그저 목격자의 한 사람으로서 ≪황야의 늑대≫란 수기를 남겨 놓고 간 이 독특한 인간의 모습을 비슷하게나마 그려 보고 싶은 생각뿐이다.

그가 큰어머니집의 유리문을 열고 들어와서 황새처럼 목을 빼 가면서 이 집은 좋은 냄새가 난다고 한 그때부터, 나는 어딘지 모르게 이상한 점을 발견하고 있었다. 그래서 발작적으로 거기에 반감이 갔던 것이다. 나는—그리고 나와는 반대로 결코 이지적인 사람이라고는 볼 수 없는 큰어머니도—이 사나이는 정신적으로나 감정적으로 또는 성격상 어디엔가 병적인 데가 있다고 느꼈다. 이런 반항은 시간이 흐름에 따라 동정으로 변해 버렸다. 나는 그가 고독하고 정신적으로는 거의 죽은 거나 다름없다는 것을 알았다. 그래서 그의 깊숙한 영속적인 고뇌를 동정하기에 이른 것이다. 또 나는 그의 병은 체질적인 결함이 있어서가 아니라 그의 재간과 힘이 넘쳐서 그것을 알맞게 조화할 수 없기 때문이었던 것을 그즈음 똑똑히 깨닫게 되었다. 나는 할라가 고뇌의 천재라는 것을 알았다. 즉, '니체'가 자주 말한 그런 뜻에서. 그는 다년간의 수양 덕택에 아무리 크고 무서운 괴로움이라도 견디어 낼 수 있을 정도라는 것을 알아낸 것이다. 동시에 나는 그의 절망의 밑받침이 되어 있는 것이 염세가 아니고 자조(自嘲)라는 것도 알았다. 왜냐하면 그는 거리낌없이 제도나 인물 따위를 철저히 비판하지만, 그 경우 자기를 제외시키지 않고 비난과 증오와 부정의 화살을 맨먼저 자기에게 돌려서 퍼부었기 때문이다.

나는 여기서 조금 심리학적인 설명을 붙여 놓겠다. '황야의 늑대'의 사생활에 관하여 내가 아는 바는 극히 적지만, 나는 그가 애정이 넘쳐 흐르는 가운데도 엄하고 경건한 부모와 교사에게서 교육의 바탕은 극기에 있다는 교육 이념 아래 양육되어 왔으리라는 것을 의심하지 않는다. 그러나 이와 같은 인격의 무시와 극기는 그의 경우에는 좋은 결과를 가져오지 못했다. 그렇게 되기에는 그는 너무나 자존심이 강하고 또한 정신적이었던 것이다.

그것은 그의 인격을 파괴하기는커녕 도리어 완전히 자기 혐오를 가르치는 데 성공하고 만 것이다. 그는 깨끗하고 고귀한 자기라고 하는 존재를 한평생 그의 천재적인 공상력과 줄기찬 사고력의 대상으로 삼아온 것이다. 그 점에서는 그는 뭐니뭐니해도 기독교도였으며 순교자였다. 될 수 있는 대로 비난, 비평, 악의, 증오 따위를 모조리 자기에게로 돌렸다. 그리고 남의 일이라든지 세상 일에 관해서는 사람을 사랑하고 공정한 태도를 취하고, 사람의 마음을 상하지 않으려고 아주 영웅적으로 진지한 노력을 해왔던 것이다. 이른바 '이웃에 대한 사랑'이란 것이 자기 혐오와 같은 정도로 깊이 그의 뇌리에 뿌리박혀 있었다. 그래서 그의 전생활은 자기 사랑 없이는 이웃 사랑도 불가능하며, 자기 혐오는 극단적인 이기주의와 똑같은 것이며, 결국 그와 똑같은 무서운 고립과 절망을 일으키고야 만다는 것을 실례로서 보여 준 것이다.

내 의견을 말하는 것을 그만두고 사실에 입각해서 말해 보기로 하자. 내가 하리 할리 씨에 대해 처음으로 안 것은 내가 조사해 낸 것과 큰어머니한테서 들은 것이지만, 그의 생활양식에 관한 것이었다. 그는 관념과 책을 상대하는 인간이지, 무슨 실무를 감당해 낼 만한 그런 사람이 아니라는 것을 곧 알 수 있었다. 그는 대단한 늦잠꾸러기였다. 오정이 가까워서야 겨우 일어나곤 했다. 잠옷 바람으로 거실에 드나드는 일도 종종 있었다. 창문이 두 개 있는 이 넓고 정다운 지붕 밑 방은 며칠도 못 가서 벌써 전에 셋방든 사람들이 있을 때와는 그 모습이 판이하게 달라져 버렸다. 방 치장이 늘어 갔다. 그것은 시일이 지남에 따라 자꾸 수가 늘었다. 벽에는 유화가 걸리고 수채화가 붙고 때로는 잡지 속에서 오려 낸 그림이 나붙기도 했고, 어떤 때는 그것이 또다른 것과 바뀌어 붙여지기도 했다. 남국의 풍경화라든가 할라의 고향임에 틀림없이 독일의 어느 시골 사진 따위도 걸렸다. 그 사이에는 또 밝은 빛깔의 수채화가 걸려 있었는데, 훨씬 뒤에서야 그것이 그가 그린 것이라는 것도 알았다. 그리고 젊고 아름다운 부인—오히려 소녀라고 해야 할—의 사진도 걸려 있었다. 잠시 석가의 초상이 벽에 걸려 있더니 미켈란젤로의 ≪밤≫이란 그림의 복제와 바뀌어지고 다시 마하트마 간디의 초상으로 바뀌어졌다. 책은 커다란 책장에 가득 꽂혀 있었을 뿐만 아니라, 테이블 위나 아담한 낡은 문갑이나 소파나 방바닥 어디고 할 것 없이 지저분하게 흩어져 있었다. 책에는 서표(書標)가 꽂혀 있었는데 그것은 늘 그 위치가 바뀌었다. 책은 도서관에서 안고 올 뿐만 아니라, 종종 소포로 부쳐오기도 했기 때문에 자꾸 불기만 했다. 이 방 주인은 학자임에 틀림없었다. 구름과 안개를 이루는 담배 연기라든지, 함부로 내던져진 여송연 꽁초라든지, 재떨이까지도 학자다웠다. 그러나 학술적인 책은 얼마 없고, 어떤 시대의 시인들의 작품이 대부분이었다. 그가 때론 종일 누워 있던 안락의자에는 18세기 말의 ≪메멜에서 자크센으로의 소피아의 여행≫이라고 하는 표제가 붙은 여섯 권의 방대한 작품이 얼마 동안 놓여 있었다. 괴테나 장 파울 전집을 즐겨 읽는 것 같았고, 노바리스도 그런 것 같았다. 또 레싱, 야코비, 리히텐베르크 등도 있었다. 도스토예프스키의 몇몇 작품에는 메모를 써 넣은 종이쪽지가 가득 끼여 있었다. 큰 테이블 위의 많은 책과 잡지 무더기 사이에는 종종 꽃이 놓여지곤 했다. 그곳에는 또 수채화 물감 상자가 먼지 투성이가 되어 흩어져 있었고 옆에는 재떨이가 있었다. 말한 김에 다 말해 버리거니와, 여러 종류의 술병도 있었다. 짚으로 감싼 병은 대개 이탈리아 산(産) 붉은 포도주였는데, 그는 그것을 이웃에 있는 조그마한 가게에서 사들였다. 부르군

더와 마라가 병도 있었다. 또 커다란 앵두주 병은 금세 비워지는가 하면 방구석에 내던져지고, 그냥 먼지가 둘러싸이고 마는 것이었다. 나는 내 탐정 노릇을 변호할 생각은 없다. 분명히 말해서 그의 이런 모습들은 정신적인 관심거리로 가득 찬 것이었지만, 몹시 방탕스럽고 칠칠치 못한 생활상을 보여 주고 있었으므로 혐오감과 의혹심을 일으켰다. 나라는 사람은 평범한 생활에 평범한 일을 하고 정확한 시간적인 생활에 익숙한 사람일 뿐만 아니라 금주, 금연을 지켜 왔으므로, 할라의 방에 있는 그 병들은 다른 공상적인 무질서보다도 더 내 비위에 거슬렸다.

수면이나 일에서와 마찬가지로 음식에서도 그는 불규칙했고 변덕스러웠다. 집에만 처박혀서 아침 식사라고는 커피 외에 아무것도 안 드는 날도 있었다. 식사한 흔적으로 큰어머니는 바나나 껍질만을 발견한 때도 있었다. 때에 따라서는 레스토랑에서 식사를 하는 때도 있었고, 어떤 때는 교외의 한 작은 음식점에서도 했다. 건강은 좋지 못한 듯했다. 발이 성하지 못해서 계단을 오르내리는 데 종종 대단히 고통을 느끼는 것 같았다. 달리 신체에 이상이 있는 것 같기도 했다. 몇 해 전부터 소화가 잘된 일이 없고, 잠조차 푹 자 본 적도 없다고 말한 일이 있었다. 그래서 아마 술 때문에 그럴 것이라고 내가 대답해 준 일이 있었다. 그를 따라 요리집에 갔을 때, 성급하게 기분에 따라 술을 들이켜는 것을 몇 번인가 본 일도 있었다. 그렇다고 해서 그가 취해 있는 것을 본 사람은 없다.

나는 우리 두 사람이 속을 털어놓고 사귀게 된 때의 일을 잊을 수가 없다. 그때까지는 서로 얼굴만 알고 지냈다. 그러나 그것도 어디까지나 한집에서 더구나 방을 이웃하고 있는 사람 사이의 그런 정도에 지나지 않았다. 그런데 어느날 저녁때의 일이었다. 직장에서 돌아오니까 할라 씨가 2층과 3층 사이의 계단에 앉아 있는 것을 보고 놀랐다.

그는 맨위에 앉아 있었다. 나를 보고 비켜 주려고 했다. 어디 편치 않으시거든 부축해서 위까지 모셔다 드리겠다고 했다.

그는 내 얼굴만 물끄러미 쳐다보았다. 어떤 몽유 상태에서 그를 깨운 것이라는 생각이 들었다. 그는 빙긋 웃었다. 그 미소는 독특한 애교에 넘치는, 가끔 나를 상심케도 한 그 미소였다. 그런데 그는 자기 곁에 앉지 않겠느냐고 하면서 나에게 자리를 권했다. 그래서 나는 실례의 말 같지만 여태까지 남의 방앞에 앉아 본 적은 없었다고 대답했더니,

"아아, 그러세요."라고 하면서 미소만 지을 뿐이었다. "그러시겠지요. 그러나 이것 좀 보시오. 내가 왜 잠시나마 여기 앉아 자지 않을 수 없게 되었는지 그 까닭을 노형에게 말씀드렸으면 하는 것이오." 하고 말했다.

이렇게 말하면서 그는 2층에 사는 과부의 방문을 가리켰다. 계단과 창과 유리문 사이의 좁다란 모자이크 마루방의 창가에는 높직한 마호가니 장이 있었는데, 그 위에는 낡은 주석 그릇이 얹혀 있었다. 그 앞받침대 위의 커다란 두 화분에는 철쭉꽃과 남양삼나무가 있었다. 그것은 아름

다웠다. 언제 보아도 손질이 잘 되어 있었으므로 전부터 내 마음에 꼭 들었다.

"보시오."라고 하면서 할라가 말을 이었다. "남양삼나무가 서 있는 이 좁다란 입구는 꿈같은 냄새를 풍겨 주지 않소. 나는 이곳을 지날 때마다 잠시 발을 쉬었다가 가지 않을 수가 없단 말이오. 노형의 백모님 방에도 물론 좋은 냄새가 나지요. 그리고 더할 나위 없이 깨끗하게 정돈되어 있소만, 이 남양삼나무가 있는 곳은 너무 깨끗해서 구둣발로 디디기가 민망스러울 정도란 말이오. 나는 언제든지 여기서 크게 숨을 들이마시죠. 자, 노형, 향내가 나지 않으시오? 마루에 칠한 초 냄새와 테레핀 유(油)의 아늑한 냄새가 마호가니와 깨끗이 씻은 나뭇잎들과 어울려서 일종의 향기로운 냄새, 즉 최고급에 속하는 시민적인 청결, 빈틈없는 세심한 주의와 정밀함과 의무의 이행과 진실성이 하나가 되어 향기를 피우고 있는 것이오. 나는 이 방에 어떤 분이 살고 있는지는 모르지만, 이 문 저쪽에는 틀림없이 청결과 맑은 시민적인 생활 질서와 조그마한 습관이나 의무에 대한 세심한 헌신과 낙원이 있을 것이라고 믿소."

나는 잠자코 있었다. 그가 말을 이었다. "그렇다고 내가 뭐 비꼬고 있다고 생각하시진 마시오. 이런 시민적인 생활과 질서를 비웃다니 될 법이나 한 말이오. 물론 이렇게 말하는 이 사람은 이런 세계와는 다른 세상에 살고 있기는 하오. 아마 이런 데 살라 해도 하루도 못 배겨 낼 것이오. 그렇다고 내가 늙고 몹쓸 '황야의 늑대'라고 해도 나도 역시 한 여인의 아들이란 말이오. 우리 어머니도 역시 이런 세계속의 한 부인이었던 것이오. 화초를 기르고, 방과 계단과 세간과 커튼의 손질 따위도 곧잘 하시고, 될 수 있는 대로 집이나 생활을 깨끗이 하고 정돈하려고 애쓰신 분이었소. 테레핀 유와 남양삼나무가 내게 그것을 상기시켜 주었소. 그래서 나는 종종 여기 이렇게 앉아서 이 조용한 좁은 질서의 동산을 들여다보고, 이런 세계가 아직도 이 세상에 존재해 있다는 것을 기뻐하고 있소."

그는 일어서려고 했으나 몹시 고통스러운 것 같았다. 그래서 나는 손을 조금 내밀어 주었다. 그는 뿌리치지는 않았다. 나는 줄곧 침묵을 지키고 있었지만, 전에 큰어머니가 그러했듯이 나도 이 괴팍스러운 사나이의 몸에서 풍기고 있는 어떤 매력에 끌려가고 있는 듯했다.

우리는 천천히 계단을 올라갔다. 그의 방 앞에 왔을 때, 그는 열쇠를 손에 쥔 채 다시 한번 내 얼굴을 뚫어지게 보더니 이렇게 말했다. "노형은 직장에서 돌아오시는 길이지요. 물론 나는 그 방면의 일은 조금도 모르는 사람이오. 보시다시피 나는 이렇게 사람들과는 멀리 떨어져서 이런 외딴 생활을 하고 있는 사람이오. 보아하니 노형도 역시 책이라든지 독서에 취미가 많으신 것 같더군요. 큰어머니한테서 언젠가 노형 말씀을 들었는데, 노형은 고등학교를 마치고 희랍어를 썩 잘하신다더군요. 그런데 오늘 아침에 노바리스가 쓴 어떤 구절을 발견했는데, 보여드릴까요. 마음에 드시리라고 생각하는데."

그는 나를 독한 담배 냄새가 나는 자기 방으로 데리고 가더니, 책장에서 책 한 권을 빼어들고 책장을 넘기면서 무엇을 찾았다.

"여기도 좋아요, 썩 좋아요."라고 그가 말했다.

"들어 보시오. '우리는 고뇌를 자랑으로 알아야 한다. 고뇌는 우리들의 우월성을 상기시켜 주는 것이다.' 멋지지 않소. 니체보다도 80여년 전에 이런 말을 했거든요. 그런데 사실은 이것이 아니고 가만있자, 아 찾았소. 이것이오 '대개 사람이라고 하는 것은 헤엄칠 줄 모르는 동안 헤엄을 치려고 하지 않는 법이다.' 어떻소. 날카롭지 않은가요. 헤엄치지 않으려는 것은 당연하잖소. 사람이란 걷기에 알맞게 태어난 것이지, 헤엄치기에 알맞게 태어나지는 않았거든요. 또 그들은 사색하려고 하지 않거든요. 생활하기 위해서 난 것이지, 사색하기 위해서 태어난 것이 아니니까요. 그래요, 그런데 사색인, 사색을 제대로 하는 사람, 그런 사람은 물론 그런 일에 있어서는 뛰어난 일을 해낼 수 있겠지요만, 말하자면 걷는 것을 잊어버리고 헤엄치기만 하게 되었으니 조만간 익사해 버릴 것이 아니겠소."

이런 말은 내 흥미를 돋우어 주었다. 그래서 나는 그의 방에 그냥 머물러 있었다. 그런 일이 있은 후로 우리는 계단이나 거리에서 마주칠 때면 으레 몇 마디 주고받게 되었다. 동시에 얼마 동안은 저 남양삼나무 곁에서 이야기했을 때와 마찬가지로 또 나를 놀리고 있는 것이나 아닌가 하는 생각이 들기도 했지만 그것은 나의 오해였고, 그는 나와 남양삼나무를 액면 그대로 존중하고 있었던 것이다. 그는 자기의 고독과, 자기가 물 속을 헤엄치고 있다는 것과, 자기가 땅을 디디고 서 있지 않다는 것을 충분히 의식하고 있는 것 같았다. 그래서 그는 하루하루의 시민적 행위, 이를테면 내가 직장에 시간 맞추어 정확히 출근하는 것이라든지, 고용인이나 전차 차장의 말 따위에 조소는커녕 오히려 감동조차 하는 것이었다. 그런 것들이 처음에는 우스꽝스럽고 과장된 것이며, 귀족 한량 기질의 유희적인 센티멘탈리즘과도 같이 보였다. 그러나 차차 나는 알게 되었다. 그는 자기가 살고 있는 공기 없는 세계, 괴팍스러운 '황야의 늑대'의 세계에서 우리들의 시민적인 세계를 들여다보고 놀라 마지않았고, 그곳을 견고하고 안전하며 멀고먼 길도 없는 평화의 고장으로서 사랑하고 있었다. 우리집에 드나드는 한 상냥한 여성과 만나면 그는 언제나 점잖게 모자를 벗곤 하였다. 또 큰어머니와 잡담을 하거나 큰어머니가 옷가지를 꿰맬 것과 외투 단추가 늘어난 것 따위를 주의시키면, 그는 항상 조심성있게 귀를 기울이곤 하였다. 그 모습은 흡사 어디 틈구멍이라도 찾아내어 이 평화로운 세계에 들어가서 그 세계의 사람이 되려고 말할 수 없는 절망적인 노력을 하는 것같이 보였다. 비록 짧은 순간이라 할지라도 그는 필사적으로 그 세계에 들어가 보고 싶었던 것이다.

저 남양삼나무 곁에서 처음으로 우리가 이야기를 주고받았을 때부터 그는 자기 자신을 '황야의 늑대'라고 불러 적지않게 나를 놀라게 했고 불안케 한 바이지만 —이상한 표현도 있다고 생각했던 것이다— 그러나 습관적으로 이 표현을 받아들였을 뿐만 아니라, 내 머릿속에서도 '황야의 늑대'라고 인식 되어 버렸다. 지금에 이르기까지도 그를 부르는 데 이이상 알맞는 말이 생각나지 않는다. 우리들 곁에, 도시와 군중 속에서 길을 잃어버린 한 마리의 '황야의 늑대' 외에 어떤 말도 그의 내향성과, 고독과, 야성과, 불안과, 향수와, 방랑성을 더 잘 표현할 말이 생각나지 않는다.

어느날 밤, 나는 심포니 콘서트에서 또 그를 관찰할 수 있었다. 의외로 그는 나와 가까운 곳에서 자리잡고 있었지만, 내가 와 있는 것을 알지 못하는 듯했다. 제일 먼저 헨델의 작품이 연주되었다. 고상하고 아름다운 연주였지만 '황야의 늑대'는 그 연주에도 이웃에도 관심이 없고, 덤덤히 앉아서 생각에 잠겨 있었다. 어색하고 외톨 밤송이 같은 고독한 모습을 하고, 쌀쌀한 그러나 능글맞은 표정을 하고 고개를 내리뜨렸다. 그 곡이 끝나고 프리데만 바하의 짧은 심포니가 시작되니까 그의 얼굴에는 금세 미소가 떠오르고 열을 띠기 시작했다. 10분쯤 행복에 젖어 일체를 잊고 즐거운 꿈을 꾸고 있는 듯했으므로 나는 연주보다도 그에게 마음이 더 팔렸다. 곡이 끝나자 그는 제정신으로 돌아와서 자세를 고치고 일어서서 나가려고 하더니, 그냥 또 주저앉아 마지막 곡까지 다 들었다. 그것은 레게르의 변주곡이었다. 다소 길어서 권태로웠다.

'황야의 늑대'도 처음에는 주의 깊게 즐거운 듯이 귀를 기울이고 있었으나, 이내 변덕이 일어난 모양으로 두 손을 주머니에 푹 꽂고 생각에 잠겼다. 그러나 이번에는 행복에 겨워 꿈을 꾸는 듯한 그런 것이 아니고, 슬프디슬픈 나머지 화까지 치밀어오른다는 그런 표정이었다. 그의 얼굴에 다시 안개가 끼기 시작하더니, 창백해지고 기운이 빠져 버려 늙고 병든 불만스러운 표정이 되어 버렸다.

콘서트가 끝난 뒤에 나는 거리에서 그를 발견하고 뒤를 따랐다. 외투 속에 몸을 파묻고, 언짢고 귀찮고 우울하다는 표정으로 그는 우리들이 사는 쪽으로 뚜벅뚜벅 걸어가다가, 어떤 싸구려 음식점 앞에서 걸음을 멈추는 것이 아닌가. 마음을 정하지 못하겠다는 듯이 시계를 꺼내어 보고 잠시 서 있더니 그 안으로 들어갔다. 나는 순간적인 흥미에 이끌려 따라 들어섰다. 그는 소시민적인 테이블에 자리잡고 있었다. 안주인과 여급들은 그를 단골손님 취급했다. 나는 인사를 하고 그와 나란히 앉았다. 우리들은 한 시간쯤 앉아 있었는데, 그 사이에 내가 탄산수를 두 잔 마셨고, 그는 붉은 포도주 반 리터에다 또 사분의 일 리터를 더 마셨다. 나도 콘서트에 갔었다고 해도 그는 딴전만 피웠다. 그는 내 술병의 레테르를 읽더니, 포도주를 한 잔 하실까 했다. 술은 못 마신다고 했더니, 그는 흥이 깨어지는 듯한 얼굴을 하면서 말했다.

"그러시우? 그러시겠지요. 나도 몇 년인가 술을 끊고 단식까지 한 일이 있었다오. 그러나 지금은 얼근히 취해 버린 물귀신의 지배를 받고 있소."

그래서 나는 농담조로 이 말을 바탕으로 점성술(占星術)을 믿는다니 곧이들리지 않는다고 하니, 그는 다시 나를 놀라게 한 예의 점잖은 말씨로, "옳은 말씀이오. 과학조차도 유감천만이지만 믿기 어렵더군요."라고 했다.

나는 그와 헤어져 밖으로 나왔다. 그는 밤이 이슥해서야 돌아왔지만, 발걸음은 거칠지 않았다. 늘 하는 대로 잠자리에 곧 들어가지 않고—방이 바로 이웃에 있었기 때문에 발소리로써 알 수 있는 일이지만— 근 한 시간이나 불 밑에 앉아 있었다.

또 어느날 밤의 일도 잊혀지지 않는다. 나는 혼자 집을 지키고 있었다. 큰어머니는 외출중이었다. 초인종이 울려 문을 열고 나갔더니 한 젊고 아름다운 여인이 서 있지 않는가. 그 여인이 할라 씨가 집에 계신지를 물었을 때, 나는 이 여인이 어떤 사람이라는 것을 알아챘다. 그의 방에 걸려 있는 사진의 주인공이었던 것이다. 나는 그녀에게 방을 가르쳐 주고 물러났다. 그녀는 잠시 이층에 있더니, 곧 두 사람은 재미나게 이야기를 하면서 계단을 내려가는 것 같았다. 그와 같은 은사(隱士)의 애인, 더구나 그런 젊고 아름다운 여인이 있었다는 것은 뜻밖이었다. 그와 그의 생활에 관한 내 추측은 얼마나 불확실한가 하는 생각이 들었다. 한 시간도 채 못 되어서 그는 돌아왔다. 혼자서 무겁고 쓸쓸한 발걸음으로 천천히 계단을 올라와 몇 시간이나 자기 방 안에서 맴돌았다. 우리 속의 늑대와도 같이. 그리고 새벽녘까지 그의 방에는 불이 켜져 있었다.

나는 두 사람의 관계에 대해서는 전혀 아는 것이 없었다. 그러나 한 마디 더 덧붙여 두고 싶은 것은 언젠가 한 번 거리에서 두 사람이 나란히 걷고 있는 것을 목격했다는 일이다. 둘은 팔짱을 끼고 있었다. 그는 행복에 겨운 듯했다. 지쳐 빠진 고독한 그 얼굴에도 때로 이와 같이 애교가 넘치고 순진하게 보이는 때도 있는가 하고 몹시 의아스러웠다. 그리고 그 여인의 기분이나 큰어머니가 그에게 쏟고 있는 동정까지도 이해되는 듯했다. 그러나 그 날도 그는 형편없는 얼굴을 하고 집으로 돌아왔다. 나는 문 앞에서 그를 만났다. 그는 여느때와 마찬가지로 외투 밑에 이탈리아 산 포도주 병을 감추고 있었다. 그 병을 앞에 놓고 한밤중까지 이층 자기 방 안에 앉아 버티는 것이었다. 그가 불쌍한 생각이 들었다. 그런데 어쩌자고 그의 생활은 저렇게 절망적이고, 거칠고, 갈피를 잡을 수 없게 되어 버린 것일까.

잔소리는 그만두기로 하자. '황야의 늑대'의 생활이 자살자의 생활이었다는 것을 나타내는 데 이 이상의 보고나 설명이 필요없을 것 같다. 그러나 갑작스럽게 그가 작별 인사도 없이, 그러나 돈은 깨끗이 치렀지만, 우리 이웃에서 자취를 감추어 버렸을 때 나는 그가 자살했다고는 믿지 않았다. 나는 그 뒤 죽 그의 소식을 못 듣고 있다. 그 사람 앞으로 온 편지 몇 장을 오늘까지도 보관중이다. 남은 것이라고는 이 수기뿐이었다. 그 수기는 그가 이곳 체류중에 쓴 것으로서, 나에 대한 몇 마디의 헌사(獻詞) 말고도 내 마음대로 처분해도 좋다는 사연이 적혀 있었다.

할라의 원고에 씌어 있는 체험 내용의 사실 여부를 캐내는 일은 불가능했다. 그것이 대부분 소설 같은 것임을 의심치 않는다. 그렇다고 해서 멋대로 생각해 내어 쓴 것이라는 뜻에서가 아니라, 깊은 체험에서 우러나온 심리적 현상을 눈에 띄는 사건의 의상(衣裳)을 빌려 나타내고자 했다는 뜻에서다. 할라의 소설에 나타나 있는 다소 가공적인 사건은 아마도 이 체류의 최종기에 입각한 것이겠으나, 그 밑바닥에는 다분히 현실적이고 대외적인 체험이 감추어져 있다는 것을 또한 의심치 않는다.

그 당시 그는 태도가 일변하여 종종 집을 비웠고, 밤에도 돌아오지 않는 날이 많았고, 책이라고는 통 읽지 않는 것같이 보였다. 그즈음 나는 두서너 번 그를 만났는데, 그는 놀랄 만큼 기운이 넘치고 젊고 아주 유쾌해 보였던 것이다. 그는 청년같이 보였다. 그리고 얼마 안 가서 심한 저기압이 왔는지 그는 하루종일 자리에 누워 있기만 하고 식사조차 하려고 들지 않았다. 그가 다시 나타난 그의 애인과, 아주 심한 입에 담을 수 없는 싸움을 벌인 것도 그 당시의 일이었다. 그 싸움은 온집안을 떠들썩하게 했다. 할라는 다음날, 큰어머니에게 사과를 했다.

그렇다, 나는 그가 자살하지 않은 것으로만 믿고 있다. 그는 살아 있다. 그는 어딘가 남의 집 계단을 피로에 지친 발을 끌면서 오르내리고 있으리라. 번질번질하게 윤이 나도록 문지르고 모자이크 세공을 한 마루방과 잘 가꾼 남양삼나무를 물끄러미 쳐다보면서 낮에는 도서관으로, 밤에는 술집에 앉아 있으리라. 혹은 세 내온 소파에 누워 창 너머 인간 세계의 소음에 귀를 기울이며 자기는 내쫓긴 사람이라고 느끼고 있으리라. 그렇다고 자살까지는 하지 않으리라. 그 까닭은, 그는 가슴 속 고뇌의 최후의 한 방울까지 속속들이 맛보고 난 뒤에, 그 고뇌로서만 죽어야 마땅하다는 신념이 아직도 남아 있기 때문이다. 나는 가끔 그를 생각해 본다. 그는 내 생활을 쾌활케는 해주지 못했다. 또 내 마음에 힘과 기쁨을 주지도 못했다. 아니, 그 정반대였다. 그러나 나의 세계와 그의 세계는 다른 것이다. 나는 그와 같은 생활을 하고 있지는 않다. 나는 나의 생활, 즉 소규모의 서민적인 것이기는 하나 아주 깨끗하고 의무를 다하는 생활을 하고 있다. 그렇기 때문에 더욱더 나와 큰어머니는 조용히 그를 회상해 볼 수가 있다. 물론 큰어머니는 나보다 더 많이 그에 관해서 알고 있겠지만, 어진 분이시라 마음속 깊이 숨겨 둔 채 함부로 입밖에 내려고 들지 않았다.

이 기묘한, 어떤 면에서는 병적이면서도 아름다운 사상이 담뿍 담긴 공상의 소산인 할라의 기록에 대해서는, 만약 이런 기록물이 우연히 내 손에 들어온 것이고 또 그 필자가 미지의 사람이었더라면 당연히 나는 화를 내며 내던졌을 것이라고 말하지 않을 수 없다. 그러나 할리라는 사람을 알고 있던 나는 이것을 부분적으로나마 이해할 수가 있고, 또 수긍조차 할 수 있었다. 만약 내가 이 기록물 안에 씌어 있는 것이 한갓 불쌍한 정신병 환자의 불건전한 공상물에 지나지 않는 것이라고 생각했다면, 나는 이 기록물을 남에게 보이는 일도 주저했을 것이다. 그러나 이 기록 안에는 그 이상의 무엇이 들어 있는 것이다. 이것은, 즉 시대의 기록인 것이다. 왜냐하면 할라의 영혼의 병은 —지금은 나도 알 수 있지만— 어느 한 개인의 광상이 아니고 시대, 그 자신의 병이기 때문이다. 그것은 할라가 속해 있는 세대의 신경병인 것이다. 이 병에 걸리는 사람은 반드시 약하고 미천한 인간뿐만이 아니다. 아니, 강하고 사상이 깊은 천재적인 인간일수록 더욱더 잘 걸리는 병이다.

얼마만한 현실적인 체험이 그 밑받침이 되어 있나 하는 문제는 고사하고라도 이 기록은 중대한 시대병을 회피라든지 허식에 의하지 않고 병 그 자체를 대상으로 하여 그려내어, 그렇게 함으로써 그 시대병을 극복하려는 하나의 시도인 것이다. 문자 그대로 지옥 순례인 것이다. 즉, 지옥문을 들어가서 몸을 파묻고 최후까지 악에 시달려 보겠다는 생각에서 어떤 때는 불안을, 어떤 때는 용기를 가지고 칠흑의 어둠으로 싸인 영혼의 망망한 세계를 돌아다니는 모습인 것이다.

할라의 한 마디 말이 바탕이 되어 나는 위와 같은 것을 이해하게 되었다. 우리가 중세기의 참혹성에 관해서 이야기를 주고받았을 때에 할라가 말했다. "그것은, 결코 참혹이라고까지는 할 수 없지요. 만약 중세기 사람이 현대 생활의 모든 모습을 보았다면, 그들은 이것을 참혹하고 야만적인 것이라고 대들 것이오. 시대·문화·풍습·전통에는 제각기 양식이 있어서, 각각 거기 어울리는 부드러운 맛, 야속한 것, 우아한 점, 그리고 참혹성이 있어 어떤 고뇌는 당연한 것으로 알고, 또 어떤 해악(害惡)은 끈기있게 감수해 가는 법이지요. 인간 생활이 참말로 고되고 지옥이 되는 것은 두 시대, 두 문화, 두 종교가 엇갈릴 때에만 그렇다오. 한 고대인이 만약 중세기에 살지 않으면 안 되었다면, 그는 무참하게도 질식할 수밖에 별도리가 없었을 것이오. 흡사 한 야만인이 현대 문화의 한가운데에서 질식할 수밖에 없듯이 어떤 세대가 두 시대, 두 생활 양식 사이에 끼이면 기성의 판단이나 풍습, 천연성, 순진성은 모두 버리게 되는 것이오. 그러나 그렇다고 누구나 다 똑같이 그것을 느낀다는 것은 물론 아니요. 니체와 같은 사람은 현대의 비참상을 한 시대 전에 벌써 절실히 느끼지 않을 수가 없었던 것이오. 그러나 그 사람 혼자만이 누구에게도 이해받지 못하고 들이마시지 않으면 안 되었던 고뇌를 오늘은 무수한 사람이 맛보고 있지요."

기록을 읽으면서 나는 이 말을 몇 번이고 생각해 보지 않을 수가 없었다. 할라는 두 시대 사이에 끼여 확신과 순진성을 모조리 잃어버린 한 인간으로서, 인간 생활의 모든 문제를 개인적 고뇌로써, 지옥 같은 고통으로써 몸소 체험하지 않을 수 없는 숙명을 안고 있었던 것이다.

이런 점에 이 기록이 가진 의의가 있다고 생각한다. 그래서 나는 이 기록물을 발표할 결심을 해버린 것이다. 발표할 뿐이지 나는 이것을 변호할 생각도, 그렇다고 비난할 생각도 없다. 독자는 양심이 명하는 바를 좇아 어느 쪽이든지 자기의 마음에 드는 쪽으로 태도를 결정하면 되는 것이다.

하리 할라의 수기

— 독자는 미친 사람에 한함 —

 그날은 여느때와 다름없이 지나갔다. 나는 여느때와 같이 단순하고 내멋대로의 생활 기술에 의해 숫처녀를 농락해 버리듯이, 슬그머니 어린아이의 목을 졸라 보듯이 빈둥빈둥 하루 해를 보낸 것이다. 두서너 시간 일을 하다가 책을 뒤적거려 보았더니, 나이든 사람이 그러하듯이 두어 시간이나 뼈마디가 쑤시므로 가루약을 먹어 보았다. 좀 거뜬해져서 좋았다. 그리고 나서 더운 탕에 들어갔다 나오니 몸이 나긋해져 기분이 상쾌했다. 세 번 우편물을 받고, 쓸데없이 편지나 서류 나부랑이를 훑어보다가 여느때와 같이 심호흡을 해보았다. 명상은 오늘은 잠시 집어치우기로 했다. 한 시간쯤 산보를 하면서 솜뭉치같이 흩어져 있는 하늘을 보았다. 매우 즐거웠다. 마치 옛 책을 보거나 탕에 드는 것과 마찬가지였다. 그러나 아주 멋지고 영화롭고 행복과 기쁨에 찬 그런 날은 아니고, 여태까지와 마찬가지인 그런 평범한 날에 지나지 않았다. 즉, 노경에 들어선 불평꾼인 나도 홀가분하게 별일 없이 무사히 보낼 수 있었던 날이었다. 특별히 무엇 때문에 고생을 한다거나, 근심을 한다거나, 비명을 지르거나 절망하는 것도 아닌, 또 아달베르트 슈티프타의 본을 따서 수염을 깎다가 비명횡사하게 될지도 모른다는 그런 문제에도 흥분하지 않고, 조용히 생각해 보기에 알맞은 그런 날이었다. 통풍(通風)의 발작이 일어나는 그런 날, 머리가 아프고 눈이나 귀의 하나하나의 움직임이 악마처럼 향락에서 고통으로 바뀌어 가는 듯한 저 기분 나쁜 날, 영혼이 죽는 날, 마음이 허전하고 절망적인 날, 모조리 주식회사에 먹혀 버린 이 지상에서 오직 협잡꾼다운 야비한 함석제(製)의 인간 세계와 문화라는 것이 어디를 가나 우리들에게 귀찮게 이빨을 내 보인다. 이런 불쾌한 날을 더 견디기 어려울 만큼 집중적으로 맛본 경험이 있는 사람, 지옥의 나날과 흡사한 날을 경험해 온 사람, 그런 사람 같으면 오늘과 같은 평범하고 더도 덜도 아닌 중용(中庸)의 날에 만족하여 고마운 마음으로 난롯불에 몸을 녹이면서 조간 신문을 읽게 된다. 오늘도 전쟁은 일어나지 않았고, 새로운 독재도 일어나지 않았고, 정치·경제면에 특별히 주목할 만한 추문도 일어나지 않은 것을 확인한 후에, 자기의 녹슨 하프를 퉁기며 조용한 마음에서 명랑하게 감사의 찬미가를 부를 것이다. 조용하고 부드러우며 브롬약 기운에 다소 신경이 마비되고 평범하게 자기 만족에 빠져 있는 신(神)의 무료함을 달래 보는 것이다. 그리고 이와 같은 만족과 권태와 극히 고마운 고통의 미지근한 공기 속에서는, 쓸쓸하게 긍정하는 평범한 신과 희끗희끗 흰 털이 섞인 여린 목소리로 찬미가를 부르는 평범한 사나이는 쌍둥이처럼 보이는 것이다.

이와 같은 만족과 안일, 괴로움과 기쁨이 소리를 내지르는 일 없이 귓속말로 소근소근할 뿐인, 발소리를 죽여 가면서 걷는 듯한 이런 평범하고 난쟁이 같은 날은 참 좋은 날이다. 그러나 슬픈 일이다. 나는 이런 만족이라는 것을 배겨낼 수가 없다. 조금만 계속되면 그만 싫증이 나기 때문에 절망해 버려 다른 기분으로 도피하지 않으면 안 되는 것이다. 될 수만 있으면 명랑한 기분 속으로, 그러나 부득이한 경우에는 고통 속으로라도 도피해 버려야 한다. 나는 잠시 기쁨도 고통도 없는 소위 평범한 날의 미지근한 권태를 맛보고 있었더니, 어린아이처럼 뒤죽박죽 비참한 기분이 들어 버렸다. 그래서 녹슨 하프를 들어 졸고 있는 자기 만족의 신의 낯바닥에 내동댕이치고, 이런 건강한 실내 온도보다는 오히려 악마적인 고통의 불길에 몸을 태워 보았으면 싶어진다. 그리고 내 가슴 속에는 강렬한 감정과 이상한 사건에 대한 욕망이 타올라서, 이와 같이 단조롭고 맥빠지고 소독을 해버려 위험기라고는 없는 생활에 분개하여 백화점이고 절간이고 나 자신이고간에 닥치는 대로 때려 부수고 싶어진다. 그리고 세상 사람들에게서 숭배를 받고 있는 우상의 머리에서 가발을 벗겨 버리는 것과, 도망간 점원들에게 그들이 원하는 대로 함부르크 행 차표를 사주는 일, 소녀를 유혹하는 일, 시민적인 질서의 대표자들의 목을 비틀어 놓는 일, 이러한 엉뚱한 짓을 해보고 싶어 못견디는 것이다. 그럴 것이 이따위 만족, 건강, 안일, 시민들에게 흔한 낙천주의 범속과 평범을 다칠세라 꺼질세라 소중히 길러 살만 찌고 있는 상태, 나는 이런 것을 마음속으로 미워해 왔고, 저주하고 있었기 때문이다.

이런 기분에서 어둑어둑해졌을 무렵, 나는 이 평범하고 쓸데없이 흘러가 버린 날과 하직을 하는 것이었다. 미끼로 넣어 둔 각파(脚婆)가 들어 있는 침대 속으로 기어들어 가자, 몸이 온전하지 못한 사람이 흔히 그런 것처럼 자그마한 일에도 불만스러웠고 싫증이 났다. 그래서 투덜거리면서, 신을 신고 외투를 걸치고는 슈탈헬름 술집에서 주정꾼들이 옛날부터 '잠깐 한 잔' 하는 그것을 마시기 위하여 어두운 안개낀 거리로 나섰다.

이렇게 하여 나는 하숙집 계단을 내려갔다. 오르내리는 데 고통스럽던 그 타향의 계단을. 그 지붕 밑에 나의 피신처가 있는, 아주 깨끗한 세 세대가 살고 있는 철두철미 시민적으로 청소가 잘 된 그 계단을 말이다. 왜 그런지는 몰라도 고향이 없는 '황야의 늑대'이며, 소시민적인 세계를 좋아하지 않는 고독한 내가 언제나 야무진 시민의 집에 살게 된 것은 옛날부터 비롯한 내 감상에서일 것이라고 본다. 대궐도 아니요, 그렇다고 프롤레타리아의 집에 살고 있는 것도 아니다. 언제나 이런 깨끗한, 지극히 권태롭기조차 한 이런 멋진 소시민의 집에만 살아온 것이다. 이런 집은 어디서 나는지는 몰라도 테레핀 유나 비누 냄새가 나고, 문을 소리내어 닫는다든지 흙발로 들어가면 놀라 나자빠질 소동이 일어나기도 한다. 나는 어렸을 때부터 이런 분위기가 좋았다. 나는 이와 같은 곳에 향수 같은 것을 느껴, 희망도 없으면서 언제나 이런 낡고 어리숙한 길을 밟고 있다. 그렇다고 고독하고 사랑이 없는, 무엇엔가 쫓기고 있는 듯한 철두철미 칠칠치 못한 내 생활과, 이런 가정적이고 시민적인 환경을 대조해 보는 것을 싫어하지는 않는다. 나는 계단에 주저앉아 이러한 조용한 맛과 질서, 정결, 예의, 온순한 냄새를 맡기를 좋아한다.

그런 냄새는 시민적인 것을 싫어하는 내게도 감동을 준다. 그리고 나서, 나는 내 방의 문지방을 넘는 것을 좋아하는 것이다. 거기에는 질서, 청결은커녕 책 무더기 사이에는 담배 꽁초, 포도주 병이 흩어져 있고, 무엇이든 무질서하고 착실성이 없는 난맥을 이루고 있기는 하되, 책이나 원고지나 사상 모두가 고독한 인간의 영락, 인생의 의혹, 의의를 잃어버린 인간 생활에 무슨 새로운 의의를 주려고 하는 동경을 여실히 말해 주고 있다.

나는 남양삼나무 곁을 지나갔다. 계단은 이 집 이층의 어떤 방 앞을 지나가고 있었다. 그 방은 다른 방들보다도 한층 더 깨끗하고 청소가 잘 되어 있었다. 즉, 이 방의 방문 앞에 있는 좁다란 마루청은 사람의 손으로 이이상 더 닦을 수 없을 정도로 깨끗하게, 그야말로 질서가 꽉찬 훌륭한 전당이었다. 발을 디디기가 송구스러울 만큼 깨끗한 모자이크 마룻바닥에는 깨끗한 두 받침대가 있는데, 그 위에는 커다란 화분이 놓여 있었다. 그 하나는 철쭉꽃이고, 다른 하나는 상당히 키큰 남양삼나무다.

단단하고 튼튼한 어린 나무이기는 하나, 한 점의 흠도 없었다. 잔 가지 끝의 잎에 이르기까지 정성을 들여 윤기가 흐르고 있었다. 가끔 아무도 없을 때면, 나는 이곳을 불단(佛壇)같이 여기고 그 남양삼나무를 쳐다보며 계단에 앉아서 잠깐 쉬었다. 두 손을 마주잡고 이 깨끗한 질서잡힌 동산을 내려다보는 것이다. 그 동산의 눈물겨운 모습, 고독한 모습이 내 마음을 흔들었다. 나는 이 마루청의 뒤쪽, 말하자면 남양삼나무의 신성한 그늘에 잘 닦은 마호가니 세간이 가득찬 방과, 아침에는 일어나 일에 충실하며 알맞게 맑은 기분으로 일상적인 가정사를 돌보고, 주일날에는 교회에 꼬박꼬박 나가고, 밤샘하는 일이라고는 없고, 예의와 건강에 가득찬 생활을 상상해 보는 것이다.

나는 일부러 경쾌한 빠른 걸음으로 축축한 골목길의 아스팔트 위를 걸어갔다. 차가운 안개가 자욱한 어스름 속에 가로등이 희끄무레한 빛을 내면서 젖은 길에서 반사되는 흐린 빛을 흡수하고 있었다. 잃어버리고 있던 젊은 날의 일이 머릿속에 떠올랐다. 그 당시 나는 늦은 가을이나 겨울날의 이런 어둡고 침침한 밤을 얼마나 좋아했는지 모른다. 또한 밤이 샐 때까지 외투에 몸을 싸고 진눈깨비가 내리는 찬 바람 속을 헤매다니면서 실컷 고독과 우울에 취해 보기도 했다. 그 당시에 벌써 나는 고독이란 것을 알았었다. 그러나 마음속에는 기쁨과 시(詩)가 넘치고 있었다. 그 시를 나는 방에 돌아와서 침대가에 앉아 촛불 밑에서 써 두었다. 그러나 다 지나간 일이었다. 청춘의 술잔은 한 번 비면 다시는 채워지지 않는 법이다. 그것을 아쉽다고 할까. 그러나 아쉬운 일은 못 된다. 과거가 아쉽지는 않고,

아쉬운 것은 다만 지금, 오늘인 것이다. 기쁨도 감동도 없이 그냥 헛되이 보낸 무수한 시간들이 아쉬운 것이다. 그러나 다행히도 예외는 있었다. 썩 드문 일이기는 했지만, 때때로 나를 놀라게 하고 기쁘게 해주기도 했다. 벽을 무너뜨려 길잃은 나를 뒤흔들고 있는 세계의 심장에 닿게 해준 때도 있었다. 슬픔과 흥분이 뒤섞인 가운데서나마 나는 그러한 체험의 최후의 것을 생각해 내려고 애를 써 보는 것이다. 그것은 어느 콘서트에서였다. 장엄한 옛 음악이 연주되는데, 목관악기 취주자가 부는 여린 음의 두 박자 가운데 갑자기 피안의 세계로 내 마음의 문이 열렸던 것이다. 나는 하늘을 날고, 신의 살림을 보고, 행복이란 것을 톡톡히 맛보았다. 세상의 모든 것을 거부하지 않고, 두려움도 잊고 긍정할 뿐, 모든 것에 마음을 맡겼던 것이다. 그러나 그것은 단 15분도 계속되지 않았다. 그날밤에 한 번 다시 나타났을 뿐, 그 후로는 고약한 날에 때때로 슬쩍 비추다 말곤 할 뿐이었다. 그뿐이었다. 그 빛은 몇 분간 간신히 황금빛 잔영과도 같이 훤히 내 생활을 비춰주는 것이었다. 처음에는 깊은 먼지 속에 쌓여 있다가 황금 불빛으로 빛나더니 이내 꺼져 버리고 마는 것이었다. 어떤 때는 한밤중에 그런 일이 있었다. 그래서 나는 잠을 깨어 갑자기 시를 읊조렸다. 그 시는 너무나 아름답고 묘한 것이었으므로, 나는 그것을 써둘 생각조차 잊고 있었는데 벌써 잊어버리고 말았다. 그래도 그 시는 흡사 썩어빠진 무른 껍데기 속의 단단한 열매처럼 내 마음속 깊숙이 박혀 있었다.

또 언제가 어떤 시인의 작품을 읽었을 때, 데카르트나 파스칼의 단상(斷想)을 음미하고 있었을 때 그 빛이 나타났으며, 어떤 때는 연인과 같이 있을 때에도 나타났다. 황금빛 불꼬리를 끌면서 하늘을 날았다. 아아, 이와 같은 신의 불꼬리는 우리들의 생활에서나, 불만이라고는 없는 시민적인 천박한 시대에서나, 이런 건축물에서나, 일과 정치, 인간들 사이에서는 구하기 어려운 것이다. 그 목적과 그 기쁨에는 아무런 관계도 없는 이 세상의 한가운데서 나는 '황야의 늑대'인 것이며, 볼품없는 은사 외에는 아무것도 아니라는 것은 당연한 일이 아니겠는가. 나는 극장이나 영화관에서도 오래 있지 못한다. 신문 한 장을 읽을 수도 없고 신간 서적을 보는 일도 드물다. 기름 짤 것 같은 차(車)나 호텔, 아니꼽고 답답한 음악을 하고 있는 붐비는 카페, 향락 도시의 화려한 술집, 흥행소, 만국 박람회, 마차 행렬, 문화 강연, 광대한 경기장 같은 곳에서 도대체 사람들은 무엇을 즐기려고 하는지 알 수가 없다. 이런 모든 향락은 나도 하려면 할 수 있다. 그런데 남들은 다 그것을 얻고자 열심인데, 나는 도대체 그것이 이해되지 않을 뿐더러 같이 할 수도 없다. 그와는 반대로, 극히 드문 일이기는 하지만 나를 기쁘게 해주고 환희와 체험과 황홀과 만족을 주는 그것을, 세상 사람들은 기껏 문학 속에서 찾아내어 알고서 사랑할 뿐이다. 그리고도 현실에서는 그것을 미친 짓이라고 생각하고 있는 것이다. 그러나 세상 사람들이 옳은 것으로 쳐 두자. 카페의 음악이나 대중의 향락이나 값싼 만족을 잘하는 미국적인 인간들이 정당하다고 할 것 같으면 확실히 내가 잘못인 것이다.

나는 미친 사람이다. 나는 스스로 자주 불러왔듯이 '황야의 늑대'인 것이다. 연고 연분도 없는 이 세상에 길을 잘못 들어와서, 고향도 공기도 영양(營養)도 못 찾고 있는 한갓 짐승에 지나지 않는 것이다.

여느때와도 같이 이런 것을 생각하면서 나는 이 시의 제일 조용하고 오래된 축축한 보도를 걷고 있었다. 그 보도의 저쪽 으스름한 곳에 내가 좋아하는 고색창연한 돌담이 있었다. 그 돌담은 의젓하게 조그마한 교회와 낡은 병원 사이에 서 있었다. 낮에는 그 거칠거칠한 표면을 보면서 눈을 자주 쉬던 그 벽이다. 사실 반 평방미터마다 상점과 변호사와 의사, 포목점과 티눈 빼는 사람들이 광고를 내걸고 있는 이 시에서는, 이런 조용하고 마음 놓이는 평면은 좀처럼 찾아보기 어려운 일이다. 지금도 나는 그 의젓한 담이 쓸쓸히 서 있는 것을 보았다. 그런데 어딘지 모르게 조금 이상한 점이 있다고 느껴졌다. 자세히 보니까 그 벽 한가운데에 뾰족한 아치가 달려 있는 조그맣고 깨끗한 입구가 있지 않는가. 나는 놀랐다. 이런 입구가 전부터 있었던지 그러잖으면 새로 만든 것인지 알 수가 없었다.

아마도 그것은 퍽 오래된 문이겠지. 거무튀튀한 문짝이 붙어 있는 이 조그마한 닫혀진 문은 수백 년 전에는 어느 쓸쓸한 교회의 안뜰과 통하고 있었겠지. 그리고 이미 교회가 없어진 오늘날에도 이 문만은 옛 모습대로 남아 있는 것이겠지. 아마도 나는 이 문을 몇백 번이고 보아왔겠지만, 그것을 못 깨달았던 것이겠지. 그런데 이번에 새로 칠을 했으므로 내 주의를 끈 것이겠지. 그건 그렇고, 나는 선 채로 가만히 보았다. 거기에 이르는 길이 굉장히 길었으므로 걷지는 않았다. 나는 이쪽 복도에서 가만히 쳐다보았다. 벌써 주위는 캄캄한 밤이었다. 내게는 그 문이 화환 아니면 무슨 화려한 것으로 꾸며진 것만 같이 보였다. 그래서 좀더 자세히 보니까, 그 문 위에 번쩍이는 간판이 있고 거기에 무엇인가 씌어 있는 것 같았다. 나는 조심해서 보았다. 땅이 질퍽거리는데도 불구하고 그곳에 가까이 가 보았다. 그랬더니 그 문 위 고색창연한 벽의 한 모퉁이가 환해지더니 여러 가지 빛깔로 꾸민 글자가 나타났다 사라졌다 하는 것이 아닌가. 옳지! 이 고색창연한 벽도 전기 광고에 이용당하고 있구나 하는 생각이 들었다. 그 사이에도 번쩍번쩍 명멸하는 글을 몇 개 읽어내었다. 읽는데 힘이 들어 거의 추측에 의하지 않으면 안 되었지만, 그 문자는 불규칙한 간격을 두고 나타났다. 그 뒤에 불빛이 약해지더니 빨리 꺼져 버리기도 했다. 이런 것으로 장사를 하려는 자는 수완가가 아니라 가련한 '황야의 늑대'일 것이다. 왜 그자는 이런 옛 시가에, 더욱이 제일 어두운 골목에 있는 이런 벽에 전기 광고를 하는 것일까. 더욱이 이런 시간에 아무도 지나가지 않는 비오는 날. 그리고 왜 이 글자들은 이렇게 변덕스럽고 읽기에 힘들단 말인가. 그러나 가만히 있자, 겨우 나는 앞뒤를 맞춰 두서너 자씩 읽어낼 수가 있었다. 즉, 이러했다.

마술 극장
　특별한 분 외는
　— 입장 사절 —

나는 문을 열려고 했다. 그러나 오래되고 묵직한 손잡이는 아무리 힘을 주어 보아도 좀처럼 움직이지 않았다. 갑자기 전기 광고가 끝났다. 흡사 그렇게 하는 것이 아무런 효과도 없는 헛수고였기나 했다는 듯이 나는 몇 걸음 뒤로 물러서는 바람에 진창을 밟고 말았다. 글은 보이지 않았다. 전기불도 꺼져 버렸다. 나는 진창에 선 채 기다려 보았지만 헛일이었다.

나는 단념해 버리고 아까 있던 길로 되돌아갔다. 그러니까 내 눈앞, 비에 젖어 미끄러워진 아스팔트 길 위에 빛깔을 띤 글자가 두서너 개 떨어지면서 달리는 것이었다.

나는 읽었다.

　　입장……은……미친……사람……에만……한한다!

발이 흠뻑 젖어서 추웠지만 조금 더 서서 기다려 보았다. 아무것도 나타나지 않았다. 내가 선 채로 저 묘한 여러 가지 허깨비 불 같은 글자가 젖은 돌담과 침침한 아스팔트 위에서 멋진 영적 배회를 하고 있는 모습을 생각하던 중, 갑자기 이전의 사상의 단편(斷片)이 머릿속에 떠올랐다. 나타났다가는 사라져 버린 저 황금빛 신의 불꼬리와도 같이……

추위에 떨면서, 저 불꼬리를 꿈꾸기도 하면서, '미친 사람에만 한한다'라고 한 마술 극장의 입구를 생각하면서, 나는 자꾸 걸었다. 번화한 거리에 들어섰다. 그곳은 밤의 환락으로 가득차 있었다. 두서너 걸음마다 광고가 눈에 띄고, 여성 음악단이라든지 극장·영화관이라든지 무도회라든지 하는 선전판이 수선스러웠다. 그러나 이런 모든 것이 나와는 인연이 먼 것들이었다. 그것은 만인의 것이었다. 그리고 어느 입구 할 것 없이 운집하고 있는 그 정상인들의 것이었다. 그런데도 불구하고 내 우울증은 다소 명랑해졌다. 나는 다른 세상에서 인사를 받은 것이다. 채색한 문자가 춤을 추어 내 혼은 어른거렸고, 감추어진 마음의 소리에 장단을 맞춘 것이다. 저 황금빛 불꼬리가 다시 아련한 빛을 던진 것이다.

나는 조그마한 구식 술집에 들어갔다. 그곳은 내가 이 시에 머무르기 시작한 그때 —아마 거의 25년 전— 와 조금도 다름이 없었다. 안주인도 옛 안주인 바로 그 사람이었고, 손님들 중에는 예전에 자주 드나들던 그 손님들도 섞여 있었다. 더욱이 같은 자리에서, 바로 같은 그 술잔을 앞에 놓고 있었다. 나는 그런 조그마한 술집에 들어간 것이다. 물론 이곳도 그 계단에 있던 남양삼나무 옆과 다름없는 하나의 피신처에 지나지 않는다. 이곳에 와서도 나는 고향도 친지도 없는 몸이다. 그것은 모르는 사람들이 모를 연극을 하고 있는, 무대 앞의 조용한 관람석에 지나지 않는 것이다. 그래도 역시 이 조용한 곳은 좋았다. 군중도, 소음도, 음악도 없고 그냥 흩어져 있는 나무탁자에 기대어 서 있는 두 세 사람이 있을 뿐이다(대리석도, 에나멜을 칠한 함석 판자도 우단도 유기대(鍮器帶)도 없다). 그리고 모두 건강해서 밤술을 마시고 있는 것이다. 나와 안면이 있는 이곳 단골 손님들은 아마 진짜에 속하는 속인들일 것이다. 그들의 속인적인 집에는 우둔한 만족이, 신을 모신 김빠진 제단이 있을 것이라고 생각했다.

또 아마 그들도 나처럼 고독하고 탈선한 치들이어서 부서진 이상을 안주 삼아 조용히 생각에 잠긴 채 잔을 기울이고 있는 주객들일 것이며, 그들 역시 '황야의 늑대'이고 가련한 악마일 것이라고 생각해 보는 것이다. 그 어느 쪽인지를 나는 모른다. 그러나 그들을 여기에 이끌어오게 한 것은 향수였으며, 환멸이었으며, 잃어버린 것을 되찾으려는 욕구였던 것이다. 기혼자는 총각 시절의 기분을 찾아, 노관리는 학생 시절의 여운을 구해서 온 것이다. 누구 할 것 없이 다 말수가 적고 음주가고, 나처럼 여성 음악단보다는 반 리터의 에르자스 주(酒)를 벗으로 삼을 줄 아는 사람들인 것이다. 나도 자리를 잡고 앉았다. 여기서는 한 시간쯤은 견디어 낼 수 있다. 아니, 두 시간쯤도. 에르자스 주를 한 잔 하자, 나는 오늘 아침에 빵 한 조각밖에는 아무것도 먹지 않은 것을 알았다.

이상한 일이지만 인간이란 무엇이든지 잘도 먹어 치운다. 한 10분쯤 신문을 읽으면서 무책임한 인간의 생각들을 눈으로 삼켜 보았다. 그 인간은 남의 말을 입 속 가득히 씹어 모아두었다가 소화가 안 되니까 토해 버린 것이다. 나는 그 토해 낸 난(欄)을 핥아 버렸다. 그리고 또 도살한 송아지의 큼직한 간 조각을 다 먹어 버렸다. 이상한 일이다! 에르자스 주는 맛이 좋았다. 나는 적어도 독한 술과 사람들이 맛이 좋다고 떠드는 술을 상용하는 것을 좋아하지 않는다. 평상시에는 이름도 없는, 독하지 않은 지방산 술을 좋아했다. 그것은 과음해도 몸에 해롭지가 않고 또 지방의 땅 냄새와 하늘과 숲의 정든 향기를 풍겨 주기 때문이다. 한 잔의 에르자스 주와 고급 빵 한 조각, 이것만으로도 아주 훌륭한 식사인 셈이다. 그런데 나는 벌써 간 한 쟁반을 다 먹어 치웠다. 고기를 먹는 일이 드문 나로서는 엄청난 잔칫상을 받은 셈이다. 그리고 두번째 잔을 앞에 놓고 있었다. 어딘가 푸른 골짜기에서 건장한 사람들이 포도를 가꾸고 그 열매를 짠 것이다. 인생의 환멸을 느껴 가면서 조용히 잔을 기울이고 있는 몇 몇 시민들이나 의지할 곳 없는 황야의 늑대들이 그것을 마시고 다소 기운을 내고 있는 것이다.

 묘한 일이다. 묘하든 어쨌든 좋다. 효과는 있었다. 나는 명랑해졌다. 아까 읽은 신문 기사가 생각나서 소리내어 웃었다. 그러자 갑자기 잊고 있던 저 목관 악기의 예전 취주곡의 느릿한 멜로디가 머릿속에 떠올랐다. 그것은 흡사 조그마한 비누거품처럼 높이 솟아 번쩍번쩍 아름답고 조그맣게 전세계의 그림자를 비추더니 훅 꺼져 버렸다. 이 세상의 것 같지 않은 여린 이 멜로디가 슬그머니 내 혼 속에 뿌리박혀 있었던 것이다. 이렇게 뜻밖에 내 가슴속에 여러 가지 빛깔의 아름다운 꽃을 피우는 것을 보면, 내 생애라는 것이 그렇게 무의미한 것은 아니었던 모양이다. 비록 내가 내 주위의 세계를 이해 못하고 길 잃은 늑대라고 할지언정 나의 이런 생활에도 하나의 의의가 있고, 내 가슴 속에 있던 그 무엇이 먼 신들의 세상에서 부르는 소리에 응답을 하는 것이다. 내 머릿속에는 무수한 형상들이 떼를 짓고 있었다.

거기에는 지오트가 그린 파두아의 교회, 조그마한 푸르고 둥근 천장에 천사들의 무리가 있다. 그것과 나란히 이 세상의 모든 슬픔과 모든 오해의 아름다운 상징인 햄릿과, 머리에 화환을 인 오필리아가 걷고 있다. 그곳에는 비행가인 쟈노츠오가 타오르는 기구(氣球) 안에 서서 각적(角笛)을 불고 있고, 아치라 슈메르츠레는 손에 새 모자를 쥐고, 보르브데르는 마천루를 짓고 있었다. 이 모든 아름다운 모습은 아마 허다한 사람들의 가슴 속에도 살아 있을 것이다. 그러나 내 가슴 속에도, 많은 낯선 사람들의 모습과 음향이 있다. 그들의 고향, 그 소리를 듣는 귀, 보는 눈은 내 가슴 속에서만 살고 있는 것이다. 갖가지 벽화를 생각케 하고, 좀이 먹고 금이 간 비바람에 바랜 고색창연한 병원의 돌담이여! 그대에게 답하고, 그대에게 마음을 두고,

그대를 사랑하고, 그대의 눈에 띄지 않고 바래 가는 빛깔을 물끄러미 쳐다본 자가 누군가. 아늑한 빛을 내고 있는, 저 삽화를 그려 넣은 낡은 조그마한 경전(經典), 수백 년 전의 국민들에게 잊혀진 독일 시인의 작품, 찢어지고 곰팡이 슨 책, 옛 음악가의 판본이나 자필서, 그리고 그들의 음향의 꿈이 엉겨 단단해진 누렇게 바랜 악보! 너희들의 깊고 아득한 소리와 또한 장난 같은 동경심에 불타던 그 소리에 귀를 기울이는 자는 누군가. 멀리 떨어진 세대에 살면서 너희들의 영기(靈氣)와 매력에 찬 마음을 내내 지니고 있는 자는 누군가. 또 돌 사태에 가지를 꺾이면서도 목숨을 이어 새 가지를 내고 있는 저 지비오에 산 위에 끈기있게 살고 있는 실삼나무에 마음을 두고 있는 자는 누군가. 저 이층의 근면한 안주인과 그녀의 윤기 흐르는 남양삼나무의 진가를 인정해 주는 자는 누군가. 안개 낀 밤에 라인강 위를 흐르는 구름의 글자를 읽는 자는 누군가. 그것은 '황야의 늑대'다. 그리고 생활의 폐허에 서서 찢어져 버린 그 의의를 탐구하고, 무의미하게 보이는 것에 애를 태우면서 광기에 찬 생활을 하고 있는 것이다. 마음 한구석에는 그래도 자신의 계시와 출현을 바라 마지 않는 자가 있으니 그자가 누구인가.

선술집 안주인이 또 술을 따르려고 하였으나, 나는 잔을 꽉 누르고는 일어서 버렸다. 술은 이제 필요 없다. 저 황금빛 불꼬리, 영원을, 모차르트를, 별을 그리는 것이다. 나는 다시 얼마 동안은 호흡을 해가면서 날 수 있다. 괴로워하고 두려워하고 부끄러워할 필요는 없어진 것이다. 인기척도 끊어져 버린 거리에 나왔더니, 찬바람에 날리듯이 내리던 진눈깨비가 흔들거리는 가로등 불빛을 받아 희뿌연 빛을 내고 있었다. 자, 지금부터 어디로 간단 말인가. 만약 이 순간, 내가 요술을 부려 내 소원을 이룰 수가 있다면, 내 앞에는 깨끗한 홀이 나타났을 것이다. 루이 왕조 식의 홀로서 몇 사람의 음악가가 나를 위하여 헨델과 모차르트를 연주해 주었을 것이다. 내 기분이 그것을 바랐던 것이다. 신들이 좋은 술을 들듯이 나는 상쾌하고 고상한 음악을 마음껏 즐겼을 것이다. 아아, 내게 어디 지붕 밑 방에서 바이올린을 옆에 놓고 명상에 잠기고 있는 친구가 있다면 얼마나 좋으랴. 나는 슬그머니 발을 죽여 가면서 구부러진 계단을 올라가서 촛불 밑에 멍청히 앉아 있는 그 친구를 깜짝 놀라게 해주겠지. 그러면 우리들은 이야기와 음악으로서 깊은 밤의 몇 시간을 마음껏 즐겼을 테지. 나는 지난날, 이와 같은 행복을 몇 번인지 맛본 일이 있었다. 그러나 이런 행복도 세월히 흐름에 따라 사라져 버리고, 퇴색한 세월이 그 사이를 메우고 있을 뿐이다.

망설였으나, 그래도 나는 귀로에 올랐다. 외투 깃을 세우고 지팡이로 젖은 보도를 짚으면서 이렇게 천천히 걸어서, 좋아하지는 않지만 그렇다고 없으면 안 되는 내 지붕 밑 방에 가서 곧 쉴 수 있게 되겠지. 비가 내리는 겨울 밤에 밖을 헤매고 다니는 시절은 지나간 과거의 일이다. 그렇다고 비나 통풍이나 남양삼나무나 그 무엇에 의해서도 오늘 밤의 이 기분만은 파괴당하고 싶지 않았다. 설혹, 실내악이나 바이올린을 켤 고독한 친구는 얻지 못한다고 하더라도 저 참한 멜로디는 내 마음속에서 소리를 내고 있는 것이다. 그리고 나는 그 멜로디를 리드미컬한 호흡과 함께 나지막히 슬쩍 읊조려 볼 수 있는 것이다. 생각을 해가면서 나는 자꾸 걸었다. 그렇다, 실내음악이나 친구가 없어도 해나갈 수가 있는 것이다. 구태여 따스한 기분을 구하려고 애를 쓰다니 우스운 일이다. 고독은 바로 자유다. 나는 그것을 바란 지 오래였다. 그리고 그것도 얻어 내었다. 고독은 쌀쌀한 것이다. 그러나 또 조용한 것이기도 했다. 놀랄 만큼 조용하고 위대한 것이다. 별이 돌고 있는 저 싸늘하고 고요한 공간과도 같이.

어떤 무도장 앞을 지나가니까 생고기에서 올라오는 김과도 같은 억세고 성급한 재즈 음악이 울려 나왔다. 나는 잠깐 발을 멈추었다. 이런 음악을 몹시 싫어하고는 있었지만, 그래도 은근한 매력은 있다고 보아 온 터다. 나는 재즈는 싫었다. 그러나 요즘 어떤 아카데믹한 음악보다는 월등 나았다. 재즈는 그 향락적인 생생한 야만성에 의하여 본능의 세계로 파고들어 솔직하고 거짓없는 육감을 발산해 준다.

나는 코를 킁킁거리면서 잠시 그곳에 서서, 이 야만적인 호들갑스러운 음악을 맛보면서 그 무도장의 공기를 점잖은 호기심에서 맡아 보았다. 그 음악의 전반은 서정적이고 달콤하며 감상적인 데가 있었으나, 후반부는 야만스럽고 변덕스러웠으며 기운이 찼다. 그러나 이 두 부분은 점잖게 조화하여 한 전체를 이루고 있었다. 그것은 몰락기의 음악이었다. 로마 최후의 황제들의 시대에도 이것과 비슷한 음악이 있었을 것이다. 그야말로 바흐나 모차르트 등 참다운 음악과 비교해 보면 천하기 이를 데 없는 음악이기도 했다. 그러나 우리들의 모든 예술이나 사색이나 가장(假裝) 문화도 참다운 문화와 비교해 보면 역시 천하기 그지없는 것이다. 게다가 이 음악에는 아주 정직하고 귀엽고 거짓없는 흑인다움과 명랑한 어린아이 같은 순진성을 갖고 있다는 장점이 있었다.

 이 음악에는 힘과 장점이 있기는 하나, 우리와 같은 유럽 사람에게는 점잖지 않고 순진하게만 보여 미국인이나 흑인과 비슷한 점이 있다는 인상을 주는 것이다. 유럽도 그렇게 되고 말 것인가. 벌써 그렇게 되어 가고 있는 것이 아닐까. 과거의 유럽, 과거의 참다운 음악, 과거의 참다운 시작(詩作)에 대해서 잘 알고 있고, 또 숭배자인 우리들도 내일이 되면 아마 조소받는 귀찮은 신경병 환자에 지나지 않게 되고 말 것인가. 우리가 문화·영혼·정신·미·(聖)이라고 부르고 있는 것은 망령에 지나지 않고, 먼 옛날에 사멸해 버려 다만 우리들 몇몇 어리석은 인간에게만 참하이며 살아 있는 것으로 여겨지고 있는 것이 아닐까. 혹은 그것은 참도 아니며 살아 있는 것도 아닌 것이 아닐까. 우리들 어리석은 인간들이 잡으려고 애를 태우던 것은 그 환영에 지나지 않는 것이었을까.

나는 구 시가지로 들어섰다. 희끄무레한 가운데 작은 교회가 쓸쓸히 꿈처럼 서 있었다. 갑자기 초저녁에 일어났던 그 일이 생각났다. 수수께끼 같은 뾰족한 아치형의 문과 그 위의 간판과 조소하는 듯 번쩍이던 글자들이……. 그 글자는 무엇이라고 했더라. "특별한 분 외는 입장 사절" 그리고 '입장은 미친 사람만 한함.' 살피듯이 나는 그 낡은 돌담 쪽을 보았다. 마술이 다시 시작되어 간판의 글이 미친 나를 유인하고 문이 열려서 나를 넣어 줄 것을 은근히 바라면서…….

거기에는 내가 바라고 있던 것이 있지나 않을는지. 내가 좋아하는 음악이 연주되고 있지나 않을는지.

어두운 돌담은 짙은 어둠 속에 조용히 깊은 꿈에라도 취해 있듯이 나와 마주보고 서 있었다. 어디로 보나 문도 아치도 보이지 않았다. 빈틈이라고는 없고 어둡고 말없는 덤덤한 돌담만이 있었다. 미소를 지으면서 나는 걸었다. 그리고서 벽을 보고 끄덕였다. "잘자게, 돌담아. 나는 그대를 깨우지는 않으리. 아마 오래지 않아 사람들이 그대의 얼굴에 글을 새길 것이고, 광고지를 붙이기도 할 걸세. 그러나 그대는 아직 건강한 몸이 아닌가. 아름답고 조용하고 호감을 주는 존재가 아닌가."

어둡고 비좁은 골목길에서 한 사나이가 내 눈앞에 나타나서 나를 놀라게 했다. 피로에 지친 걸음걸이로 밤늦게 혼자 집으로 돌아가는 사나이였다. 머리에는 챙없는 모자를 쓰고 푸른 코트를 입고 어깨에는 광고판이 달린 막대기를 짊어지고, 가슴에는 도붓장수가 장에서 흔히 달고 다니는 뚜껑 없는 상자를 가죽끈에 매달고 있었다. 그 사나이는 지친 듯 뒤를 돌아보는 일도 없이 내 앞만 보고 걸었다.

만약 그 사나이가 돌아보기라도 했다면 나는 말을 걸고 담배라도 권했을 것이다. 가로등 불빛에 나는 그 막대기 앞에 달린 붉은 광고판을 읽으려고 했으나 불빛이 흔들거려서 한 자도 읽지 못했다. 그래서 나는 그 사나이를 불러 세우고 광고를 보여 달라고 부탁했다. 그 사나이가 걸음을 멈추더니 막대기를 꼿꼿이 세워 주었기 때문에 나는 흔들거리는 그 글씨를 가까스로 읽을 수 있었다.

무정부적인 밤의 향연!
마술 극장! 특별한 분 외는 입장 사절함…….

"이것이야말로 내가 찾던 것이다!"라고 나는 기뻐서 소리를 질렀다. "그 밤의 향연이란 무슨 뜻인가. 어디에 있지? 몇 시에?"

그 사나이는 벌써 발을 옮기고 있었다.

"특별한 분에 한한답니다." 그 사나이는 졸린 목소리로 뱉듯이 이렇게 말하고는 걸음을 재촉하는 것이었다. 그 사나이는 세상 만사가 다 귀찮아서 얼른 집에만 가고 싶었던 것이다.

"기다려 주게." 나는 소리를 지르면서 그 사나이의 뒤를 따랐다. "그 상자 안에는 무엇이 들어 있지? 응, 팔아 주게."

멈춰서지도 않고 그 사나이는 기계적으로 상자 안에 손을 넣더니 조그마한 팜플렛을 끄집어내어 주는 것이었다. 나는 그것을 받아 얼른 주머니에 집어 넣었다. 내가 외투 단추를 벗겨 돈을 내주려고 하였더니 그 사나이는 벌써 어떤 문 안으로 구부러져 들어가서 문을 닫고 사라져 버렸다. 안뜰에서는 그의 무거운 발자국 소리가 처음에는 포석(鋪石)에서, 다음에는 목조 계단에서 울려왔다. 그 뒤로는 밤도 이슥해졌으므로 집으로 돌아가고 싶었다. 나는 빠른 걸음으로 다들 잠들어 버린 골목을 빠져나와 곧 내가 사는 곳에 이르렀다. 그 근처에는 잔디에 덮인 담쟁이가 우거진 깨끗한 셋집에 관리비와 연금을 받고 사는 사람들이 살고 있었다. 담쟁이와 잔디 그리고 전나무가 서 있는 옆을 지나 나는 내 집 문앞에 와서 얼른 문을 열고 전깃줄을 잡아 당긴 다음, 유리문과 잘 닦아 놓은 장과 화분 앞을 지나 조그마한 임시 고향인 내 방문을 열었다. 거기에는 팔걸이 의자와 난로와 잉크병과 물감 상자와 노바리스와 도스토예프스키가 나를 기다리고 있었다. 흡사 야무진 가정의 노처녀나 부인이나 아이들, 식모나 개나 고양이들이 집주인이 돌아오는 것을 기다리듯이.

젖은 외투를 벗으려고 하니까 그 팜플렛이 내 손에 닿았다. 그것을 내보았다. 얇은 값싼 종이에 아무렇게나 인쇄한 장거리 상대의 책으로서, 꼭 저 '정월달에 난 사람'이라든지, '어떻게 하면 우리들은 일주일 동안에 스무 살도 더 젊어질 수가 있는가?' 따위의 싸구려 책과 같은 것이었다.

그런데 내가 팔걸이의자에 앉아서 안경을 쓰고 〈황야의 늑대론(論), 정상인은 읽지 말것〉이라고 쓴 표제를 읽었을 때, 나는 깜짝 놀라 갑자기 솟아오르는 숙명감 때문에 소름이 끼쳤다.

그 내용을 다음에 소개한다. 나는 점점 더해 가는 긴장 속에서 그것을 단숨에 읽어 버렸다.

황야의 늑대론

—비정상인만을 위한—

 일찍이 이름을 하리라고 하고, 별명을 '황야의 늑대'라고 하는 한 사나이가 있었다. 그도 두 다리로 걷고 옷도 입은 사람임에는 틀림없었으나, 그래도 역시 한 마리의 늑대에 지나지 않았다. 머리가 좋은 사람들이면 배울 수 있는 것을 그도 배우고 있었다. 상당히 현명한 사람이었으나 아직 못다 배운 것이 있었다. 그것은 자기 자신과 자기 생활에 만족한다는 것이다. 그럴 수밖에 없는 것이 그는 만족이라는 것을 모르고 있기 때문이다. 아마 마음속으로 자기는 원래 인간이 아니고 황야에서 길을 잃어 잘못 들어온 늑대라고 여겼거나 그렇게 믿고 있었기 때문이었을 것이다. 현명한 인사들은 다음과 같은 문제를 앞에 놓고 논전을 할 수도 있을 것이다. 즉 그가 정말 늑대인가, 또는 이 세상에 태어나기 전부터 둔갑술에 의하여 늑대인 것이 사람으로 된 것인가. 또는 사람의 몸뚱이를 가지고 태어나기만 했을 뿐 혼은 늑대의 그것이라고. 그래서 그 혼에 그대로 홀린 것일 거라고. 또는 그런 생각은, 단순한 공상이거나 어떤 병에 지나지 않는 것이라고. 그러잖으면 또 이렇게 생각하는 사람도 있으리라. 이 사나이는 소년 시절에 불량스럽고 외고집이 세었기 때문에 그를 가르치던 선생들이 그의 몸 속에 도사리고 앉아 있는 짐승을 없애 버릴 양으로 여러 가지로 애써 온 결과 그는 자기는 한갓 짐승에 지나지 않는데 교육이란 것에 의하여 인도(人道) 따위의 하찮은 껍데기가 억지로 씌워져 있음에 불과하다고. 그래서 이런 생각이 은연중 들게 되었을지도 모를 일이라고. 사실 이 점은 매우 흥미있는 것으로 그런 문제를 하나하나 제시하자면 몇 권의 책으로도 모자랄 것 같다. 그러나 그런 일은 '황야의 늑대'에겐 아랑곳 없는 일이다. 늑대가 몸 속에 도사리고 있든 없든, 단순한 망상의 산물에 지나지 않든 그 따위 일은 그에겐 상관 없는 일이기 때문이다. 그것도 그럴 것이 그 점에 관하여 남들이 무슨 생각을 하든, 또는 자기 자신이 어떻게 여기고 있든 그런 일은 한 푼의 가치도 없는 일일뿐더러, 그렇다고 해서 그들이 그의 몸 속에서 늑대를 내쫓아 주지도 못할 것이니 말이다.

'황야의 늑대'는 이렇게 하여 사람과 늑대의 두 성질을 지니게 되어 버렸다. 그것이 그의 운명이었다. 그렇다고 해서 이와 같은 운명이 결코 유별난 것은 아닐지도 모른다. 지금까지만 해도 개나 여우, 물고기나 뱀 같은 성질을 다분히 지니고 있으면서도 별다른 곤란을 느끼지 않는 사람들이 많이 있었으니까 말이다. 이와 같은 사람은 사람과 여우, 사람과 물고기가 같이 살면서도 서로 꼬집기는커녕 서로 돕기조차 하는 것이다. 그리고 크게 성공하여 사람들의 선망을 받고 있는 사람들의 경우를 생각해 볼 것 같으면, 그들을 성공시켜 준 것도 사람보다는 오히려 여우와 원숭이가 아니었던가. 물론 이런 것도 누구나 다 잘 알고 있는 일이다. 그러나 하리의 경우는 사정이 좀 다르다. 그에게는 사람과 늑대가 의좋게 살고 있지 않다. 사람과 늑대가 항상 불공대천지 원수로서 물고 뜯고 있었다. 한 몸뚱이 안, 한 영혼 속에 사는 두 생물이 서로 죽으라고 싸우기만 한다면 그야말로 비참한 이야기가 아닐 수 없다. 여하간 어느 쪽도 각각 곤란한 운명을 지니고 있는 것이다.

그런데 '황야의 늑대'의 경우 모든 합성적인 생존물의 경우와 마찬가지로, 감정면에서 어떤 때는 늑대의, 또 어떤 때는 사람의 생활을 해왔다. 그가 늑대가 되었을 경우에는 그 안에 있는 사람이 반드시 망을 보고 비평을 하고 때로는 노리고 있었다. 또 그가 사람이 되었을 경우에는 늑대가 그렇게 했다. 이를테면, 하리가 사람으로서 아름다운 사랑이나 거룩한 감정을 품거나 소위 착한 일이라는 것을 할 것 같으면, 그 안의 늑대는 혼자 황야를 헤매면서 때때로 생피를 빨아 마신다든가 암컷을 쫓아 다닌다든가 하는 것이 한결 낫다는 것을 잘 알고 있기에 그 따위 고상한 연극이 우스꽝스러워서 죽겠다는 듯이 끔찍한 조소를 던져 보이는 것이었다.

정말이지 늑대가 보기에는 사람들이 하는 짓이란 모두 메스껍기 짝이 없는 것이다. 마찬가지로 하리가 늑대가 되어 느끼고 하는 짓, 남에게 이빨을 내밀고 모든 사람들과 그 허식에 찬 꼴사나운 태도와 풍습에 적개심을 품었을 경우에도 역시 마찬가지로 그러했다. 그럴 때면 그 안의 인간적인 부분이 눈알을 부라리면서, 늑대를 감시하고 그를 네 발 짐승이니 무어니 하고 욕지거리를 하여 늑대로서의 단순하고 건강하고 소박한 생활이 빚어 주는 모든 즐거움을 부수고 망가뜨리는 것이었다.

'황야의 늑대'란 이와 같은 물건이었다. 하리의 생활이 결코 즐겁고 행복스러운 것이 아니었다는 것은 이것으로도 짐작이 갈 것이다. 그렇다고 해서 그가 특별나게 불행했다는 것을 의미하는 것도 아니다(물론 본인은 그렇게 생각하고 있었지만, 그것은 누구나 다 자기의 불행을 최대의 불행으로 여기게 마련이듯이). 누구라도 자기만이 특별히 불행하다고는 할 수 없는 노릇이다. 내면에 늑대가 도사리고 앉아 있지 않은 사람들이라고 해서 반드시 행복하다고 할 수는 없다. 그리고 아주 불행해 보이는 생활에도 태양이 빛나며, 모래밭이나 자갈 사이에도 행복의 꽃은 피어날 수도 있는 것이다. '황야의 늑대'의 경우가 그러했다. 그가 대체적으로 불행했다는 것은 사실이다. 또 그는 남을 불행하게도 하였다. 그가 남들을 사랑하고 남들이 그를 사랑했을 때에 그는 더욱 불행했다. 왜냐하면 그를 사랑한 사람들은 언제나 그의 한쪽만을 보기 때문이다. 기품있고 현명하고 기특한 사람이라고 하면서 그를 사랑하는 사람이 많았다. 그러나 그의 내면에 늑대가 도사리고 있는 것을 보았을 때에 갑자기 그들은 놀라고 실망하였다. 당연한 일이었다. 하리도 누구와 다름없이 전체로서 남의 사랑을 받고 싶었다. 그래서 특히 그가 사랑을 받고 싶어한 사람에 대해서 늑대인 것을 감추거나 늑대가 아닌 것처럼 꾸며댈 수가 없었다. 한편에서는 그의 내면의 늑대, 즉 자유롭고 소박하고 야생의 그 무엇을 사랑한 사람들도 있었다. 그들은 이 거칠고 되어먹지 못한 늑대도 역시 사람에 지나지 않고, 친절과 애정을 그리워하고, 모차르트의 음악을 듣기 좋아하고, 시를 읊고 싶어하고, 인류의 이상을 품고자 할 때에는 아주 실망하여 슬픔의 도가니 속에 빠져 버리는 것이었다. 이런 축의 사람들이 대개 유달리 크게 실망하고 분개하였다. 이렇게 하여 '황야의 늑대'는 그의 독특한 이중성과 분열성을 그와 자주 접촉하는 모든 사람들의 운명 속에 집어 던지는 것이었다.

그러나 이것만으로 '황야의 늑대'의 정체를 알 수 있다거나 그의 끔찍하고 종잡을 수 없는 생활을 상상해 볼 수 있다고 생각한다면 그건 큰 잘못이다. 전체를 알기까지는 아직도 멀었다. 어떠한 법칙에도 예외가 있어 한 사람의 죄인을 하느님은 경우에 따라서는 일흔아홉 명의 죄없는 사람보다도 더 사랑해 주시는 수가 있는 것과 마찬가지로, 하리에게도 예외가 있었다. 행복할 때도 있었고, 때로는 사람으로서 아무런 구애도 받지 않고 조용히 숨을 쉬며 사색하며 느낄 수도 있었다. 뿐만 아니라 사람과 늑대가 간혹 서로 —썩 드문 일이기는 하나— 평화롭게 살아가면서 단순히 한쪽이 잠을 깨어 있고 한쪽이 잠을 자고 있다는 것이 아니라, 둘이 서로 격려하고 협조할 때도 있다는 것, 이런 점을 이 사람들은 아직도 모르고 있는 것이다. 이런 사람의 생활에도 세상 만사가 다 그렇듯이, 때로는 일상적인 일들이 다소간 휴식을 얻고 숨을 돌려 이상한 것, 기적적인 것, 은총 따위에 자리를 내줄 때가 있는 것이다. 그러나 이 짧디짧은 행복한 시간이 '황야의 늑대'의 불행한 운명을 덜어 주어 다소나마 그의 행복과 괴로움 사이에 균형을 잡아 줄 수 있었는지, 또 그 짧은 시간에 맛보는 거뜬한 행복감이 그의 모든 괴로움을 씻어 주고도 남음이 있었는지, 이러한 점은 한가한 사람들이 제멋대로 생각해도 어쩔 수 없는 문제이다. '황야의 늑대' 자신도 가끔 이런 문제를 생각해 보기도 했지만, 그것은 아주 한가할 때, 혹은 일이 손에 안 잡힐 때에만 한한 일이었다.

한 마디 더 덧붙여야겠다. 하리 같은 사람은 꽤 많다는 것이다. 예술가들이 대개 그렇다. 이런 사람들은 대개 두 영혼과 두 성질을 겸유하고 있다. 이들에게는 신적인 면과 악마적인 면, 부성적인 피와 모성적인 피, 행복을 받아들일 수 있는 힘과 괴로움을 받아들일 수 있는 힘이 서로 마주 서 있거나 뒤섞여 있는 것이다. 흡사 하리 속에 늑대와 인간이 들어 있듯이, 이런 사람들은 대개 침착하지 못한 생활을 하고 있지만, 간혹 행복해질 때가 있으면 형언할 수 없을 정도의 아름다움을 체험하기도 한다. 그럴 뿐더러 그 순간적인 행복은 괴로움의 대해(大海)를 덮어씌워 사람들을 매혹해 버리는 것이다. 그리하여 이런 괴로움의 대양에 이는 순간적인 행복의 물거품이 모든 예술 작품을 낳게 한다. 그리고 그 작품 속에서 괴로움을 안고 있는 사람은 잠시나마 자기 운명을 초월하므로, 그의 행복은 별과도 같이 빛나며 그것을 보는 사람들의 눈에는 영원한 것, 자기 자신의 행복의 실현인 것처럼도 느껴지는 것이다.

무릇 이런 사람들에게는 비록 그들의 일과 작품이 어떠한 평을 받는다 해도, 사실 생활이란 것은 조금도 없다. 즉, 그들의 생활은 실재적인 것이 못 되고 일정한 틀도 없어서 다른 사람들이 재판관, 의사, 구두장수, 교사라고 하는 그런 의미에서는 영웅도 예술가도 사상가도 아니다. 그들의 생활은 영원히 괴로움에 싸인 소용돌이 같은 것이며, 바윗돌에 부딪혀 부서지는 파도에 지나지 않는다.

그러므로 우리가 만약 이러한 혼란스러운 생활 위에 내리비치는 저 희한한 체험과 일과 사상과 작품의 의미를 이해하려고 들지 않는다면, 그들의 생활이란 불행하고 갈기갈기 찢어진 엉망진창의 것이 되어 버리고 만다. 인간 생활이 온통 혼돈 세계며, 인류의 어머니인 여호와가 잘못 낳은 광포한 자식이며, 자연의 난폭한 습작품에 지나지 않는다고 하는 이런 위험스럽고 두려운 사상은 아마 이러한 사람들 사이에서 생겨난 것이리라.

또 이런 사람들에게 인간은 반이성적인 동물임과 동시에 하느님의 자식이며, 불멸의 숙명을 지니고 있는 것이라는 사상도 생긴 것이다.

인간에게는 각기 그 특징이 있고, 표지가 있고, 장점·단점이 있고, 영겁의 죄가 있다. 그런데 '황야의 늑대'의 특징의 하나는 그가 밤의 사람이라는 것이다. 아침이란 그에게 두려운 것이며 좋은 일이라곤 일어나지 않는 불쾌한 시간이었다. 그는 여태껏 어떠한 아침에도 마음에서부터 생의 즐거움을 맛본 적이 없었고, 오전 중에 착한 일을 하거나 좋은 생각이 떠올라 본 적도 없었고, 자기를 기쁘게 하거나 남을 기쁘게 해준 일도 없었다. 오후가 되어서야 비로소 유쾌한 날이면 힘이 생겨 활동적이 되고, 때로는 열정까지 띠게 되고 행복해지는 것이었다. 그의 고독과 자유에 대한 욕구는 이것과 관련이 있었다. 그처럼 자유를 열정적으로 욕구한 사람은 없었다. 그가 가난하여 그날의 끼니조차 잇기 힘들던 청년 시절에도 그는 한줌의 자유를 지키기 위하여선 차라리 주린 배를 안고 누더기 옷을 걸치고 걷기를 바랐다. 그는 여태껏 한 번도 금전이나 안락한 생활을 위하여 부인이나 권력가에게 몸을 판 일도 없었다. 자기의 자유를 유지하려고 세상사람들에게 자기의 이익이나 행복처럼 보이던 것을 몇 번이고 팽개쳐 버린 일조차 있었다. 매일, 매년, 맡은 일을 깨끗이 정리한다든지 남의 말을 굽신거리면서 좇지 않으면 안 된다는 것보다 더 싫고 두려운 것은 없었다. 관청이나 사무실 같은 곳이 죽도록 싫었다. 그리고 꿈을 꾼 것들 중에서 제일 무서웠던 꿈은 기숙사에 처박히게 되었던 일이다. 그러나 이런 곳에서 몸을 빼내는 방법을 그는 알고 있었다. 때로는 큰 대가를 치르기는 하지만 여기에 그의 장점과 강점이 있었고, 이런 점에 함부로 굽히지 않는 곧고 직선적인 성격을 갖고 있었다. 그러나 그의 고뇌와 숙명은 이런 장점과 밀접한 관계를 맺고 있었다. 흔히 있었던 일이지만 그가 영혼 속으로부터 희구하고 몸에 넣으려고 애써 온 것만은 손에 넣을 수가 있었다. 그것도 인간에게 주어질 수 있는 정도를 넘을 만큼이다. 그것은 처음에는 그의 꿈과 행복이기도 했으나, 오래지 않아 그의 괴롭디괴로운 운명처럼 되어 버렸다. 제도를 꾸며낸 자는 제도 때문에 몸을 망치고, 부자는 돈 때문에, 굴종적인 인간은 굴종 때문에, 향락인은 향락 때문에 몸을 망치는 것과 마찬가지로 '황야의 늑대'도 자유, 이것 때문에 몸을 망쳤다. 그는 자기의 바라던 바 목적을 이루었다. 그는 더욱더 자유를 누렸다. 누구의 지시도 받지 않았고, 누구와 장단을 맞출 필요도 없었고, 자기 마음대로 행동할 수 있었다. 강한 인간은 진실로 자기가 말하고 구하던 것은 반드시 손에 넣고 말기 때문이다. 그런데 하리는 자유를 손에 쥐자마자 갑자기 다음과 같은 것을 느꼈다. 즉 자유는 죽음이라는 것, 자기는 외로운 존재라는 것, 세상사람들이 자기를 경원시 한다는 것, 사람들은 자기와 하등 관계가 없고 또 자기가 자기와 무관계하다는 것, 그리고 자기는 점점 희박해져 가는 무관계와 고독이란 공기 속에서 질식해 가고 있다는 것등을. 이제 자유며 독존이라는 것은 그가 바라던 목적이 아니고, 그의 운명, 그에게 내려진 선고였다. 이 마법의 소원은 한번 이루어지기만 하면 다시는 되돌릴 수 없고, 구속과 공동 생활을 바라며 두 팔을 벌린들 어찌할 도리가 없는 것이었다. 사람들은 그를 상대해 주지도 않았다. 그렇다고 해서 그가 남의 미움을 받거나 싫은 소리를 들은 것도 아니었다. 그와는 반대로 많은 친구가 생겼고, 그 친구들의 호감도 샀다. 그러나 그가 발견한 것은 언제나 동정과 친절에 지나지 않았다. 그는 초대를 받고 선물을 받고 고마운 편지를 받기도 했다. 그러나 아무도 자기 가까이에 와 주지 않았다. 어디를 가나 구속은 바랄 수 없었다. 누구도 그와 함께 공동생활을 하려고 하지 않았고 또 그렇게 할 기운도 없었다. 지금 그를 둘러싸고 있는 것은 고독과 정적뿐이었다. 주위 세계는 절로 그에게서 떠나가고, 일체 관계를 맺을 수가 없었다. 그것을 아무리 바라고 동경해 보아도 어찌할 수 없었다. 이것이 그의 생활의 중요한 특징의 하나였다.

또 하나의 특징은 그가 자살자의 한 사람이란 것이다. 여기서 말해 두지 않으면 안 될 일이지만, 실제로 자살하는 사람만을 자살자라고 말하는 것은 잘못이다. 그들 중에는 말하자면 우연한 일로 자살하는 사람이 많다. 그들은 참뜻에서 자살자라고는 할 수 없다. 개성과 강한 특징과 힘찬 운명을 가지고 있지 않은 사람들, 즉 평범하기 짝이 없는 사람들 가운데는 자살은 하지만 총체적인 특징과 성격에서는 결코 자살자의 타입에 속하지 않는 사람이 많다. 그런데 본질적으로 자살자 범주 안에 들어야 할 사람이면서 실제로는 제 손으로 자살하지 않는 사람이 아주 많다. 아마 대부분 그럴 것이다. 자살자가—하리도 그 중의 한 사람이었다—반드시 죽음에 대해서 특별히 관심이 많다고는 할 수 없다.

자살자가 아니라도 죽음에 대해서 깊은 관심을 가질 수 있다. 그러나 다음과 같은 것은 자살자에게만 독특한 것이다. 즉 자살자는 그 생각의 잘잘못은 고사하고 오로지 자기를 위험하고 불순한 자연의 한 새싹이라고 생각해서 언제나 자기가 그 위험 속에 놓여 있다고 생각하면서, 자기가 깊은 웅덩이 속으로 빠지게 되려면 밖에서 조금만 밀거나 마음만 약하게 먹으면 그것으로써 충분하다든지, 새끼 손가락만한 바위 모서리 위에 서 있는 것같이도 생각하는 것이다. 이러한 인간의 운명선의 특징은 자살이 그들의 공상 속에서는 가장 개연성(蓋然性)이 많은 죽는 방법이라는 것이다. 그들의 소년 시절에 나타나서 일평생 따라다니는 이런 기분이 그들의 희박한 생활력에서 오는 것은 아니다. 그와는 반대로 자살자 가운데는 힘차고 정력적이고 대담한 성격을 가진 인간도 있다.

그러나 조금 앓기만 하면 곧 열을 내기 쉬운 사람들이 있는 것과 마찬가지로, 우리가 자살자라고 하는, 언제나 다감정하고 신경질적인 사람들은 조그마한 충격을 받아도 곧 자살의 관념에 사로잡히고 만다. 단순히 생명 현상의 메카니즘뿐만이 아니라, 인간이란 것을 연구할 만한 용기와 의지가 있는 과학이 있다고 한다면, 즉 인간학이나 심리학과 닮은 그런 과학이 있다고 한다면 이런 것은 이미 주지의 사실이 되어 있을 법하다.

이상 말한 것은 모두 자살자의 피상적인 면에 관한 것이다. 그것은 심리학이다. 그것은 물리학의 찌꺼기다. 그런데 이것을 형이상학적으로 관찰해 본다면, 자살자라고 하는 것은, '한 존재'는 죄라고 하는 관념에 사로잡혀 있는 사람이다. 즉 인생의 목적은 이미 자기 완성이 아니고 자기를 해체하여 어머니에게로, 신에게로, 전체로 되돌아가는 일이라고 생각하는 사람들인 것이다. 실제로는 이런 사람들 가운데 자살을 못하는 사람이 많다. 자살이 죄악이라는 것을 깊이 깨닫고 있기 때문이다. 그런데도 불구하고 우리가 그들을 역시 자살자라고 부르는 까닭은 그들이 구제를 삶에서 구하지 않고 죽음에서 구하기 때문이며, 언제나 자아를 버리고 해체해 버림으로써 태초로 되돌아가려고 하기 때문이다.

강한 것이 도리어 약한 것이 되어 버리는 수가 있듯이 —물론 사정에 따라서는 그렇게 되지 않을 수도 있지만— 전형적인 자살자는 얼른 보아서 약한 것같이 보이지만 실은 자살이라는 것을 무슨 힘처럼, 지주(支柱)처럼 여기는 일이 있다. 아니, 그런 일은 아주 흔한 일이기조차 하다. '황야의 늑대' 하리의 경우도 그랬다. 수많은 그의 동료들과 마찬가지로, 그는 자기에게는 언제든지 죽음이라는 길이 틔어 있다는 것을 청년기의 우울한 공상의 대상으로 했을 뿐만 아니라, 지금도 그와 같은 생각을 무슨 위안거리나 발받침으로 삼고 있는 것이다. 물론 다른 자살자들과 마찬가지로 그도 비참하고 불행한 꼴을 당할 때마다 죽음에 의하여 그것에서 벗어나려는 생각을 품기도 하지만, 그런 기분에서 오히려 살아가는데 도움이 되는 철학을 만들어 내는 것이다. 즉 비상구가 언제나 열려 있다는 생각을 방패로 하여 그것으로 해서 강해져 괴로움과 불행을 최후의 한 방울까지 맛보려고 하는 호기심을 가지게 되는 것이다. 그래서 아무래도 견딜 수가 없게 되면, "인간이라고 하는 녀석은 어느 정도로 견딜 수 있는지 알고 싶다. 이 이상 더 견딜 수가 없게 되면, 문을 열어젖혀 버리면 그만이다. 그렇게 하면 횡액에서 빠져나올 수 있는 것이다."라고, 얄궂은 기쁨조차 느껴 가면서 생각하는 것이다. 이런 생각에서 아주 강해진 자살자가 수두룩하다.

한편, 그들은 늘 자살의 유혹에 대한 싸움도 계속하고 있다. 어떠한 자살자라도 마음 어느 한구석에서는 자살이라는 것은 도망치는 한 방편임에는 틀림없으나 그것은 만부득이한 경우의 비겁한 방편이라는 것과, 자기 손으로 자기 목숨을 끊어 버리는 것보다는 생활과 악착같이 싸우다가 나자빠지는 것이 훨씬 훌륭하고 아름답다는 것도 잘 알고 있다. 이와 같은 양심의 장난 —그 출처는 소위 자기 만족을 하는 사람의 그것과 동일한 근원일 테지만— 을 가지고 있기 때문에 자살하는 자는 대개 줄곧 자살의 유혹과 싸움을 계속하게 된다. 그들은 도박꾼이 죄악과 싸우듯이 싸우고 있는 것이다. '황야의 늑대'도 이런 싸움을 줄곧 계속하고 있었다. 무기를 바꾸어 가면서……. 그런데 마침내 마흔일곱 살이 된 그는 재미나는 아주 유머러스한 생각을 해서 마음이 거뜬해질 수 있었다. 즉 쉰 살이 되는 생일날을 기하여 자살을 결행하기로 한 것이다. 이날이야말로 그 비상구를 이용해도 좋다. 혹은 그날의 기분 여하로 그걸 이용하지 않아도 좋다고 그는 마음먹었다. 어떤 일이 일어나든, 어떤 병에 걸리든, 영락해 버리든, 괴로워지든, 고민을 하든 그것은 일정한 기한 안의 일이다. 기껏 요 몇 년, 몇 개월밖에 더 계속되지 않을 일이고 더욱이 하루하루 그 숫자는 줄어져 간다. 그리고 실제로 이제는 전 같으면 더 심하게 오래 괴로워하고, 자기 존재를 뿌리째 흔들어 버렸을지도 모르는 불유쾌한 여러 가지 일에도 수월히 견딜 수 있게 되었다. 어떤 일 때문에 특히 불쾌하게 된 경우, 적막한 생활과 고독과 황폐한 상태에 특별한 괴로움과 손실이 덧붙어 올 경우, 그런 경우에 그는 괴로움을 향하여 이렇게 말할 수 있었다. "두고보아라. 한 2년 기다려 봐. 그러면 나는 너희들을 정복하는 거야."라고. 그리고 그는 이런 공상을 즐겨하는 것이었다. '쉰 살이 되는 생일날 아침, 나는 많은 편지와 축사를 받을 것이다. 동시에 나는 손에 면도칼을 꽉 쥐고 모든 괴로움과 하직하고 인생과 고별하는 것이다. 그렇게 하면 관절염도 우울도 두통도 깨끗이 없어질 것이다.'라고. 또 '황야의 늑대'의 갖가지 현상, 특히 그와 일반 시민 생활의 독특한 관계를, 그 근본 법칙을 좇아 설명해야겠다. 그렇게 하면 모든 것이 절로 명백해지겠기 때문에 우선 그와 소위 시민적인 것의 독특한 관계부터 설명하기로 하자.

'황야의 늑대'는 가정 생활도 없고 사회적인 양심도 없었으므로, 그 자신의 생각에 의할 것 같으면 전혀 시민 사회와는 무관했다. 그는 자기가 아주 홀아비라고 생각했다. 어떤 때는 자기를 변태적인 인간이며 병역 기피자라고 느끼고 또 어떤 때는 비범한 천재로서, 평범한 생활의 사소한 규범을 초월한 인간이라고 느꼈다. 그는 의식적으로 부르주아를 경멸하고 자기가 부르주아가 아닌 것을 자랑했다. 그러나 그의 생활은 많은 점에서 시민적이었다. 그는 은행에 예금한 것도 있었고 가난한 친척을 돕고 있기도 했다. 의복에는 무관심했지만 깨끗했고 괴팍스럽지도 않았다. 그는 될 수 있는 대로 경찰과 세무 직원들과는 원만히 지내고자 했다. 그 위에 시민적인 작은 세계, 정원이나 청소가 잘 된 계단 등이 있는, 질서와 예의와 아득한 공기가 감돌고 있는 고요하고 깨끗한 가정 생활을 마음속 그윽이 그리고 있었다. 그는 사소하지만 죄를 저지르기도 하고, 방탕도 해보고, 자기를 비시민적인 변태자 또는 천재라고도 생각해 보기를 좋아했다. 그러나 그는 솔직히 말해서 시민적인 것이 통 존재하지 않는 곳에서는 여태껏 한 번도 생활해 본 적이 없었다.

그는 권세가나 특수 계급 사회에서도 살아 보지 않았고, 죄인이나 공민권을 박탈당한 사람들의 세계에서도 살지 않았다. 그는 항상 시민들과 같이 살고 있었다.

그리고 그 풍습과 규범과 분위기와 관계를 맺고 있었던 것이다. 비록 그것이 대립과 반역의 관계였다고 하더라도. 또한 그는 소시민적 교육을 받고 자랐으며 소시민적인 개념과 틀을 몸에 지니고 있었다. 그는 이론적으로는 조금도 매춘 제도에 반대할 이유를 발견할 수 없었지만, 현실면에서 매춘부를 진지하게 생각해 본다거나 자기와 동등하게 볼 수 없었다. 국가나 사회에서 추방당한 정치범이나 혁명가, 사상적 선동자를 자기의 형제같이 볼 수는 있었지만 도적이나 변태 성욕자, 살인범들을 동정할 수는 없었다.

이와 같이 그는 자기의 성질과 행위의 일면에서 받아들인 것을 다른 일면에서는 마구 부정하는 것이었다. 교양 있는 시민의 집안에서 확실한 형식과 풍속 속에서만 자라난 그는 그의 영혼의 일부로서 항상 이 시민적 세계 질서에 얽매여 있었다. 그가 시민적인 규범을 벗어나 그의 이상과 신앙을 버린 훨씬 뒤에까지도 역시 그러했다.

생각컨대, 인간 사회의 항존적(恒存的)인 상태로의 소위 '시민적'인 것은 요컨대 균등화의 시도, 즉 인간 행위의 무수한 극단과 대립 사이의 평균화의 노력 외에 아무것도 아니다. 이를 테면 성인과 방탕자의 경우를 예를 들어 본다면 이 말의 뜻을 곧 이해할 수 있을 것이다. 인간이란 것은 정신적인 것, 신에 접근하려는 노력, 거룩한 이상에 불탈 수 있기 마련이다. 한쪽은 성인, 순교자, 신에 대한 헌신의 길이고 다른 한쪽은 방탕자, 육욕의 희생자, 타락 의 길에 통한다. 시민이란 이 두 길의 중간적인 생활을 하려고 한다. 시민이란 결코 육욕에만 빠지려고 하지 는 않으며 순교자가 된다거나 자기 파멸을 희구하지도 않는다.

그의 이상은 헌신이 아니고 자기 보존이며, 성인이 되려고 하지 않거니와 그 반대가 되려고도 하지 않는다. 절대라는 것은 참 어려운 것이다. 그는 신에 봉사하고 싶음과 동시에 육욕에도 봉사하려고 한다. 명사가 되고 싶은 동시에 이 세상의 모든 향락을 누리고 싶어한다. 요컨대 그는 극단의 중간, 즉 심한 폭풍우나 뇌성 벽력이 없는 고요하고 건강에 좋은 곳으로 도망치려는 것이다. 그래서 그 목적을 이루려는 것이지만, 그 대신에 절대와 극단을 목표로 삼는 강력한 생활과 감정을 희생하지 않으면 안 되는 것이다. 강력한 생활이라는 것은 자기를 희생함으로써만이 얻어진다. 그러나 시민은 무엇보다도 자기를 소중히 한다. 이렇게 해서 시민은 그 강렬을 희생하여 보전과 안정을 얻으며, 법열(法悅) 대신에 양심의 안정을, 향락 대신에 안주를, 자유 대신에 편안함을, 몸을 불태울 듯한 불꽃 대신에 알맞게 따뜻한 빛을 얻는다. 그러므로 시민은 그 본질상 생활 충동이 박약한 존재이며, 삶을 희생하는 것에 겁을 먹고 있는 다루기 쉬운 사람들이다. 그래서 권력 대신에 다수제를, 폭력 대신 법률을, 책임을 지는 대신에 투표법을 정한 것이다.

이와 같이 인간이란 약하고 겁이 많기 때문에, 비록 그 수는 많다 하지만 자기를 유지하지 못하고 또 그 성능상 세상에서 자유로이 사방을 활보하고 다니는 늑대 속에 섞인 양 새끼 같은 역할밖에 할 수 없다는 것은 당연한 일이다. 강력한 인간이 통치하는 시대에는 시민은 구석까지 몰리고 말지만, 그리하여 두 손을 들어 굴복해 버린 듯이 보이지만 절대로 그렇지는 않다. 때로는 세계를 지배하고 있는 것처럼 보일 때도 있는 것이다. 어째서 그런 일이 가능하게 되는 것일까. 수가 많다는 것도, 도덕이나 상식 그리고 조직이라는 것도 시민을 몰락 상태에서 구해 낼 수는 없다. 본시 생활력이 약한 사람은 세상의 어떠한 구제로도 구할 수 없다. 그래도 시민은 살아가고자 하는 것이다. 왜?

답은 이렇다. 그것은 '황야의 늑대' 덕택이다. 실제로 시민들의 저 왕성한 생활력은 결코 그들의 보편적인 특징이 아니다. 시민 사회는 신축이 자유 자재한 이상을 갖고 있기 때문에 그들이 품 속에 안고 있는 수많은 국외자의 힘에 의한다. 시민 사회 안에는 몹시 거칠은 인간이 수없이 많이 있다. 우리의 '황야의 늑대' 하리 군은 그 현저한 본보기다. 유난히도 개성이 발달한 그, 사색의 법열과 증오와 자조의 침울한 기쁨을 알고 있는 그, 법률·도덕·상식을 경멸하는 그, 그러나 그는 시민 사회에 의하여 강제 구류를 당하여 그곳에서 빠져나올 수가 없다. 이와 같이 시민들의 주위를 몇 겹으로, 다른 인간의 무수한 생활과 지능이 둘러싸고 있는 것이다. 그들은 이미 시민 사회에 낄 수 없을 정도로 장성해서, 원칙적으로는 자유스런 생활을 해나가야 할 것인데도, 불충분한 착각 때문에 시민 생활에 집착하고, 또 시민의 약한 생활력에 얼마만큼 감염되어 있기 때문에 시민 사회에서 벗어나지 못하고 예속된 채 구속받고 사역당하는 것이다. 왜냐하면 시민 사회에는 위인들의 역(逆)이 성립하기 때문이다. 즉, '우리 편이 아니면 적이다'가 아니고, '적이 되지 않는다면 우리 편'인 것이다.

상술한 바와 같이 '황야의 늑대' 마음속을 음미해 볼 것 같으면, 그 개성화가 고도로 발달해 있기 때문에 그가 비시민이 될 운명을 가지고 있다는 것은 뻔한 일이다. 고도로 발달한 개성은 자아에 반역하고 자아를 파괴하려는 경향이 있기 때문이다. '황야의 늑대'는 성인이나 방탕자에게 마음이 끌리긴 하지만, 약한 마음과 게으름 때문에 자유로이 거칠은 세계에 뛰어들 수가 없고 언제까지나 시민 생활이라고 하는 대지에 얽매여 있다. 이것이 지상에서의 그의 상태이며 운명이었던 것이다. 대다수 인텔리와 예술가들은 이런 형에 속한다. 단지, 그들 중 제일 강한 자만이 시민 세계를 돌파하여 자유스럽게 우주를 날아다니는 것이다. 다른 축들은 모두 체념과 적당한 타협으로 시민 사회를 경멸하면서도 그런 생활에만 시종하여, 시민 생활을 강화하고 찬미하고 말게 된다.

살아가기 위해서는 결국에는 이 시민 생활을 긍정하지 않으면 안 되기 때문일 것이다. 이런 일은 이들 수많은 사람들에게 비극까지는 아니더라도 상당한 불행으로서, 그들의 재능이라는 것은 산산이 부서지고, 그 안에서 고생하면서 단련되어 풍성해 가는 것이다. 자유를 획득한 몇몇 사람만이 절대의 경지로 나아가 참으로 경탄할 만한 몰락을 해 버린다. 이들만이 비극적인 사람이나, 그 수는 얼마 되지는 않는다. 그러나 그와 같은 자유에 이르지 못한 사람들로서 그래도 시민들에게서 그 재능에 대하여 존경을 받는 사람들에게는 제3의 세계가 열려 있다. 그것은 공상적이긴 하나 자주의 세계, 유머의 세계이다. 줄곧 무서운 고뇌에 차 있고, 평화가 없는 '황야의 늑대'들, 그들은 별의 세계로 뛰어들 만한 힘도 없고, 절대 세계의 사명을 자각하면서도 그것에 몸을 바치지는 못하지만, 그들의 마음이 괴로움 때문에 강하게 되고 탄력을 띠게 되면 유머에로의 유화적(宥和的)인 도망길이 그들 앞에 뚫리게 된다. 유머는 시민이 되어 버린 인간에게는 이해가 안 되지만, 역시 서민적인 것임에는 틀림없다. 이 공상적인 세상에서 '황야의 늑대'들의 복잡한 이상이 모두 실현되는 것이다. 즉 이 세계에서는 성인과 방탕자를 동시에 긍정하여 두 극단을 한곳에 얽어맬 수가 있을 뿐만 아니라, 시민 자체조차 긍정할 수도 있다. 성인은 범죄자를 긍정하는 것이 불가능하지 않다. 또 죄인이 성인을 이해하는 것도 마찬가지다. 그러나 성인이나 죄인이나 모든 다른 절대인도 저 미온적인 시민적인 것을 긍정하기란 불가능하다. 다만 '유머'만이, 가장 위대한 것에의 사명이 막혀 버린 비극적이라고까지 말할 수 있는 천재적인 불행한 자들의 멋진 발명이다. 아마 인류의 가장 특색있는 독창적인 산물인 유머만이 불가능한 일을 해나가며 또 그 프리즘의 빛에 의하여서만 인간을 똑같이 비춰 주는 것이다. 현실에 살면서도 현실과 떨어져 살고, 법률을 지키면서도 그것을 초월하고, 소유하면서도 소유하지 않는 것처럼, 체념하면서도 체념 않고 있는 것처럼 사는 것. 이와 같은 높은 처세술을 실현할 수 있는 것은 다만 '유머'뿐이다.

그래서 '유머'의 재능이 있는 '황야의 늑대'는 비록 그가 연옥의 불에 타며 고민하더라도 '유머'라는 마술의 물약을 마시고 땀을 흘릴 수만 있다면 구해질 수 있다. 그럼에도 그는 아직 그렇게 할 힘이 없다. 그럴 가능성과 희망은 있으면서도. 그를 사랑하고 그에게 관심을 갖고 있는 사람은 그가 이렇게 하여 구해질 것을 바랄 것이다. 물론 그것에 의하여 그는 영원히 시민 사회 가운데서 살게 되겠고, 그의 괴로움은 배겨낼 수가 있게 될 것이며 열매도 맺을 것이다. 애증(愛憎)의 어느 쪽에 대해서도, 시민 사회에 대한 관계에도 감상적인 점이 없어질 것이다. 또 시민 사회에 얽매여 있어도 그것을 끊임없이 수치로 알고 괴로워하는 일도 없어질 것이다.

이와 같은 상태에 이르거나 용기를 내어 무한 자유의 세계로 비약하기 위해서는, '황야의 늑대'는 언젠가는 자기와 대결하고, 자기 영혼의 혼돈의 깊이를 측정하고, 완전히 지상의 자각 상태에 도달하지 않으면 안 된다. 그렇게 되면 그의 애매한 존재성은 확정될 것이다. 또 재삼재사 본능의 지옥 속에서 감상적인 철학적 위안으로 도피한다든지, 거기서 다시 본능의 맹목적인 도취로 도피하지는 못할 것이다. 인간과 늑대가 거짓 감정의 가면을 벗고 서로 얼굴을 맞대고 거리낌없이 시선을 주고받고 할 것이다. 그때 인간과 늑대 사이는 폭발하여 영원한 결별을 하고 '황야의 늑대'의 존재를 부숴 버리든지, 혹은 '유머'의 빛을 쬐고 이성 결혼을 하기에 이를 것이다. 아마 하리는 언제가는 이 최후의 길에 이르게 될 것이다. 우리들이 갖는 조그마한 거울 하나를 손에 넣음으로써, 또는 영원 불멸한 존재를 만남으로써, 혹은 힘에 겨운 자기의 영혼을 구하기 위하여 필요한 것을 한 마술 극장에서 찾아냄으로써 그는 언젠가는 자기 자신을 알기에 이를 것이다. 이와 같은 무수한 가능성이 그를 기다리고 있는 것이다. 그의 운명은 그 가능성을 필연적으로 끌어당겨 주고 말 것이다. 무릇 시민 생활의 '아웃사이더'는 이와 같은 마술적인 가능성의 분위기 속에 살고 있다. 대수롭잖은 동기로서 충분하다는 생각이 머릿속에 떠오를 것이다.

이런 일은 '황야의 늑대'가 그의 마음의 초상(肖像)의 단편 따위를 엿보지 않더라도 잘 알고 있는 일이다. 그는 이 세상에서의 그의 자유를 예감하고 있다. 불멸의 군상들을 예감하고 그들이 어떠한 인물인지를 알고 있다. 장차 닥쳐올 자기 대결을 예감하고 그것에 겁을 집어먹고 있다. 그는 자기가 꼭 들여다보아야 할 거울이 있다는 것을 알고 있다. 또한 그것을 들여다보는 것이 죽도록 싫은 일이어서 두려워하고 있는 것이다.

이 논문을 끝맺음에 있어서 또 하나의 최후의 허구, 근본적인 착각을 해명해야겠다. 모든 '설명', 모든 심리학, 모든 이해의 추구는 보조 수단, 즉 이론·신화·허망 따위를 필요로 한다. 그래서 진지한 저술가 같으면 저술의 끝에 가서 이런 허망을 될 수 있는대로 설명해 두어야 할 것이다. 내가 '위' 또는 '아래'라고 말할 때, 그것은 이미 설명을 요하는 하나의 주장인 것이다. '위'라든지 '아래'라고 하는 것은 다만 자유 가운데에서만, 즉 추상 가운데에서만 존재하기 때문이다. 세계 그 자체에는 '위'도 없으며 '아래'라고 하는 것도 없다.

요컨대, '황야의 늑대'도 하나의 허구에 지나지 않는다. 하리가 자기 자신을 '사람 늑대'라고 느끼고 자신을 두 개의 서로 적대시하는 존재로 이루어졌다고 생각한다면, 그것은 그저 사실을 단순화하기 위한 신화에 지나지 않는다. 하리는 절대로 사람 늑대가 아니다. 우리들이, 그 자신이 생각해 내어 믿고 있는 허망을 그냥 받아들여 그를 사실 이중 존재 즉 '황야의 늑대'라고 간주하려고 하는 까닭은 이해를 쉽게 하기 위해서 착각을 이용했음에 지나지 않는다. 그 착각을 여기에서 정정하려고 한다.

하리가 자기의 운명을 설명하는 방도로서 늑대와 인간, 본능과 정신이란 두 개의 대립물을 설정한 것은 극히 소박한 단순화다. 그가 자기 안에서 발견하고 그의 커다란 고뇌의 원천이라고 생각하는 모순을 그럴싸하게—그러나 잘못하여— 설명하기 위하여 억지로 사실을 굽힌 것이다. 그의 안에는 한 인간이 살고 있다. 즉 사상·감정·문화 온화하고 고상한 천성들의 세계다. 또 그의 안에는 한 마리의 늑대가 살고 있다. 즉 본능·야심·잔인 야비한 천성들의 어두운 세계다. 이와 같이 자기의 본성을 뚜렷하게 서로 적대하는 두 개의 세계로 나누었음에도 불구하고, 그는 인간과 늑대가 행복한 순간에 서로 친한 것을 실제로 경험한다. 만약 하리가 자기 생활의 순간순간이나 행위와 감정에서 인간과 늑대가 각각 어느 정도로 관여하고 있는지를 결정하려면, 그는 당장에 어려운 고비에 빠지고 그의 훌륭하던 늑대의 이론도 파탄에 이르고야 말 것이다. 왜냐하면 원시적인 흑인이나 백치라고 하더라도 인간인 이상 그의 본능이라는 것은 두서너 가지 요소의 총화라고 설명할 만큼 그렇게 단순 간단하지는 않기 때문이다. 하물며 하리처럼 아주 복잡한 인간을 단순히 늑대와 인간이란 두 측면으로 나누어 설명한다는 것은 어불성설이다. 하리는 두 개의 본성으로 된 것이 아니라, 수백 수천의 본성으로 이루어졌다. 그의 생활은—모든 인간의 생활과 같이— 그저 두 개의 극, 이를테면 본능과 정신, 성인과 방탕자 사이를 진동하고 있을 뿐만 아니라, 수천의 무수한 사이를 진동하고 있는 것이다.

하리같이 교양 있고 현명한 인간이 자신을 '황야의 늑대'라고 생각하고, 자기의 풍족하고 복잡한 모습을 이처럼 단순하고 소박한 원시적인 공식으로 다룰 수 있다고 생각한다 하더라도 결코 놀랄 일은 아니다. 인간의 사유(思惟)에는 한계가 있으며, 극히 사상적인 교양 있는 인간일지라도 소박하고 얌전한, 부정확한 공식이란 안경을 쓰고 세계와 자기를 관찰하고 있는 것이다.

대부분 특히 자기를 하나의 통일체라고 생각하는 것은

모든 인간에게 부득이한 필연적 요구이기 때문이다. 비록 이 망상이 때때로 심하게 동요하는 일이 있다고 하더라도 언젠가는 본시대로 되돌아간다. 재판관은 살인범을 자기 앞에 앉혀 놓고 그 사나이의 눈을 들여다본다. 그 순간 그 사나이가 자기와 똑같은 소리로 이야기하며, 그 사나이의 마음의 움직임과 능력과 가능성이 자기 마음속에도 있다는 것을 인정한다. 그러나 다음 순간에 재판관은 역시 재판관이 되어서 그저 공상에만 존재하는 것에 지나지 않는 자아의 껍질 속으로 들어가서, 자기의 직무를 완수하고 범인에게 사형을 선고해 버린다. 천분이 있고 예민하게 생겨 먹은 사람의 마음속에 영혼이 분열하는 예감이 싹트며, 그 사람들이 모든 천재들과 같이 개성 통일의 망상을 파괴하여, 자아는 복잡한 것이며 많은 자아의 집합체라고 생각한다. 그들이 그런 말을 입 밖에 내자마자 대다수 사람은 곧 그들의 입을 막고 과학의 힘을 빌려 정신 분열이라고 하면서, 인류로 하여금 이들 불행한 사람들의 입에서 나온 진실한 부르짖음을 못 듣게 하려고 귀를 틀어막는 것이다. 그들은 말한다. 그와 같은 말이나 일은 모두 사색하는 사람에게는 자연스러운 일이지만, 그런 말을 입 밖에 내면 예의에 벗어나는 일이다. 이럴 경우 무엇 때문에 그런 것을 입 밖에 내느냐고 한다. 그렇기 때문에 만약 어떤 사람이 자아란 가상적 일원성을 이원성으로 발전시키게까지 되었다고 한다면, 그 사람은 보기 드문 흥미로운 경우임에는 틀림없다. 실제로는 자아라고 하는 것은 존재치 않는다.

단순한 통일체라는 것은 존재치 않는다. 그것은 심히 복잡한 세계, 조그마한 하나의 천체이며, 모든 형식, 모든 층계, 모든 상태, 모든 전승(傳承), 모든 가능성의 '카오스'인 것이다. 이 카오스를 억지로 일원적으로 생각하려고 하여, 자아라는 것을 단순하고 확실한 형식을 가진, 윤곽이 뚜렷한 현상인 것처럼 운운하는 사람들은 빠짐없이 망상을 한 것이다. 그러나 이것은 필요한 일이며, 호흡이나 식사와 똑같이 생활에 필수적인 요구인 것 같다.

이 망상은 단순한 유추에 기인하고 있다. 물론 개인은 육체적으로는 개별적인 것이다. 그러나 영적으로는 결코 그렇지가 않다. 문학 작품, 특히 기교를 다한 작품에서도 전통적으로 언제나 전체적이고 통일적인 외관을 가진 인물이 행동하고 있다. 여태까지의 문학에서 전문가나 식자는 '연극'을 가장 높이 평가하고 있지만 그것은 마땅한 일이다. 연극은 자아를 다원적으로 표현할 수 있는 가능성이 가장 많기 때문이다. 물론 극중 인물은 모두 육체적으로는 분명히 한 단위를 이루고 있기 때문에 우리들이 볼 때에는 일원적인 것처럼 보이지만, 소박한 미학은 각 인물이 뚜렷하게 단일체로서 등장하는 소위 성격극이라는 것을 최고라고 평가하고 있다. 그러나 그것들은 모두 값싼 피상적인 관찰일 것이다. 멋지기는 하지만 생득적인 것이 아니고 남한테서 배운 것에 지나지 않는 고전적인 미의 개념을, 우리들의 위대한 극작가들에게 적용한다는 것은 잘못이라는 것을 몇몇 인사가 깨닫기 시작하였다. 그 고전적인 미의 개념은 눈에 보이는 육체에서 출발한 것으로서 자아라든가 인격이라든가 하는 허구가 발명한 것에 지나지 않는다. 고대 인도인의 문학에는 이런 개념을 찾아볼 수가 없다. 인도의 서사시의 주인공은 개인이 아니고 개인의 집합체였던 것이며, 화신(化身)의 연쇄인 것이다. 또 근대에도 작가가 충분히 의식하는 것은 아니겠지만, 개인이나 성격이라고 하는 베일에 숨어서 영혼의 다원성을 표현하려고 시도하는 작품이 있다. 그 사실을 승인하려는 사람은 이와 같은 작품 중의 인물은 결코 개인이 아니고 더 구체적인 통일체의 부분이고 측면이며 여러 가지 양상이라고 볼 줄 알아야 한다.

파우스트를 이렇게 보면, 파우스트나 메피스트나 바그너나 기타 모든 인물이 모여 하나의 통일체, 즉 하나의 초개인이 되는 것이다. 개개의 인물 가운데가 아니고 더 고차적인 통일체 가운데 비로소 영혼의 본질이 암시되는 것이다.

파우스트는 학교 선생들 사이에 유명한 도학 선생들을 놀라게 한 "자기의 가슴 속에는 두 개의 혼이 살아 있다."라는 말을 하지만, 실은 그때 그는 메피스트나 그의 가슴 속에 살고 있는 다른 무수한 혼을 잊고 있었다. 우리들의 '황야의 늑대' 군도 자기의 마음속에는 —늑대와 인간과 같이— 두 개의 혼이 살고 있어서 벌써 자기의 내부는 꽉 차 있다고 여기고 있다. 가슴과 육체는 항상 하나지만 그 안에 살고 있는 혼은 두 개나 다섯 개가 아니라 무수하다. 인간은 수백 장의 껍질로 이루어진 양파 같은 것이며 수많은 올로 짠 피륙이다. 고대의 아시아 사람들은 이 사실을 잘 알고 자각할 수 있었다. 불교의 ≪요가경≫에서는 개성이라는 망상을 없애기 위한 소상한 방법이 안출되었다. 인간들의 연극이란 가지각색이어서 재미있다. 인도가 이 망상을 없애기 위하여 수천년간 비상한 노력을 기울인 데 대하여 서구인은 그런 똑같은 망상을 굳건히 지키기 위하여 비상한 수고를 해왔던 것이다.

이와 같은 입장에서 '황야의 늑대'를 관찰해 본다면, 그가 그의 우스꽝스러운 이원성 때문에 그렇게 심한 고통을 받고 있다는 것을 알 수 있다. 그는 파우스트와 같이 두 개의 혼이 한 가슴에 들어 터져 버리게 될 것임에 틀림없다고 믿고 있다. 그러나 실은 두 개의 혼으로는 너무 가벼운 것이다. 그리고 하리가 자기의 혼을 그런 원시적인 모습으로 이해하려는 것은 자기의 혼의 본질을 몹시 그르치는 것이라고 해야 할 것이다. 하리의 하는 짓은 그의 높은 교양에 어울리지 않게 두 개 이상을 셀 줄도 모르는 야만인의 그것과도 같다. 그는 자기의 일부를 인간, 다른 일부를 늑대라고 일컬어 그것으로 충분하다고 생각하고 있다. '인간' 쪽으로는 자기 안에 있는 모든 정신적인 것, 고상한 것, 교양을 쑤셔 넣고 '늑대' 쪽으로는 모든 본능적인 것, 미개한 것, 혼돈된 것을 쑤셔 넣는다. 그러나 인생은 우리들의 관념처럼 그렇게 간단히, 빈약한 백치의 말과 같이 그렇게 간단히 되지 않는다. 하리가 이런 니그로적인 셈법을 쓸 것 같으면, 그는 이중으로 자기를 기만하는 것이 된다. 하리는 아직 인간적이라고 할 수 없는 자기만의 모든 영역을 모조리 '인간' 속에 헤아려 넣고, 벌써 '늑대'의 영역을 빠져나간 것 같은 그의 본체의 여러 부분을 '늑대' 속에 세어 넣고 있는 듯이 생각된다.

수많은 사람들과 같이 하리도 인간이란 어떤 것인지 잘 알고 있다고 믿고 있다. 그러나 실은 조금도 알지를 못하고 있다. 물론 꿈이나 자기 뜻대로 할 수 없는 의식 상태에서 그것을 예감하는 일은 종종 있기는 하지만, 그런 예감을 잊지 않고 될 수 있는 대로 그것을 자기 것으로 하는 것이 더 사람답다. 인간은 결코 고정적이고 영속성 있는 형성체가 아니다. 오히려 하나의 시도이며, 징검다리이며, 자연과 정령을 맺어 주는 좁고 위태로운 다리에 지나지 않는다. 내면의 운명은 그를 정령과 신에게로 가게 하며, 절실한 동경은 그를 자연으로 불러내는 것이다. 이 두 담 사이에서 그의 생활은 불안에 떨면서 동요하고 있다. 소위 '인간'이라고 하는 개념이 의미하는 것은 왕왕 그저 일시적이고 시민적인 언약에 지나지 않는 수가 많다. 이 협정에서 약간의 아주 원시적인 본능은 배제되며 엄금 당하여 약간의 자각과 미풍과 교화가 요망된다. 그래서 극히 적은 정신은 허용될 뿐만 아니라 필요하기까지 하다. 이 협정에 의한 '인간'이라고 하는 것은 모든 시민적인 이상과 똑같이, 인류의 어머니인 자연과 아버지인 정신 속에 적당히 양자의 중간에 자리잡고자 하는 하나의 타협이며, 겁많고 무지한, 그러나 교활한 하나의 시험인 것이다. 그러므로 시민은 자기가 '개성'이라고 부를 것을 허용하고 동시에 그 개성을 저 소의 몸을 가진 신(神)인 '정치 조직'에 양도하여, 이 두 개를 언제든지 잘 조종하고 있는 것이다. 그러므로 시민은 내일은 그자를 위하여 기념비를 세우고, 오늘은 이 단자로서 당근질을 하며 범죄자로서 목을 잘라 죽인다.

인간이라고 하는 것은 이미 만들어진 것이 아니고 영혼의 요구이며 먼 장래에 실현되는, 더욱이 그 실현을 바라기도 하고 겁내기도 하는 그런 가능성이다. 그곳에 이르는 길은 단숨에 갈 수 있는 거리에 지나지 않지만, 그 길을 가는 사람은 심한 고난과 법열을 겪지 않으면 안 된다. 뿐만 아니라, 그 소수의 사람들에게는 오늘은 사형대, 내일은 기념비가 마련되어 있는 것이다. 그런 예감은 '황야의 늑대'의 가슴 속에도 깃들고 있었다. 그의 내면에서 늑대와 대립시켜 인간이라고 부르는 것은 대부분 저 시민이 협정한 중간적인 인간에 지나지 않는다. 참다운 인간에의 길, 불멸의 인간들을 향한 길을 하리는 충분히 예감할 수 있고, 때로는 그 길을 주저는 하면서도 걸어 보기도 하며, 심한 고뇌와 고독으로써 그 대가를 지불하지만 저 최고의 요구, 저 참다운 영혼이 갈구하고 있는 인간 생성의 길을 긍정하고 그것을 향하여 노력하는 것, 불멸로 향한 유일한 좁은 길을 거니는 것을 그는 마음속으로 두려워하고 있었다. 그 길은 더욱 큰 고뇌, 추방, 최후의 단념, 아마 처형대로도 통하고 있다는 것을 충분히 알고 있는 것이다. 비록 그 길 끝에 불멸이 기다리고 있다 하더라도, 그에게는 그와 같은 모든 괴로움과 죽음을 겪어 볼 결심은 되어 있지 않다.

 그는 시민들보다는 인간 완성의 목적을 자각하고 있지만, 고의적으로 눈을 감고 자연에의 절망적인 집착과 절망적인 생애에의 집착은 영원한 죽음에의 가장 확실한 길이며, 그 반대로 죽을 수 있다는 것, 탈피하는 것, 전신(轉身)에 몸을 맡긴다는 것이 불멸로 통하는 길이라는 것을 알려고 하지 않는다. 불멸한 사람들 중에서 그가 좋아하는 인물, 이를테면 모차르트 같은 인물을 숭배하고 있다 하여도 결국 그것은 모차르트를 시민적인 눈으로 보고 있는 것에 지나지 않는다. 학교 교사들과 같이 모차르트의 완성을 그저 그의 탁월한 재능으로 설명하려고 할 뿐이다. 그의 헌신과 위대한 수고, 시민의 이상에 대한 무관심, 괴로워한 사람, 참다운 인간의 길을 걷는 자를 둘러싸고 있는 시민적인 공기를 얼음과 같은 에테르와 같이 희박한 것으로 만든 저 극단적인 고독, 즉 겟세마네 동산의 고독한 수고에 대해서는 설명하려고 하지 않는다.

 그러나 우리 '황야의 늑대'는 적어도 자아의 파우스트적 이원성을 발견했다. 즉 그는 육체의 일원성은 영혼의 일원성을 동반하는 것이 아니고, 최선의 경우에도 조화의 이상을 실현하기 위해 긴 순례 길을 걷고 있는 것에 지나지 않음을 안 것이다. 그는 자기 안의 늑대를 정복하여 완전한 인간이 되든지 또는 인간을 단념하여 적어도 늑대로서 일원적인 통일된 생활을 보내고자 생각하고 있는 것이다. 그는 진짜 늑대를 충분히 관찰하지 않은 것 같다. 충분히 관찰했다면 아마 다음과 같은 사실을 느꼈을 것이다. 즉 동물은 일원적인 영혼을 가지고 있는 것이 아니라는 것, 그들의 팽팽한 아름다운 육체 안에도 여러 가지 의욕과 내적 상태가 감춰져 있다는 것, 늑대에게도 마음의 깊은 심연이 있으며 고뇌가 있다는 것 등이다. '자연으로 돌아감'으로써 인간은 항상 절망적인 길을 더듬고 있다. 하리는 결코 다시는 늑대가 될 수 없다. 만약에 늑대가 되었다 하더라도 단순한 초보적인 것이 아니고 아주 복잡하게 분화된 것임을 발견할 것이다. 늑대도 그 가슴 속에 두 개 또는 그 이상의 영혼을 가지고 있다. 그리고 늑대가 되고 싶어하는 인간은, "아직 어린아이 같으면 얼마나 행복하겠는가."라고 노래한 남자와 똑같은 건망증에 걸려 있다. 행복한 어린이를 노래한 것에 동감은 하지만, 감상적인 그 남자도 자연으로, 근본으로 돌아가고 싶어했지만 아이라도 행복하지는 않고 어린이에게도 많은 갈등과 모순과 모든 고민이 있다는 것을 잊고 있었던 것이다. 뒤로 돌아갈 수는 없다. 늑대에게도 또한 어린아이에게도 사물의 근본에는 무구(無垢)와 단순이 있는 것이 아니다. 창조된 만물은 언뜻 보면 단순하게 보이지만, 그건 무구한 것이 아니라 모순이 있고 생성의 오탁(汚濁) 속에 던져진 것이어서 그 물을 다시는 거슬러 올라갈 수 없다. 무구와 근본과 신에의 길은 뒤쪽이 아니고 앞쪽으로 통하고 있다. 늑대는 어린이의 방향이 아니고, 더욱더 인간 생성 가운데로 돌진해야만 한다. 자살조차도, 불쌍한 '황야의 늑대'인 군에게는 별 구실을 못했다. 군은 틀림없이 아주 먼, 더 고생스러운, 더 곤란한 인간 완성의 길을 걸어야 할 것이다. 군도 군의 이원성을 더욱더 다원화하여 군의 복잡성을 더 복잡하게 해야 할 것이다. 언젠가 안정에 도달하려면 군의 세계를 좁힌다거나 영혼을 단순화하는 것이 아니라 더 큰 세계가 되어서 전세계를 군의 넓어진 영혼 속으로 끌어당기지 않으면 안 될 것이다. 석가나 모든 위대한 인물은 다 이와 같은 길을 밟은 것이다. 어떤 이는 자각하여, 어떤 이는 자각하지 못한 채 자기 힘이 미치는 데까지 걸을 것이다. 출생은 전체에서의 분리, 한정, 신에게서 격리에 지나지 않는다.

즉 고뇌에 찬 신앙이다. 전체에의 복귀, 고뇌에 찬 개아(個我)의 부정, 신화란 자기 영혼을 다시 만유를 포함할 수 있도록까지 넓히는 것이다.

지금 우리는 학교에서나 경제학이나 통계가 말하듯 인간을 논하고 있는 것이 아니다. 또 거리에 수백만의 사람이 웅성거리고 있는 보잘것없는 인간을 논하고 있는 것도 아니다. 문제는 수백만이라고 하는 숫자에 있는 것이 아니다. 수는 아무리 많아도 그것은 재료가 될 뿐이다. 그 외의 아무것도 아니다. 여기서는 높은 뜻에서의 인간, 인간 완성의 긴 노정의 목표, 숭고한 왕자, 불멸한 사람들에 관하여 논하고 있는 것이다. 천재라고 하는 것은, 생각보다 흔하지 않은 것도 아니다. 그렇다고 해서 문학사나 세계사 또는 신문이 떠들어대듯 그리 흔히 나타나는 것도 아니다. 우리의 '황야의 늑대' 하리 군은 괴로울 때마다 자기가 바보 같은 '황야의 늑대'인 것을 투덜거리는 그런 인간이 아니라, 인간 완성에의 모험을 감행할 만한 훌륭한 천재처럼 생각하곤 한다.

이와 같은 힘을 가진 인간들이 '황야의 늑대'라든지, '아아, 두 개의 혼' 이 따위의 말로써 적당히 해치우는 것은 그들이 시민적인 것에 벌벌 떨고 있는 것과 마찬가지로 불가해한 슬픈 일이다. 석가를 이해하고 천국과 지옥을 예감할 줄 아는 정도면, 상식과 데모크라시와 시민적 교양이 창궐하고 있는 이 세계에 안주해서는 안될 것이다. 요컨대 그것은 겁쟁이인 것이다. 그리고 세계에 살 수 없을 정도로 그의 부피가 늘어 답답해지면 그는 그것을 '늑대'의 죄로 돌려 버린다. 그리하여 그 늑대가 때로 그의 최선의 부분이라는 것을 알려고도 하지 않는다. 그는 자기 안의 소박한 것을 모두 늑대라고 부르고, 그것을 심술궂고 위험한 시민의 적이라고 생각한다. 그러면서도 그는 자기가 예술가며 섬세한 감각의 소유자라고 자부하면서, 마음속으로는 늑대의 등뒤에서 아직 많은 것들이 살고 있다는 것, 물어뜯는 것이 모두 늑대라고 할 수는 없다는 것, 거기에는 아직도 여우나 용, 범이나 원숭이, 극락조 따위가 살고 있다는 것을 보지 못하는 것이다. 그리고 또 자기 안의 참다운 인간이 거짓 인간과 시민에 의하여 질식되고 있는 것같이 단정한 모습과 겁나는 모습, 큰것과 작은 것, 강한 것과 약한 것, 여러 가지 모양이 가득 찬 이 전세계, 이 전낙원이 한 개의 늑대 이야기에 의하여 질식하고 있다는 것을 보지 못하고 있다.

  수백 수천의 수목과 꽃과 과실, 또 수백 수천의 화초가 가득한 정원을 상상해 보아라. 만약 그곳의 원정(園丁)이 '식용'과 잡초라고 하는 것 이외에 하등 식물의 이름도 모르고 지식이 없다면, 그는 이 정원의 십분의 구를 어떻게 처치해야 좋을지 모를 것이며, 꿈처럼 아름다운 꽃을 뽑아 버린다든지 그지없이 구하기 어려운 나무를 베어 내던지기도 할 것이다. 그렇게까지 하진 않더라도 그것을 미워한다든지 백안시할 것이다. '황야의 늑대'도 그의 혼의 꽃을 이렇게 다루고 있다. 그는 '인간'이라든지 '늑대'라고 하는 표제를 쓸 수 없는 것은 거들떠보지도 않았다. 그리고 모든 것을 '인간' 쪽에 쑤셔 넣었다. 겁 많은 것, 원숭이 같은 것, 어리석은 것, 보잘것없는 것을 '늑대'적인 것이 아니라고 하여 모두 '인간' 속에 넣어 버린다. 또 그는 강한 것, 고귀한 것은 모조리 그저 그것을 아직 완전히 뜻대로 할 수 없다는 이유에서 '늑대' 쪽으로 넣어 버린다.

  우리는 하리와 이별을 하자. 그로 하여금 홀로 그 길을 걷게 하자. 비록 그가 불멸의 인물 속에 들고, 그 험준한 길의 목적지에 다다랐다고 하여도 그는 자기가 갈팡질팡 여기저기 휘돌아보면서 정처없이 방황하는 꼴을 보면 놀라지 않을 수 없을 것이다. 그리고 이 '황야의 늑대'에게 격려하듯, 달래듯, 어여뻐 여기듯, 조소하는 듯한 미소를 던지게 될 것이어늘.

다 읽어 버렸을 때 나는 2,3주 전의 어느날 밤, 내가 좀 괴팍한 시를 써 놓은 일이 생각났다. 그 시도 역시 '황야의 늑대'를 취급한 것이었다. 나는 서랍 속을 뒤져서 그것을 찾아내어 읽어 보았다.

'황야의 늑대'인 나는 줄곧 달렸다.
흰 눈은 우리를 덮고
자작나무에선 까마귀 나나
토끼는 보이지 않는다. 사슴도 보이지 않는다!
나는 사슴을 이다지도 그리워한다.
한 마리라도 있어 주었으면!
나는 그것을 이빨로 물어뜯고 손아귀에 움켜쥘 것이다.
더할 나위 없는 즐거움이여,
나는 그 귀여운 놈이 정말 그립구나.
너 부드러운 허벅살에 이빨을 처박고,
연붉은 피를 흥건히 마시곤
밤새도록 외로이 울부짖을 것을······.
토끼라도 좋다, 난 만족하리.
밤에 맛보는 따스한 토끼고기 맛이라니.
아, 그런데 다들 나를 버리고 갔단 말인가!
이 삶을 조금이라도 기쁘게 해주는 것들이
내 꼬리는 이미 하얗게 바래어졌다.
눈조차 어두워졌다.
아내도 죽은 지 여러 해 되었다.
그런데 나는 달리면서 사슴 꿈을 꾼다.

토끼의 꿈을 꾼다.
　　밤하늘을 울리며 지나가는
　　바람 소리를 들으며,
　　눈을 먹어 내 불타는 목을 축이고
　　나는 불쌍한 내 영혼을
　　악마에게 팔아 버리곤 하는구나.

　지금 내 손에는 두 장의 초상화가 있다. 그 하나는 서투른 시를 써 넣은 자화상이다. 그것은 흡사 나 자신처럼 슬프고 불안스러운 표정을 짓고 있다. 다른 하나는 냉정히 제삼자의 거리를 둔 고도의 객관적 입장에서 그려진 것인데, 나 자신보다 아는 것이 많은 것 같으면서도 사실 나보다 아는 것이 적은 그 누가 그린 것이다.

　그래서 이 두 초상화, 즉 나의 우울하고 그늘진 서투른 시와 미지의 사람이 만든 현명한 습작화는 둘다 나를 슬프게 하였다. 둘다 각각 이치가 있고, 둘다 나의 절망적인 존재를 꾸밈없이 그려 내고 있고, 둘다 명백히 찾을 길 없는 나의 상태를 나타내고 있었다.

　이 '황야의 늑대'는 죽지 않으면 안 된다. 그는 자기의 손으로 자기의 저주, 서러운 생명에 종지부를 찍지 않으면 안 된다. 그러잖으면 그는 새로운 성찰이란 연옥의 불에 녹여져 다른 모습으로 가면을 벗고 새로이 자기 완성의 길로 떠나지 않으면 안 된다. 이런 점은 내게는 하등의 새로운 일도 아니고 미지의 일도 아니었다. 나는 그것을 알고 있다. 그런 뼈아픈 체험을 할 때에는 항상 나의 자아는 산산이 부서져 가루가 되고, 심연의 힘이 나의 자아를 송두리째 부숴 버리고, 그리고 내가 꽉 안고 특히 소중히 하는 내 생활의 한 가닥 한 가닥이 나를 배반하고 사라져 버리는 것이다.

어떤 때는 나의 시인적인 명성도 재산도 한꺼번에 없애 버리고 여태까지 내게 모자를 벗고 인사해 온 사람들의 경의를 단념치 않을 수 없게 되어 버렸다. 또 어떤 때에는 하룻밤 사이에 내 가정생활은 뒤죽박죽이 되어 버렸다. 미쳐 버린 내 처가 나를 가정의 위안 밖으로 쫓아내어 버렸던 것이다. 사랑과 신뢰가 갑자기 증오와 사생을 겨루는 싸움으로 변하고, 이웃 사람들은 연민과 저주로 나의 뒷모습을 노려보았다. 그 때부터 나의 고독은 시작되었다. 그로부터 고되고 쓰라린 몇 년을 보내고, 엄격한 고독과 어려운 자제 속에 새로운 금욕적이며 정신적 생활과 이상을 세워, 추상적 사색과 엄격한 명상의 세월 끝에 다시 안정되고 지양(止揚)된 생활에 이르른 것이다. 그러나 그 생활 상태조차 다시 무너져서 그 거룩한 의의를 곧 잃고 말았다. 나는 고뇌에 찬 여행을 떠났으나, 새로운 괴로움과 새로운 죄는 꼬리를 물고 쫓아다녔다. 그래서 내가 지금도 맛보지 않을 수 없는 무서운 공허와 고요, 죽음과도 같은 숨가쁜 고독, 허전함, 냉혹과 절망의 이 황량한 지옥 다음에는, 반드시 그 다음에는 가면이 벗겨지고 이상이 무너졌다.

그와 같은 인생의 동란을 만날 때마다 나는 결국 그 무엇인지를 획득해 왔다. 자유나 사상이나 그 깊이에 있어서 나 또는 고독이나 세상 사람의 몰이해나 냉정함에서도 얻어 왔던 것이다. 시민 쪽에서 본다면 내 생활은 차례차례로 그런 동란을 만날 때마다 규범적인 것, 허용된 것, 건강한 것에서 떨어져서 멀어져 갔다. 나는 해가 지남에 따라 직업을 잃고 가정을 잃고 고향을 잃었다. 모든 사회적 결합에서 떨어져 홀로 우리의 사랑을 받지 못하고 많은 사람의 의심을 받고, 세론이나 도덕과 줄곧 고통스러운 충돌만을 해왔다.

나는 여전히 시민들 가운데 생활하고 있지만, 이 세계의 한복판에서 나는 나의 느낌에서나 생각에서 전혀 한 사람의 나그네였다. 종교·향토·가정·정치는 가치를 잃고 이미 나와는 아무런 관계도 없게 되었다. 과학이나 종파·예술이 난 체하는 꼴에도 소름이 끼쳤다. 내가 일찍이 재사로서 그 인기를 자랑하던 통찰력과 취미와 사색도 지금에는 티끌 속에 파묻혀 버려 형편없이 되었고, 사람들의 유심한 눈초리를 받게끔 되었다. 내가 이와 같은 비참한 전신(轉身) 가운데, 무엇인지 눈에 띄지 않고 측량할 수 없는 것을 손에 넣었다고 해도 그것에 지불한 대가는 비싼 것이었다. 그리고 나의 생활은 점점 험해지고 어려워지고 고독해지고 위태로워져 버렸다.

사실 니체의 ≪가을 노래≫ 속의 안개와도 같이 희박해져 가는 대기 속을, 나를 끌고가는 이런 길을 내가 자꾸 걷고 싶다고 바랄 아무런 이유도 없는 것이다.

아아, 나는 운명이 그 가냘프고 까다로운 어린이들의 길로서 정해 놓은 이와 같은 경험이나 변전을 알고 있는 것이다. 남한테 지기 싫은 불운한 사냥꾼의 사냥터를 알 듯이 노련한 투기사가 투기나 이윤이나 동요나 폭락이나 파산의 원인을 알고 있듯이. 그런데도 나는 이 모든 것을 정말로 또다시 경험해야만 하는가. 모든 이런 괴로움과 고통, 자기의 야비성과 무가치의 자각, 패배의 불안, 이와 같은 죽음의 공포를 되풀이하는 것보다는 깨끗이 발을 끊어버리는 것이 더 간단하고 현명한 일이 아닐까. 확실히 그렇다. 《황야의 늑대》 속의 팜플렛 가운데 자살론이 무엇이라고 설명하고 있더라도 내가 석탄 가스, 면도칼 혹은 피스톨의 힘으로 이런 과정의 반복을 그만두는 즐거움을 누구도 막지는 못할 것이다. 나는 여태까지 그런 과정을 신물이 나도록 경험해 왔으니까. 그렇다, 절대로 아무도 거부하지 못한다. 평화도 안정도 얻을 수 없는 새로운 자기 부정과 자기 건설을 되풀이할 뿐인, 죽음의 전율을 수반하는 반성과 새 생활의 재생을 한 번 더해 보라고 나에게 요구할 수 있는 권력이 이 세계 어디에도 존재하지 않는다.

설혹 자살이 어리석고 비겁하고 명예롭지 못한 비상구라고 할지라도, 이런 고뇌의 틈바구니에서 빠져나가기 위해서는 어떠한 길이라도 마음속으로부터 바래도 괜찮을 것 같다. 여기에는 기사도라든지 영웅주의 따위가 판을 칠 여지가 없다. 지금 나는 일시적인 고통과 상상도 할 수 없는 끝없이 고통스러운 긴 가책의 어느 쪽이든지 선택해야만 한다. 나는 어려운 광적인 생활 가운데서 몇 번이고 동키호테 역할을 맡아 해왔다. 그러나 그런 것은 이젠 딱 질색이다.

내가 잠자리에 든 것은 아침녘이었다. 비오는 겨울날 납덩어리 같은 빛깔의 아침, 이불 밑으로 나는 내 결심을 안고 들어갔다. 그러나 잠이 막 들려 하는 바로 그 순간에, ≪황야의 늑대≫란 팜플렛 속에 불멸의 인사들에 관하여 논한 그 주목할 만한 곳이 마치 섬광처럼 내 머릿속에 떠올랐다. 동시에 나는 종종 그리고 엊그제만 해도 옛 음악의 한 박자 안에서 불멸의 인사들의 쌀쌀한 미소를 담고 있는 지혜를 맛볼 수 있을 정도로 그 불멸의 사람들에 대해 친근감을 느꼈다는 것을 갑자기 생각해 내게 되었다.

이런 생각이 떠오르고, 빛나고 또 사라지고 하는 사이 잠이 산더미처럼 쏟아져 왔다.

정오에 잠이 깨었다. 나는 다시 똑똑히 모든 사정을 깨달았다. 바로 그 책자와 나의 시가 침대 옆 탁자 위에 놓여 있었다. 그리고 나의 최근의 혼란스러운 생활 속에서 하룻밤 사이에 이루어진 결심이 점잖게 나를 내려다보고 있었다. 서두를 필요는 없었다. 내가 죽을 결심을 한 것은 일시적 기분에서가 아니고, 서서히 익은 과실과 같이 운명의 바람 속에 고요히 흔들려 한 번 더 바람이 불면 떨어질 만큼 되어 있었다.

나의 휴대용 약장 속에는 우수한 진통제가 들어 있었다.

그것은 아주 독한 아편이다. 내가 그것을 사용하는 일은 썩 드물었다. 육체의 고통이 참을 수 없을 만큼 심해졌을 때에 한하여 이 마취제를 썼던 것이다. 유감스럽게도 이 약은 자살에는 부적당했다. 몇 해 전 한 번 시행한 일이 있다. 심한 절망감에 빠졌을 때 일곱 사람을 죽이기에 충분한 양을 마셨지만 나를 죽이지는 못했다. 푹 잠이 들어 두서너 시간 인사불성에 빠졌지만, 위의 심한 경련으로 의식이 몽롱한 채 눈을 반쯤 뜬 채로 독을 모조리 토해 버리고 다시 푹 잠이 들었던 것이다. 다음날 정오에 잠이 깨었을 때는 허전한 가운데 두통이 심하여 모든 기억이 사라졌다. 그 뒤 며칠 계속된 불면증과 귀찮은 복통 이외는 이 독의 후유증은 없었다. 그래서 내 결심에 다음과 같은 형식을 주었다. 이 아편 마취제를 써야 할 경우가 되면, 일시적 방법으로서가 아니고 좀더 확실한 방편인 죽음을 그것도 권총이나 면도칼에 의한 틀림없는 죽음을 택해도 좋을 것이라고. 그러자 한결 기분이 가벼워졌다. 저 황야의 늑대론 속의 처방에 따라 쉰 살까지 기다린다는 것은 너무 긴 것 같았다. 그때까지는 아직 2년이란 세월이 남아 있다. 남은 세월이 1년이든지 또는 내일이라고 하여도 문은 열려 있다.

이 결심이 내 생활을 아주 변화시켰다고는 할 수 없다. 이 결심이 여러 가지 번거로운 일에 대하여 나를 다소간 안정시키고, 다소 대담하게 아편과 술을 마시게 하고, 어느 정도의 불행을 견디어낼 수 있는지를 알고자 하는 호기심을 북돋아 줄 정도였다. 이런 일보다도 그 밤의 또하나의 체험은 더욱더 강한 영향을 끼쳤다. 나는 그 황야의 늑대론을 그 뒤에도 종종 읽었다. 어떤 때에는 눈에 보이지 않는 마술사가 내 운명을 현명하게 인도해 줄 것 같아서 귀의(歸依)와 감사의 마음을 가지고, 또 어떤 때에는 내 생활 특유한 기분과 긴장을 전연 이해 못하고 있는 듯한 그 논문의 무미건조한 맛을 조소하고 경멸하며, 그 안에서 황야의 늑대와 자살자에 관해서 쓴 것은 아주 교묘하고 현명한 것이었지만 그것은 종류와 유행에 관하여만 말할 수 있는 것이다. 즉 교묘한 추상이다. 그러나 나 자신의 영혼, 나 자신의 단 한 번뿐인 운명을 그와 같은 그물로서는 도저히 잡아 낚을 수가 없을 것 같았다.

그러나 그 논문의 암시와 일치하고 있는 교회의 돌담에 나타난 그 착각, 혹은 환영(幻影), 그 춤추는 문자의 암시는 무엇보다도 나의 마음을 사로잡고 있었다. 그때만은 많은 언약을 주었다. 그 알지 못할 세계의 소리는 내 호기심에 불을 질렀다. 그 뒤로 종종 나는 몇 시간이나 그것을 생각해 보곤 하였다. 그 표의 경고는 더욱더 똑똑히 나에게 이렇게 부르짖었다. "미친 사람에만 한한다." "특별한 분 이외는 입장 사절." 그 소리가 내게 들리고, 그 세계가 내게 말을 건넨다고 하면 나는 관인임에 틀림없고 대중에게서 격리되어 있음에 틀림없다. 아니 나는 훨씬 이전부터 대중의 생활, 평범한 인간의 존재와 사상에서 멀리 떨어져 있는 것이 아닐까. 나는 훨씬 이전부터 대중과 동떨어진 광인(狂人)이 아니었을까. 그럼에도 불구하고 내 마음속에선 그 부르짖는 소리의 뜻을 충분히 이해했다. 광기(狂氣)로, 이성과 속박과 시민성을 포기함으로써 영혼과 공상이 유동하는 자유의 세계로 이끌어 가려는 권유를 이해했다.

어느날 나는 거리를 헤매다가 그 간판을 걸머진 사나이를 찾으며, 몇 번이고 보이지 않는 얼룩진 돌담 앞을 기웃거리면서 지나쳐 보았지만 헛일이었다. 그러다가 나는 교회와 마주친 거리에서 한 장례식 행렬과 마주쳤다. 관 뒤를 따라가는 사람들의 얼굴을 보면서 나는 문득 '이 시대와 이 세계의 어디에서 내가 죽었다고 해서 슬퍼해 줄 사람이 있을까?' 하는 것을 생각했다. 물론 내게도 애인 에리카가 있기는 하다. 그러나 우리 두 사람은 이미 사이가 멀어져, 만나는 일은 드물고 다투는 일도 없고 그녀의 주소조차 알 수 없는 정도이다. 그녀는 때로 내게로 왔었다. 내가 그녀에게로 가는 일도 있었다. 우리 두 사람은 다 고독하고 까다로운 인간이었으나, 영혼과 영혼이 어느 부분에선가 비슷한 점이 있었으므로 두 사람은 결합했던 것이다. 그러나 만일 그녀가 나의 죽음을 알았다고 한다면 그녀는 홀가분한 마음이 되지나 않을까. 그것을 알 수 없었다. 그리고 나 자신이 생각하는 것이 이치에 맞는지도 알 수 없었다. 이런 것을 다소라도 알려면 세속적인 생활을 해야만 할 것이다.

이런 생각을 하면서 나는 마음 내키는 대로 장례를 따라

화장터와 여러 가지 설비가 있는 근대식 매장장까지 따라 갔다. 그러나 화장을 하지 않고 관은 구덩이 앞에 내려졌다. 나는 운상꾼, 호상꾼들이 서성거리는 것을 보았는데, 그들은 될 수 있는 대로 슬픈 표정들을 지었지만 속이 빤히 들여다보이는 연극과 당황과 거짓 때문에 너무나 긴장되어 우스꽝스러웠다. 그들은 검은 예복을 입고 주위의 모든 사람들에게 애도의 정을 일으켜 엄숙히 죽음 앞에 무릎을 꿇게 하려 하였지만 헛수고였다. 우는 사람이라곤 한 사람도 없고, 죽은 혼은 누구에게도 상관없는 존재인 것처럼 보였다. 누구 하나 경건한 마음이 되지 않았다. 그리고 목사가 무리한테 되풀이해서 사랑하는 그리스도여 라고 부르짖을 때마다 장사꾼이나 빵 장수나 그 아내들의 얼굴이 숙여지곤 했지만, 그들은 한결같이 이 의식이 빨리 끝나 주었으면 하고 바랐다. 식은 끝났다. 이들 교도들 중에서 맨앞에 있던 두 사람이 설교자와 악수를 하고선 근처에 있는 잔디밭에 가서 구두에 묻은 흙을 털었다. 그들의 얼굴은 이제야 인간다워 보였다. 갑자기 그들 중 한 사람의 얼굴은 어디서 본 듯했다. 그것은 그날밤 간판을 지고 내 손에 그 소책자를 쥐어 준 그 남자 같았다.

그는 나를 흘끔 보더니 빠른 걸음으로 걷기 시작했다. 그는 나를 몰라보는 듯했다. 내가 그 사나이라는 것을 느꼈던 순간, 그는 뒤를 돌아보고서 허리를 굽히고 검은색 바지를 조심스럽게 구두 위로 접어 올리고는 우산을 옆에 끼고서 급히 걸어갔다. 나는 급히 그를 쫓아가서 가볍게

절을 했으나 그는 내가 누군지 모르는 모양이었다.

"오늘밤에는 연극이 없습니까?"라고 물으면서 나는 서로 비밀을 알고 있는 동지끼리 잘하는 그런 눈인사를 보냈다. 그러나 현재와 같은 생활을 해오던 나로선 이런 제스처가 어색했다. 왜냐하면 그런 것은 과거에 속하는 것이었으니까. 나는 나의 이런 어리석은 꼴이 우스워졌다.

"밤 공연이라뇨?" 그 남자는 의아한 표정으로 나를 보았다. "구경을 하고 싶거든 흑취정으로 가 보십시오."

나는 사실 이 남자가 그 남자인지 자세히 몰랐다. 낙심한 채 줄곧 정처없이 걸었다. 내게는 한 가닥의 목적도 노력도 의무도 없었다. 사는 것조차 귀찮았다. 이 세상이 나를 밀어 내동댕이치는 것 같았다. 나는 이 미칠 듯한 회색의 거리를 떠났다. 모든 것에서 축축한 토지와 무덤 냄새가 나는 것 같았다. 그렇다, 내 무덤가에는 그런 법의(法衣)를 입고 센티멘탈한 그리스도의 동포적인 꼴을 해보이는 그런 어중이들이 모여서는 안 된다. 아, 어디로 보나 무엇을 생각해 보나 기쁨은 나를 기다리고 있지 않다. 누구 하나 나를 불러 주지도 않고 나를 오라고 하는 곳도 없다. 세상만사가 낡아빠져 미적지근한 만족의 악취를 뿜고 있었다. 모든 것이 회색이고, 생기없고, 피로에 지쳐 있었다. 대체 어찌된 일인가. 활기에 넘친 청년이며 시인이며 세계의 여행가, 타오를 듯한 이상가였던 내가 왜 이렇게 되었을까. 나 자신과 모든 것에 대한 이 마비, 이 증오, 모든 감정의 침체, 불만, 마음의 공허와 절망의 지옥, 어떻게 해서 이런 것들이 나를 엄습해 왔을까.

 도서관 앞을 지나쳤을 때 나는 어떤 젊은 교수와 만났다. 그 교수와는 전에 말을 주고받은 일이 있었다. 몇년 전 내가 이 시에 체재하고 있을 때 종종 그 교수를 방문하여 당시 내가 흥미를 갖고 있던 동양의 신화에 관하여 이야기한 적이 있었다. 그 학자는 내 앞쪽에서 걸어왔다. 태도가 딱딱하고 다소 근시였으므로 얼른 지나치려 하다가 그이는 내가 누구인지 알아챘다. 나는 몹시 언짢았지만 그가 아주 다정스럽게 내 손을 잡았기 때문에 고맙게 생각했다. 그는 기분이 좋아서 우리가 예전에 이야기한 세세한 일들을 되풀이하면서 자기에게 많은 격려가 되었다고 말하였다. 그리고 종종 나를 생각하곤 한다는 것이다. 또 그의 동료와도 나와 같이 흥미있고 유익한 이야기를 해본 적이 없다고도 했다. 그는 내게 언제부터 여기 와 있는가—나는 며칠 안 된다고 거짓말을 했다— 하고 물으면서 왜 자기를 찾아와 주지 않느냐고 했다. 나는 이 점잖고 선량한 학자의 얼굴을 쳐다보고 우스운 생각이 들었지만, 흡사 굶주린 개처럼 한 줌의 사랑과 한 조각의 칭찬을 받아들였다. 황야의 늑대 하리는 감동의 이빨을 내보였다. 그의 말은 목구멍에 침이 흐르듯 흘러들어갔다. 그는 싫으면서도 감상에 굴복했다. 그래서 나는 연구 여행 도중 지나가는 김에 들렀으며, 또 건강이 좋지 않다 말하고서 그렇지 않았더라면 당신을 방문했을 것이라는 거짓말로 그 자리를 모면했다. 그가 오늘 저녁에는 자기 집에 와서 묵고 가라고 친절히 나를 초대했을 때, 나는 그것을 고맙게 승낙하고 부인에게 안부를 전해 달라고 했다. 나는 부지런히 지껄이고 웃었기 때문에 이런 수고에는 익숙하지 않았던 입술이 아팠다.

이런 꼴로 거리에 나선 나, 즉 하리 할라가 불의의 주먹을 한 대 먹고, 또 친절한 그 사나이의 근시의 얼굴에 상냥한 미소를 보내고 있을 동안에, 또 하나의 하리는 그 곁에 서서 이빨을 내밀면서 이런 생각을 하고 있었다. '나는 참 이상하고 괴팍스럽고 밑도끝도 없는 거짓말쟁이다. 이번 일만 하여도 이 저주스러운 세계에 대하여 분격하고 있었는데, 한 존경할 만한 사람을 만나고 허물없는 인사를 받으면 곧 감격해 버려 부지런히 맞장구를 치고 한 줌 호의나 존경과 우정의 미끼 속에서 돼지 새끼처럼 뒹구는 것이다.' 이와 같이 두 사람의 하리, 전혀 상반된 존재가 그 딱딱한 교수 앞에서 서로 조소하고 망을 보고 침을 뱉고 그리고 버릇대로 다음과 같이 자문하고 있었다. 이것은 그저 인간으로서의 어리석음, 약점, 인간으로서의 일방적 운명인가, 혹은 이런 감상적인 이기주의와 무성격과 감정의 비열한 분열은 개인적인 '황야의 늑대'적 특수 현상에 지나지 않는 것일까. 만약 이런 비열함이 보편적 인간성이라고 한다면, 나의 세계 증오는 새로운 힘으로서 그것에 도전할 것이다. 그리고 또한, 그것이 나 개인의 약점에 지나지 않는다고 한다면 거기에서 자기 경멸의 난리가 일어나게 될 것이다.

두 하리의 다툼 때문에 교수의 존재는 거의 잊혀지고 있었다. 갑자기 그가 나의 귀찮은 짐이 되었다. 나는 급히 그와의 회견에 끝을 맺었다. 그가 낙엽이 깔린 가로수 밑을 이상을 지닌 사람답게, 신앙을 가진 사람답게 점잖고 다소 이상스러운 걸음걸이로 멀어져 가는 것을 잠시 쳐다보았다. 마음속에서는 격렬한 싸움이 벌어지고 있었다. 나는 굳어 버린 손가락을 기계적으로 오므렸다 폈다 하면서, 나의 몸을 좀먹고 있는 통풍(痛風)과 싸우면서, 내가 그의 말에 흘려 귀찮게도 저녁 일곱 시에 그의 초대에 응하지 않으면 안 되었을 뿐만 아니라, 쓸데없는 인사치레와 학문상의 잔소리, 남의 행복스러운 가정 구경을 하지 않으면 안 되게 된 의무를 자청해서 짊어진 내 어리석음을 인정하지 않을 수 없었다. 나는 투덜거리며 집으로 돌아와서 꼬냑을 물에 타서 그것으로 진정제인 환약을 삼키고서는, 팔걸이의자에 누워서 책을 읽으려고 하였다. 겨우 잠시 동안 18세기의 재미나는 책인 ≪메멜에서 작센으로의 소피의 여행≫을 읽으면서 시간 가는 줄을 모르고 있다가, 갑자기 만찬 초대를 받았다는 것과 아직 면도도 안 하고 있다는 것, 그리고 옷도 갈아입어야 한다는 것이 생각났다. 왜 이런 귀찮은 일을 자청했을까. 그러나 하리여, 일어나서 책을 놓고 비누질을 하고, 턱이 당근 뿌리처럼 붉어지도록 면도를 하고, 옷을 갈아입고 가서 인간의 냄새를 맡고 오려무나. 이렇게 해서 얼굴에 비누질을 하고 있을 동안, 나는 오늘 미지의 송장이 새끼줄로 내려진 불결한 무덤과 맥

빠진 기독교 신자들의 찡그린 얼굴들을 생각해 내었으나 그것은 웃을 일이 아니라는 생각이 들었다. 그 불결한 무덤가에서 목사의 아리송한 설교를 듣고 문상객들의 어색한 표정들에 둘러싸여, 함석과 대리석의 십자가나 묘표나 철사줄과 유리 세공의 조화(造花)들이 늘어서 있는 가운데 저 미지의 한 사람만이 마지막 막을 내리는 것은 아니다. 내일이나 모레에는 이런 말을 하는 내가 문상객의 어색한 당황과 거짓 속에 묻혀 막을 내리게 될지도 모를 일이다. 아니, 그것만이 아니라 병들어 앓고 있는 사람, 모든 우리들의 노력·문화·신앙·생활의 즐거움, 이 모든 것들도 오래지 않아 똑같이 그 종말을 고하고야 말 것이다. 우리들의 문화의 세계는 하나의 묘지와 같다. 여기에서는 예수나 소크라테스, 모차르트, 하이든, 단테, 괴테도 당황한 거짓스러운 문상객에 둘러싸인 녹슨 함석 조각에 그 이름이 씌어진 몽롱한 존재에 지나지 않는 것이다. 그들 문상객은 그들이 신성한 것으로 알고 있던 함석 조각을 아직도 믿을 수가 있다면, 또 이 사라져 간 세계에 관하여 진정한 슬픔과 절망의 말 한 마디라도 해줄 수 있다면, 그것을 위해 많은 희생을 치른다 하여도 아까운 줄 모를 일이겠으나, 슬프게도 그들은 당황한 나머지 이빨을 내밀면서 무덤가를 서성거릴 줄밖에 모른다. 나는 나도 모르게 손이 거칠어져 턱에 상처를 내었으므로 그것을 어루만져 보았으나, 자꾸 그렇게만 하고 있을 수 없어서 방금 갈아 낀 칼라를 또 한 번 바꾸지 않을 수 없었다. 그 초대에 응하고 싶은 생각은 조금도 없었다. 그러나 하리의 반쪽은 교수를 친절한 사람이라고 하면서 하찮은 인간 냄새와 이야기와 사교 그리고 아름다운 교수 부인을 생각하고, 친절한 초대자 집에서 하룻밤을 지낸다는 것은 즐거운 일이라면서 나를 도와 반창고를 턱에 붙여 주기도 하고, 옷도 갈아입혀 주고, 넥타이를 멋진 것으로 매어 주고, 내가 본래의 희망대로 집에 머물러 있지 못하게 만들어 놓고야 말았다. 동시에 나는 생각했다. 지금 옷을 갈아 입고 집을 나와서 교수 집을 방문하고 많든적든간에 마음에도 없는 말을 지껄이는 것과 똑같은 일을 많은 사람들이 매일같이 강요당하고 있는 것이라고. 그들은 싫으면서도 남을 방문하고 이야기도 하고 약속을 지킨다. 무엇이든간에 강제적으로 기계적으로 싫으면서도 기계에게 시켜도 같을 것이며 안해도 그만인 것이다. 그렇다, 자기 생활에 대한 엄밀한 비판을 막고, 자기의 어리석음과 천박함과 우리들을 향하여 이빨을 들이대고 있는 인생의 애매성, 절망적인 비애나 황폐를 깨닫고 느끼는 데 방해가 되는 것은 나에게도 남에게도 영구히 계속되는 기계적인 운동인 것이다. 아아, 사실 무리도 아니다. 그들은 궤도를 벗어난 나처럼 마음의 문을 막아 버리는 기계 운동에 반대하거나, 절망 끝에 허공을 바라보는 짓은 그만두고 그들의 소꿉장난을 하며, 중대한 일에 종사한다. 이 수기 가운데에서 내가 자주 그런 사람을 조소하고 경멸도 하고 있지만 나의 불행을 그들 탓으로 한다고는 누구도 믿지 않을 것이다. 그러나 나의 사정은 좀 다르다. 이미 타락할

대로 타락했고 조금 더 가면 생활의 밑이 드러나 버릴 내가, 남들과 같이 저런 기계 운동을 당하면서 언제까지 천진한 소꿉장난 같은 세상에 살거나 하는 것처럼 자기와 남에게 보이려고 한다는 것은 몹쓸 기만이 아니겠는가.

그런데 그날밤은 낮처럼 이상한 밤이 되었다. 교수 집 앞에까지 와서 나는 들창을 지켜보았다. 저곳이 그 사나이가 살고 있는 곳이로구나 하고 생각했다. 해마다 연구를 계속하고, 텍스트를 읽고, 주석을 붙이고, 아시아의 신화와 인도 신화의 관계를 연구하면서 만족하는 것이다. 그것은 그가 자기 일의 가치를 믿고 그 노예가 되어 있기 때문에, 단순한 지식과 그 축적을 고마운 것이라고 믿기 때문이다. 즉 그는 진보와 발전을 믿고 있는 것이다. 그는 세계대전이나 여태까지의 사상의 기반을 흔들어 버린 아인슈타인의 상대성 원리에는 관심이 없었다. 그것은 수학자에게만 관계있는 일이라고 그는 생각하고 있었다. 그는 그의 주위에 다음 전쟁이 준비되어 있는 줄 모르고 있다. 그는 유태인과 공산주의자를 미워한다. 선량하고 천진난만한 어린아이며 부러워할 만한 존재다.

나는 용기를 내어 집으로 들어갔다. 하얀 에이프런을 걸친 하녀가 나와서 어떻게 생각했음인지 외투와 모자를 걸어 둘 곳을 가리켜 주었다. 나는 따뜻한 밝은 방에 안내되어 그곳에서 기다렸다. 기도를 한다거나 조는 일 없이 장난 삼아 가까이 있는 것을 집어 보았다. 그것은 둥근 테이블 위에 얹혀 액면에 두터운 종이에 비스듬히 받쳐져 있는 조그마한 등판 초상화로서, 미끈한 얼굴에 독창적으로 머리를 지져 붙인 개성이 뚜렷한 노(老) 시인 괴테였다. 그 얼굴에서 이글이글 타는 듯한 눈이 빛나고 있고, 다소간 궁정에 출입하는 사람다운 난 체하는 고독과 비극의 특징도 나타나 있었다. 화가는 이 점을 나타내는 데 특별히 힘을 기울인 것 같았다. 화가는 이 데모니슈한 노인에게, 그 깊이를 상함이 없이 다소 학자적이고 배우 같기도 한 자제력과 성실성의 특징을 부여하고 있었다. 하여간 일반 가정의 장식용으로서 그를 아주 훌륭한 노인으로 만드는데 성공한 것이다. 생각컨대 이 초상화는 보통 초상화보다는 그 멋을 달리하고 있었다. 직업적인 미술가의 손에 의해서 만들어진 아름다운 구세주나 사도나 영웅이나 사상가나 정치가들의 초상화보다는 아무래도 어떤 숙련된 사람의 교묘성 때문에 더 내 마음을 끌었다. 그러나 마음이 끌리면서도 천박한 자기 만족에 차 있는 노 괴테의 초상은 그러잖아도 갈피를 못 잡고 있는 내 마음을 헝클어 버렸기 때문에 이곳이 내가 있을 곳이 아니라는 것을 알려 주었다.

이곳은 아름답게 양식화된 노 거인이나 국민적 위인을 위한 집이다. 황야의 늑대가 있을 곳이 아니다.

만약 그때 주인이 들어왔더라면 나는 그럴싸한 핑계를 꾸며대서 집으로 돌아와 버릴 수 있었을 것이다. 그러나 방에 나타난 것은 부인이었다. 나는 불길한 예감에 사로잡히면서도 될 대로 내버려두었다. 두 사람은 인사를 했다. 그러나 한번 생긴 불협화음에는 더 큰 새로운 불협화음이 따랐다. 부인은 내가 늙지 않고 젊어서 좋다고 했다. 그러나 나 자신은 이 사람들과 헤어진 후 많이 늙어 버렸다는 것을 너무나 잘 알고 있었다. 부인의 악수를 받았을 때, 통풍에 걸린 내 손가락이 쑤셔서 어쩔 수 없이 나의 여윈 모습을 생각하지 않을 수 없었다. 그리고 나서 그녀가 나의 부인은 어떻게 지내느냐고 물었을 때, 나는 소박을 당해 결혼 생활이 파탄이 빠진 것을 고백하지 않을 수 없었다. 교수가 들어왔을 때 우리들은 다소 마음을 놓았다. 교수도 나를 진심으로 환영하였다. 그리고 잇달아 일장의 기묘한 희극이 더할 나위 없이 멋지게 연출되었다. 교수는 그가 예약 구독하고 있던 극단적인 신문을 손에 들고 지면을 가리켰다. 거기엔 나와 이름이 같은 할라라고 하는 문사에 관한 기사가 실렸는데, 그 사나이는 조국을 판 악당임에 틀림없다. 그 사나이는 카젤을 모욕하고, 독일도 적국과 마찬가지로 대전의 발발에 책임이 있다고 하니, 말할 수 없는 악인이다. 그러나 그런 말을 했기 때문에 주필은 이 악당을 멋지게 한 대 먹이고 있다고 말했다. 그러나 그런 화제에 내가 흥미가 없다는 것을 알자 그는 화제를 바꾸었다. 부부 중에 누구도 그 악당이 자기들 눈앞에 앉았으리라고는 꿈에도 생각하지 못하고 있었다. 그러나 그 장본인이 나라고 내세워서 소동을 일으키고 이 사람들을 불안하게 한들 무슨 소용이 있단 말인가. 나는 마음속으로 웃었다. 그러나 나는 그때 밤을 즐겁게 보내리라는 희망을 단념해 버렸다. 나는 그 순간을 똑똑히 기억하고 있다. 교수가 매국노 할라에 관하여 말하였을 때, 그 장례식을 본 후로 내 마음속에 자리잡고 있는 침울과 절망의 불쾌한 감정이 갑자기 짙어져서, 그것이 뒤죽박죽된 압박감과, 육체적으로—아랫배에— 느껴지는 고통과 목을 조를 듯한 숙명감으로 변했다. 나는 무엇인가가 나를 겨누고 어떤 위험이 등뒤에서 나를 엄습하고 있는 것을 느꼈다. 다행히도 그때 식사 준비가 되었다는 전갈이 왔다. 우리는 식당에 들어갔다. 그리고 줄곧 쓸데없는 말들을 주고받았다.

왜 이렇게 마음이 켕기는 것일까 하고 나는 이상하게 생각하였다. 초대해 준 사람도 좋은 기분이 아니었다. 억지로 쾌활해지려고 하는 것을 분명히 알 수 있었다. 나 때문에 흥미가 깨어진 것일까, 혹은 가정에 불화가 있기 때문일까. 그들은 정직하게는 답할 수 없는 질문을 나에게 마구 쏟았다. 나는 지체하지 않고 대담하게 한 마디 한 마디 거짓말을 하여 불유쾌한 기분과 싸웠다. 나는 화제를 바꾸기 위하여 오늘 보고 온 장례식 이야기를 하였다. 그러나 장단이 맞지 않아 농담이 도리어 기분을 상하게 하고 점점 우리들 사이가 벌어지게 되었다. 내 마음속에서는 '황야의 늑대'가 이빨을 드러내어 놓고 웃고 있었다. 디저트 시간에 세 사람 모두 말이 없었다.

우리는 차와 화주(火酒)를 마시기 위하여 맨처음 방으로 되돌아왔다. 거기에 가면 우리들의 기분이 다소 느긋해질 것 같았다. 그러나 그때 그 노 대가 괴테의 초상이 다시 눈에 띄었다. 농 위로 치워져 있었기는 하지만……. 내 눈은 그것에서 떠나지 않았다. 그리고 마음속으로는 경고하는 소리를 들으면서도 그것을 손에 쥐고, 그 문제의 결산을 하기 시작하였다. 나는 이 장소가 견딜 수 없다고 하여 이 초대자를 어리둥절하게 하거나, 나와 같은 기분으로 만들거나 그렇지 않으면 폭발을 일으키고 말거나 어느 쪽이고 하지 않으면 안 되겠다는 기분에 사로잡혔다.

"괴테는 사실 이런 모습이 아니었다고 생각되는데요!"라고 내가 말했다.

"이런 자부심, 이런 포즈, 자리를 같이하는 신사 숙녀에게 추파를 던지는 꼴, 겉만 사내답고 마음속으론 달콤한 감상……. 확실히 괴테에게는 비난할 점이 많습니다. 나도 사실 이 사람을 종종 비난해 왔지만, 그렇다고 괴테를 이렇게 그린다는 것은 확실히 좀 지나친 것 같습니다."

부인은 몹시 슬픈 표정을 지으면서 커피를 따라놓고 방에서 나가 버렸다. 그녀의 남편은 당황과 비난이 반반 섞인 표정으로 사실 이 그림은 그녀가 그린 것으로써 그녀가 특히 좋아하고 있는 것이라고 일깨웠다. "설사 군의 비평이 객관적으로 정당하다고 하더라도—물론 거기에도 나로서는 이의가 있지만— 그렇게 노골적으로 말하지 않아도 되었을 터인데." "옳은 말씀입니다."라고 나는 말했다. "유감이지만 언제라도 솔직하게 말하는 것이 내 습관, 아니 나쁜 버릇이지요. 그러나 이것도 괴테가 참다운 괴테였을 때는 그렇습니다. 물론 이런 달콤한, 건들거리는 살롱 출입에 알맞는 괴테는 결코 솔직하고 거짓 없는 극단적인 말을 쓰지는 않았겠지요. 나는 당신과 당신의 부인에게 큰 실례를 했습니다. 부디 부인에게 내가 신경쇠약에 걸려 있다고 전해 주십시오. 그럼 이만 전 실례하겠습니다."

어안이 벙벙해진 주인은 여러 가지로 말하면서 좀더 있어 달라고 했다. 다시 우리들 사이는, 이전에 하던 이야기가 재미있고 활기가 있었다는 것, 미토라스와 크리슈나에 관한 나의 추측이 그 당시의 그에게 깊은 인상을 주었다는 것, 그가 오늘도 또 그런 이야기를 기대했다는 것 등등을 끄집어 내었다. 나는 그에게 감사하고 그것은 대단히 고마운 말이라고 했다. 그러나 유감스럽게도 크리슈나에 대한 흥미도, 학문적인 회화에 대한 흥미도 내게서 사라져 버렸다. 나는 오늘 그를 자꾸 속이기만 했다. 이를테면 내가 이 도시에 온 것은 2, 3일 전이 아니고 벌써 몇 달 전이었다. 그러나 혼자 생활해 왔고 상류 가정에 출입할 수는 없게 되었다. 그 이유는 첫째 늘 기분이 좋지 않았고 통풍을 앓았으며, 둘째 늘 술에 취해 있었기 때문이었다고 말했다. 또한 깨끗이 뒤를 밝히고 적어도 거짓말쟁이로서 물러나지 않기 위해서 나는 그가 오늘 내 감정을 몹시 상하게 했다는 것을 똑똑히 알려 주었다. 즉 주인이 저 반동적 신문이 하리의 의견에 대하여 취한, 정년자(停年者)에게는 알맞을지 모르나 학자에게는 어울리지 않는 태도에 대해서 무비판적으로 찬성한 일, 그가 말한 악당이며 독일을 팔아버린 녀석인 할라는 나 자신이라는 것, 맹목적으로 전쟁을 향하여 돌진하지 말고 적어도 약간의 머리가 있는 사람들이 좀 이성적이 되어서 상호간의 친선을 도모할 것 같으면 우리의 조국과 세계는 좀더 나아졌을 것이라고 설명해 주었다. 그러면 안녕히 계시오.

그리고 나는 일어서서 괴테와 교수에게 인사하고 현관에서 모자와 외투를 가지고 그 집을 달아나듯 나왔다. 내 마음속에서는 심술궂은 늑대가 울부짖고, 두 하리 사이에는 맹렬한 투쟁이 연출되었다.

이 불쾌한 밤이 저 분개한 교수보다는 내게 훨씬 중요한 의의를 가진다는 것을 곧 알 수 있었다. 그에게 이 밤은 하나의 활멸, 조그마한 불유쾌한 일에 지나지 않았다. 그러나 나에게는 그것이 최후의 실패나 도주이며, 시민적·도덕적·학자적 세계에서의 고별이며, '황야의 늑대'의 완전한 승리였다. 더욱이 그 고별은 패배자로서의 고별이며, 나 자신에 대한 파산 선고며, 위안도 우월도 유머도 아무 것도 없는 것이다. 나는 여태까지 내가 살고 있던 세계와 고향, 시민 사회, 풍습, 학문 따위에서 돼지고기를 먹고 위궤양에 걸린 사나이로서 고별한 데 지나지 않았다. 미친 듯이 가로등 밑을 달렸다. 죽을 듯한 슬픔을 안고서. 아침부터 밤까지 묘지에서 교수 집에 이르기까지 얼마나 슬프고 불쾌한 하루였던가. 뭣 때문에? 왜?

게다가 또 이런 날에 이런 수프를 탐내어 마시는 것은 무슨 의의가 있단 말인가. 아니, 그렇기 때문에 오늘밤 이 희극에 결말을 지을 것이다. 돌아가라 하리, 네 목을 잘라라. 너는 정말 오랫동안 그것을 기다리고 있었던 것이다.

비참한 생각에 쫓겨 이곳저곳 거리를 헤매다녔다. 물론 내가 저 선량한 사람들의 살롱의 장식에 침을 뱉었다는 것은 어리석었음에 틀림이 없다. 예의에 벗어난 일이기도 했다. 그러나 나는 그렇게 할 수밖에 없었던 것이다. 나는 저런 흐리멍텅한 허위에 싸인 예의바른 생활에는 참지 못한다. 뿐만 아니라 나는 고독도 참을 수 없고, 나 자신을 상대로 하는 것조차 몸서리치는 혐오를 느껴 희박한 지옥의 공기 속에서 질식하면서도 발버둥치고 있기 때문이다. 이 밖에도 도망갈 수 있는 길이 또 있을까. 도망갈 길은 없다. 오오, 아버지와 어머니의 청춘 시절의 아득한 신성한 불꽃이여. 오오, 너희들 내 생활의 무수한 기쁨이여, 사업이여, 목적이여. 이제 그러한 모든 것은 내게는 남아 있지 않다. 후회조차도. 남은 것이라고는 구토증과 고통뿐이다. 살아야 한다는 것이 이처럼 괴로울 때는 없었다.

을씨년스러운 교외의 선술집에서 잠시 쉬며 물과 화주를 마시고, 또 악마에게 내쫓겨 줄곧 달려 구시가의 경사진 구불구불한 길을 오르내리면서 가로를 빠져 정거장 앞 광장에 나왔다. 여행을 해야겠다는 생각에서 정거장에 들어가서 기차 시간표를 보고 포도주를 조금 마시고 마음을 가라앉히려 했다. 그러자 내가 겁을 먹고 있던 망령이 점점 더 가까이 또렷하게 나타났다. 그것은 집으로, 자기 방으로 돌아가라는 것이며 절망을 응시해야만 한다는 것이었다. 아무리 내가 도망쳐 다닌다고 해도 나는 그것을 피할 수 없다.

나는 그 문으로, 책이 얹혀 있는 책상으로, 애인의 초상 밑에 놓여 있는 팔걸이의자로 돌아가서 면도칼을 빼어들고 목을 자르지 않으면 안 되는 것이다. 그 광경이 더욱더 뚜렷이 눈앞에 떠올라 왔다. 더욱더 뚜렷이 나는 심장의 미칠 듯한 박통과 함께 모든 공포 중의 공포인 죽음의 공포를 맛보았다. 그렇다, 나는 죽음을 극도로 겁내고 있었던 것이다. 그 외에는 도망갈 길이라고는 없다. 구토와 절망이 나를 깔아뭉개어 이이상 더 내 마음을 끌고 내게 기쁨과 희망을 주는 것은 하나도 없는데도 불구하고 내게는 처형의 마지막 순간이, 내 살을 면도칼로 자르는 것이 형용 못할 만큼 두려워졌다.

이 두려움에서 도망칠 길은 없다. 절망과의 싸움에 오늘은 아마 겁이 이긴다고 해도 내일은 또 새로운 절망이 자기 경멸 때문에 한층 더 심해져 내 앞길을 가로막고 설 것이다. 마지막 결심을 할 때까지 나는 몇 번이나 면도칼을 집었다 놓았다 할 것이다.

그렇다면 차라리 오늘 하는 것이 좋지 않을까. 겁을 집어먹고 있는 어린아이에게 하듯이 이치를 따져가며 자신을 달래 보았다. 그러나 그 아이는 들으려고 하지 않았다. 아이는 도망쳐서 살려고 했다. 겁에 질려 거리를 달리고 멀찌막이 그 집 주위를 맴돌았다. 마음속으로는 돌아가고 싶으면서도 자꾸 끌기만 했다. 나는 이곳저곳 선술집에 드나들면서 한 잔 두 잔 마시는 사이에 시간을 즐기다가 다시 무엇에게 쫓겨 목적지인 면도날과 죽음의 둘레를 멀찌막이 줄곧 달렸다. 죽도록 피곤하여 때론 벤치나 분수가나 돌에 걸터앉아 심장의 고동소리를 듣고 이마의 땀을 씻고는 또 달렸다. 필사적인 고뇌와 생애에 대한 타오르는 동경으로 가슴을 부풀리고서.

이렇게 하여 나는 밤 늦게 낯선 어느 선술집에 들어섰다. 그 가게 안에서는 미칠 듯한 무도곡이 흐르고 있었다. 들어갈 때, 문 위의 '흑취(黑鷲)'라고 하는 낡은 간판을 읽었다. 안은 수라장으로 담배 연기, 술 냄새, 아비규환, 깊숙한 홀에는 춤과 음악이 판치고 있었다. 나는 잇닿은 방으로 들어갔다. 그곳에는 검소한—하긴 누추한 옷차림도 있었지만— 사람들만이 모여 있었다. 그러나 안쪽 무도장에는 훌륭한 복장을 한 사람들도 섞여 있었다. 사람들에게 밀려 한쪽 구석 테이블까지 갔다. 아름다우나 창백한 얼굴을 한 한 처녀가 벽가의 걸상에 앉아 있었다. 엷고 투명한 무도복을 입고, 머리에는 시든 꽃 한 송이가 꽂혀 있었다. 그 처녀는 내가 가니까 조심성있게 나를 보고 미소를 지으면서 자리를 내주었다. "괜찮습니까?"라고 묻고 그녀 옆에 앉았다.

"괜찮아요. 그런데 당신은 누구시죠?"라고 그 처녀가 물었다. "고맙습니다."라고 하면서 나는 자리에 앉았다. "나는 집으로 돌아갈 수가 없습니다. 아무 데도 못 돌아갑니다. 당신만 허락해 주신다면 여기 당신 옆에 있고 싶습니다. 정말이지 난 아무래도 집으론 돌아갈 수가 없습니다."

그녀가 나를 이해한다는 듯 고개를 끄덕였다. 그녀가 끄덕였을 때, 나는 그녀의 이마에서 귀 쪽으로 흘러내린 귀밑 머리를 보았다. 시든 꽃은 동백이었다. 건너편 홀에선 음악이 흘러나왔다. 여급들은 수선스럽게 주문을 하고 있었다. "그러시다면 이 집에 계셔요." 그녀가 내 마음을 가라앉히는 목소리로 물었다. "왜 집으로 돌아갈 수 없으시죠?" "집에 정말 갈 수가 없어요. 집에선 무언가가 나를 기다리고 있는 걸요. 아니, 그저 돌아갈 수 없어요. 그것은 너무나 무서운 것입니다." "그러면 언제까지나 기다리게 내버려두세요. 안경을 닦으세요. 그래 가지곤 아무것도 안 보여요. 손수건은 어디 있지요. 자, 무엇을 드시겠어요. 부르군드로 하실까요?"

그녀가 내 안경을 닦아 주었다. 그래서 나는 처음으로 그녀를 똑똑히 볼 수 있었다. 창백하나 야무지게 생긴 얼굴, 입술에는 루즈를 칠하고 눈은 맑은 회색, 이마는 미끈하고 시원스럽게 생겼다. 짧고 착 달라 붙은 곱슬머리는 귀를 덮고 흘러내려 있었다.

친절하나 어딘지 모르게 비꼬는 듯이 나를 다루면서 포도주를 주문하고 나와 더불어 축배를 들었다. 그때 그녀가 내 신을 보았다.

"이상해요. 흡사 파리에서부터 걸어오신 것 같군요. 그런 신을 신고 무도장엘 나오셨어요?"

"아, 아니," 나는 이렇게 말을 하면서 조금 어색하게 웃다가 말하는 대로 내버려두었다. 그녀는 대단히 내 마음에 들었다. 나는 그것이 이상했다. 여태까지 나는 이런 젊은 처녀를 피하고, 믿지 못할 것으로 알고 있었기 때문이다. 그러나 이때의 그녀는 나에게 안성맞춤격인 존재였다. 오오, 그때부터 그녀는 언제나 내게는 없어선 안 될 존재가 되어 버렸다. 그녀는 나를 필요한 정도로 보살펴 주었고, 필요한 정도로 조소해 주었다. 그녀는 샌드위치를 주문하고 나에게 먹으라고 했다. 포도주를 따라놓고 마시라고도 했다. 그러나 너무 급히 마셔서는 안 된다고 했다. 그리고 나를 온순하다고 칭찬을 했다. "됐어요." 그녀는 내 마음에 힘을 불러일으켰다. "당신은 점잖으셔. 당신은 아마 오랫동안 남의 말을 잘 듣지 않았을 거에요. 그렇죠?" "그렇소. 어떻게 그런 줄 아시오?" "그런 건 쉽게 알 수 있어요. 온순하다는 것은 음식과 같은 거에요. 오랫동안 온순해 보지 못한 사람은 그 이상 필요한 것이 없거든요. 당신은 정말 기꺼이 내가 시키는 대로 말을 잘 들으니까요." "그렇게 하지요. 정말 당신은 모든 것을 다 잘 알고 있군요."

"당신은 순한 분이에요. 아마 당신을 집에서 기다리고 있는 것, 당신이 겁을 내고 있는 것이 무엇인지 말할 수 있을 것만 같아요. 그래도 당신 자신이 알고 계시니까 거기에 대해선 말할 필요 없지 않을까요? 어리석은 짓이에요. 목을 자르려면 자를 뿐에요. 거기엔 물론 상당한 이유가 있겠지요. 살고 있으면 살아 갈 걱정만 하면 될 것 아녜요. 이런 간단한 것이 어디 있어요."

"오오!" 나는 소리를 질렀다. "그렇게 간단하면 좋겠지만, 나는 싫증이 날 정도로 고생을 해왔소. 그러나 아무런 소용도 없었소. 목을 자른다는 것은 물론 어렵겠지요. 그러나 산다는 것은 훨씬 더 어렵소. 얼마나 어려운지 모르겠소."

"이제 그런 짓이 어린아이 장난 같은 쉬운 것이라는 것을 알 때가 올 거예요. 우린 벌써 그 첫발을 디디고 있는 걸요. 당신은 안경을 닦고 식사를 하고 포도주를 마셨습니다. 자, 저쪽에 가서 옷매무새를 조금 고치고 와요. 그래야 돼요. 그리고 나서 나와 춤을 추세요."

"그렇기 때문에,"라고 나는 덤벼들듯 말했다. "내가 말한 것이 역시 옳다고 하는 것을 아시겠죠. 당신 명령을 실행 못하는 것보다 더 유감스러운 것은 없습니다. 그러나 당신 명령을 실행한다는 것은 불가능해요. 나는 시미춤을 출 줄 모릅니다. 뿐만 아니라, 왈츠도 폴카도 그 외에 어떠한 춤도 난 여태까지 한 번도 배워 본 적이 없어요. 자, 이제 모든 일이 당신 말처럼 간단하지 않다는 것을 아시겠죠."

아름다운 그 처녀는 붉은 입술에 미소를 띠면서 사내아이들처럼 머리를 잘래잘래 흔들었다. 그녀의 얼굴을 보았을 적에 나는 그녀가 소년 시절에 내가 처음으로 사랑을 느꼈던 노사 크라이슬러와 닮았다는 것을 깨달았다. 그러나 노사는 얼굴빛이 거무스름했고 머리 빛깔도 검었다. 이 미지의 처녀가 누구를 연상케 하는지 알 수가 없었다. 다만 그 추억이 먼 옛날 소년 시절의 무엇이라는 것만은 확실했다.

"조금씩 배워서 하면 돼요." 그녀는 말했다. "조금씩……

그러면 당신은 못 추시는군요. 아주 원스텝도? 그러면서도 당신은 살아 가는데 퍽 고생을 했다고 말씀하세요. 과장이에요, 아이들처럼. 당신 같은 그만한 나이에 그런 과장을 하는 게 아녜요. 그래요, 춤출 마음조차 안 나는데 살아 가는데 고생을 했다니 어떻게 그런 말을 할 수 있어요?"

"뭐라고 말하든간에 못 춰요. 배운 적이 없으니까요."

그녀는 웃었다.

"그래도 읽고 쓰는 것은 배우셨겠죠. 그리고 산술도 라틴어도 그 외 여러 가지, 아마 10년, 20년 이상이나 아마 그 이상 학교에서 공부하셨겠죠. 게다가 박사가 되어 스페인어나 중국어를 알고 계실지도 몰라요. 그러면서도 당신은 춤을 배우는 데 돈도 시간도 안 쓰셨단 말에요."

"부모 덕택이었지요."라고 나는 발뺌했다. "부모님들이 나에게 라틴어와 희랍어, 그 외의 여러 가지도 배우게 했지요. 그러나 무용은 배우게 해 주시진 않았거든요. 그것은 우리들 사이의 유행이 아니었으니까요. 부모님들도 춤이라고는 전혀 춰 보신 적이 없었지요."

아주 쌀쌀맞게 조소의 빛조차 띠면서 그녀는 내 얼굴을 쳐다보았다. 그때 또다시 먼 옛날의 소년 시절을 연상케 하는 그 무엇이 그녀의 얼굴에 떠올랐다.

"그러세요, 그렇다면 부모님의 잘못이었어요. 당신은 부모님에게 오늘밤 '흑취정'에 구경가도 좋다는 허락도 받으셨어요? 벌써 돌아가신 지 오래 되시지 않으세요? 그러면 당신이 젊으셨을 때 부모님 말씀을 잘 듣고 춤을 배우시지 않으셨다 하셔도 그것은 문제가 다르잖아요. 그야 물론 당신이 그 당시에 모범 소년이었다고는 믿지 않지만. 그럼 그때부터 대관절 당신은 무엇을 해오셨어요?"

"아아." 나는 자백을 아니할 수 없었다. "그것이 나로서도 알 수 없어요. 나는 공부를 했습니다. 음악을 배웠습니다. 책을 읽고 책도 썼습니다. 여행도 하고요."

"저런. 그것이 당신이 생각하고 계시는 인생이란 것이군요. 당신은 언제나 어렵고 복잡한 것만 하시면서 간단한 것을 하나도 못 배우고 마셨군요. 시간이 없었어요, 흥미가 없으셨어요? 아니, 내가 뭐 당신의 어머니도 아닌데. 그러나 당신 인생의 구석구석을 다 돌아다녀 보면서도 아무것도 발견 못한 듯한 얼굴을 하고 계시군요. 그것 참 안됐군요."

"꾸지람하지 마시오."하고 나는 애원했다. "내가 미친놈이라는 것을 나도 잘 알고 있답니다."

"뭐라고요! 그런 농담의 말씀 하시지 마세요. 당신은 결코 미치시지는 않았어요. 교수님, 아니, 당신은 너무 마음이 착하신 거에요. 너무 똑똑하세요. 마치 교수님처럼. 자, 빵 좀더 드시고 이야기나 좀더 하세요."

그녀는 한번 더 빵을 떼어 주면서 거기에다 소금을 쳐 주고 겨자를 발라 주고 자기 몫도 함께 잘라 권했다. 나는 먹었다. 그녀가 시키는 일은 무엇이라도 했을 것이다. 춤추는 것 외에는. 무엇이든 캐묻고 명령하고 꾸짖고 시키는 대로 따라하면서도 그 옆에 앉아 있다는 것이 더없이 즐거웠다. 만약 그 교수의 부인이 두서너 시간 전에 그렇게 해 주었더라면 그런 비참한 일은 일어나지도 않았을 것이었는데. 그러나 그것이 다행이었다. 그렇지 않았던들 나는 더 많은 것을 놓칠 뻔하였다.

"당신 이름이 무엇이죠? 참말로 말씀해 주세요." 하고 갑자기 그녀가 물었다.

"하리!"

"하리! 어린아이 이름 같군요. 그리고 당신은 정말로 어린아이에요. 하리, 흰 머리가 다소 있지만요, 당신은 어린애세요. 그래서 누군가가 돌봐 줄 분이 있어야 해요. 춤 이야기는 그만두고요. 그래도 당신의 머리 꼴이라니, 부인은 안 계신가요! 애인은?"

"아내는 없답니다. 생이별이었지요. 애인은 있지만 이 시내에 살지 않지요. 썩 만나기가 어렵답니다. 사이가 좀 떠서요."

그녀가 나지막이 휘파람을 불었다.

"아무도 같이 계시지 않다니 당신은 참 까다로운 분 같군요. 그래도 오늘밤, 당신이 그렇게 흥분한 나머지 시내를 마구 쏘다니셨다니 무슨 특별한 일이라도 있었던가요? 자, 그 이야기를 해보세요. 싸움을 하셨어요? 노름에 졌나요?"

그러나 그것은 설명하기는 어려웠다.

"실은, 그저 아무것도 아닌 일이었지요. 나는 어느 교수한테 초대를 받았답니다. 나 자신은 교수가 아니고요. 실은 가서는 안 될 곳이었는데. 나는 아직도 사람들 틈에서 지껄이는 것이 익숙지 못합니다. 교수 집에 들어갈 때부터 벌써 좋은 일이 있으리라는 생각은 안 들었습니다. 모자를 벗자마자 아무래도 곧장 다시 쓰고 나올 것만 같았습니다. 그러자 교수 집 테이블 위에 초상화가 있지 않겠습니까. 되어먹지 못한 초상화가 그것이 날 불쾌하게 만들었습니다."

"무슨 초상? 왜 불쾌하게 느끼셨죠?"

"괴테의 초상화였습니다. 시인 괴테를 아시지요? 그러나 실은 괴테가 아니었습니다. 실제의 괴테가 어떤 모습을 하고 있었는진 아무도 모르거든요. 죽은 지 백 년이 지났으니까요. 다시 말하자면, 그 초상화는 날 신경질적으로 만들었기 때문에 싫어졌던 거에요. 아시겠어요?"

"네, 알겠어요. 그리고선?"

"하긴 벌써 그 전부터 교수하곤 마음이 맞질 않았어요. 교수라면 다 그렇듯이 그도 상당한 애국자였어요. 전쟁중 국민을 기만하는 것에 힘을 기울여 왔던 거에요. 물론 자기로서는 정당한 일을 하고 있는 셈이지만, 나는 반전론(反戰論)자였습니다. 그건 그렇고, 사실은 그런 초상화는 보지 말았어야 했는데."

"정말 그랬으면 좋았었겠군요."

"그래도 무엇보다도 괴테가 불쌍했어요. 나는 괴테가 몹시 좋았습니다. 그리고 또 이런 생각을 했습니다. 생각했다기보다는 느꼈지요. 즉, 나는 나와 같은 동료 속에 있다. 이 사람들도 나와 마찬가지로 괴테를 사랑하고 괴테에 관하여 나와 같은 생각을 하고 있다고 나는 생각한다. 그런데 그들은 이런 몰취미하고 손장난한 초상화를 꾸며 놓고 그것이 훌륭하다고 생각하고 있다. 그리고 이 초상화의 정신이 괴테의 정신과는 정반대라는 것을 조금도 눈치채지 못하고 있는 것이다라고요. 그들은 그 그림을 경탄스러운 것이라고 생각하고 있어요. 물론 그렇게 생각하는 것도 그네들 자유겠죠. 그러나 나로서는 그들에 대한 모든 신뢰나 우정이나 같은 동료라고 하는 기분이 일시에 사그라졌던 것입니다. 그러잖아도 대수로운 우정은 아니었지만. 그래서 난 까닭없이 화가 나서 결국 나란 사람은 고독한 존재이며 아무도 나를 이해해 주지 못한다는 것을 알았단 말입니다. 아시겠어요?"

"네, 알겠어요, 하리. 그리고 그 다음엔? 당신은 그 초상화를 그 사람들의 면전에다 내동댕이쳤나요."

"아니, 난 욕을 퍼붓고 도망쳐 나왔어요. 집으로 돌아가려고 했으나, 그러나……"

"그러나 집에는 아이처럼 달래주고 꾸짖어 줄 엄마가 없었더란 말이지요? 괜찮아요, 하리. 난 불쌍한 마음이 들어요. 참, 당신은 어린애 같아."

사실 나도 그런 생각이 들었다. 그녀는 나에게 포도주를 따라 주었다. 그녀는 내겐 꼭 어머니 같았다. 그리고 동시에 그때 그녀가 정말로 젊고 아름다워 보였다. "그러면," 하고 그녀가 말을 이었다. "그러면 이렇겠군요. 괴테는 백 년 전에 죽었다. 그리고 하리는 괴테를 대단히 사랑한다. 그리고 괴테의 풍채나 모습에 대해서 멋진 공상을 하고 있다. 하리에게는 아직도 그렇게 할 권리가 있고, 그 밖에 똑같이 괴테에 미쳐 그 모습을 마음속에서 그리고 있는 화가에게는 그럴 권리가 없다는 거겠군요. 그렇다면, 그 교수님에게나 어떠한 사람에게도 그럴 권리가 없다고 하게 되면, 하리에겐 불리하기 때문에 하리는 그것을 못 배겨내어 욕지거리를 하면서 내빼지 않을 수 없었겠죠. 만약 그가 영리했더라면, 화가 나서 그 교수를 웃어 넘겼더라면 그만이었을 테죠. 또한 하리가 정말 미친 사람 같았으면 그 사람들의 낯바닥에 그 괴테를 집어던졌을 거에요. 그러나 하리는 그저 어린애니까 집으로 달려가서 목을 자르려고 한 것이지요. 당신 이야긴 잘 알겠어요. 익살맞고 우스운 이야기에요. 잠깐 기다리세요. 그렇게 급히 마셔선 못 써요. 부르군드는 천천히 마셔야 돼요. 그러잖으면 단박에 취해 버려요. 당신은 정말 어린애 같군요."

그녀의 눈은 매서웠다. 마치 환갑이 지난 총독의 눈처럼.
"그렇지요." 나는 만족을 느껴 애원했다. "무엇이든지 타일러 주십시오."

"무엇을 말에요?"
"당신이 좋아하는 건 무엇이든지."
"그러면 좋아요. 여태까지 한 시간 동안 나는 당신을 당신이라고만 불렀군요. 그런데 당신은 존대를 하고 있어요. 언제나 변함없는 라틴어, 희랍어만 자꾸 복잡하게 만드는군요. 만약에 처녀가 해라를 하면, 그리고 그게 싫지 않으시다면 당신도 해라를 해야 돼요. 자, 이것으로 공부가 조금 되었죠. 그리고 그 다음엔, 난 반 시간 전부터 당신 이름이 하라라는 것을 알고 있었어요. 당신에게 물었으니까요. 그런데도 당신은 내 이름을 물으려 하지 않는군요."

"아니, 몹시 알고싶은데요."

"너무 늦었어요. 다음에 만나거든 물어 보세요. 오늘은 안 돼요. 자, 난 이제 춤추러 가야만 합니다."

그녀가 일어서려 하자 나는 어찌할 바를 몰랐다.

그녀가 떠나 버리면 나는 혼자 있게 되고, 모든 것이 또 옛 상태로 되돌아가지는 않을까 하는 불안감에 어찌할 바를 몰랐다. 잠시 멎었던 치통이 갑자기 다시 고개를 들기 시작하듯이 당장에 불안과 공포가 머리를 쳐들었다. 오, 어떻게 하면 나를 기다리고 있는 것들을 잊어버릴 수 있을까. 대관절 사정이 얼마나 변했다고 말할 수 있단 말인가.

"기다려요." 나는 애원하듯이 부르짖었다. "가지 말아 줘요. 이봐요, 가지 마라. 물론 춤추고 싶으면 추어도 좋지만 오래 추면 안 돼. 돌아와 줘."

웃으면서 그녀는 일어섰다. 나는 그녀가 키가 클 거라고 상상했었다. 그녀는 날씬했지만 키가 별로 크지 않았다. 다시 그녀는 내 마음에 누군가를 상기시켰다. 누구일까? 생각이 나지 않는다.

"돌아와 주겠어?"

"돌아오겠어요. 그러나 시간은 좀 걸릴 거에요. 반 시간이나, 그러잖으면 한 시간쯤. 당신에게 명령하겠어요. 눈을 감고 좀 쉬세요. 당신에겐 그것이 필요해요."

나는 그렇게 하겠노라고했다. 그녀는 가 버렸다. 그녀의 스커트가 내 정강이를 스쳤다. 떠나기 전에 그녀는 동그랗고 자그마한 회중거울을 들여다보고 눈썹을 올리고 턱에 손질을 하고 무도장으로 자취를 감추었다. 나는 주위를 둘러보았다. 낯선 얼굴들뿐, 담배를 피우고 있는 사람들, 맥주가 쏟아져 있는 대리석 테이블, 시끄러운 소리, 이웃 방엔 무도곡, 나는 자야만 한다. 그녀가 명령을 했다. 아아, 너는 강아지보다 겁이 많은 나의 수면이라는 것을 잘 알고 있을 터인데, 이 커다란 장바닥 같은 소용돌이 속에서 테이블 위에 비스듬히 기대어 병들이 부딪치는 소리를 들으면서 잠을 자야 하다니! 나는 포도주를 마시고 주머니에서 여송연을 꺼내어 성냥을 찾았다. 그러나 사실 담배 따위는 피우고 싶지 않았다. 나는 여송연을 테이블 위에 놓았다. "눈을 감으세요." 하고 아까 그녀가 말을 했다. 대체 어떻게 해서 그녀는 그런 목소리를 가지고 있는 것일까. 나지막하고 부드러운 어머니 같은 소리를. 아까도 이 목소리를 좇아 복종하였다. 나는 순순히 그녀의 명령대로 눈을 감고, 벽에 머리를 기대고 주위의 시끄러운 소리를 들으면서 내가 이런 곳에서 잠을 자야 하는가 생각하면서 미소를 지었다.

그리고 나서 홀 문가에 가서 무도장을 조금 엿보고 싶어졌다. ―저 아름다운 처녀가 춤추는 것을 한번 보아야겠다― 그래서 테이블 밑에서 다리를 움직여 보았다. 그때 비로소 나는 몇 시간이나 돌아다녔던 탓으로 몹시 피곤하다는 것을 알았다. 나는 일어서기를 그만두었다. 나는 어머니의 분부대로 잠들고 싶었다. 감사의 마음을 가지고 꿈을 꾸었다. 오랫동안 보지 못하던 깨끗하고 맑고 확실한 꿈을 꾸었다.

나는 고풍스러운 응접실에 앉아 기다리고 있었다. 처음에 나는 어떤 귀족의 집에 와 있다는 것밖엔 아무것도 모르고 있었다. 오래지 않아 내가 만나게 되어 있는 사람은 다른 사람이 아닌 바로 괴테 각하라는 것을 알았다. 유감스럽지만 어떤 잡지의 통신원으로서 찾아와 있었던 것이었다. 그것이 몹시 내 마음을 언짢게 했다. 어떻게 해서 이런 꼴을 당하게 되었는지 알 수 없었다. 게다가 전갈 한 마리가 내 신경을 건드려 놓았다. 아까부터 내 다리를 기어오르고 있었다. 그 파충류가 못 올라오도록 몸을 흔들었지만, 그놈이 지금 어디에 숨어 있는지 찾지 못했다.

또 나는 잘못 생각하여 괴테가 아니고 마치슨을 찾아와 있지 않나 했다. 그것조차 확실하지가 않았다. 그러나 마치슨을 꿈 속에서 뷔르거와 혼동해 버렸다. 나는 그렇게 기억하고 《모리에게 바치는 시》를 마치슨의 작품인 것처럼 알고 있었기 때문이었다. 그리고 아무 일에도 손을 대고 싶지 않았다. 하여간 모리와 만나는 것은 대단히 즐거운 일이었다. 나는 그녀를 놀랄 만큼 부드럽고 음악적인 정서를 몸에 지닌 황혼같이 아늑한 여자로서 마음속에 그리고 있었다. 다만 내가 저주스러운 잡지 일로 이곳에 와 있지만 않다면. 화가 점점 치밀어올라서 괴테에까지 미치게 되었다. 그래서 갑자기 나는 아주 수상쩍게 생각하고 비난을 마구 퍼부었다. 이런 기분을 가지고 알현한다니 근사하겠다. 거기에 비한다면 그 전갈은, 물론 위험스럽게 어디 가까이 숨어 있겠지만 그래도 괴테보다는 고약스럽지 않다고 생각했다. 생각컨대, 전갈이 호의를 뜻하고 있는지도 모를 일이었다. 그 전갈은 모리와 어떤 관계가 있고, 그녀의 심부름꾼이거나 그녀의 문장(紋章)일 수 있다는 것이 당연하게 느껴졌다. 즉 여자 마음과 죄의 아름답고 위험한 문장 말이다. 그 전갈은 어쩌면 브류뷰스라는 이름이 아닐는지……. 그러자 그때 시종이 문을 열었다. 나는 일어서서 들어갔다.

그곳에는 조그마하고 대단히 점잔을 빼는 노 괴테가 서 있었다. 이미 생각한 바와 같이, 그의 고전적인 가슴에는 큼직한 훈장이 빛나고 있었다. 여전히 그는 지배하고, 인견하고, 와이말 미술관에서 온세계를 감시하고 있는 것 같았다. 그는 나를 보자마자 늙은 까마귀처럼 끄덕끄덕하면서 엄숙한 소리로 말하였다.

"그런데 젊은이, 자네들은 우리들이나 우리들이 하고 있는 일에 아마 동정이 가지 않겠지?"

"네, 정말 그렇습니다." 하고 대답하였으나, 나는 그의 눈초리에 움찔했다. "우리들 젊은이들은 사실 당신의 기분을 잘 알 수 없습니다. 당신은 우리가 보기에도 너무나 격식을 차리고 있습니다. 각하, 그리고 너무나 허식적이고 야단스럽고 성실성이 없어 보입니다. 이것이 가장 중요한 점이겠습니다."

몸집이 작은 노인은 그 딱딱한 얼굴을 조금 앞으로 움직였다. 그리고 엄격하게 꽉 다물었던 입에 부드러운 미소를 지으며 생기를 띠었을 때, 갑자기 내 가슴은 뛰었다. 나는 저 ≪황혼은 하늘에서 내려오다≫라는 시를 생각해 내었고, 그 시를 읊은 사람이 바로 이 사람임에 틀림이 없다는 것을 생각해 내었기 때문이다. 사실을 말할 것 같으면, 나는 이 순간에 무기를 내던지고 완전히 압도당하고 말았다. 할 수만 있다면 그의 앞에 무릎을 꿇고 싶었다. 그러나 나는 참았다. 그때 미소를 짓고 있던 그의 입에서 이런 말이 나왔다.

"호, 그러면 자네는 내가 성실치 못하다고 책망하고 있는 것이로군그래. 무슨 말인지 좀 똑똑히 설명해 줄 순 없겠나?"

나는 기꺼이 설명하고 싶었다.

"괴테 각하, 각하는 모든 위대한 사상가와 마찬가지로 인간 생활의 의혹성과 절망을 명백하게 인정하시고 느끼셨습니다. 순간적인 영광과 그 비참한 조락과 감정의 아름다운 앙양에 대한 대가로 지불하지 않으면 안 되는 감옥살이 같은 일상생활, 영혼의 왕국에 대한 불타오르는 듯한 심한 동경과 그것과 영원히 필연적인 싸움을 계속하고 있는 순진한 자연 상태에 대한 똑같은 열렬하고 거룩한 사랑, 공허와 불안 사이의 무서운 방황, 무상과 결코 채워질 수 없는 영원의 들뜬 생활을 계속하고 있는 딜레탕트일 수밖에 없는 운명의 선고, 요컨대, 인간 생활의 덧없음과 무게도 성과 심한 절망, 이 모든 것을 각하는 인정하시고 또 가끔 고백도 하셨습니다. 그럼에도 불구하고 각하는 각하의 전 생활을 통해 그 정반대를 설명하시고 계십니다. 각하는 신앙과 낙천주의를 표명하시고, 자신에게나 다른 사람에게도 우리들의 정신적 노력의 영속과 의의를 나타내어 보여주고 있는 것입니다. 각하는 자신의 마음에 대해서는 또한 크라이스트나 베토벤에 대해서도 심원의 고백, 절망적인 진리의 소리를 거부하여 억눌러 왔습니다. 각하는 몇십 년간이나 지식과 수집물의 누적과 편지를 쓰고 모으는 일, 즉 각하의 와이말에서의 긴 노년 생활 전체가 정말로 순간을 영구화하는 길인 것처럼 처신해 왔습니다. 실은, 그 순간을 미이라로 만든 것입니다. 그것이 자연을 신령화하는 것처럼 생각해 왔습니다만, 실은 역시 자연을 틀에 박아 놓은 것에 지나지 않습니다. 이것이 우리가 각하에게 비난하고 있는 불성실 바로 그것입니다."

깊은 생각에 잠긴 듯한 눈초리로 그 노 재상은 내 눈을 물끄러미 쳐다보면서 입에는 여전히 미소를 띠고 있었다.

그러자 그는 뜻밖의 질문을 던졌다.

"그렇다면 자네는 틀림없이 모차르트의 《마적(魔笛)》을 아주 싫어하겠군그래."

그리고 미처 내가 반대도 하기 전에 그는 말을 이었다.

"그 마적은 이 인생을 얻기 어려운 노래로써 나타내고 있다. 변하기 쉬운 우리들의 감정을 영원하고 신성한 것으로서 찬미하고 있어. 그것은 크라이스트 군과도, 베토벤 군과도 다른 기분에서 낙천과 신앙을 설교하고 있단 말일세."

"알고 있습니다. 잘 압니다." 나는 지체하지 않고 말을 받았다. "어째서 각하께서 이 세상에서 제가 제일 좋아하는 마적에 생각이 미치신 건지 잘 알겠습니다. 그러나 모차르트는 여든두 살까지 살지도 못했고 또 개인적인 생활에서도 각하처럼 영속이나 질서나 권위 따위를 구하려고는 하지 않았습니다! 그는 거룩한 멜로디를 노래하면서 가난한 채 요절했던 것입니다. 가난하고 세상의 인정도 채 못 받고……."

나는 숨이 찼다. 여러 가지 일을 한꺼번에 다 말하지 않을 수 없었기 때문이었다. 이마에는 땀이 배었다.

그러나 괴테는 부드러워졌다. "내가 여든둘이 되었다는 것은 용서치 못할 일일지도 모른다. 그렇다고 거기에 대한 나의 만족감은 자네가 생각하고 있는 만큼 그렇게 큰 것은 아닐세. 자네가 말하듯이 나는 내 존재의 영속을 마음속으로부터 바라기는 하네. 나는 줄곧 죽음을 두려워한 나머지 죽음과 늘 싸워 온 걸세. 죽음과의 싸움, 절대적이며 집요한, 살려고 하는 의욕이야말로 모든 훌륭한 인간의 행위와 생활의 동기가 된다고 나는 생각한다네. 그러나 그럼에도 불구하고, 결국에 가서는 우리는 죽지 않으면 안 된다는 것을, 나는 나의 여든둘의 생애로써 정확히 나타내 보인 걸세. 내가 나이 어려서 죽은 것과도 것이. 다시 내 기분을 나타내기 위해서 한 마디 덧붙인다면, 나는 천생 타고 나기를 어린애 같은 짓이나 호기심이나 놀이 같은 것을 좋아했네. 그러나 놀이라는 것도 쉬이 싫증이 나고 만다는 것을 알기까지에는 상당한 시일을 요했네."

그는 그렇게 말하면서 교활한 듯한 아주 장난스러운 표정을 지으면서 웃었다. 그는 키가 홀쭉해졌으며, 얼굴의 딱딱한 윤곽이며 경련적인 위엄은 사라져 버렸다. 그리고 우리들 주위의 공기는 이제 온통 멜로디에 싸여 오로지 괴테의 노래의 선율로 가득차 있었다. 나는 모차르트의 ≪오랑캐꽃≫ 과 슈베르트의 ≪너 또다시 숲과 골짜기를 채웠도다≫를 똑똑히 가려 들을 수가 있었다. 그러자 괴테의 얼굴은 장미색을 띠고 웃으면서 어떤 때는 모차르트와, 어떤 때는 슈베르트와 형제간처럼 닮아져 가는 것이었다. 그의 가슴에 찬 훈장은 목장의 꽃으로 된 것이며, 노랑빛의 앵초가 기쁜 듯 그 가운데서도 피어나고 있는 것 같았다.

노인이 농담조의 말로써 나의 질문과 불평을 피하려고 하는 것이 자못 못마땅하였다. 나는 비난하듯 그를 노려보았다. 그러니까 그는 몸을 굽히면서 어린아이 같은 표정을 짓고, 내 귀에다 입을 바짝 갖다대고 소곤거리는 것이었다. "자네, 자네는 노 괴테를 너무 진지하게 생각해서 탈이란 말이야. 오래 전에 죽어 버린 노인네들을 그렇게 골똘하게 생각할 것은 못 돼. 귀찮은 일일세. 우리들처럼 불멸의 존재들은 사물을 그렇게 골똘히 진지하게 생각하는 것을 좋아하지 않는다네. 우리는 농담을 좋아한다네. 자네, 진지하다는 것은 '시간'이 만들어낸 수작이거든. 털어놓지만 그것은 '시간'을 너무 고맙게 여기기 때문에 만들어진 것이거든. 나도 한때 시간을 아주 소중히 여겼었지. 그러기에 백 살까지 살았으면 했다네. 그러나 영원에는 '시간'이란 것이 없거든. 영원이란 일순간을 말함일세. 장난이라도 한바탕 해볼 만한 길은 이뿐이지."

사실 말이지 이이상 더 진지한 이야기는 할 수가 없게 되었다. 그는 시치미 떼는 듯한 얼굴 표정으로 춤추듯 여기저기 거닐기만 하였다. 별 모양을 한 훈장에서 앵초를 꽃불처럼 내쏘면서 조그맣게 만들다 없애 버리기도 하였다. 그가 그러한, 춤을 추듯이 가벼운 발동작을 하여 맴돌고 있는 자세를 보고 있는 동안, 나는 이분은 춤을 배우는 것에 조금도 주저하지 않았을 것이라고 생각지 않을 수 없었다. 그는 춤을 희한하게 잘 추었다. 그때 나는 그 전갈을 생각해 내었다. 아니, 오히려 모리의 일을. 그래서 나는 괴테를 향해 소리를 질렀다. "모리는 없습니까?" 괴테는 큼직한 소리로 웃어대었다. 그는 테이블로 가서 서랍을 열고 값비싼 무두질한, 가죽제인지 벨벳제인지 조그마한 상자를 끄집어 내서 그것을 열고서는 내 앞에 내밀었다. 그 안에는 검은 벨벳 위에 조그마한 여자의 다리가 하나 놓여 있었다. 아름답고 아늑한 빛을 내며 탐스러웠다. 적당히 무릎을 굽히고 발바닥을 아래로 젖혀 아늑한 발톱 끝까지 보여 주었다.

나는 손을 내밀어 나를 황홀하게 만든 그 조그마한 다리를 짚으려고 하였다. 그러나 내가 두 손가락으로 그것을 짚으려 하자마자 그 장난감은 조금씩 꿈틀거리는 것같이 보였다. 이것은 전갈일지도 모른다. 이런 의아심이 내 마음속에 일었다. 괴테는 눈치를 알아챈 것 같았다. 아니, 그러기를 기다리고 있는 것같이 보이기도 했다. 이 엉뚱한 낭패, 이 동경과 불안의 경련적인 갈등을. 그는 그 아름다운 전갈을 내 코앞에 갖다대면서, 내가 그것을 갖고 싶어 하는 꼴을 하거나 겁을 내어 물러서는 것을 보고는 아주 재미있다는 듯한 표정이었다. 그가 이런 귀엽고 위험스러운 물건을 가지고 나를 놀리고 있는 동안 그는 또다시 아까의 그 노인으로 되돌아가 있었다. 호호백발에 천 년 묵은 노인으로. 그의 핏기 없는 늙은 얼굴은 조용히 소리없는 웃음을 띠었다. 깊은 못과도 같은 노인의 유머로써 그는 혼자서 웃고 있었다.

잠이 깨었을 때 나는 꿈을 잊고 있었다. 그것을 생각해 낸 것은 훨씬 뒤였다. 아마 한 시간도 더 잤을까. 이 요리점의 식탁에 엎드린 채 혼잡한 음악의 틈바구니 속에서. 내게 이런 재주가 있었나 싶어 놀라웠다. 귀여운 그 처녀는 내 앞에 서서 내 어깨 위에 손을 얹고 있었다. "2 마르크쯤 주세요. 저쪽에서 먹고 왔어요." 하고 그녀가 말했다.

나는 그녀에게 돈지갑을 내주었다. 그녀는 그것을 가지고 저쪽으로 가 버렸다. 그리고 이내 돌아와서 이렇게 말했다.

"인제 난 당신 옆에 좀 앉아 있을 수가 있게 되었어요. 그리고 나서 또 가야만 해요. 약속이 있기 때문이에요."

나는 깜짝 놀랐다. "누구와?" 하고 나는 급히 묻지 않을 수 없었다.

"모르는 사람하고요. 저는 오데온 바에 초대를 받았어요."
"아아, 나는 당신이 나를 혼자 내버려두지는 않을 것이라 생각하고 있었는데."

"그럼 당신이 먼저 나를 초대했더라면 좋았을 것을, 다른 사람이 선약을 해버렸으니요. 그래도 당신은 돈을 번 셈이에요. 오데온 아세요? 한밤이 지나면 샴페인만 마시지요. 클라브 식 의자에 니그로 악대가 아주 멋져요."

어찌 내용 따위를 마음에 두랴. 나는 탄원을 했다.

"부디 나와 같이 거길 가 줘. 나는 으레 그럴 것으로 생각했지. 친구가 되었으니까 말이지. 자, 나의 초대를 받아 줘. 어디든지 당신이 좋아하는 곳으로 가자, 제발."

"고마워요. 그래도 약속은 약속이니까요. 초대를 받았잖아요. 자, 그 이야기는 그만하세요. 자, 뭐든지 드세요. 아직 포도주가 남아 있어요. 이걸 드시고 좋은 기분으로 집에 돌아가세요. 그리고 편히 주무시도록 하세요. 자, 약속해 줘요."

"아니, 싫어. 집으로 돌아갈 순 없어."

"그런 일이 있었다고 해서 그러세요? 당신은 아직도 그 괴테에 걸려 있군요(이때 나는 괴테의 꿈을 생각해 내었다). 그래도 정말 집에 돌아갈 수 없으시거든 이 집에서 주무셔도 좋아요. 객실이 있어요. 부탁해 놓겠어요."

나는 그것이 좋겠다고 승낙했다. 또 언제 그녀와 만날

수 있으며, 그녀가 어디 살고 있는지를 물었지만 가르쳐 주지 않았다. 내가 조금만 수고한다면 곧 알 수 있는 일이라고만 했다.

"내가 당신을 초대해도 괜찮겠지?"

"어디로요?"

"어디로든지. 당신이 좋아하는 곳으로, 당신이 좋을 때에."

"네, 그러면 좋아요. 화요일 밤 저녁 식사는 아루텐 프란치스카네르의 이층에서. 그럼, 안녕히."

그녀가 손을 내밀었다. 나는 처음으로 그녀의 손을 똑똑히 보았다. 그것은 그의 목소리에 어울리는 손이었다. 아름답고 부드럽고 민감한 손이었다. 내가 그녀의 손에 입맞추는 것을 그녀는 조소를 띠면서 쳐다보고 있었다.

그리고 헤어질 때 그녀는 다시 한번 돌아다봐 주었다. "조금 더 당신에게 해둘 말이 있어요. 괴테에 관해서 말에요. 좋으세요? 당신이 괴테의 초상을 참지 못하신 것과 같이 나도 성인에 관해서 그와 비슷한 경험을 할 때가 가끔 있어요."

"성인들이라고? 당신이 그렇게 신앙심이 많았던가."

"아니에요. 내 신앙이 깊은 것이 아니라요 슬퍼할 일이겠지만요. 그래도 전에 그럴 때가 있었어요. 그리고 언젠가는 또 그렇게 될 거에요. 지금은 신앙이 깊어질 만한 시간이 없는걸요."

"시간이 없다고? 그러면 그러기 위해서 시간이 필요하다는 말인가."

"그래요. 신앙을 가지려면 시간이 필요해요. 더욱 필요한 것이 있어요. 그것은 시간의 지배를 받지 않는다는 거에요. 당신은 진지하게 신앙을 가질 수 없겠거니와 현실 속에 살면서 시간이나 돈이나 오데온 바 따위를 좀더 진지하게 생각할 수도 없을 거에요."

"알 수 있어. 그러나 성인들의 이야기는 어찌 된 것이야."

"네, 성인들 가운데는 슈테판이라든가 프란츠라든가 그 밖에 내가 특별히 좋아하는 사람들이 많이 있어요. 그 사람들의 초상이나, 구세주나 성모의 초상으로서 위조물인 허수룩한 초상을 많이 볼 수 있어요. 그래서 당신이 괴테의 초상을 하나 보고 못 참았듯이 나도 역시 그랬어요. 나는 그런 구세주나 성세주나 성 프란츠의 초상을 사람들이 고맙게 여기고 있는 것을 보면 정말 구세주에 대해 모욕 같은 것을 느껴요. 이런 터무니없는 초상으로 사람들이 만족하고 있을 것 같으면 무엇 때문에 예수님은 살아서 그런 고생을 하셨을까 하는 생각이 들어요. 그래도 역시 내 마음속에 그리고 있는 구세주나 프란츠의 초상도 인간이 만든 초상이지 참 모습과는 다른 것이에요. 그것도 나는 알고 있어요. 예수님의 눈에는 내가 마음속으로 그리고 있는 초상도 역시 미련하고 못마땅하게 보일 거에요. 꼭 내가 저 귀여운 초상을 그렇게 생각하고 있듯이. 내가 뭐 당신이 괴테의 초상을 보고 언짢아하고 성을 내고 한 그 일을 변호하기 위해서 이런 말 하는 것은 아니에요. 성을 내는 건 당신의 잘못이에요. 나는 다만 당신이 말하는 의미를 알고 있다는 뜻에서 이런 말을 하는 거에요. 당신들처럼 학자나 예술가들은 여러 가지 괴팍한 일을 잘 생각하지만, 역시 보통 사람임에는 틀림없잖아요. 우리들이라 할지라도 역시 자기의 꿈이나 공상을 머릿속에서 멋대로 하고 있는 거에요. 당신은 학자시니까 당신의 그 괴테 이야기를 어떻게 나에게 설명해야 좋을지 다소 곤란을 느꼈을 거에요. 당신의 기분은 알 수 있어요. 당신은 당신의 이상적인 이야기를 단순한 처녀에게 어떻게 이해시킬 것인가 하고 고민하지 않을 수 없었을 테죠. 그래서 나는 그런 고민을 당신이 하지 않으시도록, 그럴 필요가 없다는 것을 알려 드리고 싶었던 것뿐이에요. 당신이 말씀하신 내용은 잘 알 수 있어요. 자 그러면 그만, 안녕히 주무세요."

그녀는 가 버렸다. 그리고 한 노인이 나를 3층으로 안내했다기보다는 먼저 내 짐이 어디 있는지를 묻고 나서 짐이 없다는 말을 듣고, 소위 "숙박비"를 선불해 줄 것을 말하고 낡은 계단을 올라가서 나를 어떤 방에 남겨 놓은 채 나가 버리는 것이었다. 방에는 딱딱하고 짧은 나무 침대가 있었다. 벽에는 사벨과 가리발지의 채색 초상이 걸려 있었다. 또 어떤 축제일에 사용한 것 같은 시든 꽃다발도 있었다. 잠옷이라도 있었더라면 돈은 얼마를 지불해도 괜찮았을 것이다. 하여간 물과 조그마한 수건이 있어 얼굴을 씻을 수 있었다. 옷을 입은 채 침대에 누워서, 불을 켜고 오늘 일어난 일을 생각해 보았다. 첫째, 괴테 일은 정리가 되었다. 그가 꿈에 나타난 일은 천만 뜻밖이었다. 그리고 나서 이 이상한 처녀. 그녀의 이름은 무엇일까. 이렇게 하여 갑자기 한 인간, 현실의 산 인간이 나타나서 흐린 유리종 안에 갇힌 나의 무지각 상태를 부수고 저 아름답고 부드러운 손을 내게 내밀어 준 것이다. 이렇게 하여 나와 관계를 맺고 내가 기뻐하고 불안과 근심을 가지고 생각할 수 있는 일이 생긴 것이다. 생활과 나 사이를 얽어맨 문이 한꺼번에 열렸다. 나는 또다시 살아 갈 수가 있을 것이다. 또다시 인간이 될 수 있다. 추위 속에 잠들어 버릴 것 같은 내 영혼이 다시 호흡을 시작하고, 그 피곤에 지친 약하디약한 조그마한 날개가 파닥거리기 시작한 것이다. 괴테가 나를 찾아왔다. 그 처녀는 나에게 음식과 수면을 주고, 호의를 베풀고, 나를 조소하고, 나를 어리석은 아이라고 불렀다. 그리고 그녀, 이 이상한 친구는 나에게 또한 성인 이야기를 하면서 나의 이상한 심리가 다른 사람에게 이해되지 않는 고독하고 병적인 한 본보기가 아니라는 것을 일러 주었다. 내게는 형제가 있다. 나를 이해하는 인간이 있다는 것을 보여 준 것이다. 그녀를 또 만날 수 있을까. 그녀 같으면 신용할 수 있다. 약속은 약속이니까. 나도 모르게 잠이 들어 버렸다. 한 너댓 시간 잤을까. 눈을 떴을 때에는 열 시가 지났다. 옷은 구겨지고 몸의 힘은 빠져 어제의 무서웠던 기억이 남아 있었다. 그래도 나는 희망에 차고, 건강에 넘치는 생각에 가득 차서 눈을 떴다. 하숙집에 돌아와서도 나는 어제의 그런 고통은 조금도 없었다.

 계단을 오르는 도중 그 남양삼나무가 있는 곳에서 아주

머니와 만났다. 이 방 주인과 얼굴을 맞대는 일은 퍽 드물었지만, 그 인심 좋은 사람은 나를 몹시 좋아했다. 이렇게 마주친 것이 좀 얼떨떨한 일이었다. 나는 형편없는 옷차림을 하고 있었고, 면도나 빗질도 하고 있지 않았다. 나는 인사말만 하고 지나치려고 하였다. 여느때 같으면 그녀는 내가 도피와 고독을 지키는 것을 존중해 주었던 것이다. 그러나 오늘은 나와 내 주위에 있는 장막이 걷혀지고 담이 무너지는 것 같았다. 그녀가 웃으면서 걸음을 멈추었다.

"어딘지 좀 들뜨신 것 같군요. 할라 씨, 엊저녁에 집에 돌아오시지 않으셨지요. 퍽 피곤해 보여요."

"네." 나도 미소를 짓지 않을 수 없었다. "어젯밤은 한 잔 해서 댁에 방해가 되지 않으려고 호텔에서 잤습니다. 댁의 조용함과 품위에 대한 나는 매우 존경하고 있답니다. 그런 점에서 나는 나 자신이 이 집의 이단자인 것 같은 느낌을 가질 때가 많습니다."

"할라 씨, 사람을 놀리지 마세요."

"아니요, 난 나 자신을 조롱하고 있을 뿐인데요."

"그것이 좋지 않다는 말씀이에요. 당신은 우리집에서 절대로 이단자 같다는 생각을 해서는 안 돼요. 당신 좋도록 생활하고 마음 편하도록 하시면 돼요. 나는 여태까지만 해도 품위 있는, 존경할 만한 사람에게 방을 빌려 주었습니다. 그래도 당신처럼 조용하고 우리들에게 방해가 안 됐던 사람은 없었어요. 차나 한 잔 드시지 않겠어요?" 나는 그것을 마다하지 않았다. 훌륭한 조상들의 초상화와 가구가 있는 그녀의 객실에서 차 대접을 받았다. 우리는 이야기를 좀 나누었다. 이 어진 부인은 별달리 묻지도 않았고, 내 사상이나 내가 살아온 이야기를 이것저것 지껄이게 하였으며, 일종의 경외와 어린아이들의 어리광을 가벼이 흘려듣는 어머니와 같은 태도를 섞어 가면서—그것은 총명한 여자가 모든 남성의 괴팍성에 대해서 가지는 태도이지만—내가 한 일을 듣고 있었다. 이야기는 그녀의 조카에까지 미쳤다. 그녀는 이웃 방에서 조카의 요사이 장난감 놀이인 라디오 기계를 보여 주었다. 그 부지런한 청년은 밤낮 앉아서 무선기술의 사상에 혼을 빼앗긴 채, 기술의 신 앞에 경건한 애모의 정을 가지고 이런 기계를 만들어 낸 것이다. 그 사상은, 시대의 사색가가 벌써 알고 있었고 더 현명하게 이용한 것이며, 그 기술을 몇십 세기 후에 발견하여 극히 불안전한 구체화에 성공했음에 지나지 않는다. 우리는 그런 이야기를 하였다. 이런 말을 하는 것도 주인 아주머니에게는 다소 신앙적인 경향이 있고, 종교적인 이야기를 싫어하는 축은 아니었기 때문이다. 나는 그녀에게 말했다. 모든 힘과 행위가 어디나 있다고 하는 것은 고대 인도 사람들에겐 잘 알려진 사실로서, 라디오의 기술은 그 편재력(遍在力)의 하나인 음파를 받도록 극히 유치한 수신기와 송신기를 조립하여, 편재란 사실의 작은 부분을 일반에게 인식시켰음에 지나지 않는다고 말했다. 고대 지식의 골자인 '시간은 실재하지 않는다'라는 명제도 오늘날의 기술에 의하여서는 아직 인정되고 있지 않지만, 이것도 결국에는 발견되어 활동적인 기사의 손에 맡겨지게 될 것이다. 또 가까운 장래에 지금 파리나 베를린에서 하고 있는 음악이 프랑크푸르트나 취리히에서 들을 수 있는 것과 같은 현상 영상이 우리들 주위에 방사될 뿐만 아니라, 과거의 모든 일이 그와 똑같이 기록되고 재연되어 언젠가는 솔로몬 왕이나 발타 폰 데어포갤바이데의 소리가 들리게 될 것이다. 그리하여 결국, 이 모든 것도 오늘날의 초기 라디오와 마찬가지인 것이다. 그저 인간을 그 본래의 목적과 자아에서 유리시켜 무용한 오락과 용무의 그물을 더욱더 인간 주위에 치는 이외에는 아무런 역할도 하지 못할 것이라는 것이 차차 인간들에게 알려질 것이다.

이와 같은 나와 낯익은 사상을 지껄였지만, 그것도 현대나 기술에 대한 여느때와 같은 조소 섞인 투가 아니고 가벼운 농담조로 말했다. 그녀가 빙긋이 웃었다. 이렇게 우리는 한 시간 남짓 차를 마셔가며 같이 시간을 보내는 데 지극히 만족스러웠다.

화요일 밤, 흑취정의 그 아름답고 이상한 처녀를 초대한 나는 그때까지 시간을 보내기가 매우 힘들었다. 화요일이 되자, 나는 그 미지의 처녀와의 관계가 내게 얼마만한 중대한 의미를 가지는 것인지를 거의 경탄에 가까운 기분으로 깨달았다.

나는 그녀만을 생각하고 있었다. 모든 것을 그녀에게 바치려고 결심하였다. 그랬다고 해서 그녀에게 연정 같은 것을 느낀 것은 아니다. 나는 그녀가 약속을 어길지 모른다,

잊어버릴지도 모른다 하는 그런 생각으로 머릿속이 꽉 찼다. 그렇게 되었을 때의 나 자신의 상태를 똑똑히 예견할 수 있었다. 그렇게 되면 세상은 또다시 공허하게 될 것이다. 그러면 이 무언의 지옥에서 도망치는 길이라곤 면도칼밖에는 없다. 이 며칠간, 조금도 면도칼과 거리가 멀어진 적은 없었다. 그 공포는 전혀 식지 않았다. 그것이 두려웠다.

나는 나의 목을 자르는 것에 마음이 죄어드는 것 같은 공포를 가지고 있었다. 내가 건강한 사람이고, 내 생활이 천상의 낙원인 것처럼 나는 끈덕지게 반항하면서 죽음을 두려워하고 있었다. 나는 내 마음의 상태를 남김없이 명백하게 인식하였다. 그래서 이 살지도 죽지도 못하는 상태, 이 꼼짝도 못할 마음이야말로 저 미지의 처녀, 저 아름다운 검은 무희가 중대한 의미를 갖고 있기 때문임을 알았다. 그녀는 나의 괴로움의 굴 속에 뚫린 조그마한 창문, 조그마한 숨구멍이었던 것이다. 구원과 해방으로의 안내자인 것이다. 그녀는 나에게 사는 일, 그렇지 못하다면 죽는다는 것을 가르쳐야만 한다. 그녀의 확실하고 아름다운 손으로써, 응고해 버린 내 심장을 어루만져 주어야만 한다. 그렇게 하면 내가 생명을 받아 다시 꽃 피든가, 그렇지도 않다면 재가 되어 없어져 버릴 것인가를 알 수 있다. 그녀는 이런 힘을 어디에서 얻었는가. 그녀의 마술이 어디 숨었는가. 어떠한 신비가 그녀를 내게 깊은 의의를 가지게 했는가. 나는 그것을 생각해 낼 수가 없었다. 또 그것은 아무래도 좋은 것이다. 그것을 알 필요는 없다. 지식이나 이해는 이미 나에겐 필요한 게 아니다. 아니, 나는 지식과 이해를 과식하고 있었다. 내가 나 자신의 모습을 이렇게 똑똑히 보고 의식하고 있다는 이 점에, 가장 쓰라린 지옥과 같은 고뇌와 치욕의 원인이 있는 것이다.

나는 이 사나이, 이 황야의 늑대라고 하는 동물이 꼭 거미줄에 걸린 파리와 같이 된 것을 내 눈앞에 보고, 그가 마지막 운명을 향하여 발버둥치는 꼴과 줄에 엉켜 힘이 빠져 늘어진 채, 거미가 그를 집어삼키려고 하는 것이라든지 결국에는 구원의 손이 가까이 나타나는 광경 따위를 보고 있는 것이다. 나는 나의 고통, 마음의 질병, 얽매인 꼴, 신경병 등에 대하여 가장 예민한 통찰에 찬 견해를 말할 수도 있을 것이다. 속은 알고 있다. 그러나 나에게 필요한 것, 내가 이렇게 죽을 힘을 다하여 구하고 있는 것은 지식이나 이해가 아니다. 그것은 체험이고 결정이다. 또 그것은 행동으로의 충격이며 약진인 것이다.

이렇게 하여 질긴 기다림 속에 며칠이 지나갔다. 그러나 나는 그녀가 약속을 지키리라는 것을 조금도 의심하지 않았다. 더욱이 그 마지막 날엔 아주 흥분하여 불안스러워져서 하루가 지나는 것을 얼마나 가슴 조이며 기다렸는지 모른다.

그리고 이 초조는 견딜 수 없을 만큼 심해져 갔지만 동시에 그것은 이상하게 유쾌한 마음을 북돋아 주었다. 모든 것에 흥미를 잃고 오랫동안 기대할 일도, 기뻐할 것도 없었던 이 사나이에게 그것은 참으로 드문 뜻밖의 일이었다.

나는 이 하루를 불안과 그리움과 심한 기대 속에 어찌할 바를 모르고 서성거렸다. 오늘밤의 회합, 그 대화, 그 경과를 상상하면서 그 일 때문에 면도를 하고 셔츠를 갈아 입고 새 칼라를 달고 구두끈까지 새것으로 매었다.

대체 이 총명하고 신비한 처녀는 어떠한 사람인가. 그녀는 어째서 나와 이런 관계에 이르게 되었는가. 그런 것은 아무래도 좋다. 그녀는 현존하고 있다. 기적이 바로 일어난 것이다. 나는 또다시 인간생활에 대한 새로운 흥미를 발견했다. 내가 바라는 바는, 이것이 계속되어 이것이 이끄는 대로 몸을 맡겨 그 운명을 따르는 것이다.

나는 다시 그녀와 만났다. 잊지 못할 순간이었다. 나는 낡았으나 아늑한 레스토랑에서 일부러 전화로 예약해 둔 조그마한 테이블에 자리를 잡고 메뉴를 훑어보고 있었다. 술잔에 그녀를 위해 사온 두 송이의 난초를 꽂아 두었다. 나는 잠시 기다려야만 했다. 그러나 내 마음은 가라앉고, 그녀가 오리라는 것을 조금도 의심하지 않았다. 그녀가 나타났다. 의상실 앞에 서서 엷은 회색의 눈을 두리번거리면서 다소 나를 음미하는 듯한 눈초리로 인사를 했다. 나는 그녀에 대한 사환의 태도를 걱정스럽게 지켜보았다. 다행히도 그것은 한갓 기우에 지나지 않았다. 친근하게 구는 법도 없고 적당한 거리를 두며 사환은 더할 나위 없이 친절했다. 두 사람은 서로 잘 아는 사이였으며 그녀는 그를 에밀이라고 불렀다.

그녀에게 난초를 건네주자, 그녀는 기뻐하면서 웃었다.

"고마운 마음씨에 감사드리겠어요. 하리, 당신은 제게 선물을 하려고 했지만 무엇을 골라 잡아야 할지 망설였겠 군요. 무엇을 선물해야 할지, 그게 또 나를 모욕하는 일이 되지 않을까 하고 염려했겠죠. 이것 같으면 그저 꽃에 지나지 않고 그리고 상당히 값비싼 것일테니까요. 고마워요. 그러나 미리 말씀드리지만, 당신에게서 선물을 받으리라고 까진 상상도 못했어요. 나는 사내들의 돈으로 생활하고 있지만, 당신의 돈으로 생활할 마음은 조금도 없어요. 그래도 당신은 마음이 변했군요. 요전번만 해도 당신은 함정에서 겨우 건져 내 놓은 짐승과도 같은 모습을 하고 있었는데, 오늘은 인간이 된 것 같아요. 그런데 당신은 내 명령을 실행했어요?"

"무슨 명령?"

"벌써 잊으셨군요. 폭스트로트를 출 수 있게 되었는지를 묻는 거에요. 당신은 내 명령을 잘 듣고, 그것에 따르는 것이 최고의 소원이라고 하시지 않았어요? 기억하고 계세요?"

"그랬지, 틀림없어. 그건 내 진정에서 나온 말이었으니까……."

"그래도 당신은 아직 춤을 배우지 않으셨잖아요?"

"그렇게 빨리, 단 2,3일만에 그것을 배울 수 있을까?"

"있고말고요. 폭스는 한 시간으로써 충분하고, 본튼은 두 시간, 탱고는 조금 시간이 걸리지만 그런 것은 당신에게 필요없어요."

"그런데 난 오늘 당신 이름부터 알아야겠어."

그녀는 잠시 말을 끊고 나를 쳐다보았다.

"당신은 그것을 알아맞힐 수 있을 거에요. 정말 알아맞혀 주셨으면 좋을 텐데요. 날 잘 보세요. 내가 종종 소년 같은 얼굴이 되는 것을 느끼시지 못하셨어요? 이를테면 지금……"

나는 그녀의 얼굴을 뚫어지도록 바라보았다. 정말이지 나는 그녀의 말을 승인하지 않을 수 없었다. 그것은 소년의 얼굴이다. 내가 1분쯤 그녀의 얼굴을 쳐다보고 있으려니까 그녀가 말을 걸었다.

그것은 내 소년 시절을 생각케 하고 그때의 동무 한 사람을 생각나게 했다. 헤르만이란 친구였다. 갑자기 그녀는 바로 헤르만으로 변해 버린 것 같았다.

"만약에 당신이 소년이었더라면," 하고 나는 놀란 눈으로 보았다. "당신은 헤르만이라고 했음에 틀림없을 거야."

"아마 나는 소년인데, 변장하고 있는 것에 지나지 않는지 모르죠." 하고 그녀가 농조로 말하였다

"당신은 헬미네라고 하는가?"

그녀는 얼굴에 화색이 돌며 고개를 끄덕였다. 내 추측이 들어맞았던 것이다. 바로 그때 수프가 나왔다. 우리는 식사를 시작했다. 그녀는 어린아이처럼 만족해했다. 나를 기쁘게 하고, 내 마음을 현혹한 그녀의 모든 몸가짐 중에서 이것이 제일 매력 있고 특색을 지니고 있었다. 그녀는 아주 뜻밖에도 깊은 엄숙함에서 어리광스러운 쾌활로 또 그 반대로 변할 수가 있었으나, 그 어느 경우에도 그녀의 본

래 모습을 조금도 변하게 하는 것은 아니었다. 그것은 꼭 어리아이의 천품과도 같았다. 지금 그녀는 쾌활하게 폭스트로트로써 날 놀린 뒤에, 발로 나에게 장난을 걸면서 요리 칭찬을 하고, 내가 내 옷차림에 고심하였다는 것을 인정했다. 그래도 아직 내 옷차림에서 여러 가지 비난할 점을 발견하는 것이었다.

그 사이에 나는 물었다. "어째서 당신은 갑작스럽게 소년이 되어서 나에게 당신 이름을 맞힐 수 있도록 할 수 있었소?"

"아뇨, 그건 모두 당신 자신이 하신 거에요. 당신은 학자이시니깐, 아시겠죠, 난 당신에게는 거울에 지나지 않아요. 그리고 내 마음속에 당신을 이해하고, 당신 마음속을 울리는 무엇인가가 있기 때문에 난 당신 마음에 들어 소중한 존재가 된 거에요. 사실은 모든 사람이 서로 이러한 거울이 되어서 상대방을 비추지 않으면 안 되는 거에요. 그러나 당신 같은 분은 괴팍스럽고 꼭 마술에 홀려 남의 눈 속의 아무것도 볼 수도, 읽을 수도 없고 일체의 사람과 관계를 끊고 말지요. 그래서 만약 그럴 때에 그 사람이 뜻밖에 자기와 닮은, 참말로 자기를 눈여겨보아 주어서 반응과 답을 해주는 듯한 눈을 보면 대단히 기뻐하는 거에요."

"당신은 정말 모든 것을 다 알고 있군, 헬미네." 나는 감탄해서 부르짖었다. "당신 말하는 그대로야. 그러나 당신은 나완 다른 인간이오. 아니 전혀 정반대의 인간이오. 당신은 내게 없는 모든 것을 가지고 있는 거야."

"그래, 그렇게 보이세요? 그러면 좋아요. 그럼 됐어요."
하고 그녀는 잘라서 말하였다.

그때 그녀의 얼굴에는, 나에게는 바로 마술인 그 얼굴에는 어두운 구름이 끼기 시작했다. 갑자기 그녀의 얼굴은 엄숙만을, 애수만을 담았다. 흡사, 가면 속에 움푹 팬 텅빈 눈의 구멍과 같은 눈초리로 말하였다. 한 마디 한 마디 무겁고, 말하는 것이 힘들어 보였다. "당신이 내게 말씀하셨던 것을 잊으시면 안 돼요. 당신은 내가 명령해 줄 것을 간절히 바라고, 그리고 그 모든 명령에 복종하는 것이 당신의 기쁨이라고 말씀하셨지요. 그것을 잊으면 안 돼요. 하리, 당신에게 내 얼굴이 답을 하고, 내가 가진 무엇인가가 당신 마음속에 울리어 당신에게 신뢰감을 불러일으킨 것과 같이, 내게도 당신은 마찬가지에요. 지난번 당신이 지쳐서 넋을 잃고 이 세상 사람이 아닌 것처럼 '흑취정'에 들어오는 것을 보았을 때, 나는 단박에 그것을 느꼈어요. 저 사람은 내게 복종한다. 저 사람은 내 명령을 원하고 있다고요. 그래서 나는 참말로 명령하는 거에요. 그래서 나는 당신에게 말을 건넸지요. 그리고 우린 친구가 되어 버린 거지요."

그녀는 전혀 흔들리지 않을 엄숙성과 영혼 그 자체를 가지고 말했으므로, 나는 따라갈 수가 없어서 그녀의 마음을 가라앉히려고 했다. 그러나 그녀는 눈을 치켜 뜬 채 그것을 물리쳤다. 그녀는 찌르는 듯이 나를 쳐다보았다. 그리고 싹싹하게 말을 계속했다. "당신은 약속을 지켜야 해요.

그 점을 말씀드리겠어요. 그렇게 하지 않으면 당신은 반드시 후회하실 거에요. 당신은 내게서 명령을 많이 받고 그것을 좇아야만 해요. 즐거운 명령, 재미나는 명령, 그것을 따르는 것은 당신의 기쁨이 될 거에요. 그러니 하리, 마지막으로 당신은 내 최후의 명령을 실행하게 될 거에요."

"그렇게 되겠지."라고 나는 부지중 혼잣말처럼 말했다. "내게 할 당신의 최후의 명령이 뭘까?" 그러나 나는 이미 그것이 무엇인지를 예감하고 있었다. 어째서인지도 모르고⋯⋯.

그녀는 오한에 사로잡힌 듯 몸을 떨었다. 깊은 생각에서 차차 깨어나는 것같이 보였다. 그녀의 눈은 나를 놓치지 않았다. 그러자 갑자기 그녀의 표정은 어두워졌다. "그것은 말하지 않는 것이 더 현명할 거에요. 그러나 하리, 난 현명하지 않아도 좋아요. 주의해서 잘 들어 봐요. 당신은 그것을 듣고도 곧 잊어버리실 테지요. 또 그것을 생각하고 웃든지 울든지 하실 거에요. 잘 들어 보세요. 나는 당신과 생사를 결단할 생각이에요. 그리고 아직 승부가 시작되기 전에 나는 내 패를 모조리 내보여 드릴 테에요."

그녀가 그런 말을 했을 때, 정말 그녀의 얼굴은 이 세상의 것처럼 생각할 수 없을 만큼 아름답게 빛나고 있었다. 그 눈에는 지혜의 비애가 차가울 만큼 맑게 흐르고 있었다. 그 눈은 이미 모든 괴로움을 맛보고 또 그것을 나타낸 일이 있는 눈이다. 입은 무겁게, 천천히 말했다. 추워서 떨고 있는 사람처럼. 그러나 그 입 언저리, 입술 사이에 드물기는 하지만 간혹 내다보이는 혀 끝의 움직임에, 그 시선이나 소리와는 반대로 달콤한 관능의 놀이와 뜨거운 정감이 움직이고 있었다. 고요하고 넓은 이마에는 짧은 머리가 말린 채 매달려 있었다. 그 곱슬머리가 매달린 이마의 한모퉁이에서 때때로 입김과 같이 저 소년의 얼굴을 닮은 남녀 양성 신적인 마수의 물결이 흐르는 것이었다. 나는 겁먹고서 그녀의 말에 귀기울였다. 반쯤 성실하고, 반쯤 마음 허전한 사람처럼.

그녀는 말을 계속했다. "당신은 내가 아까 말씀드린 이유에서, 내가 당신의 고독을 깨뜨리고 말하자면 지옥의 문 앞에서 당신을 낚아채어 당신의 잠을 깨워 드린 그런 이유에서 당신은 나를 좋아하시는 거에요. 그러나 나는 당신에게서 더욱더 많은 것을, 훨씬 많은 것을 바라고 있어요. 나는 당신이 나를 사랑하게 만들고 싶어요. 아니, 아무 말씀도 하심 안 돼요. 내 말을 잘 들어 주세요. 당신은 나를 좋아하고 내게 감사하고 계시지만 나를 사랑하고 있지는 않아요. 그것을 나는 알고 있어요. 그래도 나를 사랑하게 되도록 해보겠어요. 그것이 내 직업이니까요. 나는 남자들이 나를 사랑하게 함으로써 생활하고 있으니까요. 그러나 잘 들어 주세요. 내가 뭐 당신에게 아주 대단한 매력을 느껴서 그렇게 하는 것은 아니에요. 나는 당신에게 조금도 사랑을 느끼진 않아요. 그것은 당신도 마찬가지일 거에요. 그래도 나에겐 당신이 필요해요. 당신에게 내가 필요한 것 같이. 당신에게는 현재 내가 필요해요. 그럴 것이 지금 당신은 절망 속에 있기 때문에 당신을 살려내든지 또는 물속에 집어넣든지 할 어떠한 힘을 필요로 하니까요. 당신은 춤을 배우기 위해, 산다는 것을 배우기 위해 내가 필요한 거에요. 그러나 나에게는 현재의 당신이 필요하진 않아요. 당신이 필요하게 되는 것은 훨씬 뒤의 일로, 그것은 좀더 크고 아름다운 일 때문이에요. 당신이 사랑하게 될 때, 그때 나는 내 최후의 명령을 주게 될 거에요. 당신은 그것에 복종하겠지요. 그것이 당신과 나를 위하는 일이 될 테니까요." 그녀는 유리병에 꽂혀 있는 푸른 줄거리가 든 연한 자줏빛의 난초를 하나 집어들고, 눈을 내리뜬 채 물끄러미 그것을 바라보고 있었다. "그렇게 되기까지는 여간 어렵지 않겠죠. 하지만 꼭 그렇게 되고 말 거에요. 당신은 내 명령을 잘 실행해서 나를 죽여야 해요. 그것뿐이에요. 이젠 아무것도 묻지 말아 주세요, 네."

그녀는 난초꽃을 바라본 채 말이 없었다. 그녀의 얼굴의 긴장이 다소 풀렸다. 꽃이 피어나듯 그녀는 긴장과 압박에서 풀리기 시작했다. 그러자 갑자기 그녀의 입술에는 멋지게 미소가 떠올랐다. 눈은 그래도 얼마동안 마술에 홀린 듯 굳어진 채였지만. 그녀는 머리카락을 머리와 함께 흔들면서 물을 한 모금 들이마셨다. 그리고 나서 갑자기 식사 중이라는 것이 생각났다는 듯이 엄청난 식욕으로 식사를 하였다.

나는 한 마디 한 마디 그녀의 이상한 말을 듣고 있었다. 그리고 그녀가 말한 '최후의 명령'이란 것도 그녀가 말하기 전에 알아채고 있었다. 그리고 '당신은 나를 죽일 것이다' 라고 한, 그 말을 들었을 때에도 별로 놀라지 않았다. 그녀가 한 모든 말이 힘있고 어떤 설득력을 가졌고, 운명적인 음향까지 띠고 있었다. 나는 그녀의 말을 그냥 받아들여 거기에 저항하지는 않았다. 또한 그것은 그녀가 말할 때의 그 엄숙한 표정에도 불구하고 그다지 진지하게 여길 일들도 아니었다. 내 마음속 한구석에서는 그녀의 말을 호흡하면서 그것을 믿고 있었다. 다른 면에서는 그녀의 마음을 달래듯 맞장구를 치면서도 이와 같이 총명하고 건강하고 위험성 없는 헬미네에게도 몽상과 공상의 세계가 있다는 것을 구경 삼아 보고 있었던 것이다. 그래서 그녀가 말을 다 마치자, 이 장면은 비현실적인 얇은 껍질 속에 덮이고 말았다.

그런데도 나는 헬미네처럼 곡예사 같은 가벼운 마음을 가지고 다시 원래의 현실 세계로 뛰어들어갈 수는 없었다.

"그러면, 언제가는 내가 너를 죽이게 된다는 말이지?" 하고 나는 꿈을 좇듯 나지막히 물어 보았다. 그녀는 좀전의 그녀로 되돌아가서, 곧 소리내어 웃으면서 새고기를 자르는 데 여념이 없었다.

"물론이에요" 라고 그녀는 조롱하듯이 말했다. "식사중엔 그런 이야기는 그만해 두세요. 하리, 저 그륜샐러드를 좀더 주문해 주세요. 당신은 식욕이 없으신가 보군요. 당신은 지금부터라도 무엇이든지, 보통 사람에게는 예사스러운 일이라 하더라도 배워야만 되어요. 식사의 즐거움도 그 하나에요. 아세요? 이 요리의 다리 살을요, 이 아름다운 투명한 살점을 뼈에서 오려 내는 것도 훌륭한 향연이죠. 그것은 흡사 사랑을 하고 있는 사나이가 처음으로 처녀의 속옷 벗는 것을 도와주는 것과도 같이 마음을 긴장시키고 감사히 그리고 정욕적인 기분으로 하지 않으면 안 되는 거에요. 아시겠어요, 모르시겠어요? 참 바보시군요. 자, 잘 봐두세요. 자, 이 아름다운 오리 다리의 살점을 당신에게 조금 드리겠어요. 입을 벌리고 아아, 당신은 참 겁도 많으시네. 내 포크로 받아먹는 것을 누가 보고 있지나 않을까 하고 걱정하고 계시군요. 당신은 확실히 지금 다른 사람을 곁눈질해 보셨어요. 창피스런 꼴을 보여 드리지 않을 테니까 안심하세요. 그런데 자기를 즐겁게 해 주는 일에 일일이 남의 허가를 받아야 한다면, 당신은 그야말로 불행한 분이에요." 조금 전까지의 광경은 더욱더 현실같이 여겨지지 않았다. 이 아름다운 눈매가 몇분 전 그 우울하고 무서운 응시를 해오던 눈이라고는 믿기 어려웠다. 그렇다. 그 점에서는 헬미네는 실로 생명, 그 자체이다. 항상 현재의 순간이 있을 뿐, 절대로 예측을 허가치 않는 것이다. 지금 그녀는 식사중이다. 그리고 오리 다리의 살점과 샐러드와 타트와 리퀘어가 그녀의 진지한 문제가 되고, 희열과 비평, 회화와 공상의 테마가 되어 있는 것이다. 요리가 끝나면 또다른 장이 시작되는 것이다. 나라는 사람을 속속들이 알아 버렸고, 모든 현인 이상으로 인생을 알고 있는 듯한 이 처녀는 순간순간 대수롭지 않은 아이들의 소꿉놀이를 잘 해내서 나를 싫어도 자기의 제자로 만들고 만다. 설사 그것이 높은 지혜에서 온 것이라고 하건, 더없는 무지와 단순에서 온 것이라고 하건 이와 같이 순간에다 몸을 맡길 수 있고, 현재에 살고, 길가의 조그마한 꽃이나 유희적인 순간의 가치를 하나하나 친절히 조심스럽게 존중할 수만 있다면, 인생도 그런 사람에게는 하등의 고뇌를 줄 수 없을 것이다. 그리고 이 건강하고 식욕이 왕성한 유희적인 식사 취미를 가진 명랑한 처녀가 동시에 죽음을 바라는 몽상가, 광상가가 될 수 있을까. 또한 냉정한 의식을 가지고 나를 자기에게 반하게 하여 노예로 삼으려는 타산가일 수 있을까. 아니, 절대로 그럴 수는 없을 것이다. 그녀는 그저 단순히 순간에다 자기 몸을 맡기고 있을 뿐이다. 그렇기 때문에 그녀의 혼은 아득한 곳에서 일어오는 조그마한 음산한 발작에 대해서도 쾌활한 생각이 떠올랐을 때와 마찬가지로 마음을 활짝 열어젖히고 십분 그것을 맛볼 수 있는 것이다. 오늘 두 번 만났을 뿐인데, 그녀는 나에 관한 모든 것을 잘 알고 있었다. 그녀에게 무엇을 감춘다는 것은 도저히 불가능한 일같이 보였다. 그렇다고 해서 그녀가 나의 모든 정신생활을 모조리 알고 있는 것은 아니겠지. 음악과 괴테와 노바리스와 보들레르와 나의 관계에 대해서는, 그녀도 이해할 수가 없을 것 같다. 그러나 그것도 어떨지 모르겠다. 그것도 힘들이지 않고 알아채 버릴는지. 비록 그렇지 않더라도 현재 나의 소위 '정신생활'의 무엇이 만족한 형태를 갖추고 있단 말인가. 모두 형태도 없이 산산조각나지 않는가. 그러나 나의 다른 일면, 나 자신의 소원과 문제에 대해서 그녀는 모두 이해하고 통찰해 버리라는 것을 의심하지 않는다. 얼마 안 가서 나는 '황야의 늑대'에 관한 그 논문에 대하여, 여태까지 나만을 위해 존재했고 그것에 관하여 다른 누구와 한 마디도 해본 적이 없는 일에 대하여 그녀와 이야기하게 될 것이다. 지금 당장이라도 그 말이 하고 싶어지는 내 마음을 억제할 수가 없었다.

"헬미네." 하고 나는 말했다. "요새 이상한 일이 생겼어. 어떤 모르는 사람이 내게 소책자를 주었는데, 엉터리 같은 책이었지만 거기 내 이야기가 실려 있더란 말야. 내게 관계있는 일들이 소상히 실려 있었단 말이야. 이상하지 않아?"

"책제목은요?" 하고 그녀가 물었다

"≪황야의 늑대론≫이라는 거야."

"≪황야의 늑대≫라고요? 아주 훌륭한데요. 그 '황야의 늑대'가 당신이군요."

"그렇지. 나는 반은 인간이고, 반은 늑대란 말이다. 나 자신이 그렇다고 생각하고 있기는 하지만."

그녀는 대답이 없었다. 살피는 듯한 눈초리로 내 눈을 들여다보았다. 내 손도 쳐다보았다. 그 순간, 그녀의 눈과 얼굴에는 그 진지하고 침침한 표정이 다시 떠올랐다. 내가 그녀의 '최후의 명령'을 실행에 옮길 수 있는 그런 늑대인지를 검토라도 하는 듯했다. 나는 그녀의 속마음을 알아차렸다고 느꼈다.

"그것은 당신의 상상에 지나지 않아요. 시라고도 말할

수 있겠어요."라고 하면서 그녀는 다시 쾌활해졌다. "지금의 당신은 늑대가 아니에요. 그러나 지난번 당신이 달나라에서 떨어져 온 사람 같은 꼴을 해가지고, 그 홀에 들어왔을 때에는 꼭 무슨 짐승 같기도 했어요. 그것이 내 마음에 들었어요."

그녀는 무엇이 생각난 듯이 말을 끊었다. 그리고 나서 놀란 듯한 목소리로 말을 이었다. "짐승이라든지 동물이라고 하는 그런 말은 못 써요. 그야 짐승 가운데는 사나운 성질의 것도 있기는 하지만, 동물이 인간들보다도 훨씬 진실해요."

"진실이라고? 그것은 무슨 뜻이지."

"동물을 잘 관찰해 보세요. 산돼지든지 개든지 새든지 동물원에 있는 덩치가 큼직한 표범이든지 기린 따위를요. 그들은 모두 진실하지요. 다들 자기의 분을 알고서는 조금도 당황하는 빛이라곤 없어요. 아양을 떤다든지 뽐내려고도 하지 않아요. 연극이 아니니까요. 그저 있는 그대로, 꼭 돌이나 하늘이나 꽃이나 별들과도 같이, 아시겠어요?"

나는 이해가 되었다.

"대개 동물이라는 것은 슬픈 거에요."라고 그녀는 말을 계속했다. "그리고 인간도 슬플 때에는, 그것도 이빨이 아프다거나 돈을 잃었을 그런 때가 아니고 인생이란 무엇이며 일체의 진상이란 무엇인가고, 생각한 끝에 슬퍼졌을 때에는 어딘지 모르게 동물과 닮은 데가 있어요. 그리고 다소 슬픈 얼굴을 하고 있기는 하지만, 보통때보다도 훨씬 진실하고 아름답게 보여요. 그때 당신이 꼭 그랬어요, 늑대씨. 내가 처음으로 당신과 만났을 때 말에요."
"그런데 헬미네, 그러면 당신은 내 이야기를 쓴 그 책을 어떻게 생각하지!"
"아니, 제가 언제나 생각한다는 것을 좋아하는 것은 아니에요. 그 이야기는 다음에 하겠어요. 빌려 주시지요. 내가 어떤 책을 꼭 읽어야만 한다면 차라리 당신 손으로 쓴 책을 주세요."

그녀는 커피를 청했다. 잠시 동안 넋잃은 사람 같더니 갑자기 얼굴에 생기가 돌았다. 무슨 결심이 선 듯했다.
"이제 생각이 나는군요." 그녀는 기쁜 듯이 소리를 질렀다.
"무엇이?"
"폭스트로트 연습 말에요. 난 죽 그 일을 생각하고 있었어요. 어디 우리 두 사람이 한 시간쯤 춤출 만한 방이 없겠어요? 작아도 괜찮아요. 다만 아랫층에 사람이 살고 있으면 안 돼요. 머리 위에서 툭탁거리면 올라와서 야단을 칠 테니까요. 되었어요. 당신 집이라면 연습할 수 있을 거에요."
"그건 괜찮지만……." 나는 질린 듯이 이렇게 말했다. "그러려면 음악도 필요하지 않아?"
"필요해요, 하지만 들어 보세요. 음악을 사셔야 해요. 기껏해야 음악 선생에게 지불할 만한 금액이면 되니까요. 렛슨비는 절약이 되어요. 그것을 사게 되면 원하는 대로 음악을 틀 수가 있고, 또 축음기도 우리 것이 되지 않겠어요?"

"축음기?"

"그래요. 조그마한 것을 사고, 또 무용곡을 두서너 장 사는 거에요……"

"아주 멋진데." 나는 소리를 질렀다.

"그리고 만약 당신이 춤을 잘 가르쳐 주기만 한다면, 그 보수로서 축음기는 당신에게 주지. 자, 약속했다."

나는 마음이 들떴다. 그러나 그것은 진심으로 한 말은 아니었다. 책만이 가득 차 있는 내 서재에 그따위 기계를 들여다 놓는 일은 상상도 할 수 없었다. 또한 무용 연습에 관해서도 여러 가지 이의가 있기도 했다. 때에 따라서는 무방하다고도 생각했지만, 뼈 마디가 굳어 버린 늙고 둔한 몸이 그것을 배워 나갈 수 있을지 의심스러웠다. 그녀가 말하듯이 무용을 계속한다는 것은 아무래도 과격한 운동일 것 같았다. 또한 나는 상당한 수준급의 음악 애호가로서 축음기와 재즈와 현대의 무용 음악이란 것에 대하여 어떤 반감을 품고 있었던 것이다.

지금 노바리스와 장 파울과 나란히 내 고요한 사생의 방, 은퇴의 그 방에 아리카의 무용곡이 울리고, 그 곡에 맞추어서 내가 춤을 추어야 한다는 것은 인간이 나에게 요구할 수 있는 정도를 벗어나는 일이었다. 그러나 그 요구를 하고 있는 것은 '인간'이 아니고 헬미네였다. 그녀는 나에게 명령할 권리를 갖고 있었다. 그래서 나는 그녀의 명령에 따랐다.

그 다음날 오후에 우리는 어떤 카페에서 만났다. 헬미네는 벌써 와서 기다리고 있었다. 차를 마시면서 그녀는 내 이름이 나 있는 신문을 가리키면서 웃었다. 그것은 늘 나에 대하여 혹독한 비방 기사를 싣곤 하는 내 고향의 반동적인 선동 신문이었다. 나는 전시중 전쟁 반대자였던 것이다. 그 뒤에도 종종 평온, 인내, 인도, 자기 비판 따위의 글을 쓰면서 나날이 심해져 가는 진고이즘의 선동에 반기를 들어 왔던 것이다. 그런데 또 이런 공격의 화살이다. 반은 편집자가 쓴 것이며, 반은 여기저기 몇 가지 신문에서 기사를 표절하여 긁어 맞추어 짠 졸렬한 문장이었다.

아마 낡아빠진 이데올로기의 변호자보다 더 비열한 필치를 가질 수 있는 자는 없을 것이다. 더러운 일들을 하고 있는 수고로운 족속들이다. 이 논문을 헬미네가 읽고 알아낸 사실은 이렇다. 이 하리 할라는 비독일인이며 독일 국가의 해충이다. 이따위 인간과 이런 사상이 허용되어, 불공대천지 원수인 적에 대한 보복 대신에 감상적인 인도적 사상을 퍼뜨려 청년을 유혹하는 한, 나라의 화근은 끊길 사이가 없을 것이라고.

"이것이 당신인가요?"라고 하면서 헬미네는 내 이름을 가리켰다. "당신은 많은 적을 만드셨군요. 화를 내고 계세요?"

나는 몇 줄 읽어 보았다. 그것은 언제나 똑같은 그런 투였다. 그런 것엔 진절머리날 지경이었다.

나는 말했다. "아니, 나는 화를 내진 않아. 전부터 이따위 것은 싫도록 보아 왔으니까. 나는 두서너 번 그런 의견을 발표했던 일이 있었지. 어느 국민이건 어느 개인을 막

론하고 서로 책임을 남에게 전가하여 허위에 찬 정치 문제로써 자기의 양심을 죽일 것이 아니라, 자기의 과실과 태만과 악습으로 얼마나 자기가 전쟁과 기타 모든 세계고(世界苦)에 책임이 있는지를 연구해 보아야 할 것이다. 그것이 다음 전쟁을 피하는 유일한 길이라고 말이야. 그들은 나의 이러한 의견을 나무라는 거야. 왜냐하면, 그들 자신, 카이젤이나 장군이나 실업가나 정치가나 신문 할 것 없이 모두 아무런 허물도 책임도 갖고 있지 않기 때문에 누구도 비난받을 만한 것이 없고 아무에게도 죄가 없다는 거지. 세상의 모든 일은 결점이라고는 없지만, 그래도 땅 속에는 1천2백 만의 전사자가 잠들어 있다는 사실은 사실로서 남아 있단 말이야. 헬미네, 이따위 비방 기사는 이제 나를 겁나게 하지는 못해. 그러나 나는 종종 슬픔에 잠기곤 해. 내 고향의 3분의 2는 아침 저녁으로 이런 신문, 이런 투의 기사를 읽고 경고, 설득, 선동당하여 불평불만이 가득한 채 결국에 가서는 또 전쟁이 되고 마는 것이야. 제2의 더 무서운 전쟁 말이지. 이것은 극히 간단한 논리지. 누구라도 한 시간쯤 생각하면 이해가 되고 똑같은 결론을 내릴 수 있는 문제란 말이야. 그러나 누구 하나 그렇게 하려고 하지는 않거든. 누구도 다음 전쟁을 막으려고 하지 않아. 누구도 자기를 위해, 자기의 자손들을 위하여 제2의 몇백만의 살육을 막으려고 하지 않고 있어. 이이상 더 값싼 방법이 없는데도. 한 시간쯤 생각한 끝에 자기 자신으로 돌아가서 반성해 보고, 자기가 얼마만큼 세계의 악과 무질서에 책임을 느끼고 있는지를, 누구도 그만한 것을 해보려고 하지 않고 있단 말야. 그런 상태는 계속되어, 다음 전쟁을 위하여 몇만이나 되는 사람들이 그 준비를 하고 있는 셈이야. 나는 이런 사실을 알고 정신이 아찔해졌어. 절망한 나에게는 이젠 '조국 독일'이란 것은 존재하지 않아. 이상이란 것도 없어졌어. 그런 것은 다음 전쟁 준비를 하고 있는 신사들의 장식품에 지나지 않는 거야. 무엇인지 인간적인 것을 생각한다든지, 쓴다든지, 말한다든지 해도 무의미한 일이지. 그런 일을 하는 몇몇 사람을 매일같이 몇천의 신문·잡지·강연·공사의 회의석상에서 눌러 버리는 것이다. 모든 것이 정반대의 일을 향하여 줄달음쳐 그 목적을 이루어 가고 있는 거야."

헬미네는 흥미롭게 내 말을 듣고 있었다.

그녀는 입을 떼었다. "당신 말씀이 옳기는 해요. 물론 전쟁은 또 일어나겠지요. 신문을 읽지 않아도 그건 알 수 있어요. 물론, 슬픈 일이에요. 하지만 어찌할 수 없는 슬픔이 아니겠어요? 그것은 인간이 아무리 발버둥쳐도 결국은 죽지 않으면 안 된다는 그런 슬픔과 같은 것이에요. 하리, 죽음과 싸우는 일은 참 아름답고 고상하고 존경할 만해요. 전쟁을 피하고자 하는 싸움도 마찬가지에요. 그리고 그건 가망없는 동키호테의 몽상과도 같은 것이에요."

"그럴지도 모르지. 그렇지만." 나는 흥분하여 소리를 질렀다. "우리는 모두 결국은 죽지 않으면 안 돼. 그러니까 일체 만사가 어떻게 되어도 좋다는 따위가 진리라면, 인생

전체를 모독해도 분수가 있지. 그렇다면 모든 것을 집어던져 버리고, 영혼도 이상도 단념해 버리고, 황금과 야심이 날뛰는 대로 맡겨 버리고 맥주잔을 들이켜면서 다음의 동원(動員)을 기다려야 한단 말인가."

그때 헬미네가 나를 쳐다본 그 시선은 참 묘한 것이었다. 그것은 조소와 장난과 친구다운 이해로 가득찬 시선이었으며, 동시에 뜻과 지혜와 심연과 엄숙성을 띠고 있는 시선이었다.

"아니에요. 당신은 그래서는 못써요."라고 그녀는 어머니 같은 소리로 말했다. "당신의 생활은 당신의 그 싸움이 어떠한 결과도 가져오지 못하리란 것을 아신다 하여도 천박하다거나 어리석은 것은 되지 않을 거에요. 게다가 하리, 만약 당신이 무슨 이상이나 선을 위하여 싸워서 그 목적을 이룰 수 있다고 생각한다면, 그것이 훨씬 더 어리석은 일이에요. 대체 이상이란 것은 그것을 이루는 것을 목적으로 존재하는 것일까요. 우리 인간이 죽음을 없애기 위하여 살고 있는 것일까요? 우리가 살고 있는 것은 죽음을 두려워한 나머지 그 죽음을 사랑하게 되기 위해서에요. 그리고 죽음이 있기 때문에 생활이라는 것이 가끔 가다가 생기를 띠게 되는 거에요. 하리, 당신은 어린애에요. 자, 내 말을 잘 들어봐요. 오늘은 할일이 많아요. 어떠세요?" 나 역시 그러했다. 그런 이야기는 그만두고 싶었다. 우리는 악기점으로 갔다. 둘이서 같이 나서 보기는 이번이 처음이었다. 그리고 여러 가지 축음기를 구경하고 취입된 소리도 들어 보았다. 알맞은 것을 하나 골라서 그것을 사려고 했다. 그러나 헬미네는 그렇게 빨리 서둘러서는 안 된다고 하였다. 그녀는 나를 말리면서 다음 가게로 갔다. 거기서 또 최고급품에서 최하급품에 이르기까지 살피고 음악을 들어 보고 난 뒤에야, 그녀는 먼젓번 가게에서 사는데 동의했다.

"이것을 사 버렸으면 됐을걸, 공연한 짓을 한 셈이군." 하고 나는 말했다.

"그렇게 생각하세요?" 하면서 그녀가 말을 받았다. "내일쯤 되면 똑같은 기계가 다른 가게에서 20프랑이나 더 싼 값으로 진열되어 있을지 알 수 없잖아요. 그리고 물건을 사는 것은 즐거운 일이에요. 당신은 아직 많이 많이 배우셔야 해요."

점원과 함께 나는 그 구입품을 내 집으로 날랐다.

헬미네는 내 방을 샅샅이 뒤져 보았다. 난로와 안락의자를 칭찬하고 의자를 고쳐 보고, 책을 집어 보고 그리고 나서 내 애인 사진 앞에 오랫동안 서 있었다. 축음기는 책무더기 사이에 놓여 있는 장롱 위에 놓았다. 이윽고 그녀의 강의가 시작되었다. 그녀는 폭스트로트를 걸고 최초의 스텝을 밟아 보이면서 내 손을 잡고 돌기 시작했다. 나는 시키는 대로 발을 떼어 보았다. 의자에 부딪히기도 했다. 그녀의 명령에 충실히 귀를 기울였으나, 그 뜻을 알아들을 수가 없었다. 그래서 그녀의 발등을 몇 번이나 밟았다. 참 서툴렀다. 두번째 춤이 끝나자, 그녀는 안락의자 위에 몸을 내던진 채 어린아이처럼 웃어젖혔다.

"당신은 참 재간이 없으시군요. 산보라도 하는 듯한 마음으로 발을 앞으로 내밀면 되는 거에요. 수고할 필요는 없어요. 그러니까 몸이 달아오르지 않아요. 자, 한 5분쯤 쉬다가 하세요. 춤이란 사물을 생각하는 거나 마찬가지로 아주 쉬워요. 차차 당신도 다른 사람들에 대해 생각하기를 그만하고, 하리 씨를 보고 반역자라거나 다음 전쟁이 일어나는 것을 예사롭게 생각하고 있는 것을 보고도 아무렇지 않게 여기게 될 거에요."

한 시간쯤 뒤에 그녀는 가 버렸다. 이 다음에는 잘 출 수 있을 것이라고 다짐을 하고 나갔다. 나는 그렇게 생각되지 않았다. 원래 재주가 없는 형편없는 작자였으니까. 한 시간쯤 배웠지만, 아무것도 모른다.

그리고 다음에는 잘 출 수 있을 것이라는 그 말이 믿어지지 않았다. 그렇다. 춤을 배우려면 내게 없는 그 자격이란 것이 필요하다. 즉 쾌활·천진성·경솔·감각 따위가. 그렇다, 진작부터 내가 예감하고 있었던 그것이다.

그러나 이상하게도 다음은 사실 잘 출 수 있었다. 게다가 흥미조차 생겼다. 연습이 끝난 뒤, 헬미네는 내가 폭스트로트를 출 수 있게 되었다고 확언했다.

그러나 이내 그녀가 다음에는 어떤 레스토랑에 가서 자기와 춤을 추어야 한다고 했을 때 나는 정말 대경실색하였다. 필사적으로 반대했다. 그러나 냉정하게 그녀는 복종의 서약을 상기시켰다. 그리고 나서, 내일 저녁 식사를 마치고 호텔 바란스로 나오도록 명령을 내리는 것이었다.

그날 저녁은 책상에 앉아서 책을 읽으려고 했으나 되지 않았다. 내일 일이 걱정이 되었다. 이 소심하고 까다로운 늙은이가 재즈 음악이 흐르는 살풍경한 현대적 무도장에 들어가, 낯선 사람들 사이에 끼어들어 춤을 추어야 한다는 것은 생각만 해도 터무니없는 일이었다. 솔직히 말해서, 나는 조용히 서재에 들어박혀 축음기를 걸어 놓고 살짝 그 스텝 연습을 했다. 나도 모르게 웃음이 터져나왔다.

다음날 호텔 바란스에 가 보니, 작은 규모의 악단이 음악을 연주하고 있었다. 차와 위스키가 나왔다. 나는 헬미네를 놀려 보려고 과자를 준비해 놓고 고급 포도주를 권했다. 그러나 그녀는 끄덕도 안했다.

"당신은 오늘밤에 놀러오신 것이 아니에요. 춤 연습차 오신 거에요."

나는 세 번이나 그녀와 춤을 추지 않으면 안 되었다. 그 사이에 그녀는 나를 색소폰 취주자에게 소개했다. 그는 서반아 혹은 남아메리카 계통의 검은 머리카락을 한 미남자였다. 그녀의 말에 의하면 악기치고 못 다루는 악기가 없으며, 모르는 외국어가 없다는 것이었다. 그는 헬미네와 아주 친한 사이인 것 같았다. 그는 크고작은 두 개의 색소폰을 자기 앞에다 놓고 바꾸어 가면서 불렀다. 그의 검은 눈은 춤추는 사람들의 움직임을 좇고 있었다. 나는 이상하게도 이 죄없는 악사에게 가벼운 질투 같은 것을 느꼈다. 그것은 사랑 때문에 일어난 질투가 아니었다. 나와 헬미네 사이에는 연애 감정이란 것은 존재해 있지 않았으니까. 그것보다도 정신적인 우정의 질투 같은 것이었다. 이 청년은 분명 흥미있는 인물이긴 하지만 헬미네가 그에게 품고 있는 숭배에 가까운 칭찬을 받을 만한 그런 인물같지는 않았기 때문이었다. 온갖 사람과 사귀지 않으면 안 된다는 생각이 들어 자못 불만스러워졌다.

헬미네는 여러 사람의 청을 받고 자주 일어섰다. 나는 테이블에 혼자 앉아 있어야만 했다. 그리고 여느때 같으면 참을 수 없었던 그 음악을 듣고 있었다. '아, 하느님!' 하고 마음속으로 부르짖었다. 이렇게 해서 나는 그토록 싫어해 온 한량들과 향락인들의 세계, 대리석 테이블, 재즈, 창부, 행상인들의 세계에 들어온 것이다. 나는 덤덤히 앉아서 차를 마시면서 범속한 것과 우아한 것이 섞여 있는 이 군중들에게 시선을 던지고 있었다. 두 아름다운 처녀가 나의 눈을 끌었다. 나는 경탄과 선망의 눈초리로 그들의 연하고 부드러운 스텝을 훔겨 보았다.

그때 헬미네가 나타났다. 내 모습을 보고 아주 불만인 것 같았다. 그녀는 나를 꾸짖었다. 이런 꼴을 하고 여기에 앉아 있기 위해서 온 것이 아니다, 용기를 내어 춤을 추어야 한다, 아는 사람이 없으시다고? 쓸데없는 걱정이다, 내 마음에 든 여자가 없느냐고 물어댔다.

나는 바로 그때 내 가까이에 아까 그 처녀 중 더 예쁜 처녀가 서 있는 것을 가리켰다. 그 처녀의 벨벳 웃저고리며 짧게 깎은 금발과 토실토실한 두 팔은 내 마음을 홀리고도 남음이 있었다. 헬미네가 곧 달려가서 그 처녀에게

한 곡 추기를 청하라고 했다. 나는 절망 끝에 그녀의 명령에 대들었다.

"그렇게는 못하겠어."라고 나는 풀이 죽어 말했다. "내가 좀더 멋지고 젊은 사람이었더라면……춤도 출 줄 모르는 재치없는 늙은이가 가면 그녀는 폭소를 터뜨리고야 말 것 같애."

헬미네가 경멸하듯 나를 노려보고 있었다.

"그러면 제게 조롱을 받는 것은 괜찮다는 거에요? 참 용기도 없으시네. 어린 처녀에게 가까이 가는 사람은 누구라도 놀림감이 될 위험을 무릅쓰고 가는 거에요. 노름과 같은 거죠. 그러니까 한번 말을 걸도록 하세요. 하리, 그러다가 실패하거든 한번 웃음을 받아 보아도 괜찮아요. 자꾸 이렇게 주저주저하면, 당신의 복종한다는 그 약속은 어떻게 되는 거지요?"

그녀는 한 걸음도 양보하려고 하지 않았다. 나는 내키지 않는 발을 떼어서 그 아름다운 처녀에게로 슬금슬금 걸어갔다. 바로 그때 음악이 시작되었다.

"전 지금 상대가 있는데요……." 하고 그녀는 커다란 눈알을 굴리면서 호기심에 찬 얼굴로 나를 쳐다보았다. "네, 좋아요. 상대될 사람은 저쪽 바에 가서 늘어붙은 모양이에요. 자, 그럼 추세요."

나는 그녀를 안고 그녀가 나를 뿌리치지 않는 것을 이상히 여기면서 첫 스텝을 밟았다. 그런데 그녀는 곧 나의 실력을 간파했다. 그래서 그녀가 나를 리드하였다. 근사한 스텝이었다. 나는 잠시 동안 무도의 일체의 법칙과 의무를 잊어버리고 그저 공중을 나는 듯한 기분으로 둥둥 뜬 채 상대편 처녀의 탄력있는 허리와 부드러운 무릎을 느끼면서 그녀의 얼굴을 들여다보았다. 그리고 생전 처음으로 춤이라는 것이 어떤 것인가를 알았다고 고백했다. 그녀는 미소를 지으면서 나를 격려하고, 나의 흥분과 들뜬 말에 대해서 입으로서가 아니라 우리 둘을 더욱더 가깝게, 황홀하게 해주기에 알맞은 녹아 버릴 것 같은 몸짓으로써 답하는 것이었다. 나는 오른쪽 손으로 그녀의 허리를 잡고 행복에 겨워 그녀의 다리, 팔, 어깨 운동을 따랐다. 그리고 놀랍게도 한 번도 그녀의 발을 밟지 않았다. 음악이 끝났으나, 우리는 그냥 그 자리에 서서 손뼉을 쳐서 한 곡 더 부탁하였다. 음악이 다시 시작되자 나는 또다시 연모의 정과 마음을 바쳐 아까와 같은 그 화려한 의례를 한번 더 치렀다.

너무 빨리 춤은 끝났다. 아름답던 벨벳 처녀는 떠났다. 지금까지 우리들을 보고 있던 헬미네가 다가왔다.

"아셨어요?"라고 하면서 그녀는 칭찬 비슷한 웃음을 띠면서 말했다. "여자의 다리는 책상 다리와는 다르지요. 아주 멋져요. 인제 폭스트로트는 출 수 있어요. 내일은 보스톤을 시작하는 거에요. 그리고 한 3주일만 지나면 그로오브스자알의 가장 무도회가 있어요."

휴식 시간이 되었다. 우리는 테이블에 앉았다. 그러니까 그 미남자인 젊은 파브로 씨, 즉 그 색소폰 취주자가 와서 우리에게 인사하고 나서 헬미네 곁에 자리를 잡았다. 그는 헬미네와는 아주 가까운 사이인 것 같았다. 그러나 솔직히 말해서 나는 처음 만났을 때부터 그를 달갑게 여기지 않았다. 물론 그는 잘생겼고 얼굴도 체격도 훌륭하기는 했다. 그러나 그 이상의 특징은 없었다. 그가 말이 많은 것도 품위가 없다는 증거였다. 그가 하는 말이란 기껏해야 그저, 부디, 좀, 고맙소, 그렇소, 확실히, 글쎄, 이따위 말들에 지나지 않았다. 이 멋진 기사는 틀림없이 사색형의 사람 같지 않았다. 그가 하는 일은 재즈 악대의 색소폰 취주뿐인 것이다. 그는 자기가 맡은 일을 사랑과 정열로써 수행해 가고 있는 것 같았다. 그는 음악 도중에 갑자기 손뼉을 치면서 여러 가지 감정적인 동작을 되풀이하곤 했다. 그리고 '오, 오, 오, 하, 하, 하, 하로' 등의 노래 아닌 기성을 지르기도 하는 것이었다. 이런 것외에 그는 무엇을 하려고 이 세상에 생존하고 있는 것일까. 그저 멋을 내고, 여자의 마음을 사기 위해서 최근 유행하고 있는 칼라나 넥타이를 매고, 손가락에는 여러 가지 반지를 끼기 위해서 살아 있는 것같이 보였다. 그가 하는 대화라는 것은, 즉 우리 옆에 앉아서 웃는 얼굴을 보이고 팔뚝시계를 보이고 담배를 돌리는 일인 것 같았다. 크레올 사람같이 검고 아름다운 눈, 그 검은 머리카락에는 하등의 동경이나 문제나 사상이 들어 있는 것 같지 않았다. 자세히 관찰해 보니까 이 아름다운 이국풍의 천사는 그저 동작이 날래고 쾌락에 젖어 버린 탕아에 지나지 않았다. 나는 그와 그의 악기와 재즈 음악의 음색에 관해서 이야기를 했다. 그는 자기가 늙은 음악 애호가와 마주앉아 있는 것을 눈치챘음에 틀림없다. 그렇다고 그가 적극적으로 말을 걸어오는 일은 없었다. 내가 그에 대한 체면을 봐서, 아니 좀더 정직하게 말할 것 같으면 헬미네에 대한 체면상 재즈의 이론적 극치 따위에 관해서 입을 좀 놀리니까, 그는 순진하게 미소만 지을 뿐 내 말을 귀담아듣지 않았다. 아마, 그는 재즈 이전 또는 재즈 이외에 어떤 음악이 있다는 것을 전혀 모르고 있음에 틀림없었다. 그는 어질고 착하기만 할 뿐, 커다란 눈동자로 아름답게 미소만 지을 뿐, 그와 우리 사이에 공통적인 그 무엇이 존재하고 있다고는 좀처럼 생각되지 않았다. 그에게 중요하고 신성한 것은 나에게는 정반대인 것 같다. 우리는 지구의 양끝에서 온 것이다. 하등의 공통적인 부분이 없었다.(그러나 그 뒤 헬미네는 내게 흥미있는 이야기를 해주었다. 파브로는 나와 이야기가 있은 뒤 그녀에게 내 이야기를 하더란 것이었다. 나라는 사람이 불행한 사람이니, 이런 사람을 상대할 때에는 특히 조심해야 한다고. 어째서 그런 생각이 드느냐고 그녀가 물으니까, "불쌍하고 가련한 인간, 그 눈을 보세요, 웃음을 모르는 그 눈을."라고 답하더란 것이다).

그가 인사를 하고 자리를 뜨자, 다시 음악이 시작되었다. 헬미네가 일어섰다. "자, 한 번만 더 나와 추세요. 이제 나는 싫으세요?"

그녀와도 나는 전보다는 즐겁게 마음껏 춤출 수 있었다. 아까 그 처녀처럼 그런 기분은 일지 않았지만 헬미네는 내가 끄는 대로 끌렸다. 그는 꽃잎처럼 내가 리드하는 대로 따랐다. 나는 그녀에게서도 가까워졌다 멀어졌다 하는 저 달콤한 모든 것을 발견하고 느꼈다. 그녀도 여성적인 사랑과 분위기를 풍겨 주었다. 그녀의 춤도 조용하면서도 열렬한, 저 아리땁고 유인하는 듯한 성의 노래를 불러 주는 것이었다. 그런데도 나는 그것에 대하여 아주 자유롭고 명랑한 답을 들려 줄 수 없었다. 완전히 자기라는 것을 잊고, 그것에 몸을 맡겨 버릴 수 없었다. 헬미네는 나와는 가까운 존재였다. 그녀는 나의 친구며, 형제며, 나 자신과도 같은 것이다. 그녀는 나 자신과 닮았으며, 나의 어린 시절의 동무와도 닮았다. 저 시인이며 몽상가이고 내 정신의 수양과 반종의 반려인 헤르만과 "알고 있고말고요." 하고, 내가 그 뒤 그 일에 관해서 이야기하니까 그녀는 말했다. "잘 알고 있어요. 그래도 좋아요. 언젠가는 꼭 나와 연애를 하도록 만들어 놓겠어요. 그래도 서두르지는 않겠어요. 당분간 우리는 동무인 거에요. 서로 동무로서 알고 지내는 거에요. 서로 공부하고 같이 놀고 하는 동무인 거에요. 그래서 나의 조그마한 무대를 보여 주고, 춤을 가르쳐 주고, 쾌락을 맛보고, 어리석은 짓도 해보는 거죠. 또한 당신은 당신의 사상과 지식을 내게 보여 주고요."

"아니, 헬미네, 나는 당신에게 아무것도 보여 줄 게 없는 사람이야. 당신이 나보다 훨씬 많이 알고 있지 않아. 당신은 정말 보통 여자가 아니란 말이야. 모든 점에서 당신은 나를 이해하고 있고, 나보다 뛰어나고 있어. 내가 대관절 당신 상대가 될 자격이 있을까? 당신은 내가 지루하지 않은가?"

그녀는 흐린 시선을 내리떴다.

"난 당신이 그런 말씀하는 것이 싫어요. 그날밤의 일을 생각해 주세요. 당신이 절망의 구렁텅이 속에서 지치고, 그 고독이란 지옥에서 벗어나 내 앞에 나타났을 때 그 날 밤을. 당신은 내가 그때 어째서 당신을 알아채고 당신을 이해할 수 있게 되었다고 생각하세요?"

"어째서야? 헬미네, 말해 봐."

"내가 당신과 같았기 때문이에요. 나도 당신처럼 고독했고, 당신처럼 인생이나 인간이나 심지어는 나 자신조차도 사랑할 수 없었고, 진지해질 수 없었기 때문이었어요. 그래요, 언제라도 이런 사람이란 몇몇은 있는 법이에요. 인생에 무슨 최고의 희망 같은 것을 걸고 있으면서 인생의 어리석음과 거칠음을 못견디는 그런……"

"당신!" 나는 놀라서 소리를 질렀다. "나는 당신을 이해하고 있다. 누구보다도 똑똑히 이해하고 있어. 그래도 당신을 내게는 수수께끼다. 당신은 인생을 장난같이 보고 있다. 당신은 하찮은 일이나 향락에 대하여 놀랄 만큼 존경심을 가지고 있어. 당신은 인생의 예술가다. 그런 당신이 왜 인생에 고민을 한단 말인가. 어째서 절망을 하느냔 말이다."

"난 절망 같은 건 하지 않아요, 하리. 그래도 인생에 고민은 느끼고 있어요. 그런 것쯤은 경험하고 있어요. 당신은 내가 춤도 잘 추고, 인생의 표면을 잘 알고 있는데도 불행하다는 것을 이상히 여기시는 모양이죠. 또한 내가 보기에는, 당신은 사색과 예술과 정신의 제일 아름답고 제일 깊은 데까지 통달하고 있으면서도 인생에 싫증을 느끼고 계시는 것이 이상하다는 거지요. 그래서 우리 두 사람은 마음과 마음이 서로 통해서 남매같이 되어 버린 거에요. 나는 당신에게 춤과 놀이와 미소를 가르치면서도 만족을 얻을 수 없고, 당신에게서 사색과 지식을 배우고서도 만족할 수 없다는 것을 배우는 거에요. 우리 두 사람은 악마의 자식들일까요?"

"그렇다. 악마는, 즉 지력(智力)이며, 우리는 불행한 그 아이들이다. 우리는 자연에서 동떨어져서 허공 가운데 걸려 있는 것이다. 그런데 지금 언뜻 생각나는데, 당신한테도 이야기한 ≪황야의 늑대≫란 논문 가운데 그것에 관해서 이런 말이 써어 있었지. 하리가 두 개의 혼과 두 개의 인격으로 된 것이라고 생각하는 것은 공상에 지나지 않는다. 인간은 누구 할 것 없이 열, 백, 혹은 수천의 혼으로 된 것이라고."

"재미있어요."라고 헬미네가 소리쳤다. "이를테면, 당신은 정신적인 것은 발달되어 있지만, 여러 가지 자질구레한 생활에 관해서는 일반 사람보다 뒤떨어져 계세요. 사색가인 하리는 백 살도 더 되었지만, 무용가인 하리는 난 지 하루도 채 못 된 어린애에요. 그래서 우리는 그 어린애의 손을 끌어 주는 거에요. 뿐만 아니라 그 어린애의 형제들의 손도요." 그녀가 웃으면서 나를 보았다.

그리고 나서 목소리를 낮추어 가면서 나에게 물었다.

"당신, 마리아가 마음에 드셨지요?"

"마리아? 마리아라니 누구 말인가?"

"당신과 춤춘 그애 말예요. 예쁜 처녀예요. 정말 예뻐요. 당신 좀 반했음직한데, 내가 보기에는 반한 것 같은데요."

"당신, 그녀를 알고 있나?"

"알고 있다뿐인 줄 아세요. 당신 아주 녹아나셨군요."

"좋아지기는 했어. 더욱이 그녀가 내 춤에 대해서 너무나 관대해서 난 정말 기뻤어."

"그것뿐이세요? 하리, 당신은요, 조금 더 그애의 마음을 사도록 하세요. 그애가 그렇게 예쁘고 춤도 잘 추고 또 당신은 그토록 반하고 있으니까 잘 되어 갈 거에요."

"그런 야심은 나에겐 없어."

"당신, 거짓말을 하시는군요. 당신이 어딘가 이 세계의 어느 구석에 애인을 두고, 반 년에 한 번쯤 그 사람과 만나고는 싸움 연습을 하고 있다는 걸 난 잘 알고 있어요. 당신이 그 훌륭한 애인에게 좋게 대해 준다는 것은 좋은 일예요. 내가 설혹 그것을 좋게 보지 않는다고 해도 용서하세요. 당신은 사랑이라는 것을 아주 진지하게 생각하고 계시지 않아요. 그것도 좋아요. 좋도록 이상적으로 사랑을 하세요. 그것이 당신이 할 일이고 보니, 내가 거기 애를 태울 까닭은 없어요. 그래도 내가 애를 태워야 할 일은 당신이 인생의 대수롭지 않은 조그마한 기교나 놀이를 좀더 배우셔야 한다는 거에요. 그 방면에서는 나는 당신의 선생이죠. 그 점에서는 당신의 그 애인보다는 월등하게 뛰어난 선생일 거에요. 나한테 맡겨 두세요. 당신은 한번 아주 아름다운 처녀 곁에 자 볼 필요가 절대로 있어요. 그래요 '황야의 늑대' 씨."

"헬미네!" 나는 가슴이 메어 소리를 질렀다.

"나를 봐, 나는 노인이야."

"훌륭한 청년이세요. 다만, 오늘날까지 춤 배우기를 게을리한 것과 마찬가지로 연애를 게을리했을 뿐이에요. 이상적으로 또 비극적으로 사랑한다는 것을 당신은 썩 잘할 수 있을 거에요. 나는 그걸 의심치 않고 존경까지 하지요. 그러니까 이번에는 좀더 평범하게 사랑하는 것도 배우셔야 해요. 초보는 되어 있으니까요. 무도회에는 조금만 더 있으면 갈 수 있어요. 그러려면 보스톤을 배워두어야 해요. 내일부터 시작하도록 하세요. 3시에 가겠어요. 그리고 여기의 음악이 마음에 드셨어요?"

"희한해."

"호호, 그것도 한 가지 진보에요. 지식이 생긴 것이에요. 여태까지만 해도 당신은 이런 무도 음악과 재즈를 차마 듣지 못했어요. 그것은 너무나 부실하고 깊이가 없었기 때문이었지요. 그러나 그런 음악을 진지하게 볼 필요도 없고, 그런 음악이 사람을 미치게 하는 힘을 갖고 있다는 것도 이젠 알게 되었어요. 그래도 파브로가 없으면 이곳의 음악은 형편없어요. 그이가 활기를 돋우어 주고 있어요."

축음기는 여태까지 내 서재의 금욕적인 정신적 분위기를 헝클어 버렸으며 미국 음악은 지금까지 음악 세계에 이단자로서, 방해자로서, 아니 파괴자로서 침입해 왔지만 신기한 것이 지금까지 그 한계가 뚜렷해서 엄격하게 남과 교섭을 끊고 있던 내 생활에 여러 방면에서부터 파고들어온 것이다. 인간은 천 가지의 혼을 가졌다는 ≪황야의 늑대론≫과 헬미네의 설은 옳았다. 날마다 내 안에 낡은 영혼 외에 여러 개의 새 혼이 생겼다. 그것들이 여러 가지 요구를 하면서 소동을 일으키는 것이었다. 그래서 나는 비로소 인격이란 것에 대한 여태까지 나의 오류를 똑똑히 깨달았다. 나는 여태까지 몇 가지 장기나 기능만을 믿고 한 개의 하리의 상을 그리면서 하리의 생활을 해왔지만, 그 하리라는 것은 요컨대 대단한 훈련을 쌓은 음악·문학·철학의 한 전문가에 지나지 않았던 것이다. 내 인격의 나머지 부분, 그밖의 능력과 충동과 모든 노력을 나는 무거운 짐으로 간주하여 '황야의 늑대'라고 불러왔던 것이다. 그래도 나의 이 오류의 정정, 내 인격의 분해는 결코 유쾌한 일은 아니었다. 아니, 그것은 때로 견딜 수 없을 고통까지 수반하였다. 간혹 축음기는 그것과는 전혀 다른 기반 위에 세워진 이 환경에 악마 같은 소리를 울렸다. 내가 현대식 레스토랑에서 여러 멋쟁이들과 거짓말쟁이 속에 섞여 원스텝을 밟을 때, 내가 존경하고 신성시해 온 것에 대한 배반자 같은 생각이 들기도 했다. 헬미네가 나를 1주일 동안만이라도 그냥 내버려두었더라면, 나는 이 요절할 탕아적 생활에서 도망쳐 나와 버렸을 것이다. 그러나 언제나 그녀는 내 앞에 서 있었다. 매일 그녀와 만나는 것은 아니지만, 매일 나는 그녀에 의하여 감금당해 있고, 지도받고 감시당하고 있었다. 나의 심한 배반과 도망의 욕망조차 그녀는 미소를 띠면서 알아채고 있었다.

내가 전에 인격이라고 부르던 것이 차차 해체되어감에 따라 나는 절망 속에 빠져 있으면서도 죽음을 그토록 겁낸 그 이유를 이해하기 시작하였다. 그래서 이 부끄럽고 타기해 버릴 만한 죽음의 공포도 결국에는 나의 낡은 시민적인 허위에 찬 존재의 일부였다는 것을 깨달았다. 이 재래의 할라 씨, 재능있는 저술가, 모차르트와 괴테의 정통가, 예술의 철리, 천재, 비극, 인도에 대한 훌륭한 고찰자, 책 속에 파묻힌 명상적인 서재의 은둔자는 자기의 특질 하나하나에 대해서 자기 비판을 해왔음에도 불구하고, 여태까지 자기의 전모를 파악하지 못하고 있었던 것이다. 이 재주있고 흥미 많은 할라 씨는 물론 이상과 인도를 설교하고 전쟁의 폭력에 항의도 했다. 그렇다고 그는 전쟁중에, 그의 이상의 당연한 귀결인 처형까지는 이르지 않았다. 그는 주위에 순응하고 알맞은 길을 발견했던 것이다. 그것도 훌륭하고 고상한 적응 방법을. 물론 그것은 타협이란 방법이기는 했지만. 또한 그라는 사람은 권력이나 착취의 반대자이면서도 은행에는 산업 회사의 유가증권을 맡겨 두고, 그 이자를 아무런 양심의 가책도 받지 않고 써 오고 있었다. 만사가 다 그러했다. 하리 할라는 이상주의자, 세계 멸

시자, 우수에 꽉 찬 은둔자, 성낸 예언자로서 교묘히 자기 변장을 하고 있었다. 그리고 결국 그도 한 부르주아에 지나지 않았다. 헬미네와 같은 생활을 배척해야 할 것으로 믿고, 레스토랑에서 소비되는 시간과 돈을 아깝게 생각하고, 자기의 완성과 해방을 희구하는 마음은 무딘 그대로 둔 채, 도리어 예전의 안이하던 시대, 그의 정신적 유희가 위안을 주고 명성을 가져다 주던 시대를 상기하고 몹시 동경하고 있는 것이다. 그가 경멸하고 비웃던 신문의 독자 계급도 그와 마찬가지로 전쟁 이전의 이상적 시대를 회상하고 동경하고 있는 것에 지나지 않는 것이다. 고난에 의해서 눈을 뜨는 것보다는 그쪽이 훨씬 편하기 때문이다. 타기할 만한 하리 할러여, 그래도 나는 아직도 그에 집착하고 이미 벗겨진 그의 가면, 그의 정신적 유희, 무질서와 우발 사건—죽음도 그 하나이다—에 대한 시민적인 공포를 버리지 못하고 있는 것이다. 새로 자라나고 있는 하리, 어딘지 모르게 어색하고 얼떨떨하게 무도장에 드나드는 그와 악의와 시기심이 많고 허위에 찬 이상적인 하리를 비교하고 있는 것이다.

그리고 이 하리의 모습에서 저 교수 집의 괴테의 동판화에서 본 바 있는 그의 마음을 헝클어뜨린 보기 싫은 모습을 발견해 내어 보는 것이다. 과거에 있었던 하리가 바로 저 시민적으로 이상화된 괴테 자신이었던 것이다.

지나치도록 고상한 눈초리를 가진, 꼭 머리에 칙크를 반들하게 바른 것처럼 존귀와 정신과 인도에 번쩍이는, 흡사

자기 자신의 영혼의 거룩함에 감동하고 있는 듯한 그런 정신적 영웅이었던 것이다.

보라, 이 사람을 못살게 굴던 초상은 지금 치명상을 받아서 이상적이던 할라는 무참히도 거꾸러지고 말았다. 그것은 마치 강도에게 홀랑 벗긴 몸이 되어 누더기 한 장으로 앞을 가리고 길을 걷고 있는 고관, 그렇게 되면 차라리 거지의 방법을 배우는 것이 나은 일이지만, 아직도 그 헝겊을 훈장처럼 달고 다니면서 잃어버린 위엄을 울면서 찾고 있는 꼴과 같다. 그것이 그인 것이다.

나는 악사 파브로와 자주 만났다. 그리고 그에 관한 판단도 헬미네가 그에게 대단한 호의를 베풀고 그와의 교제를 바라고 있는 태도를 보고 스스로 고쳐 가야만 했다. 나는 파브로를 아름다운 허무, 자그마한 빈껍데기뿐인 멋쟁이, 시시덕거리면서 나팔에 숨을 불어 넣고, 칭찬과 초콜릿만으로써 쉽사리 마음대로 지배할 수 있는, 문제감이 되지 않는 쾌남이라고 머릿속으로 생각하고 있었다. 그러나 파브로는 나의 비판 따위를 알아 보려고도 하지 않았다. 그것은 그에게서는 나의 음악 이론과 똑같이 아무래도 좋았던 것이다. 점잖게 그는 내가 말하는 것을 경청하면서 늘 미소만 짓고 있었다. 그러나 대답다운 대답이나 대꾸를 하는 적은 없었다. 그래도 나라는 인물이 그에게 적지않게 흥미로운 것 같았다. 그는 확실히 나에게 호의를 보이면서 내 마음을 사려고 하였다. 언젠가 내가 그와 아무 소용도 없는 이야기를 하다가 마음에 불만이 이는 대로 좀 거칠은 태도를 보이자, 그는 놀라 슬픈 표정을 지으면서 내 왼손을 어루만지는 것이었다. 그리하여 조그마한 멕기 칠을 한 상자에서 무엇을 꺼내더니 이것을 맡으면 기분이 가라앉는다고 하면서 내주는 것이었다. 나는 헬미네에게 눈짓으로 물어 보았다. 그녀는 끄덕였다. 나는 그것을 집어들고 냄새를 맡아 보았다. 정말 잠시 후 내 기분은 한결 가벼워지고 새로워졌다. 아마 그 가루 속에는 코카인 같은 것이 들어 있다고 생각했다. 헬미네가 내게 말했다. 파브로는 이런 약을 비밀리 구해 가지고 종종 그것을 친구들에게 주기도 한다는 것이다. 그리고 진통제든 수면제든 무엇이든 아름다운 꿈을 만들고 사람을 명령하게 하는 약이나 연애의 비약 같은 것의 조합과 처방에서는 그가 제일인자라고 하였다.

한번 나는 부두가에서 그를 만났다. 그는 곧 내 옆으로 다가왔다. 그래서 마침내는 나를 지껄이게 만들고 말았다. "파브로!" 검은색 은제 지팡이를 만지작거리고 있는 그에게 나는 말을 걸었다. "자네는 헬미네의 친구다. 그래서 나는 자네에게 흥미를 느끼는 것일세. 그러나 솔직히 말하자면, 자네는 좀처럼 나와 이야기를 하려고 하지 않았네. 몇 번이고 나는 음악에 관해서 자네와 이야기를 하고 싶었네. 나는 자네의 의견, 반박, 비판 같은 것이 듣고 싶었지. 그런데도 자네는 한 마디의 답조차 하기를 거절해 온 셈이었네."

그는 웃으면서 내 얼굴을 쳐다보았지만, 이번에는 순순

히 답을 해주었다. 점잖은 태도로 그가 말했다.

"사실, 저는 음악에 관해서 이야기하는 것은 아무 가치 없는 일이라고 생각하고 있습니다. 저는 음악에 관해서 논해 본 적이라고는 없었습니다. 그러니 선생님의 그 적절하고 현명한 말씀에 어떻게 답할 수 있었겠습니까. 선생님 말씀은 죄다 적절한 말씀이었습니다. 그러나 저는 학자가 아니고 그저 악사에 지나지 않습니다. 뿐만 아니라 음악이 별다른 가치가 있다고 생각하지 않습니다. 정당한 이론이라든지 취미라든지 교양이라는 것이 음악의 세계에서 그리 중요한 것이라고는 생각하지 않았습니다."

"그러면 무엇이 제일 중요하다는 말인가?" "음악을 한다는 것이 중요하다고 하겠습니다. 할라 씨! 최선을 다하여 열심히 음악을 해야 한다는 말입니다. 제가 바흐나 하이든의 전집을 머릿속에 집어넣고 그지없이 멋진 말들을 해드린다고 해서 그것이 사람들을 위하는 일은 되지 않는다고 생각합니다. 그러나 제가 나팔을 들고 쾌활한 시미 곡을 취주하면, 비록 그것이 잘 불었든 잘못 불었든 사람을 기쁘게 해주고 피를 끓게 하고 발을 동동 구르게 합니다. 이것이 중요한 일이라고 생각합니다. 무도장에서 음악이 그쳤다가 다시 시작될 때 사람들의 얼굴을 보십시오. 눈은 빛나고 발은 가벼워지고 얼굴에는 웃음꽃도 피고요. 결국 우리는 오직 이것 때문에 음악을 하는 것입니다."

"좋소. 그러나 파브로 군, 감각적인 음악 외에 또 정신적인 음악이 있는 것이오. 현재 연주되고 있는 음악 외에,

비록 현재 연주되지는 않지만 영원히 사는 불멸의 음악이라는 것이 있소. 또 지금 이 순간에도 침대에 누워서 ≪마적≫이나 ≪마태 수난≫과 같은 멜로디를 머릿속으로 생각해 내고 있는 사람이 있을지도 모르지. 이런 경우, 피리를 부는 사람과 바이올린을 켜는 사람이 없다고 하여도 음악이 연주되고 있다고 할 수 있지 않을까?"

"옳은 말씀이십니다. 그야 물론 야아닝이나 바렌치아를 두고 말하더라도, 매일밤 많은 동경을 가지면서도 쓸쓸해 못견디는 사람들의 마음속에서 소리없이 연주되고 있다고 할 수 있습니다. 타이피스트들도 원스텝을 생각해 가면서, 박자를 맞추어 가면서 키를 두드릴 수도 있습니다. 야아닝이나 마적이나 바렌치아가 다 쓸쓸하고 울적한 사람들의 침묵 속에서 연주되고 있습니다. 저도 그것을 잘못이라고는 말하지 않습니다. 그러나 그분들이 그런 음악을 어디에서, 누구에게서 얻어온 것이겠습니까? 두말 할 것도 없이 우리들 악사의 손을 거친 것입니다. 어떠한 음악이라도 먼저 연주되어 그것을 듣고 마음속으로 잘 느끼지 못한다면, 집에 돌아가서 그 가락으로 다시 위안을 느끼지는 못하는 것입니다.

"그렇긴 해!" 나는 쌀쌀하게 내뱉듯이 말했다.

"그렇다고 모차르트와 최근 유행의 폭스트로트를 같은 자리에 놓고 볼 수는 없어. 자네가 청중을 위해서 신성하고 생명력 있는 음악을 연주하는 것과 싸디싼 축하제의 음악 따위를 연주하는 것을 절대로 동일시할 수는 없어."

파브로는 내가 흥분하고 있다는 기미를 알아채고 곧 얼굴에 웃음을 띠었다. 그리하여 내 팔을 쓰다듬으면서 작은 소리로 말했다.

 "우열의 문제는 선생님의 말씀 그대로입니다. 선생님께서 모차르트와 하이든과 바렌치아 사이에 어떠한 차별을 두신다 하여도 반대하지 않겠습니다. 제게는 마찬가지 일이니까요. 우열을 정할 필요도 없거니와 그것을 문제 삼을 필요도 없으니까요. 모차르트가 백 년 뒤까지도 연주될 수 있을 것이고, 바렌치아가 2년도 못 가서 잊혀질는지도 알 수 없는 일이 아니겠습니까. 그건 하느님만이 아실 일입니다. 하느님은 공정하셔서 인간 수명도 다 하느님이 정하신 대로일 테니까요. 왈츠나 폭스트로트의 생명도 그럴 것입니다. 그러나 우리들 음악가는 다만 우리의 임무와 의무를 다할 뿐입니다. 우리는 현재 많은 사람들이 요구하고 있는 것을 연주해야 합니다. 그리고 그것을 될 수 있는 대로 아름답게 잘 연주하며 사람을 감동시켜야 합니다."

 나는 한숨을 쉬고 그만두었다. 아무래도 이 사나이가 힘에 겨웠던 것이다.

 옛것과 새것, 고통과 쾌락, 공포와 환희가 내 마음속에서 뒤죽박죽으로 엉켜 있었다. 내 마음은 하늘로 올라 갔다가 지옥으로 떨어지곤 하였다. 아니, 그 양쪽에 동시에 머무르는 수가 더 많았다. 낡은 하리와 새 하리는 심한 싸움을 하였다. 그렇게 생각해 보기가 바쁘게 또다시 평화가 찾아왔다. 낡은 하리가 죽어 사라져 버린 것 같이도 생각되었다. 그러자 갑자기 또 나타나서 그 해박한 지식으로 마구 호령하는 것이었다. 그렇게 되면 젊은 새 하리는 입을 다물고 부끄러워서 구석으로 기어들었다. 그러나 어떤 때는 젊은 하리가 늙은 하리의 목을 누르기도 하였다. 그럴 때면 필사적인 격투가 벌어졌다. 신음소리가 일어나고, 그 결과 또 몇 번인지 면도칼 생각이 나곤 하였다.

그러나 고뇌와 행복이 똑같이 엄습해 오는 일도 있었다. 내가 처음으로 무도장 출입을 한 며칠 뒤의 어느날 밤, 침실에 들어갔을 때가 바로 그러했다. 나는 그 아름다운 마리아가 내 침대에 누워 있는 것을 보고 말할 수 없이 놀랐다. 공포에 떨면서도 또한 황홀감에 도취해 버렸던 것이다.

헬미네의 악의 없는 장난 중 이것이 제일 심한 장난이었다. 이 극락새를 내게로 보낸 장본인이 헬미네란 것을 조금도 의심치 않았다. 그날밤에 한해서 이상하게도 헬미네를 만나지 못했다. 나는 이 고장의 성당에서 옛 교회 음악의 연주를 들었다. 그것은 이전의 내 생활로의, 내 청년시절의 광야, '이상적'인 하리의 고장으로의 아름답고도 슬프고 짧은 귀성길이었다. 아름다운 그물꼴의 궁륭창으로 새어들어오는 햇빛이 넋이라도 있는 것처럼 움직이고 있는 고딕식의 굉장한 교회에서 나는 부크스테후데, 파헐베르, 바흐, 하이든의 음악을 들으면서 옛날의 그 그리운 길을 헤매고 있었다. 그리고 예전에 나와 친구같이 지냈고 몇 번이나 그의 연주회에 가 본 일도 있었던 그 여자가 육성으로 부르는 바흐 곡을 들었다. 옛날의 음악 소리, 그 끝없이 기품있고 숭고한 맛은 내 마음에 청년 시절의 모든 환희와 흥분과 영감을 불러일으켰다. 비애에 젖은 채, 나는 이 교회의 대합창을 들으면서 일찍이 내 고향이었던 이 거룩한 성지를 찾아온 손으로서 한 시간쯤 정좌하고 있었다. 하이든이 작곡한 2부합창을 들었을 때 나도 모르게 눈물을 흘렸다. 나는 연주가 끝날 때까지 참고 있을 수가 없었다. 그 가수와의 재회도 단념해 버리고—아아, 그 옛날에 나는 이런 연주회가 파한 뒤 얼마나 그 황홀한 밤을 예술가들과 지냈던가!— 교회에서 빠져나와 밤거리를 힘없이 걸어 집으로 돌아왔다. 이곳저곳의 레스토랑의 창가에서는 재즈 음악대원들이 나의 현재 생활의 멜로디를 연주하고 있었다. 아아, 내 생활은 어쩌자고 이런 슬픈 방황 속을 헤매는 것일까.

길을 걸으면서 나는 음악과 나의 인연 같은 것을 곰곰 생각해 보았다. 그리하여 나와 음악의 이 애절한 숙명적인 관계는 독일 정신주의 운명, 바로 그것이라고 생각했다. 독일의 '마음'속에는 다른 어떠한 국민보다도 더 강하게 저 모권(母權), 즉 자연에서 받은 성격상의 약속이 음악상의 헤게모니라고 하는 모습을 지니고 있었던 것이다. 우리와 같이 정신적인 면에서 사는 자는 사내답게 그 약속을 저버리고, 로고스 앞에 제물을 드리지 않고 도리어 하기 어려운 말을 하고, 나타내기 어려운 일을 나타낼, 말없는 말을 몽상하고 있는 것이다. 정신적 경향이 짙은 독일인은 로고스의 악기를 될 수 있는 대로 충실히 정직하게 연주하는 대신에 항상 이성과 음악에 반항하여, 음악에 대하여는 색안경을 써 왔던 것이다. 그리하여 독일 정신은 이 음악, 쓸모없고 번잡한 구체화를 필요로 하지 않는 묘한 가락의 형상, 서글플 만큼 부드러운 감정과 정서 파도 속에 빠져 버려 그의 현실적인 임무를 태반이나 잊어버리고 말았던 것이다. 우리들은 누구 할 것 없이 현실 속에서는 살아 나갈 힘이 없었다. 우리는 현실과는 관계가 없었고, 적의조차 품고 있었던 것이다. 그런 까닭으로 우리의 이런 독일의 현실 세계에서는 즉 우리들의 역사·정책·여론 가운데에서 정신이 하는 역할은 극히 서글픈 것이었다. 나는 몇 번이고 이런 문제를 생각해 왔다. 그래서 때로는 머릿속에서만 미학과 공예를 주무르기보다는 현실과 타협하여 진지하게 책임을 갖고 구체적인 활동에 참여하려는 욕망도 없었던 바는 아니었다. 그러나 그럴 때마다 그것은 체념과 숙명에 대한 항복의 되풀이로만 끝나고 말았다. 장군이나 대실업가들의 말이 옳았던 것이다.

우리와 같은 정신주의자에게서는 아무것도 생기지 않는다. 우리는 아무 데도 쓸모 없는 소설가의 집합체에 지나지 않는다. 아아, 또 그 면도칼이다.

내 마음은 이러한 생각과 그 뛰어난 음악의 가락으로 가득찬 채, 생활과 현실과 가치와 영원히 잃어버린 것에 대한 절망적인 동경과 비애에 싸인 채 집으로 돌아왔다. 계단을 올라가서 방에 불을 켜고, 잠시 동안 책을 읽으려고 하였으나 틀려 버렸다. 그러자 내일밤에 있을 무도와 위스키를 마시기 위하여 세실 바에 가기로 한 약속이 머릿속에 떠올랐다. 그래서 나 자신에 대해서뿐만 아니라 헬미네에 대해서 참을 수 없는 화가 치밀어올랐다. 비록 그것이 그녀의 호의에서였든 또는 그녀가 불가사의한 인물인 것이 틀림없든간에 이런 혼란스럽고 서먹서먹한 향락 세계에 나를 집어넣을 바에야 차라리 나를 죽여 주었으면 했다.

이런 세계에 뛰어든다 하여도 결국 나는 꾸어다 놓은 보릿자루일 것이며, 또 내 마음속의 가장 착한 부분은 그것으로 인해 타락하고 괴로워할 뿐이다.

서글픈 생각을 하면서 불을 끄고 침실로 더듬어 가서 옷을 벗었다. 바로 그때 이상한 향기가 나서 나를 놀라게 하였다. 그것은 향수 냄새였음이 틀림없었다. 살펴보니 내 침대에 아름다운 마리아가 가만히 파란 눈에 미소를 짓고 누워 있는 것이 아닌가.

"마리아!" 하고 나는 소리를 질렀다. 그러나 무엇보다도 맨먼저 내가 걱정한 것은 집 주인 아주머니에게 들킨다면 당장에 축출 명령을 받을 것이란 생각이었다.

"제가 왔어요." 하고 그녀가 작은 소리로 말했다.

"노여우신가요?"

"다 알고 있어. 헬미네가 당신에게 열쇠를 주었던 게지, 할 수 없어."

"기분이 상하셨군요. 그럼 실례하겠어요."

"아니, 마리아, 여기 있어 줘. 다만 오늘밤은 슬픈 생각만 자꾸 들어서 그래. 오늘은 마음이 즐거워지지가 않아. 내일이 되면 풀릴 것 같기는 하지만."

 나는 그녀를 향해 몸을 조금 내밀고 있었다. 그녀는 내 머리를 두 손으로 끌어당겨 오래오래 키스했다. 나는 침대 위에서 그녀와 나란히 앉았다. 그녀의 손을 매만지면서, 낮은 소리로 이야기를 들려 달라고 했다. 그러면서 그녀의 아름답고 탐스러운 얼굴을 뚫어져라 쳐다보았다. 그녀는 슬그머니 내 손을 자기 입가에 갖다대더니, 또 이불 밑으로 끌어 넣어 자기 가슴 위에 갖다 놓는 것이었다.

 "쾌활하지 않으셔도 좋아요."라고 그녀가 말했다.
 "당신은 괴로움이 많으신 분이라고 헬미네가 말해 주더군요. 누구라도 그 마음은 알 수 있어요. 지금도 제가 마음에 드세요? 요전번 춤출 때 당신은 나한테 반하신 것 같던데요."

 나는 그녀의 눈과 입과 목덜미와 가슴에 키스를 퍼부었다. 조금 전만 해도 나는 헬미네 욕을 하고 있었는데, 지금 그녀가 보내 준 선사품을 손에 쥐고 고맙게 여기고 있는 것이다. 마리아의 애무는 오늘 들은 음악의 기분을 조금도 상하게 하지 않았다. 오히려 그 음악에 어울려들어서 그 음악을 완성시켰다. 음악의 완성, 그것이었다. 나는 천천히 이 아름다운 여인이 몸에 감고 있는 것을 벗겼다. 그리고 나서 나는 그녀의 발끝까지 키스를 하였다. 내가 그녀 옆에 누우니까 그녀는 꽃과 같은 미소를 띠는 것이었다.

 이날밤, 오랜 시간은 아니었지만, 나는 마리아 옆에서

푹 잠을 이룰 수 있었다. 누워서 나는 그녀가 아름답게 간직하고 있는 청춘의 샘물을 마셨고, 그녀와 헬미네의 사생활에 관한 여러 가지 재미있는 이야기도 들었다. 나는 이런 생활 양식에 관해서는 아는 바가 거의 없었다. 다만, 극장 같은 곳에서 가끔 이와 비슷한 생활을 하는 남녀, 예술가, 한량, 사회 사람들을 보았을 뿐이었다. 나는 이번에 처음으로 이 기이하고 순진한 동시에 퇴폐적인 생활을 엿볼 수 있게 되었던 것이다. 이런 처녀는 대개 가난한 가정에서 태어났다. 그 한평생을 얼마 되지 않는 보수로 근근히 살아 나가야 하는 이 아름다운 처녀들은 임시적이나마 직장이 없으면 그들이 갖고 있는 미모와 애교를 팔면서 생활해 간다. 그녀들은 어떤 때에는 몇 달 동안 타이프라이터를 치기도 하고, 어떤 때에는 부유한 한량들의 애인이 되어 선물과 용돈을 벌어들인다. 모피를 두르고 자동차로 달리면서 살다가도 당장에 다락방 신세가 되기도 하였다. 경우에 따라서는 많은 돈을 들이지 않고서는 그녀들과 결혼은 생각할 수가 없을 때가 있다. 그러나 그녀들은 대개 결혼을 생각하지 않는 경우가 많았다. 그녀들 가운데는 아무런 정욕도 없으면서 연애를 하는 자도 있고, 마음속으로는 싫으면서도 아양을 떨면서 남자들의 귀여움을 받는 이도 있다. 그러나 한편 연애에 비상한 소질이 있는 이로서 적극적으로 구애를 하는 사람도 있었다. 마리아의 경우가 그랬다. 이들은 대부분 이성과의 연애나 동성간의 연애를 한결같이 경험한 자로서 오직 사랑을 위해서만 살고 있는 것이다. 돈 보따리로서의 거죽만의 우인으로서뿐만 아니라 언제나 드러나지 않는 사랑의 관계를 맺고 있는 것이다. 부지런히 여러 가지 일에 마음을 쓰면서도 경망스럽게, 똑똑하면서도 지각없이 이들 나비 같은 아가씨들은 순진하면서도 세련된 생활을 꾸려 나가고 있다. 사람에게 의지함도 아니요, 싫은 사람에게 몸을 팔음도 아니요, 그저 하느님에게 몸을 맡긴 채 생을 즐기면서도 보통 사람들보다는 집착성이 훨씬 적은 것이다. 언제라도 동화 속의 왕자를 따라서 그 성 안으로 들어갈 준비를 하고 있으면서도 그 반면에서는 어둡고 슬픈 최후를 예감하는 것이다.

마리아는 나에게—그 첫날밤과 그 다음의 며칠 사이에—많은 것을 가르쳐 주었다. 그것은 단순히 관능의 새로운 유희나 재미만이 아니었다. 그것은 새로운 이해, 새로운 지식, 새로운 애정이었다. 은사(隱士)며 탐미주의자인 내가 아직도 출입할 때 다소 서먹서먹한 오락장이나 무도장, 영화관이나 술집이나 호텔, 카페 같은 세계는 마리아나 헬미네나 그들의 동료에게는 곧 그녀들이 사는 세계인 것이다. 그녀들에게는 좋고 나쁘고가 없었다. 이 세계야말로 그녀들의 짧으나 동경에 찬 생활이 꽃피는 곳이었으며, 이 세계야말로 그녀들의 보금자리 바로 그것이었다. 그녀들은 샴페인이나 그릴룸의 향료 포도주를 우리가 작곡가나 시인을 사랑하듯이 사랑한다. 또 새 무도곡이나 재즈 가수들의 감상적이고 음탕한 노래에 대한 그 감격과 흥분은 우리가 니체나 함즌을 대할 때의 그것과 똑같았다. 마리아는 미남자며 색스폰 악사인 파브로의 이야기를 하고 또 그가 그네들에게 자주 들려 주던 미국의 노래에 관한 이야기도 하였다. 그녀는 도취와 찬양과 애정을 갖고 그 이야기를 했다. 그것은 교양 있는 사람들의 극히 고상한 예술적 쾌감 이상으로 나를 움직여서 내 마음을 꽉 붙들었다. 그것이 어떠한 노래이든 나는 마리아와 함께 그 노래에 취하고 싶었다.

마리아의 사랑스러운 말, 무엇인지를 그리는 듯한 눈은 내 미학에 커다란 금이 가게 하였다. 물론 나에게는 모차르트를 비롯하여 아무 의심 없이 숭고한 감흥을 북돋우어 주는 극히 정신적인 미란 것도 존재하기는 하나, 대관절 그 경계선이 어디에 있단 말인가. 우리와 같은 비평가와 정통자의 누구라도 그의 청년 시절에는, 오늘 우리들의 눈으로 보아서 그 가치가 극히 의심스럽고 불쾌한 예술가나 작품을 열렬히 사랑했던 것이 아니었던가. 리스트나 바그너에 대한 사랑이 그렇지 않았던가. 베토벤에 대해서조차 그런 느낌을 가진 사람이 많지 않았던가. 미국의 노래에 대한 마리아의 어린아이 같은 감동은 트리스탄에 대한 중학교 교사의 감격이나, 제9심포니에 대한 악장의 도취와 똑같이 순수하고 새로우며 하등의 의문의 여지가 없는 거룩한 예술 체험이 아니겠는가. 그리고 그것은 저 파브로의 의견과 일치하는 것이었다. 그것은 그의 주장이 옳다는 것을 증명하는 것이 아니겠는가.

이 미남자 파브로를 마리아도 대단히 사랑하고 있는 것

같았다.

"그는 미남자야."라고 내가 말했다.

"나도 좋아해. 그럼 마리아는 어째서 미남자인 그와 이 노인을 둘다 좋아할 수 있단 말인가. 나는 잘나지도 않았고, 벌써 흰 머리까지 났으며 더욱이 색소폰도 불 줄 모르고 또한 영어 노래도 못 부르는 나를."

"그런 말씀 하시면 안 돼요." 라고 하면서 그녀는 못마땅하다는 표정을 지었다.

"그건 뻔한 이치에요. 난 당신도 좋아요. 당신한테도 아름다운 점과 당신만이 갖는 독특한 미가 있어요. 당신은 언제라도 지금의 당신 같아야 돼요. 이런 것은 입으로 말한다거나 설명할 수는 없는 일이에요. 아시겠어요? 난 당신이 내 목과 귀에 키스를 했을 때 당신이 나를 좋아하고 사모하고 있다는 것을 알았어요. 당신은 겁나듯이 키스하시지 않았어요. 그걸로 그것을 알 수 있었어요. 이 사람은 나를 좋아하고 있다, 이 사람은 내 미모에 반해 있다는 것을요. 나는 그런 걸 좋아해요. 그러나 또다른 사람에게서는 또 그 반대가 좋아져요. 즉 나 같은 것은 아무것도 아니란 듯이 하는……."

다시 우리들은 잠이 들어 버렸다. 잠이 깨어 눈을 떠보니 여전히 나는 그녀를 팔에 안고 있었다. 이 아름다운 내 꽃을.

그러나 이상하게도 이 아름다운 꽃은 헬미네가 나에게 보낸 선물 이외의 것은 아니었다. 그녀의 뒤에는 언제라도 헬미네가 붙어 있었다. 동시에 나는 갑자기 멀리 떨어져 간 나의 애인, 불쌍한 여자 친구인 에리카를 상기했다. 그녀도 아름다운 점에서는 마리아에 못지않았다. 마리아처럼 생기가 돌고, 또한 천재적인 사랑의 재주는 없었지만. 그녀의 모습이 잠시 동상처럼 서서 슬픈 듯한 눈초리로 나를 쏘아보고 있더니 다시 저쪽으로, 잠과 망각의 세상으로, 아쉬운 먼 나라로 사라져 가 버렸다.

이렇게 하여 아름다운 사랑에 넘친 그밤을 겪음으로써 여태까지 잊고 있었던 여러 가지 지난날의 영상이 내 눈앞에 떠올라오는 것이었다. 에로스 신의 신기한 화살에 꽂혀 추억의 샘은 용솟음치기 시작하였다. 내 평생의 화랑(畵廊)이 얼마만큼 훌륭했던 것이며, 서글픈 들짐승 늑대의 혼이 얼마만큼 숭고하고 엉구한 별과 별자리에 가득차 있는가를 생각했을 때 내 사랑은 황홀과 비애가 뒤섞인 가운데 잠시 그 고동을 멈췄을 정도였다. 소년 시절에 어머니가 아득히 먼 푸른 산줄기처럼 부드럽고 맑은 빛을 띠고 이쪽을 물끄러미 바라보았다. 헬미네의 마음의 형제인, 전설적인 헤로만에서 시작하여 친구들의 합창소리가 또렷이 울렸다. 물 위에 피어오른 꽃과 같이, 이 세상의 것이라고 느껴지지 않는 모습을 하고 많은 여자들이 이쪽으로 헤엄쳐 왔다. 그것은 일찍이 내가 사랑했고 바랐고 시로 읊었던 그들이었다. 그러나 그녀들에게서 별로 얻은 것이라고는 없었다. 또 내 아내도 나타났다. 몇 해 동안 같이 살면서 그 사이 우애와 싸움과 체념을 가르쳐 준 여인이다. 그녀는 내게 매일같이 불만을 품고 있으면서도 끝까지 굳건히 신뢰를 품고 있었다. 그녀가 심한 반역과 갑작스런 도망으로 병들어 미쳐 버린 나를 두고 떠나던 최후의 그날까지. 그러나 나는 그녀가 나를 배신하여 내게 그토록 심한 상처를 입히게 된 까닭은 내가 너무나 그녀를 사랑했고 너무나 그녀를 신뢰하고 있었기 때문이었다는 것을 알았다. 이와 같은 영상이 혹은 이름을 가지고, 혹은 그 이름을 잊고 이 밤의 사랑의 샘에서 되살아나와 내 앞에 나타난 것이다. 그리하여 나는 여태까지 내 생애가 비참했기 때문에 오랫동안 잊고 있었던 것을 다시 느꼈다. 이와 같은 영상은 내 평생의 재산이며 보물이어서 부수어 버리지 못하는 것이다. 잊어버릴 수 있어도 없앨 수 없는 별과도 같이 소중한 체험이다. 그것은 내 평생의 전설이며, 지울 수 없는 가치를 갖는 내 존재의 영광이다. 내 생활은 고생스러웠고 그릇되었고 불행했었다. 그 결과로 남은 것은 단념과 부정이었다. 그것은 인간이 받아야 할 운명의 소금물로 절인 것이 되어 버렸다. 그래도 그것은 풍족하고 자랑스러운 생활이었다. 비참한 환경 가운데서도 왕자와 같은 품위가 있던 생활인 것이다. 나의 몰락으로의 생활 과정이 장차 어떠한 길을 밟게 될지언정, 이 생활의 핵심은 고귀한 것이었다. 그것은 훌륭한 용모와 좋은 혈통을 가지고 있었다. 그것은 가치없는 것을 좇는 생활은 아니었다. 그것은 별을 희구하는 생활이었다.

  그날밤 이후로 많은 시간이 흘러갔다. 많은 일이 일어나고 또한 변해 갔다. 나는 그날밤 일을 거의 다 잊어버렸다. 생각나는 것이라고는 몇몇밖에 되지 않는다. 이를 테면, 우리 두 사람 사이의 단편적인 말, 정열적인 사랑의 몸짓, 사랑 뒤의 피로한 잠에서 별처럼 맑게 잠을 깬 일이 기억에 남았다. 뿐만 아니라, 그날밤이야말로 내가 전락한 이래로 내 생활이 처음으로 그 엄숙하게 빛나는 모습을 나타내 보여 주었다. 나는 그때 이 밤의 우연을 운명이라 생각하고, 내 존재의 폐허를 신의 장난으로 만들어진 한 단편이라고 느꼈던 것이다. 내 영혼은 다시 호흡을 하기 시작했다. 내 눈은 다시 물건을 볼 수 있게 되었다.

그리하여 나는 나의 산란한 형상의 세계를 그저 정리만 하면 되었다. 저 하리 할라의 '황야의 늑대'의 생활을 하나의 전체로서 그것을 형상에까지 높이면 되는 것이다. 그렇게 하면 저절로 형상의 세계에 들어가서 불멸한 존재가 된다는 것을 잠시나마 느꼈던 것이다. 이것이야말로 모든 인간생활이 구하고 있는 목적이 아니었을까.

다음날 아침, 나는 마리아와 식사를 나누어 먹었다. 그리고 나서 마리아를 아무도 몰래 살짝 집 밖으로 내보내지 않으면 안 되었다. 그것은 수월했다.

그날 나는 근처에 조그만 방 하나를 구했다. 그것은 우리들의 밀회만을 위해서 새로 얻은 것이다.

내 무용 선생인 헬미네는 꼬박꼬박 찾아왔다. 나는 보스톤을 배워야 했다. 그녀는 아주 엄해서 한 시간 과정도 빼주지 않았다. 그럴 것이 최근에 있을 가장 무도회에 그녀와 동행하기로 되어 있었기 때문이다.

그녀는 내게 그날 입을 옷값을 요구했지만 의상에 대해서는 일체의 설명을 거부하였다. 그녀 집을 방문하는 것도, 그녀 집을 아는 것도 여전히 허용되지 않았다.

이 가장 무도회 전 3주일간은 참으로 아름다운 기간이었다. 마리아는 내게 여태까지 최초의 진실한 애인같이 생각되었다. 언제나 나는 내가 사랑하는 여성에게 이지와 교양을 원해 왔다. 재치있고 교양있는 여성이라 할지라도 절대로 내 속에 있는 로고스에 응할 수는 없다. 도리어 그것과는 상반하는 것이라는 것을 조금도 깨닫지 못하고 나는 내 문제나 사상을 그녀에게 짐 지우고 있었다. 통 책을 못 읽고, 독서가 무엇인지를 모르고, 베토벤과 차이코프스키를 구별 못하는 처녀를 한 시간도 더 사랑한다는 것은 전 같으면 도저히 불가능한 일이었다.

마리아는 교양이 없었다. 그녀는 이와 같은 것을 필요로 하지 않았던 것이다. 그녀의 문제는 모두 직접 감각에서 일어나는 것들이었다. 그녀에게 주어진 감각을 가지고, 그녀의 특수한 자태, 빛깔, 머리, 냄새, 피부, 기질을 가지고 좀더 많은 관능과 사랑의 행복을 얻으려고 하는 일, 사랑하는 사람에게 보내는 그녀의 모든 능력, 모든 육신의 굴곡, 그녀의 모든 신체의 탄력있는 자태의 보수로써 그 이해와 보답과 생생한 쾌적의 반격을 상대자에게서 끌어낸다는 것이 그녀의 기술이며 문제였던 것이다. 내가 그녀와, 부끄러워하면서도 처음으로 춤춘 그날밤, 나는 그것을 느졌다. 이 천재적인 사람의 혼을 빼앗는 깊은 관능의 향기에 취해 버렸던 것이다. 아마 그런 모든 것을 알고 있던 헬미네가 마리아를 나에게 보낸 것은 우연은 아니었는지 모른다. 그녀의 향기, 그녀의 모든 자태는 여름에 핀 장미, 그것이었다.

나는 마리아의 단 한 사람의 애인이라든지, 특별히 총애를 받는 사람이 되는 행복은 갖지 못했다. 나는 그녀의 많은 애인 중의 하나에 지나지 않았다. 그녀는 자주 내게 올 수 없었다. 대개 오후에 한 시간쯤 나한테 와 있을 뿐이었다. 하룻밤을 지내는 것은 아주 드물었다. 그녀는 나한테 돈을 요구하지는 않았다. 아마 헬미네가 그렇게 시킨 것이라고 생각했다. 그래도 선물은 기쁘게 잘 받았다. 그리고 빨간빛의 가죽 지갑을 그녀에게 선물했을 때, 그 안에 돈을 몇 푼 넣어도 그것은 무방하였다. 그렇지만 그 지갑 때문에 나는 비웃음을 받았다. 실은 그 지갑은 썩 훌륭한 것임에는 틀림없었지만 유행에 뒤떨어진 것이었다. 이렇게 하여 지금까지 에스키모 말 정도의 소양도 없었던 이런 물건에 관해서 마리아에게서 새로운 지식을 많이 배울 수 있었다. 특히 다음과 같은 것을 똑똑히 알았다. 이와 같이 조그마한 장난감 같은 유행품이나 사치품은 결코 무의미한 노리개가 아닐 뿐 아니라 단순히 제조업자나 상인의 벌이만도 아니다. 그것은 뜻도 있고, 미도 있는 여러 가지 사물의 작은, 아니 오히려 커다란 한 세계로서 그 모든 것이 연애에 봉사하고, 감각을 섬세하게 하며, 권태로운 세계에 활기를 불어 넣으며, 새로운 마술 같은 연애의 매개체라는 유일한 목적을 갖고 있는 것이다. 파우더, 향수 같은 것에서 무도화, 반지, 담뱃갑, 허리띠, 바구니에 이르기까지 모든 것이 다 그렇다는 것이다. 바구니는 그저 그런 바구니가 아니고, 지갑은 지갑이 아니고, 꽃은 꽃이 아니고, 부채는 부채가 아니다. 모든 것은 연애·마술·유혹의 현실적인 재료며 심부름꾼, 방조자, 그 무기, 돌격의 소리인 것이다.

마리아는 누구를 제일 사랑하고 있을까 하고 나는 종종 생각해 보았다. 아마도 그녀가 제일 사랑하고 있는 인물은 저 텅빈 것 같은 검은 눈과 해말갛고 멜랑콜리한 손의 임자, 색소폰 악사인 청년 파브로일 것이라고 생각했다. 나는 파브로를 욕정이 없는 수동적인 성질의 사나이라고 상상하고 있었는데 마리아가 똑똑히 말해 주었다. 그는 쉽게 흥분하는 성질은 아니나, 당장에 권투 선수나 기수보다도 더 힘찬, 남성적이고 정복적인 힘을 발휘한다고. 이와 같이 나는 내 주위의 모든 각 방면, 재즈 악사·배우·부인·신사·처녀 들의 여러 가지 비밀을 듣고, 표면에 드러나지 않는 갖가지 적대 관계와 조건을 알았다. 그리하여 이와 같은 세계와는 관계 없는 이단자인 나도 차차 그런 세계 속으로 끌려들어가는 것이었다. 헬미네에 관해서도 많은 것을 알았다. 마리아의 애인 중 한 사람인 파브로와는 특히 자주 만났다. 그는 때때로 그가 만든 비밀 약을 썼다. 그때만은 나도 그 덕택에 재미를 더 많이 볼 수 있었다. 거기에다 파브로는 언제나 한결같이 특별한 관심을 가지고 나를 위해 애를 써 주는 것이었다. 어느날 그는 그것을 솔직히 표명했다. "선생님은 너무 불행하십니다. 그래서는 안 됩니다. 불쌍해요. 아편을 조금 잡숴 보십시오."라고. 이 명랑하고 어린아이 같고 영리함과 동시에 밑도 알 수 없는 사내에 대한 나의 판단은 항상 변해 가기만 하였다. 우리는 친구가 되었으며 그의 약을 쓰는 일도 드물지는 않았다. 그는 나의 마리아에 대한 연정을 유쾌한 듯이 조롱하는 듯한 표정으로 듣고 있었다. 언젠가 그는 교외에 있는 어떤 호텔의 자기의 다락방에서 잔치를 베풀었다. 그곳에 의자는 단 하나밖에 없었다. 마리아와 나는 침대에 걸터앉을 수밖에 없었다. 그는 세 개의 병에서 술을 골고루 따라 만든 이상한 리퀘어 주를 내게 권했다.

내가 술기운이 좀 돌아 기분이 썩 좋아졌을 때, 그는 눈에 광채를 띠면서 셋이서 사랑의 난무를 추자고 제의했다. 나는 한사코 거절했다. 도저히 할 수 없는 일이었던 것이다. 동시에 나는 얼른 마리아의 태도를 살펴보았다. 그녀도 곧 나의 의견에 동의했지만, 그때의 뜨거운 눈초리와 거절당해서 유감이라는 눈치를 나는 곧 알아차릴 수 있었다. 파브로도 내가 거절한다는 말을 듣고 적이 실망한 모양 같았다. "참 유감입니다."라고 그가 말했다. "하리는 너무 도덕적이십니다. 아무 짝에도 못 쓴답니다. 우리 셋이서 아주 유쾌한 경험을 할 수 있었을 텐데. 그러나 그것 말고도 재미나는 놀이는 많이 있답니다." 우리 세 사람은 각각 아편을 조금씩 마셨다. 눈을 뜬 채 가만히 앉아서 우리는 그가 암시해 놓은 광경을 죄다 체험했다. 마리아는 황홀한 나머지 몸을 떨었다. 그 약효가 떨어져 내가 다시 다소 불쾌해지자, 파브로는 나를 침대에 눕히고 나서 몇 방울의 약을 주었다. 2,3분 간 눈을 감고 있으려니까, 눈꺼풀에 숨기같은 키스를 느꼈다. 나는 그것을 마리아의 선물이려니 하고 받았다. 파브로가 시킨 일이라는 것은 충분히 알면서도.

어떤 날 밤에는 그는 더욱 심하게 나를 놀라게 하였다. 그가 내 집에 찾아온 것이다. 그리하여 20프랑쯤 빌려 달라고 했다. 그는 그 대가로 오늘밤 자기 대신 마리아를 소유해도 좋다는 것이다.

"파브로!" 하고 나는 놀라 소리를 질렀다. "자네는 자네가 무슨 말을 하고 있는 것인지 알기나 하는가? 자네 애인을 아무리 돈 때문이라고 하더라도 남에게 빌려 준다는 것은, 우리 사이에서는 가장 수치스러운 일로 치고 있다네. 나는 자네 말을 안 들은 것으로 하겠네, 파브로."

불쌍하다는 눈초리로 그는 나를 보았다. "싫으시다면 그만두세요. 선생님은 언제나 자기 손으로 자신을 결박하고 계십니다. 그러면 오늘밤은 혼자 주무십시오, 그것이 좋으시다면. 그러면 나중에 갚아드리겠으니 돈을 꾸어 주십시오. 꼭 필요합니다."

"어디다 쓰려는 것이지?"

"아고스테노 때문입니다. 아시겠습니까. 제2바이올린을 켜는 젊은 친구입니다. 그는 1주일이나 앓고 있지만, 누구

하나 보살펴 주지 않습니다. 그에게는 돈이라고는 한 푼도 없답니다. 그나마 가졌던 돈도 다 써 버렸답니다."

호기심과 동시에 자기 자신의 냉담에 대한 다소의 자책감에서 나는 그와 같이 아고스테노한테 가 보았다. 그의 다락방, 형편없는 방으로, 그는 우유와 약을 가지고 갔다. 그리고 침대를 고쳐주고 공기도 갈아 넣고 열에 들뜬 그의 머리에다 깨끗한 압정건(壓定巾)를 감아 주는 것이었다. 모든 점에 숙련된 간호사처럼 재치있게 처리하였다. 더욱이 그날밤 나는 그가 시파 바에서 새벽까지 음악을 연주하는 것을 보았다.

헬미네와도 종종 만났다. 오랜시간 동안 마리아에 관하여, 그녀의 손, 어깨, 허리에 관하여 그녀의 웃는 모습과 키스법, 춤에 관하여 이야기를 주고받았다.

"그애가 당신에게 그것을 해주던가요?"라고 언젠가 헬미네가 물었다. 그리고 키스할 때의 특수한 혀의 움직임에 대해 내게 들려 주었다. 나는 그녀가 한번 해줄 것을 요구했다. 그러나 그녀는 딱 거절하는 것이었다. "아직 때가 일러요."라고 그녀는 말했다. "나는 아직 당신의 애인이 아니니까요."

나는 그녀에게 어떻게 마리아의 키스법과 그녀의 애인만이 알고 있을 그녀 몸의 여러 가지 특징을 아는지 물었다.

"우리는 친구간이에요."라고 그녀는 말했다. "우리 두 사람 사이에 무슨 비밀이 있다고 생각하세요? 나는 늘 마리아와 같이 자고 놀고 해요. 하여간 당신은 다른 애들보다도 여러 가지 재주를 많이 부리는 귀여운 애를 손에 넣은 셈이에요."

"헬미네, 그래도 나는 당신들 둘 사이에도 털어놓지 않고 있는 비밀이 있다고 생각해. 그런데 당신 나에 관한 것을 죄다 마리아한테 이야기해 주었지?"

"아니요. 마리아가 알아차릴 수 없는 것은 말하지 않았어요. 마리아는 참 아름다운 아이에요. 당신은 행복을 손에 넣으셨어요. 그래도 당신과 나 사이에는 상상도 못할 일이 있어요. 나는 마리아에게 당신이 듣는다면 좀 언짢게 생각할 일조차 이야기해 주었어요. 그래도 당신을 위해서 그애를 유혹하지 않으면 안 되었거든요. 하리, 내가 당신을 알고 있는 것만큼 마리아는 당신을 알지 못해요. 아무도 나 이상으로 당신을 알고 있는 사람은 없어요. 그래도 나는 그애에게서 새로운 이야기를 몇 마디 들었어요. 그러니까 마리아가 알고 있는 한의 것은 다 알고 있는 셈이에요. 몇 번 잠자리를 같이했던 것과 마찬가지로 나는 당신을 알고 있어요."

그 뒤 다시 마리아를 만났을 때, 나는 그녀가 내게 한 그대로 헬미네를 안고, 헬미네의 팔다리와 머리와 살갗에 손을 대고 키스를 하면서 즐거워한 일을 생각하고 이상한 느낌이 들었다. 새로이 복잡하고 간접적인 관계가 나타난 것이다. 그것은 새로운 연애법과 생활술이었다. 나는 저 ≪황야의 늑대론≫에 씌어 있던 천의 혼이란 말을 상기해 보았다.

마리아와 알게 된 날부터 가장 무도회까지의 짧은 기간은 참 행복했다. 그러나 이것이 구원의 길이며, 최후 최고의 행복의 길이었다고는 생각할 수가 없었다. 오히려 나는 다음과 같은 것을 분명히 예감했다. 이 모든 것은 서곡에 지나지 않으며, 준비에 지나지 않는다고. 일체의 일은 빨리 진행될 것이며, '올 일은' 이 다음에 일어날 것이라고.

춤은 꽤 늘었다. 매일처럼 화제에 오르는 몇몇 무도회에도 어느 정도의 자신을 갖고 참석할 수 있게 되었다. 헬미네는 비밀을 지켜, 자기가 어떻게 가장하고 참석할 것인지를 미리 밝히지 않았다. 반드시 내가 그녀를 알아낼 수 있을 것이라고 했다. 만약 내가 찾지 못할 때에는 자기가 어떠한 방법을 강구하겠다고 하면서 절대로 미리 알고 있어서는 안 된다고 하였다. 그녀는 나의 가장 계획에 대해서는 조금도 물어 보지 않았다. 그래서 나는 전연 가장하지 않고 가기로 결심했다. 나는 마리아와 동반해서 가려고 했으나, 그녀는 이미 약속한 기사가 있어서 입장권도 벌써 준비해 가지고 있다는 것이었다. 그래서 나는 혼자 가야만 되어 다소 실망하지 않을 수 없었다. 가장 무도회라는 것은 그 로프스자알에서 매년 예술가 단체에 의해 개최되는 이 도시의 일류 무도회였다.

잠시 헬미네는 나타나지 않았다. 그러나 무도회 바로 전날, 그녀는 나한테 와 있었다. 내가 준비하고 있던 입장권을 받으러 왔던 것이다— 잠깐 동안이었으나마 그녀와 이야기했는데, 그때 나눈 이야기가 인상적이었다.

"당신은 아주 달라졌어요."라고 그녀가 말했다. "무도회 덕분이에요. 한 달쯤 당신을 못 만난 사람 같으면 몰라 볼 정도에요."

나는 고개를 끄덕였다. "그럴지도 모르지. 이렇게 형편이 좋아 본 적은 이 몇 해 동안 없었으니까. 다 당신 덕택이야, 헬미네."

"당신의 아름다운 마리아 덕택인걸요."

"아니지, 그녀를 보낸 것은 당신이었어. 그녀는 아주 희한하오……."

"그애는 정말 당신에게는 안성맞춤인 애인이에요. 예쁘고 젊고 쾌활하고 게다가 연애의 명수고요. 매일같이 만나지 못한다는 것이 또 좋은 조건이거든요. 조금 앉았다가 가는 것이 좋은 거에요."

나도 그렇다고 인정하지 않을 수 없었다.

"그래서 이제 당신에게 필요한 모든 것을 손에 넣으신 셈이군요?"

"아니야, 헬미네. 그런 것이 아니야. 그야 물론 나는 아름다운 것을 손에 넣기는 했어. 내게 위안이 되는 것을 말이야. 나는 정말 행복해."

"그런데 더 무엇을 바라는 거에요?"

"나는 그밖의 것을 바라보고 있는 것이야. 나는 행복이라는 것에 만족하지 못해. 나는 행복을 받아들이지 못하는 성질이지. 그것은 나의 운명이 아니오. 나의 운명은 바로 그 반대인 것이야."

"그러면 불행이어야 한다는 말씀? 그것 같으면 벌써 싫도록 맛보셨잖아요."

"아니지, 헬미네. 물론 내가 그 면도칼을 찾았을 때에는 지극히 불행한 때이기는 했어. 그러나 그 불행은 어리석고 덜된 불행이었지."

"왜요?"

"그렇지 않았더라면, 내가 바라는 죽음에 대해서 그토록 공포에 떨 필요가 없었을 거야. 내가 바라던 불행은 그런 것과는 달라. 그것은 내가 기꺼이 괴로워하고 기꺼이 죽을 수 있는 그런 불행을 말하는 거야. 나는 그런 불행, 혹은 행복이라고 할까, 그런 것을 희구하고 있는 거야."

"당신 말씀은 알겠어요. 우리는 그런 점에서 남매 같아요. 그렇지만 당신은 지금 마리아에게서 받고 있는 행복을 저버릴 수는 없지 않아요. 어째서 만족할 수 없다고 하시는 거에요?"

"내가 지금의 행복에 이의가 있다는 것은 아니지. 오히려 감사하고 있어. 그것은 장마철의 갠 날씨같이 아름다워. 하지만 그것이 오래 가지 못하리라는 것을 알고 있단 말이야. 이 행복도 덜된 것이야. 만족감은 주지. 그러나 만족이라는 것은 음식물이 아니거든. 그것은 '황야의 늑대'의 배를 부르게 해주고, 잠을 재워 주기도 해. 그렇지만 그것으로 하여 기꺼이 죽을 수 있는 그런 행복은 아니란 말이야."

"그러면 '황야의 늑대'는 꼭 죽어야 하나요?"

"그렇게 생각해. 나는 이런 행복에 아주 만족해 있고, 얼마간 지속해 나갈 수도 있을 거야. 하지만 행복의 순간순간에 한 시간쯤 생각해 보면, 이런 행복을 놓치지 않으려는 것이 아니라, 다시 괴로워 보고 싶은 생각이 들고 마는 것이오. 다만 전과 같은 것이 아니고, 나는 나를 즐겁게 죽이는 그런 괴로움을 바라고 있소."

헬미네는 물끄러미 나를 쳐다보았다. 갑자기 변화시킬 수 있는 그런 우울한 눈초리로. 그것은 무서운 눈이었다. 조용히 한 마디 한 마디 씹어 뱉듯이 그녀가 말했다. 아주 나지막하게. 그래서 나는 그녀의 말을 알아들으려고 애를 쓰지 않으면 안 되었다.

"여태까지 죽 내가 알고 있었던 것을 오늘 당신에게 이야기해 버리겠어요. 당신도 알고 계시겠지만요. 그래도 당신은 그들을 의식하여 자기 마음에 속삭여 보시지는 않았을 거에요. 나는 지금 당신에게 당신에 관한 일과 우리들의 운명에 관해 알고 있는 바를 이야기하겠어요. 하리, 당신은 예술가며 사색가였습니다. 기쁨과 신앙에 가득차 있어서 늘 위대한 것, 영구적인 것을 추구하여 조그마한 것, 깨끗한 것에 만족 못하는 분이었어요. 그러나 실생활이라는 것이 당신의 잠을 깨워, 당신을 자기 사색의 대상으로 삼았을 때, 당신의 괴로움은 커져 갔습니다. 당신은 고뇌·우울·절망 가운데 자꾸 빠져들어가기만 했습니다. 그리고 당신이 여태까지 아름답고 신성한 것이라고 해서 사랑하고 존경해 온 일체의 것도, 인간과 인간의 큰 사명에 대한 당신의 지금까지의 신념도 당신을 구해 주지 못하고 가치없는 것이 되어 버렸지요. 당신의 신념은 숨도 쉴 수 없게 되어 버렸지요. 그래서 그와 같은 질식의 결과라는 것이 괴로운 죽음이었던 것이죠. 하리, 내 말이 틀려요? 그것이 당신의 운명 아닌가요?"

나는 고개를 끄덕였다, 끄덕였다, 끄덕였다.

"당신은 하나의 생활 모습을 마음속으로 그리고 있었습니다. 신앙과 요구를 갖고, 언제나 행위와 고난과 희생의 준비를 하고 있었습니다. 그러나 세상이라는 것은 당신에게서 행위라든지 희생을 요구하지 않습니다. 그리고 실제 생활은 자기가 거기서 주역을 한다든지 하는 그런 영웅 같은 것이 아니고, 그저 착하고 어진 시민의 집의 객실과 같은 것에 지나지 않는답니다. 그곳은 음식·커피·양말·화투·라디오·음악 따위로 만족해 하는 그런 곳이라는 것을 차차 알게 된 것이었습니다. 이를테면 영웅적인 훌륭한 행위, 위대한 시인, 위대한 성인으로서의 명성, 찬양 따위를 원하고 바라는 사람은 바보이며, 동키호테에 지나지 않는 것입니다. 그렇습니다, 하리. 나도 그와 같은 길을 밟아 왔어요. 나도 뛰어난 재주를 타고난 처녀였답니다. 훌륭한 규범과 범절을 좇고, 큰 희망을 품고 거룩한 사명을 완수할 운명도 지니고 있었댔습니다. 나는 제비만 잘 뽑았더라면 왕비도 될 수 있었을 것이고, 혁명가의 애인이나 천재의 누이, 순교자의 어머니도 될 수 있었을 것입니다. 그러나 실생활이 내게 허용해 준 것은 비교적 좋은 취미를 가진 기생이 되는 것뿐이었습니다. 그것이나마 간신히 내게 허용되었던 겁니다. 이것이 나의 경력이랍니다. 나는 한때 희망을 잃고 자책해 마지않은 일도 있었습니다. 그래도 나는 생각해 보았습니다. 현실은 결국 그른 것이라고요. 현실이 내 꿈을 실현시켜 주지 못한다고 하여도, 그것은 내 꿈이 어리석은 것이었고 잘못이었기 때문일 거라고요. 그러나 그런 생각을 해보아도 아무 소용 없었어요. 그래서 나는 눈과 귀와 다소의 호기심이란 것을 가지고 있었으므로, 나는 소위 현실이란 것, 즉 내 지인과 이웃의 50명 이상이나 되는 사람들의 운명을 지켜 보았던 것입니다. 그 결과로 나는 알았습니다. 하리, 내 꿈은 틀리지 않았다고, 당신 꿈과 마찬가지로, 조금도 틀리지 않았고 정당한 것임을 알아내었습니다. 틀린 것은 현실이었어요. 나 같은 여자가 부호한테 고용되어 타이프라이터 앞에 앉아서 덧없이 세월을 보내고, 돈 때문에 그런 부자와 결혼을 한다든지 창부와 같이 될 수밖에 없었다는 것은 틀려먹은 일이었어요. 그것은 꼭 당신과 같은 사람이 자기 혼자서 절망한 나머지 면도칼을 손에 쥐지 않으면 안 되었던 것과 같지요. 그 불행을 두고 말할 것 같으면 내것은 실제적이고 도덕적인 그것이었으며, 당신 것은 정신적인 불행이었지만 결국은 똑같은 길이었어요. 당신이 폭스트로트나, 술집이나, 무도장이나, 재즈에 고통을 느끼고 반항적으로 나오는 그 기분을 왜 내가 몰랐겠어요. 또 정치에 대한 당신의 혐오감과 정당과 신문의 무책임한 잔소리나 행위에 대해 노여워하는 것도, 이번 전쟁, 그리고 다음에 올 전쟁에 대한 슬픔, 요즘 사람들의 사색하는 태도, 독서와 건축, 음악, 축하연, 교양의 태도에 대한 절망도 잘 알고 있어요. 당신은 옳았던 거에요. '황야의 늑대' 씨, 당신에겐 조금도 잘못이 없었어요. 그런데도 당신은 몰락하지 않을 수 없었어요. 당신은 지금의 이와 같은 단순하고 값싼 것으로 만족하고 있는 세계에 대해 너무나 많은 불만과 요구를 품고 있지요. 세계는 당신을 토해 버리는 거에요. 지금 같은 세계에서는 당신은 너무 부피가 큰 분이세요. 지금 이 시대에 자기 생활을 즐기면서 살아 가려면 당신이나 나 같은 사람이어서는 안 되지요. 서투른 음악보다도 좋은 음악을, 향락 대신에 기쁨을, 돈 대신에 혼을, 직업 대신에 참된 일을, 유희 대신에 정열을 바라는 사람에게는 현재의 이런 아름다운 세계는 결코 고향일 수 없는 일이에요……."

헬미네는 눈을 내리깔고 생각에 잠겼다. "헬미네!" 하고 나는 깊은 생각을 담아서 불렀다. "당신 눈은 어쩌자고 그렇게도 아름다운지. 그런 당신이 내게 폭스트로트를 가르쳐 주었다니. 그런데 당신이 한 그 말이 무슨 뜻인가. 우리같이 부피가 큰 인간은 이 세계에서 살아갈 수가 없다고, 그게 무슨 뜻인가. 왜 그런가. 우리 시대만 그렇다는 것인가. 혹은 언제라도 그렇다는 말인가."

"모르겠어요. 세계의 명예를 위해서 그것은 우리 시대에만 그친다고, 말하자면 일시적인 병이나 불행 같은 것이라고만 말해 두겠어요. 지도층의 사람들은 착착 다음 전쟁 준비를 하고 있고, 우리는 폭스트로트를 추고 번 돈으로

봉봉과자를 먹고 있죠. 이런 시대는 정말로 얄궂다고 할 수밖에 없어요. 옛날에는 참 좋은 시대가 있었고, 그리고 앞으로는 더욱더 좋은 시대가 올 것이라고 생각해 주세요. 그러나 그런 시대가 와도 우리하고는 관계가 없어요. 아마 언제라도 이제와 다름없을 것 같기도 해요."

"언제나 이럴까. 언제나 세계는 정치가와 간상 몰잇배나 한량패나 급사들만을 위해 있어야 하고, 진실한 인간이 숨 쉴 여지가 없어진다는 말인가."

"그건 몰라요. 아마 그런 걸 알 사람은 없을 거에요. 그러면 어때요. 그런데 방금 당신이 즐기시던 저 모차르트의 일이 생각났어요. 그 사람의 경우는 어떠했을까요. 그 사람의 시대에 세계를 지배하고 있던 사람의 인정을 받고, 자기도 달콤한 물을 빨아먹던 사람은 누구였을까요. 모차르트였을까요? 그도 아니라면 어디에나 있는 평범한 실무자였을까요. 그리고 모차르트는 어떻게 죽었으며, 어떻게 묻혔을까요. 그래서 나는 언제 어느 시대고 다 똑같다는 생각이 들기만 해요. 그리고 학교에서 교안이란 이름 아래, 영웅이나 천재나 대사업이나 대이상을 모조리 암송시키는 저 '세계 역사'는 졸업하는 날까지 아이들에게 암송케 하기 위하여 학교 선생들이 발명해낸 요술이에요. 언제라도 똑같아요. 지금까지도. 그리고 앞으로도 세계와 시대와 돈과 권력은 언제나 조그마한 평범한 사람들의 것이고, 진정한 사람다운 사람이 가질 수 있는 것이 아니에요. 죽음을 빼놓고요."

"그 외에는 아무것도 없단 말인가?"
"하나 있어요, 영원만이……."
"그건 명성이란 말인가."
"아니에요, 하리. 명성에 그만한 가치가 있어요? 그리고 참다운 훌륭한 사람들이 모두 그 명성을 얻고서 후세 사람들에게까지 알려져 있는 것일까요."
"물론 그렇지는 않지."
"내가 말하는 것은 명성이란 뜻이 아니에요. 명성이라는 것은 그저 학교 교육을 위해서만 필요한 거에요. 선생들의 말뿐인 거지요. 명성의 이야기가 아니었어요. 내가 '영원'이라고 한 것은요, 경건한 사람들은 그것을 신의 나라라고 하고 있어요. 나는 이렇게 생각하고 있어요. 우리들처럼 그리움이 많은, 아까 말한 대로 너무 부피가 큰 인간은 이 세계 공기 밖의 다른 공기를 호흡하지 않으면, 그리고 이 세상 밖에 영원이란 것이 없다면 살아갈 수 없을 것이라고. 그 영원만이 참된 사람이 살 나라에요. 모차르트의 음악은 그런 나라에 속해 있어요. 당신이 말하고 있는 위대한 시인의 작품도 다 그래요. 그리고 묘한 짓을 하거나, 순교자가 되어 죽거나, 인간에게 훌륭한 선례를 남겨 놓고 간 성인들도 역시 이런 나라에 속해 있어요. 그 밖에 진실한 행위와 감정도 다 이 영원의 나라에 속해 있어요. 비록 그것을 알아주지 못하고, 후세 사람들을 위해서 기록으로서 남아 있지 못해도, 영원에는 후세란 것이 없어요. 다만 현재가 있을 뿐이에요."

'그것은 진실이지.' 하고 나는 생각했다.

"경건한 사람들은," 하고 그녀는 깊은 생각에 잠겼다가 다시 말을 계속했다. "대개 그런 것을 알고 있었어요. 그러기에 각 시대의 성인들을 한데 묶어서 '성인의 나라' 따위로 말하는 것이에요. 성인들이야말로 참 인간이며, 구세주의 형제들이에요. 우리는 한평생 하나하나 착한 일과 강한 사상을 쌓아가면서 그 '나라'에 가려고 하지요. 성인의 모임을 옛 화가들은 황금색으로 빛나는 평화로운 천국 속에 그려 왔어요. 그것은 아까 내가 영원이라고 한 바로 그것과 같아요. 그것은 시간과 외관을 초월한 나라, 우리는 그 나라의 어린아이이며 그곳에 우리의 고향이 있어요. 우리는 마음속에서 그곳을 동경하고 있어요. 하리, 그러니까 우리는 죽음을 바라는 것이에요. 그곳에 가면 당신은 당신의 괴테와 만날 수 있게 될 것이며, 노바리스와 모차르트와도 만날 수 있을 거에요. 그리고 나는 나의 성인들 크르스토펠과 네리 필립과 그밖의 사람들과 만나는 거에요. 성인 가운데는 처음에는 죄인이었던 분이 많이 있어요. 죄나 악업도 성인이 되기 위한 한 과정이에요. 당신은 웃을지 몰라도 나나 내 친구인 파브로도 숨은 성인이 아닐까 하고 생각할 때가 있어요. 하리, 우리가 고향에 갈 때까지는 퍽 어리석은 짓들을 많이 하게 되겠지요. 우리를 인도해 줄 사람이라곤 없으니까요. 우리를 인도해 주는 것은 다만 고향을 그리는 우리 마음뿐일 테니까요."

그녀의 마지막 말은 거의 안 들렸다. 방은 평화스러운

침묵 속에 잠겨 있었다. 해는 지려고 하고 있었다. 책장에는 수많은 책 표지의 금문자가 빛나고 있었다. 나는 헬미네의 얼굴을 두 손을 받쳐 일으키고 그 이마에 키스를 해주었다. 그리고서 남매간인 것처럼 뺨을 갖다대면서 그녀의 머리를 내게 기대게 하고 잠시 동안 가만히 있었다. 언제까지라도 이대로 있고 싶었다. 그리고 오늘은 밖에 나가고 싶지 않았다. 그러나 그날밤, 대무도회 바로 전날밤에 마리아와 만날 약속을 해놓고 있었다.

마리아를 만나러 가는 도중, 그녀의 일은 생각지도 않았다. 헬미네의 말만 생각해 내고 있었다. 그녀가 한 말 모두 그녀 자신의 사상은 아니었을 테지. 그것은 아마 내 사상인데, 영리한 그녀가 내 눈에서 그것을 읽고, 내 숨에서 그것을 담아내어 그것에 어떤 형태를 주어 내 앞에 재현시킨 것일 게다. 그러나 그녀가 영원의 사상을 말했을 때, 나는 특히 그녀에게 감사해 마지않았다. 나에게는 그런 사상이 특히 필요했다. 그것이 없으면 나는 살 수도 죽을 수도 없게 되는 것이다. 거룩한 피안(彼岸), 무궁한 영원의 가치와 본체의 세계, 그것은 오늘 나의 친구이며 무도 선생인 그녀에 의해서 다시 주어졌다. 나는 내가 꾼 괴테의 꿈, 심하디심한 비인간적인 웃음을 웃고, 이 세상 것이라고는 생각되지 않는 유머에 능한 노 현인의 모습이 생각나지 않을 수 없었다. 그때 나는 처음으로 괴테의 웃음, 불사(不死)의 인물들의 웃음의 의미를 이해했다. 그것은 대상이 없는 웃음이었다. 그저 빛과 밝음뿐이었다. 그것은 참다운 인간의 고뇌·죄업·미망·정열·오해 사이를 빠져나가 영원의 세계에 들어섰을 때 웃는 웃음이었다. 그리고 '영원'이라는 것은 즉 시간에서의 해탈이며, 무고(無辜)에의 복귀, 무궁한 공간에의 복귀를 의미하는 것에 지나지 않는다.

나는 언제나 함께 식사를 하던 그 집에 가서 마리아를 찾았다. 그러나 아직 그녀는 보이지 않았다. 나는 조용한 그 요리점에서 그녀를 기다렸다. 그래도 내 생각은 아까의 그 대화 내용에 붙잡혀 있었다. 헬미네와 나 사이에 생긴 이런 사상은 모두 내게는 아주 친밀한 연분이 있는 것, 나 자신의 신화와 상상의 세계에서 떠낸 것같이 생각되었다. 이 세상에서 멀리 떨어져 무시무궁한 공간에 살고, 수정같이 맑게 빛나는 영원을 에테르처럼 근처에 뿌리는 불사의 군상들, 싸늘한 별같이 빛을 내고 있는 천국의 명랑성─ 대관절 어떠한 곡절로 이런 것이 낯익은 듯 생각되느냐 말이다. 나는 줄곧 이리저리 생각해 보았다. 그러자 모차르트의 《카사치온스》와 바흐의 《가락이 맞는 피아노》의 단편이 머릿속에 떠올랐다. 그때 나는 이런 음악의 구석구석에 별과 같이 싸늘하게 빛나고 에테르 같은 맑은 것이 퍼지고 있는 것을 느꼈다. 그렇다, 이러한 음악은 말하자면 얼어붙은 공간이 된 시간이다. 그리하여 그 위에는 끝없이 초인간적인 명랑성, 신과 같은 영원한 웃음이 흔들리고 있는 것이다. 그렇다, 내 꿈에 나타난 노 괴테도 바로 그랬다. 그때 갑자기 내 주위에서 밑도끝도없는 웃음, 그 불사의 사람들의 웃음 소리가 들려 왔다.
 나는 홀린 것처럼 조끼 주머니에서 연필과 종이를 찾아 꺼냈다. 내 눈앞에 메뉴가 있었다. 그것을 뒤집어 그곳에다 시를 썼다. 며칠 지난 어느날, 나는 주머니에서 그 시를 찾아내어 보았다.

불사(不死)의 군상

그칠 사이도 없이 땅속으로부터
생활의 충동은 연기같이 오르고
억센 욕구, 도취한 약동의 힘
수천명의 처형자의 최후의 식사의 피비린내
욕망의 경련, 무한한 정욕
살인자의 손, 고리대금업자의 손, 기도자의 손
고뇌와 쾌락의 매에 얻어맞은 군상은
미지근한 썩는 냄새를 풍기며,
지극한 행복과 횡포의 정화로 숨을 쉬고,
나와 자신의 몸을 먹고는 또 뱉어내고
혹은 전쟁, 혹은 부드러운 예술을 부화시키면서
'환희'의 불집을 거짓으로 꾸미고
시끄러운 장안의, 세계의 환호 소리로써
자기를 뜯어먹고, 더럽히고
흙이 되어 버리고서는 또다시
영원한 파도에서 다시 살아 나오도다.
그러나 우리는 별빛을 낸다.

에테르의 얼음 속에 나를 발견해 내고,
세월도 모르고,
남녀노소의 어느 쪽에도 속해 있지 않다.
그네들의 죄와 고뇌
그네들의 살육과 다음(多淫)의 환락을,
도망한 태양을 바라보듯이 정관한다.
하루하루는 우리들에게는 항구한 시간
그네들의 생의 맹동에 고개를 끄덕이면서
돌고 있는 별을 쳐다보고
우리는 우주 공간의 찬공기를 마시고
하늘의 용과 관계를 맺는다.
우리들의 영원의 존재는 싸늘하게 움직이지 않고
우리의 영원한 웃음도 싸늘하게 별과도 같이,
싸늘하게 빛난다.

 이윽고 마리아가 왔다. 즐겁게 식사를 마치고 나서 그녀와 같이 우리들만의 그 방으로 갔다. 그녀는 오늘밤은 유별나게 아름답고 따뜻하게 굴었다. 내게 여러 가지로 애정과 애무를 마구 쏟았다. 나는 그것을 그녀의 최후의 헌신인 것처럼 느꼈다.
 "마리아!" 하고 내가 불렀다. "당신은 오늘밤 유난히 여신같이 상냥하기가 비길 데 없다. 우리 둘 사이에 금이 가지 않도록 해주기 바란다. 내일이면 가장 무도회도 있지 않아. 당신은 내일밤 어떤 기사를 따라갈 것이냐. 내 귀여운 것아, 당신을 상대할 사람은 동화 속에 나오는 왕자, 당신은 그 왕자에게 유혹당해 버려 내게로 돌아와 주지 않겠군. 당신은 오늘밤은 이별하기로 한 마지막 연인을 대하는 것같이 나를 대하는구나."

그녀는 입술을 내 귀에 바짝 대면서 소곤거리듯 말했다.

"가만히 계세요. 하리, 언제가 마지막이 될지 누가 알아요. 헬미네가 당신을 채어가 버리면 다시 내게는 돌아오지 못하실 거에요. 내일쯤, 아아 헬미네가 당신을……."

그즈음의 내 감정의 특징을 이상스럽게 달고도 쓴 이중의 감정을 나는 무도회의 전날밤인 그날밤보다 더 심하게 느껴 본 적이 없었다. 내가 느낀 것은 행복이었다. 마리아의 아름다움과 헌신이었다. 중년의 내가 처음으로 느끼고 안 무수한 미묘한 감각의 향수와 접촉, 부드럽고 연하게 흔들거리는 향수의 물무늬 속에 시시덕거리는 물장난이었다. 그래도 그것은 한갖 거죽에 지나지 않았다. 내면적으로는 모든 것이 뜻을 갖고, 불안한 긴장과 운명적인 예감으로 꽉 차 있었다. 내가 부지런히 열렬하게 감미로운 사랑 놀이에 정신을 잃고 있는 한쪽으로는, 마음속깊숙이 내 운명이 줄달음쳐 달리는 날랜 말과도 같이, 공포와 동경과 자포자기에 가까운 마음에게 깊은 늪 속으로, 죽음에로 돌진하고 있는 것같이도 느꼈던 것이다. 바로 얼마 전에는 내가 너무나도 관능적인 사랑의 방자성에 저항하여 마리아의 쾌활하고 노골적인 아름다움이 두려운 나머지 불안을 느꼈던 것처럼, 나는 지금 죽음에 대해서 불안을 느끼는 것이다. 그러나 그것도 오래지 않아 귀의와 구원으로 변할 불안임이 틀림없다.

우리가 그 어느때보다도 더욱더 힘차게 포옹하여 서로 말없이 애무에 빠져 있을 동안, 내 마음은 마리아에 대하여, 또 그녀가 내게 품고 있는 모든 가치와 의미에 대하여 이별을 고했다. 그녀를 통하여 나는 죽기 전에 다시 한번 외면적인 장난에 몸을 팔고, 일시적인 환락을 즐기고, 천진난만한 성의 세계에서 어린아이가 되고, 동물이 되는 것을 배웠던 것이다. 그것은 전에는 아주 드물고 예외적인 일이었다. 왜냐하면 관능 생활과 성 문제는 나에게는 젊은 탓에 저지르는 죄의 뒷맛, 정신적인 인간이 피해야 할 금단의 과실의 달고도 두렵고 불안스러운 맛을 가지고 있었기 때문에 그런 낙을 헬미네와 마리아는 속속들이 내게 보여 주었다. 나는 고맙게 그들의 손이 되어 주었다. 그러나 나도 내가 가야 할 길을 갈 때가 온 것이다. 이 정원은 너무나 아름답고 너무나 따뜻하다. 다시 인생의 왕관을 구하고, 무한한 죄를 갚아 가는 것이 나의 운명이다. 가벼운 생활, 가벼운 사랑, 가벼운 죽음, 그것은 하등의 의미도 갖지 못하는 것들이다. 그녀들의 암시에 의하여 내일 무도회에, 혹은 그것에 관련되어 여러 가지 특별한 향락과 방종이 계획되어 있다는 것을 느낄 수 있었다. 아마 이것이 마지막이 될지도 모른다. 마리아의 예감이 옳을지도 모른다. 그리하여 우리는 오늘밤 마지막으로 함께 지내고 나면 그 다음날부터는 새로이 무서운 운명의 길을 걷지 않을 수 없게 될지도 모른다. 나는 타오르는 듯한 그리움에 가득차 있었다. 숨 막힐 듯한 불안에 꽉 차 있었다. 나는 마리아에 달라붙어 한 번 더 허덕이면서 그녀의 아름다운 동산의 좁은 길이나 덤불을 헤치고 뛰어다녔다. 다시 한번 낙원에 서 있는 나무의 달콤한 열매를 깊숙이 깨물었다.

밤에 못 이룬 잠을 낮에 회복했다. 나는 아침 목욕을 하고 자동차를 타고 집으로 돌아왔다. 죽도록 지쳤다. 방의 불을 끄고 옷을 벗었을 때 주머니 속에서 그 시를 발견하였으나, 이내 잊고 침대에 들어갔다. 마리아도, 헬미네도, 가장 무도회도 다 잊어버리고 종일 잠만 잤다. 저녁 때 일어나서 면도를 했는데, 그때 나는 가장 무도회가 한 시간 밖에 남지 않았다는 것과, 연미복을 찾아야 한다는 사실을 비로소 깨달았다. 나는 마음이 들뜬 채 준비를 하고, 우선 식사를 할 생각으로 밖에 나갔다.

그것은 내가 처음으로 가 보는 가장 무도회였다. 이전에도 몇 번 그런 곳에 가 본 적은 있었지만, 그때에는 그저 구경만 했을 뿐이었다. 나는 사람들이 이런 모임 속에서 떠들어대는 것이 아무래도 우스꽝스러웠다. 그러나 오늘 무도회에는 불안과 긴장 속에서 기다려야 한다는 것이 나 자신의 요건인 것이다. 나는 동행할 여자가 없었으므로 느지막이 가려고 했다. 헬미네도 그렇게 권했다.

일찍이 나의 피난처였던 카페 슈탈헬름, 그곳은 낙을 잃은 사람들이 밤 한때 자기를 잊고 포도주를 마시면서 독신

생활의 아늑한 생활을 맛보는 곳이기도 했다. 그러나 근래에 와서는 거의 이곳을 찾지 않았다.

나의 현재 생활에 맞지 않았기 때문이었다. 그러나 오늘 밤은 이상하게도 마음이 그곳에 쏠렸다. 이별과 운명을 애통해하면서도 기쁜 생각이 나를 감싸고 있었다. 내 생애의 모든 과거가 되살아났다. 내가 여태까지 그 단골 손님의 한 사람이었으며, 한 병의 값싼 시골 포도주로 만족하며 외로운 내 침대로 돌아가서 하루하루의 생활을 영위해 나갔다.

이 담배연기가 자욱한 가게도 그 중의 하나였다. 심한 자극, 달콤한 독에 빠진 채 나는 이곳을 잊고 있었다. 나는 미소를 지으면서 오래된 가게에 들어섰다. 안주인과 손님들이 눈인사로 나를 맞아 주었다. 닭구이가 나왔다. 촌스러운 두툼한 컵에는 에르자스의 새로 나온 포도주가 가득 따라져 있었다. 새하얀 나무 테이블과 누런 빛의 벽지가 나를 친절히 맞아 주었다. 내가 이렇게 마시고 먹고 할 동안에 내 마음속에는 저 조락(凋落)과 이별의 주연(酒宴) 같은 감정, 긴 길을 걷고 와서 이제 마지막 길에 가까워졌을 무렵의 감정 같은 것이, 여태까지의 모든 현상과 기억을 수반하여 끓어올랐다. 근대인은 이것을 감상이라고 부른다. 그들은 사물을 아낄 줄 모른다. 그들의 소중한 자동차조차 아낄 줄을 모른다. 이것을 그들은 될 수 있는 대로 빨리, 더 나은 것과 바꾸려고 하고 있다. 이 근대인은 날쌔고, 날카롭고, 건강하고, 냉정하며, 단정하고 우수한 타입의 사람이다. 아마도 그들은 다음 전쟁 때에는 그들의 엄청난 재주를 실증할 것이다. 그따위 짓은 나하고는 아무 관계 없는 일이다. 나는 근대인도 아니고 고대인도 아니다. 나는 시대에서 전락하여 죽음을 향하여 죽음을 바라고 나아가고 있는 것이다. 감상에 대해서 내가 무슨 이의를 제출할 것인가. 나는 다 타버린 마음속에 아직도 감정 비슷한 것이 살아 움직이는 것을 느끼고 기뻐했고 감사했다. 이렇게 하여 나는 이 허름한 주점과 딱딱한 의자와 나와의 관계를 생각하면서 담배와 술 향기에, 또 이 가게의 모든 물건이 풍기는 버릇, 온정, 안정에다가 내 몸을 맡겼다. 이 별이은 아름답다. 이 딱딱한 걸상도 촌스러운 컵도 그리운 존재다. 에르자스 술의 차갑고 과일내 나는 맛도 그립다. 이곳의 눈에 익은 모든 것이 그리운 존재다. 꿈꾸듯이 언제까지나 앉아서 움직일 줄 모르는 주객, 낙을 잃어버린 사람들의 얼굴도 그립다. 나는 오랫동안 그들과는 형제간이나 다름없었다. 내가 오늘밤에 이곳에서 느낀 것은 시민적인 감상과 같은 것이었다. 그 안에는 포도주, 요리점, 여송연 따위가 아직 낯선 금단의 과실 같은 소년 시절의 옛스러운 낭만적인 향기도 다소 섞여 있었다. 그러나 오늘 저녁만은 '황야의 늑대'는 점잖았다. 그는 일어서서 이빨을 내밀지도 않았고, 나의 감상을 갈기갈기 찢어 놓지도 않았다. 조용히 나는 앉아 있었다. 과거의 빛, 저쪽으로 기울어져 간 별자리의 흐릿한 빛을 받으면서……

거리의 상인이 구운 밤을 가지고 왔다. 나는 그것을 한 주먹이나 샀다. 꽃 파는 노파가 왔다. 몇 포기의 석죽(石竹)을 사서 그것을 안주인에게 선물로 주었다. 돈을 지불하려고 여느때 하던 대로 웃저고리의 주머니를 더듬었을 때, 나는 갑자기 연미복을 입고 있다는 것을 깨달았다. 그렇다, 가장 무도회다 헬미네와.

그러나 아직 시간은 일렀다. 나는 아직 그로프스자알에 갈 마음이 내키지 않았다. 이런 향락을 할 때 으레 일어나는 증세였지만, 내 발걸음을 멈추게 하는 어떤 저항력 같은 것을 느꼈다. 그것은 수선스런 곳에 발을 들여놓는 것에 대한 혐오감이었으며, 미지의 분위기, 쾌락아의 세계, 무도에 대한 초심자의 겁먹은 감정이었다.

어슬렁거리면서 나는 영화관 앞을 지나갔다. 광고등과 커다란 그림들이 빛나고 있었다. 나는 몇 걸음 지나치다가 되돌아와서 안에 들어가 보았다. 이곳에서라면 나는 열한 시까지 조용히 어둠 속에 앉아 있을 수 있는 것이다. 플래시를 가진 보이의 안내를 받고 나는 자리를 잡았다. 갑자기 나는 구약 성서에 나오는 세계로 몸을 옮겼다. 이 영화는 영리를 위한 것이 아니고, 거룩한 목적을 위해서 많은 비용을 들여 세심한 용의를 가지고 제작된 것이라고 소문난 것이었다. 이날밤에는 학생들이 종교 교사의 인솔 아래 구경와 있었을 정도였다. 이집트에서의 모세와 이스라엘 사람을 취급한 역사 이야기였다. 사람과 말, 약대, 궁궐, 파라오의 영화, 열대 황무지에서의 유대 사람의 노고 등이 옛날 모습 그대로 나타났다. 거기에 모세가 나왔다. 곱슬

곱슬한 머리는 왈트 휘트먼과 비슷했고, 긴 지팡이를 짚고 거인의 걸음으로 걸으며 우울한 표정이기는 했으나, 힘있게 유대 사람들의 선두에 서서 황야를 방황하고 있는 연기는 사실 훌륭했다. 그는 홍해의 바닷가에서 신에게 빌었다. 그러자 홍해가 두 조각이 났다. 바닷물 사이에 좁은 길이 생겼다(어떠한 방법으로 이런 장면을 촬영했느냐고, 학생들은 서로 묻고 야단 법석이었다). 예언자와 그를 따르는 겁많은 사람들이 그 길을 밟고 간다. 그리고 그들 뒤에서 파라오의 전차(戰車)가 나타난다. 이집트 사람들은 멍하니 선 채 어찌할 바를 모르고 있다가 곧 결심한 듯이 그 바다 속의 길로 돌진하는 것이었다. 화려한 황금 투구와 갑옷을 두른 파라오의 머리 위에, 그가 이끄는 전차 위에, 부하들의 머리 위에 바닷물이 내리덮친다. 그것은 저 헨델의 놀랄 만한 2부합창을 상기시켜 주었다. 거기에는 이 광경이 노래로 훌륭하게 표현되어 있다.

다시 모세가 시내산을 오른다. 울퉁불퉁한 바위 가운데 선 영웅의 모습, 여호와는 그곳에서 그에게 폭풍, 뇌우, 번갯불에 의하여 열 가지의 계율을 일러 준다. 한쪽에서는 비천한 인간들이 산기슭에서 황금 송아지를 제사지내면서 향락에 빠져 있었다. 이 모든 것, 일찍이 우리들의 소년 시절에 제2의 세계에 대한 최초의 예감을 부어 주던 이 신성한 역사, 이 영웅과 기적을 조용히 휴대용 빵을 씹으면서 구경하고 있는 관중 속에 끼어 앉아서 입장료를 주고 구경하고 있는 내가 자못 신기했다. 아아, 신이여, 더러운

것에서 자기 몸을 지키기 위하여, 그때 저 이집트 사람뿐
만 아니라, 유대 사람과 그밖의 사람들도 다 장렬한 죽음
을 당하여 멸망해 버렸어야 마땅한 일이 아니었을까요. 오
늘날 이렇게 우리가 가사 상태, 반죽음의 상태에 신음하고
있느니보다는.

가장 무도회에 대한 나의 은근한 혐오와 반발심은 이 영
화의 흥분에 의하여 적어지기는커녕 점점 더 커져 갔다.
나는 헬미네와 한 약속이 생각나서 그로프스자알로 차를
달렸다. 시간은 상당히 지나 있었다. 무도회는 벌써 무르
익어 가고 있었다. 외투를 입은 채, 얼떨떨하고 있는 사이
에 나는 그 가장 무도회의 소용돌이 속에 빠져 버리고 말
았다.

흥허물없이 맨손으로 얻어맞기도 하고 처녀들과 샴페인
도 마셨다. 어릿광대가 어깨를 두들겼다. 누구나 '자네' 하
면서 친밀히 해주었다. 나는 누구의 상대도 되어 주지 않
고 슬그머니 의상실로 도망쳐 나왔다. 그리고는 나의 소지
품 번호표를 받아 주머니에 소중히 넣어 두었다. 이 혼란
이 싫어질 때 제일 필요한 물건이었기 때문에.

큰 건축물의 어디 할 것 없이 떠들썩했다. 방이란 방,
지하실조차 죄다 무도뿐이었다. 복도, 계단마다, 가장 투
성이, 무도, 웃음소리, 쫓고 도망치는 홍수였다. 가슴이 답
답해져서 나는 이 혼란 속을 니그로의 음악에서 전원음악
으로, 큼직한 눈부신 홀에서 복도로, 계단으로, 주점으로,
식당으로, 제크트 주점으로 돌아다녔다. 벽은 죄다 신진

화가들의 관능적인 그림뿐이었다. 예술가, 신문기자, 학자, 실업가, 거기에다 이 도시의 모든 놈팽이들이 모여 있었다. 오케스트라에는 파브로 씨도 있었다. 구불구불한 자기의 악기에 정신을 쏟고 있었다. 내가 와 있는 것을 알아채자 그는 인사를 겸해 한결 그 악기 소리를 높이 불어 주었다. 사람들에 몰려 나는 이 방 저 방, 계단을 오르락내리락했다. 지하실의 어떤 복도에는 예술가들에 의하여 '지옥'의 장식이 되어 있었고, 악마의 악대가 미친 듯이 악기를 불어 댔다. 나는 헬미네와 마리아를 찾기 시작했다. 그래서 홀에 가 보려고 했으나, 길을 잘못 든 까닭인지 반대쪽에서 오는 군중과 충돌만 할 뿐이었다. 밤중이 될 때까지, 나는 그 중 누구 하나도 찾지 못했다. 아직 춤도 추지 않았는데 몸에는 열이 오르고 현기증이 났다. 나는 가까이 있는 의자에 가서 자리를 잡고 포도주를 청했다. 그리고서 생각했다. 이런 무도회에 참가한다는 것은 나같은 노인에게는 무의미한 짓이라고 체념하고 포도주 잔을 비웠다. 여자들의 맨팔뚝과 등을 쳐다보고, 그로데스크하게 가장한 무리들이 앞을 지나가는 것을 구경했다. 내 무릎에 걸터앉아 같이 춤을 추자던 몇몇 처녀들을 물리쳐 버리기도 했다. '무뚝뚝한 늙은이'라고 누군가가 놀렸다. 사실이었다. 나는 술로써 기운을 돋우고자 하였다. 그러나 술도 두 잔 이상 넘어가지 않았다. 차츰차츰 나는 '황야의 늑대'가 내 등뒤에서 혓바닥을 내밀고 있는 것을 느꼈다. 나는 와서는 안 될 곳에 와 있는 것이다. 나하고는 인연이 없던 곳이다.

나는 물론 선의로 여기에 와 있는 것이다. 그런데도 나는 유쾌해지지 않는다. 주위의 떠들썩한 환희, 웃음소리, 야단법석 떠는 것이 아무래도 어색하기 짝이 없어 보였다.

 그래서 한 시경 되어, 실망한 채 나는 의상실로 돌아와서 외투를 받아들고 나가려고 하였다. 그것은 '황야의 늑대'로의 전락이며 복귀인 것이다. 헬미네는 결코 그렇게 하는 것을 용서치 않을 것이다. 그러나 나로서는 그렇게 할 수밖엔 달리 별 도리가 없었다. 나는 의상실로 갈 때에도 그녀들을 겸사겸사 휘둘러 찾아 보았으나 헛일이었다. 접수구에 서서 정중한 계원에게 번호표를 내주려고 주머니를 뒤졌다. 없었다. 잃어버렸던 것이다. 홀을 거닐고 포도주를 마시면서, 돌아가고자 하는 마음과 싸우면서 수없이 주머니에 손을 꽂곤 했던 것이다. 그때마다 둥글납작한 표의 감촉을 손에 느끼곤 했는데, 지금 그것이 없어졌다. 오늘 밤은 모두 다 내게 악의를 품고 있는 것 같았다.

 "번호표를 잃어버린 게로군." 하면서, 조그마하며 붉고 노란 나의 악마가 귀가 찢어지도록 큰 소리로 외쳤다. "그렇다면 여보게나, 내걸 가지게." 벌써 그는 그것을 내밀고 있었다. 내가 기계적으로 그것을 집어든 채 덤덤히 서 있을 동안 녀석은 벌써 도망쳐 버리고 없었다.

 내가 그 두터운 번호표의 번호를 조사해 보았으나, 번호 같은 것은 눈에 띄지 않았다. 서투른 솜씨로 갈겨 쓴 글이 적혀 있었을 뿐이었다. 나는 계원인 사나이에게 잠깐 양해를 얻어 불빛 밑에 가서 읽어 보았다. 그곳에는 술에 취한 듯한 글씨로 다음과 같이 씌어져 있었다.

　오늘 밤 네 시부터 마술 극장
　— 입장은 미친 사람에 한함 —
　입장료는 이성(理性)을 지불할 것
　일반인 입장 사절, 헬미네는 지옥에 있음

　인형 요술사의 손에서 실이 조금 느슨해져서 처졌던 인형이 다시 뛰어올라 아까 하던 재주를 부리듯이, 나도 마술의 힘에 의하여 조종되어 방금 피로에 지쳐 빠져나왔던 소용돌이 속으로 젊고 활발한 기운으로 되돌아갔다. 죄인이 지옥으로 달려가는 그런 속도는 유가 아니었다. 조금 전만 하여도 에나멜 구두와 향수 냄새에 구토증을 느끼며 더워서 못견디던 나는 활발하고 탄력있게 원스텝을 밟으면서 지옥을 향하여 모든 홀을 마구 달려 지나쳐 갔다. 그리하여 향수 냄새에 도취하며 방안의 훈기, 색채의 착잡성, 여자 어깨에서 풍겨 오는 향기, 수백을 헤아리는 사람들의 도취경, 웃음소리, 춤 박자, 환락에 젖어 빛나는 눈동자 속에 내 몸을 집어던졌다. 어떤 서반아 계통의 무희가 내 팔에 안겼다. "춤시다요." "안돼." 나는 말했다. "나는 지옥으로 가려는 것이다. 그렇지만 네 키스만은 기쁘게 받아 주지." 가면 아래의 빨간 입이 나의 코 밑으로 가까이 다가왔다. 그때 나는 비로소 그것이 마리아인 것을 알아챘다. 나는 그녀를 꽉 안았다. 활짝 핀 장미꽃처럼 그녀의 입에 꽃이 피었다. 우리들은 입술을 마주 댄 채 춤을 추었다. 파브로 곁을 추면서 스쳐갔다. 그는 그의 악기에 껴안듯이 달라붙어 있었다. 그는 아름다운 짐승의 눈초리를 하면서 반쯤 실성한 듯한 눈으로 우리를 보았다. 그러나 스무 걸음도 가기 전에 음악은 중단되었다. 나는 언짢게 여기면서 마리아의 손을 놓았다.

"한 번 더 추고 싶었는데." "잠깐만 기다려 줘. 나는 당신 아름다운 팔에 녹아 버렸다. 잠깐만 더 당신 팔을 내게 빌려 줘. 그런데 얘, 헬미네가 나를 부르고 있다, 지옥에서."

"그럴 거라고 생각하고 있었어요. 안녕히 가세요. 하리, 나는 당신을 사랑하고 있어요." 그녀와 헤어졌다. 그것은 이별이었다. 가을이었다. 여름의 장미꽃이 피었다가 시들어야만 하는 그 운명, 바로 그것이었다.

나는 또다시 사람들이 꽉 차 있는 복도를 지나고 계단을 내려 지옥으로 달려갔다. 거기에는 역청(瀝靑) 같은 검은 벽 가에 누추한 램프가 켜져 있었다. 악마의 악대는 열병을 앓듯이 떠들어대고 있었다. 높다란 주점의 의자 위에는 가면을 하지 않은 연미복장의 아름다운 청년이 앉아 있었다. 그는 조소 섞인 눈으로 나를 보았다. 나는 무도의 무리들 때문에 창가에까지 밀렸다. 한 스무 쌍 가량이 좁은 곳에서 춤을 추고 있었다. 나는 타는 듯한 시선으로 불안한 마음을 달래 가면서 모든 여성들을 음미해 보았다. 대개 가면을 쓰고 있었다. 몇 명이 내게 웃음을 던졌다. 그래도 헬미네는 보이지 않았다. 조소라도 하는 듯이 그 청녀는 높은 데 앉아서 나를 내려다보고 있었다. 다음 춤이 시작될 때가 되면 그녀는 나를 부르러 오겠지 하고 생각하는 중에 춤이 끝났다. 그러나 아무도 와 주지 않았다.

나는 주점 바 있는 쪽으로 갔다. 그것은 이 나지막한 방 한구석에 자리잡고 있었다. 청년 바로 옆에 앉아서 나는 위스키를 주문했다. 그것을 마시면서 청년의 옆얼굴을 흘끔 보았다. 아주 잘생긴 얼굴이었다. 어디선가 본 듯한 얼굴 같은 생각이 들었다. 오오, 하면서 나는 온몸을 떨었다. 그것은 헤르만이었다. 내 소년 시절의 동무였던 것이다.

"헤르만!" 나는 망설이면서 불러 보았다. 그는 빙긋이 웃었다.

"하리, 알았어요!" 그것은 헬미네였다. 그저 조금 머리를 고쳤고, 가볍게 화장을 했을 뿐이었다. 그녀의 똑똑하게 생긴 얼굴은 다소 창백해 보였고 특이한 느낌을 주었다. 유행중인 높이 세운 칼라 사이에 꽃같이 피어난 얼굴이었다. 넓고 검은 프로크 소매와 흰 카프스 밑에서 그녀의 아리따운 손이 나타났다. 우아한 자태였다. 검은색 긴 바지 아래로 흰 무늬가 있는 검은색 남자용 양말을 신은 발이 조금 나와 있었다.

"헬미네, 이것이 내가 너를 사랑하게 만든다는 그 의상인가?"

그녀가 고개를 끄덕였다. "여태까지 몇몇 부인들을 사랑하게 만들었어요. 자, 이번에는 당신 차례예요. 먼저 샴페인을 마시지 않겠어요?"

우리는 높다란 의자에 웅크리고 앉아서 샴페인을 마셨다. 그 사이에도 곁에서는 무도가 진행되었고, 현악기가 기운차게 울렸다. 헬미네는 별로 노력도 하지 않았는데, 나는 그녀의 매력에 홀려 그녀를 사랑하기 시작하였다. 그녀가 남자 복장을 하고 있었으므로 그녀와 춤을 출 수는 없었다. 애정을 표시하거나 적극적으로 표현할 수가 없다. 그러나 그녀가 그와 같은 남장복을 하고, 거리가 먼, 말하자면 중성적인 모습을 보이고 있는 한편, 그녀의 눈초리, 말, 몸짓은 모두 성적 매력을 가지고 나를 감싸안고 있었다. 그녀에게 손도 대지 않았는데, 벌써 나는 그녀의 마술에 지고 말았다. 그 마술이란 그녀가 지금 하고 있는 역할 속에 포함되어 있는 남녀 양성적인 바로 그것이었다. 그녀는 나와 헤르만 이야기를 하였다. 나와 그녀의 어린 시절의 이야기를 하였다. 젊디젊은 사랑의 힘이 성과 정신과 물질마저 포옹해 버려, 시인이나 몇몇 선택된 사람만이 훨씬 뒷날까지 계속해서 지니고 있을 저 사랑의 마술과 소설적인 변화력을 주위의 사물에 뿌려 던지던 그 시대의 이야기도 했다. 그녀는 청년과 흡사한 처신을 했다. 담배를 피우고, 경쾌하게 기지에 넘쳤고, 때때로 조소적 태도조차 섞어 가면서 입을 놀렸다. 모든 것이 에로스의 빛으로 충만해 있었다. 모든 것이 내 감각에 이르기 전에 부드러운 유혹으로 변하고 말았다.

나는 헬미네를 충분히 알고 있는 것으로 믿고 있었다. 그런데 오늘밤에 그녀는 완전히 다른 모습을 나타내 보여 주고 있는 것이다.
 우리는 샴페인을 계속해 마셨다. 그리고 나서 모험적인 발견자인 것처럼 홀을 돌아다니면서 상대를 찾았다. 헬미네는 몇몇 여자를 가리키면서 추도록 권했다. 그리고 한 사람 한 사람에게 적용해야 하는 유혹과 그 기교를 일러 주었다. 우리 두 사람은 경쟁자가 되어서 등장한 것이다. 잠시 동안 우리는 같은 한 여자를 쫓고는 교대로 그녀와 추면서 서로 다투어 가며 제것으로 삼으려고 했다. 그러나 이런 짓은 모두 가장의 유희에 지나지 않았으며, 결국 우리 두 사람 사이의 유희에 지나지 않았다.
 그것은 우리 두 사람을 더욱더 밀접히 얽어매어 놓았으며, 두 사람 사이의 애정에 불을 질러 놓았다. 모든 것이 동화요, 유희요, 상징이었다.
 우리는 아주 아름다운 젊은 부인을 발견해 내었다. 그녀는 어딘지 모르게 불만스러워 보였고, 고통을 참고 있는 것 같았다. 헤르만이 그녀와 춤을 추었다. 그녀의 마음속에 꽃을 피워 놓고는 같이 방에서 사라져 버렸다. 나중에 내게 말해 주었다. 그녀는 이 부인을 남자로서가 아니라, 여자로서 동성애의 마술로 정복했다고. 차츰 나에게는 이 춤으로 가득찬 건물 전체, 취해 돌고 있는 가면 군상이 황홀한 꿈의 낙원으로 바뀌어져 가는 것이었다. 꽃과 꽃이 그 향기로써 서로 유혹하고, 나를 구해 거닐면서 과실 하나하나가 익었는지 손가락 끝으로 눌러 보는 것이다. 뱀이 잎그늘에서 유혹하듯이 나를 쳐다보고 있다. 연꽃이 검은 물 속에 떠 있다. 마술의 새가 가지 사이에서 손짓을 한다. 모든 것이 나를 하나의 동경, 하나의 목적으로 보고 있는 것이다. 모두가 나를 열망한 나머지 자기에게로만 달려오도록 하는 것이다. 나는 한번 낯선 소녀와 추었다. 열에 들뜬 채 그녀를 혼미와 도취 속으로 몰아넣었다. 우리가 꿈 속을 헤매고 있을 때, 갑자기 그녀가 웃어대었다. "당신은 참 달라졌어요. 아까는 멍청해 계시더니." 그것은 다름이 아니라 아까 '무뚝뚝한 녀석!' 하던 그 처녀였다. 그녀는 지금이야말로 나를 손아귀에 넣었다고 믿고 있었다. 그러나 그 다음 순간에 나는 벌써 다른 부인과 어울려서 춤추고 있었다. 두 시간쯤 계속해서 추었다. 모든 춤을, 내가 모르는 춤까지 추어 가면서. 늘 내 곁에는 헤르만이 따라다녔다. 미소를 짓고 고개를 끄덕이면서, 이 청년은 다시 군중 속으로 사라져 버리는 것이었다.

'50년대 내가 모르고 있던—물론 처녀들이나 학생들도 다 잘 알고 있는 것이지만— 새 체험을 이 무도회의 밤에 쌓았다. 그것은 축제의 체험이다. 축제의 환락과 도취였다. 군중 속에 개인을 없애 버리는 비결이다. 환락의 인신일치(人神一致)다. 가끔 나는 사람들이 이에 관해 이야기하는 것을 엿들었다(식모 아이들도 다 그것을 알고 있었다). 그들은 이야기를 하면서 눈에 광채를 띠곤 하였다. 나는 부러운 생각에 미소를 지으면서 그들의 이야기를 듣고 있었다. 넋을 잃고, 자기에게서 해방되어 취해 있는 듯한 눈의 광채, 단체의 도취경 속에 소실된 미소, 반쯤 정신을 잃고 있는 전락을 이 인생에서 여러번이나, 숭고한 또는 비루한 실례에서 보아 왔다. 술에 취한 신병과 선원들에게서, 위대한 예술가에게서, 잔칫날의 열광에서, 더욱 전쟁으로 돌진해 가는 젊은 군인들에게서. 요즈음에는 이런 황홀하도록 행복에 겨운 미소와 광채를 파브로에게서 보았다. 경탄과 사랑과 조소와 선망이 뒤섞인 감정이었다. 그것은 그가 연주에 제정신을 잃고 오케스트라의 색소폰에 달라붙어 있을 때, 악장과 고수(鼓手)와 밴조를 황홀한 듯 바라볼 때의 모습. 나는 이렇게 생각하곤 했다. 이와 같은 미소, 어린아이 같은 얼굴의 광채는 극히 젊은 사람이나 각 개인에게 강한 분화와 개성화를 허용치 않고 있는 국민에게만 가능한 일일 것이라고.

그러나 오늘 이 행복한 밤에는 이 나, '황야의 늑대'인 하리 자신의 얼굴이 훤해져서 미소를 짓고 있는 것이다. 나 자신이 동화 속의 어린아이같이 행복 속에 헤엄쳐 돌아다니면서 이 군중·음악·리듬·술과 성의 달콤한 도취를 호흡하고 있는 것이다. 지금까지 이에 대한 학생들의 감탄을 조소와 우월감을 가지고 듣고 있던 내가. 나는 이미 내가 아니었다. 나의 개성은 소금이 물에 녹아 버리듯, 축제의 즐거움 속에 녹아 버렸다. 나는 여러 부인들과 춤을 추었다. 그러나 내가 팔에 안고, 머리에 얼굴을 비비대고, 그 향기를 맡고 있는 것은 상대 여자의 그것만이 아니다. 그 홀, 무도, 음악 가운데에서 나와 똑같이 들뜨고 돌면서 커다란 공상의 꽃과 같이 얼굴에 광채를 띠면서 내 곁을 헤엄치듯 지나가는 모든 부인이 다 내것이었던 것이다. 그리고 나 자신이 또 그녀들의 것이었다. 우리는 서로서로 소유하고 소유당하고 있는 것이다. 그리고 남자들 사이에도 내가 존재하고 있는 것이다. 그들도 남이 아니다. 그들의 미소는 나의 것, 그들의 구애는 내것, 그리고 나의 그것은 그들의 것이었다.

새로운 폭스트로트 무도곡이 그해 겨울 야아닝의 이름 아래 세계적으로 유행하고 있었다. 이 야아닝이 몇 번이나 되풀이되었다. 우리는 모두 그 곡에 취해서 입 속에서 그 곡을 중얼거리기도 했다. 나는 부딪히는 어떤 부인과도 가리지 않고 닥치는 대로 추었다. 젊은 처녀, 막 피어난 젊은 부인, 여름의 과실같이 무르익은 부인, 슬프게도 노경에 들어선 부인과도 상대자에게 취한 채, 행복과 미소 속에서. 파브로는 그가 불쌍한 악마라고 보아 오던 내가 이와 같이 환희에 잠기는 것을 보고 기쁜 표정을 짓고 있었다. 그는 열중하여 오케스트라의 의자 위에 올라서서 힘을 주어 숨을 모았다. 뺨 가득히 바람을 품고 불었다. 노래의 박자에 맞추어서, 몸과 악기를 좋아라고 흔들었다. 나와 상대 여자는 그에게 키스를 던져 주었다. 아아, 그 때 나는 생각해 보았다. 장차 내가 어떻게 되더라도 좋다. 한 번만이라고 할지라도 나는 행복해 보았다. 나를 떠나서 환희에 빛나며 파브로의 형제가 되어 보았다. 어린아이가 되어 보았다.

시간 관념이 잊혀졌다. 나는 이 도취적인 행복이 몇 시간, 어찌 보면 몇 초 동안 지속한 것인지 어떤지를 몰랐다. 나는 이 축제가 한 고비를 넘어섰을 때, 사람 수가 줄어든 것도 모르고 있었다. 대부분 돌아가고 없었다. 복도는 조용해졌다. 계단은 죽은 듯이 고요했다. 악단들도 하나 둘 떠나 버리고 없었다. 다만 큰 홀과 지옥만은 점점 더 끓어올랐다. 가지각색의 도취가 수를 놓고 있었다. 나는 청년 헬미네와 춤 출 수가 없었기 때문에, 우리는 춤과 춤 사이에 잠시 인사를 주고받고 했을 뿐이었다. 그러나 이윽고 그녀는 사라져 버리고 말았다. 눈에서 뿐만 아니라, 내 기억에서도 나라는 존재는 용해되어 난취해 버린 무도의 혼잡 속에 떠 있을 뿐이었다. 향기·음조·탄식, 속삭이는 소리, 낯선 사람들의 뜨거운 눈인사, 얼굴·입술·뺨·팔·가슴·무릎 사이에 끼여 물결처럼 박자에 맞추어 돌고 있었다.

그런데 일순간 눈에 퍼뜩 띄며 떠올라온 것은 —마지막 손들은 아직도 음악이 계속되고 있는 조그마한 방에 모여 있었다. 그 가운데 — 흰 가면을 쓰고, 검은 옷을 입은 피에로였다. 가면을 쓰고 있던 단 하나의 여자, 아름답고 젊은 여자였다. 그 모습은 오늘밤을 통틀어 제일 아름다웠다. 상기한 얼굴, 옷 주름, 깃이나 옷섶의 헝클어짐에서 밤이 꽤 깊어졌다는 것을 알 수 있었지만, 이 검은 옷의 피에로는 가면 밑에 드러난 하얀 얼굴, 주름지지 않은 의상, 깃의 장식, 새하얀 레이스 소맷부리, 새로 단장한 머리를 해 가지고 말쑥하게 나타났다. 나는 그녀를 안고 춤을 추었다. 그녀의 깃 장식은 그윽한 향기를 풍겼고 내 머리를 간지럽혔다. 머리는 내 뺨을 문질러 주었다. 오늘밤에 상대한 어떤 여자보다도 부드럽고 탄력있는 그녀의 젊은 육체는 내 운동에 장단을 맞추었고, 스칠락말락 교묘하게 몸을 붙였다 떼었다 하는 것이었다. 그리하여 무도 도중에 내가 몸을 굽혀 그녀의 입술을 원했을 때, 갑자기 이기기라도 한 듯이 친근한 미소를 보내 주는 것이었다. 나는 그녀의 턱 모습을 유심히 보았다. 그 어깨, 팔꿈치, 손에 눈이 갔다. 헬미네였다. 이제 헤르만은 아니었다. 옷을 바꿔 입고 가볍게 향수와 파우더를 뿌리고 온 것이다. 우리는 격렬하게 입맞춤했다. 그러자 갑자기 그녀의 몸 전체가 욕망으로 타오르는 듯했다. 몸을 비비꼬더니 무르팍까지 몸에 바짝 대었다. 이윽고 그녀는 입을 떼고, 좀 어색한 듯이 춤만을 계속했다.

음악이 그쳤을 때 우리는 껴안고 있었다. 우리 주위의 열에 들뜬 사람들은 모두 박수를 쳤다. 발을 구르고, 소리를 내지르며 지쳐 버린 악대를 부추겨 야아닝을 또 불게 하였다. 바로 그러할 즈음, 나는 아침과 같은 공기를 감촉했다. 커튼 너머가 훤해지고 있었다. 날이 새는 것이었다. 모두 환락의 최후와 엄습해 올 피로를 예감했다. 맹목적으로, 절망적으로 웃음을 터뜨리면서 다시 한번 춤과 음악 속에 뛰어들었다. 박자에 맞추어 가면서 쌍쌍이 밀고 밀리면서 다시 한번 자기를 잃고, 큰 물결이 머리 위로 쏟아지는 것을 느꼈다. 이 무도에서 헬미네는 그녀의 우월감, 그녀의 냉정성을 버리고 말았다.

그녀는 나의 사랑을 받기 위해서 이이상 더 필요한 것이 없다는 것을 알았다. 나는 그녀의 것이 되어 버렸다. 그리고 그녀의 춤과 시선과 키스와 미소에게 몸을 맡겨 버렸다. 열광적이던 오늘밤의 모든 부인, 내가 같이 추고, 내게 욕망의 불을 지르고 부둥켜 안았던 여인, 사랑의 동경을 가지고 내가 바라본 모든 여성이 지금 내 팔에 안겨 꽃피고 있는 이 한 여인으로 녹아 버린 것이다.

이 혼인 무도는 오래 계속 되었다. 두 번, 세 번, 음악은 시들해져 갔다. 취주자는 악기를 내리고, 피아니스트는 자리를 떠나고, 제1바이올리니스트는 머리를 흔들었다. 그래도 그들은 최후로 무도자의 필사적인 탄원을 물리칠 수 없어 다시 한번 연주해 주었다. 난폭한 연주였다 —우리는 서로 부둥켜 안고 최후의 무도로 해서 갈증과 숨을 쉬게 하기 위해 서 있었다— 탕 하고 피아노 뚜껑이 닫혀 버렸다. 우리들의 팔은 취주자와 바이올리니스트의 팔들과 마찬가지로 힘이 빠져 버렸다. 적수(笛手)는 눈을 껌벅이면서 피리를 케이스에 집어 넣었다. 문은 활짝 열려지고, 찬 바람이 흘러들어왔다. 급사가 외투를 가지고 왔다. 주점의 급사는 불을 꺼 버렸다. 유령처럼 다 떨면서 도망쳐 버리고 말았다. 지금까지 상기된 얼굴로 춤을 추던 사람들은 외투를 걸치고, 깃을 세우고 있었다. 헬미네는 새파래져 있었다. 그러나 미소를 짓고 있었다. 그녀는 손을 들어 머리를 손질했다. 그녀의 겨드랑이는 불빛을 받아 환했다.

무한한 부드러움을 가진 그림자가 옷에 덮인 그녀의 유방 쪽으로 흐르고 있었다. 그 조그마한 그림자의 곡선이 그녀의 모든 매력, 그녀의 육체의 장난과 감추어진 힘을 미소처럼 한데 뭉치고 있는 듯이 생각되었다.

 우리 두 사람, 이 홀의 이 건물에서 마지막까지 남은 우리 두 사람은 서로 얼굴을 마주하고 서 있었다. 아래층에서는 문을 닫는 소리, 유리 깨지는 소리, 사라져 가는 웃음소리, 자동차의 째지는 듯한 클랙슨 소리가 들렸다. 어디에서인지는 몰라도, 거리도 층계도 분명치 않은 곳에서 한바탕 웃음소리가 터졌다. 아주 명랑하나 귀에 익지 않은 오싹 소름이 끼칠 듯한 웃음소리였다. 얼음과 같은 싸늘한 웃음. 그래도 이 웃음이 이상하게도 친밀감까지 풍기고 있었으니 알 수 없는 일이었다.

 우리는 아까의 그 자세대로 그냥 마주보고 서 있었다. 그러자 나도 흥이 차츰 가라앉는 듯 힘이 빠져 버렸다. 등골에서 피로가 엄습해 왔다. 땀이 밴 내복이 못마땅해졌다. 땀으로 구겨져 버린 카프스 밑으로 내 붉은 손에 핏줄이 서 있었다. 그녀의 시선이 —그 시선에 의하여 나 자신의 혼이 나를 쳐다보고 있는 듯이 생각되었다— 내게 미쳤을 때 모든 현실은 붕괴되어 갔다. 그녀에 대한 나의 관능적인 욕정도. 우리는 마술에 걸린 듯이 서로 쳐다보고만 있었다. 나의 가련한 조그마한 혼이 나를 쳐다보고 있는 것이었다. "준비는 되었어요?"라고 헬미네가 물었다. 그녀의 미소는 그녀의 유방의 그림자와 같이 사라졌다. 어디서

인지는 몰라도 또 이상한 웃음소리가 크게 들리더니 꺼져 버렸다.

나는 고개를 끄덕였다. 물론 준비는 되어 있었다. 그때 문 쪽에서 악사 파브로가 나타났다. 우리 두 사람에게 상냥한 시선을 던졌다. 그의 눈은 그야말로 동물의 눈이었다. 그러나 동물의 눈은 언제 보아도 엄숙한데 반하여 그의 눈은 언제나 웃고만 있었다. 진심으로 그는 우리에게 정다운 윙크를 던졌다. 그는 얼룩덜룩한 빛깔의 명주 자켓을 입고 있었다. 접은 깃에서 부드러운 셔츠의 깃과 피로에 지친 그의 창백한 얼굴이 나타나 있었다. 그러나 이글이글한 검은 눈이 그것을 메워 주었다. 이 눈도 현실을 이겨내는 마술적인 눈인 것이다.

우리는 그의 눈짓을 따랐다. 문 밑에서 그는 낮은 소리로 내게 속삭였다. "하리 씨, 당신을 위안해 드리고자 변변치 않은 곳이지만 모시겠습니다. 입장은 광인만이 할 수 있고, 이성이라는 입장료를 내어야 된답니다. 괜찮으시겠지요." 나는 다시 고개를 끄덕여 주었다.

호남아인 파브로는 조심스럽게 우리의 팔을 끌었다. 헬미네는 오른쪽에서, 나는 왼쪽에서. 그리하여 우리를 끌고 계단을 올라가서 조그마한 둥근 방으로 데리고 들어갔다. 천장에는 뿌연 조명이 빛날 뿐 아무도 없는 빈방이었다.

조그마한 둥근 책상 한 개와 의자 셋 밖에는 아무것도 없었다. 그 의자에 우리가 앉았다.

우리는 지금 어디에 있는 것일까. 나는 자고 있는 것일까, 집에 와 있는 것일까, 달리는 자동차 속에 남아 있는 것일까. 아니다, 나는 희뿌연 원형의 방, 희박한 공기 속, 모호한 현실의 한 층에 앉아 있다. 왜 헬미네는 저렇게 파래져 있을까. 왜 파브로는 저렇게 지껄이고 있는 것일까. 그가 저렇게 지껄이는 것, 지껄이게 하고 있는 것은 나 자신이 아닐까. 또 그의 검은 눈과 헬미네의 회색 눈에서는 나 자신의 혼이, 이 길 잃은 가련한 새가 나를 쳐다보고 있는 것이 아닐까.

파브로는 상냥하지만 어딘지 모르게 딱딱한 의례적인 친밀성을 띠고는 우리를 쳐다보면서 여러 가지 이야기를 오랫동안 지껄였다. 지금까지 한 번도 이야기다운 이야기를 해본 적이 없던 그, 이론이나 토론 따위에 흥미를 느끼지 않던 그, 거의 사고력이라고 갖고 있지 않던 그가 지금은 착하고 어진 목소리로 유창하게 이야기를 계속하고 있는 것이다.

"나는 흥미롭게 해드리려고 당신들을 초대했습니다. 그것은 하리가 예전부터 바래 오던 바고 꿈꾸고 있던 곳입니다. 꽤 시간이 흘러갔군요. 피로해 있으니 조금 쉬었다가 기운을 내도록 합시다."

벽장에서 컵 세 개와 기묘한 병과 이국풍의 무늬가 새겨진 상자를 끄집어 내놓더니, 컵에 술을 따르고 상자에서 노란 궐련을 뽑아내고 자켓에서 라이터를 끄집어 내어 불을 켜 주었다. 우리는 의자에 비스듬히 기대어 담배를 피웠다. 독한 담배였다. 그리고 천천히 쓰고 달콤하며 묘한 맛이 나는 술을 마셨다. 그것은 무한한 활기와 행복을 자아내 주는 듯했다. 우리는 자기 무게를 잃은 듯했다.

이렇게 우리는 담배와 술을 피우고 마셔 가면서 의자에 앉아 있었다. 우리는 누구 할 것 없이 다소 즐겁고 가벼운 기분이 되었다. 파브로가 낮은 소리로 말을 계속했다.

"하리 씨, 오늘밤 당신을 초대하게 된 것을 기쁘게 생각합니다. 당신은 종종 생활에 혐오를 느낀 나머지 거기에서 도망쳐 나오려고 애써 오셨습니다. 당신은 이 시대, 이 세계, 이 현실을 버리고 당신에게 제일 알맞은 곳, 시간이라는 것이 없는 세계를 동경하고 계시지 않았습니까. 그것을 한번 시험해 보십시오. 나는 그러기 위해서 당신을 초대한 것입니다. 당신은 그 특별한 세계가 어디에 감추어져 있으며, 당신이 구하고 있는 것은 바로 당신 영혼의 세계, 그곳이라는 것을 잘 알고 계십니다. 나는 당신이 가지고 계시지 못한 것을 드릴 수는 없습니다. 나는 당신에게 열쇠와 기회와 동기를 드릴 뿐 그 외의 것을 드리려는 것이 아닙니다. 이것뿐입니다."

그는 다채로운 자켓 주머니에서 원형의 회중 거울을 꺼내었다.

"보십시오. 당신은 여태까지 자기 자신의 모습을 이렇게만 들여다보고 계셨습니다."

그는 그 조그마한 거울을 내 앞에 밀어 놓았다(거울아, 거울아, 손에 쥔 거울아, 하는 아이들의 노래가 생각났다). 나는 거기서 다소 흐릿했지만, 꿈틀거리고 있는 기분이 언

짧은 한 모습을 보았다. 나 자신이었다. 하리 할라였다. 그리고 그 하리 속에는 '황야의 늑대'가 있었다. 아름답기는 했지만 얼떨떨하게 길을 잃어버린 애통스러운 눈을 가지고 있는 늑대다. 그 눈은 어떤 때에는 사악하게, 어떤 때에는 슬프게 빛나고 있었다. 이 모습은 그칠 사이 없이 허리 속으로 흐르고 있다. 흡사 강물에 빛깔이 다른 지류가 흘러들어와 뒤섞이면서, '형성'을 동경하며 서로 잠식하고 있는 듯한 모습이다. 슬픔 속에 흘러가고, 모양을 잃어가는 늑대는 공포에 싸인 눈으로 나를 쳐다본다.

"자, 이것으로 당신은 당신 자신의 모습을 보셨습니다." 라고 파브로는 몇 번 되풀이하고 난 뒤, 거울을 도로 넣었다. 나는 고맙다고하고 눈을 감았다.

"자, 인제 충분히 쉬었나 봅니다." 라고 파브로가 얼마 후 말했다. "기운도 회복되었고, 조금 지껄였으니까 지금부터 조그마한 극장으로 안내해 드리겠습니다. 가시지요."

우리는 일어섰다. 파브로는 앞장 서서 문을 열고 막을 밀고 들어섰다. 우리는 딱딱한 말굽형의 극장 복도 한가운데에 서 있었다. 좌우로 뻗어 있는 곡선형 복도 한쪽에는 굉장히 많은 출입용 문이 붙어 있었다.

"이것이 우리들의 극장입니다. 명랑하고 유쾌한 곳이지요. 여러 가지 재미나는 구경을 하시고 웃음보를 터뜨리게 될 것입니다." 이렇게 말하면서 그는 큰 소리로 웃었다. 그 소리에 소름이 끼쳤다. 그것은 아까 위쪽에서 들려 오던 그 이상한 웃음소리 같았다.

"이 소극장에는 관람석으로 통하는 문은 얼마든지 있습니다. 백 개 천 개, 그리고 문 저쪽에는 당신들이 바라고 있는 것이 언제라도 당신들을 기다리고 있는 것입니다. 굉장한 회랑이지요. 그런데 하리 씨, 당신은 지금과 같은 모습으로 돌아다닐 순 없습니다. 당신은 스스로 당신의 개성이라고 하는 것에 미혹하고 방해받고 있습니다. 물론 이미 짐작하셨으리라고 생각합니다만 시간의 극복이라든지, 현실의 이탈이라든지, 또 멋대로 이론을 붙이고 있는 당신네들의 동경, 그리움이라는 것은 결국 당신의 소위 개성에서 벗어나려고 하는 소원을 뜻하는 것에 지나지 않습니다. 당신 자신이 당신의 감옥인 것입니다. 그리고 당신이 여느때의 당신 그대로 이 극장에 들어오신다면, 모든 것을 하리의 눈으로, 황야의 늑대의 헌 안경으로 보게 마련입니다. 당신을 초대한 까닭은 이 안경을 벗어 버리기 위해서입니다. 부디 그 소중한 개성을 이 의상실에서 벗어 주십시오. 언제든지 원하신다면 돌려 드리겠으니까요. 오늘밤의 화려한 무도회, 황야의 늑대론 그리고 이제 막 우리들이 마신 흥분제가 당신에게 충분한 준비를 시켜 주었을 것입니다. 하리, 당신은 당신의 소중한 개성을 벗어 버리고 나서 극장 왼쪽 아무데로 가셔도 좋습니다. 헬미네는 오른쪽으로, 안에 들어가서는 만나셔도 상관없습니다. 헬미네, 장막 뒤에서 잠깐 기다려 주오. 먼저 하리를 안내해 드려야지."

헬미네는 아주 큼직한 거울 옆을 지나 오른쪽으로 숨어 들어갔다. 그 거울은 뒷벽 마루에서 천장까지 기다랗게 뻗쳐 있었다.

"그러면, 어서 오십시오. 기분을 내십시오. 당신을 기쁘게 해주고, 당신에게 웃음을 가르쳐 드리는 것이 목적이니까요. 너무 나를 고생시키지 말아 주십시오. 기분은 어떻습니까? 불안스럽지 않으신가요? 네, 그러면 되었습니다. 자, 불안도 없어졌으니, 그 만족을 안고 우리들의 환상의 세계로 들어가는 것입니다. 먼저 규칙에 따라서 당신을 조그마한 환상의 자살로 인도하겠습니다……."

그는 다시 그 회중 거울을 집어내어 내 앞에 놓았다. 다시 그 헝클어지고 흐릿한 채 몸부림치던 늑대의 모습을 한 하리의 얼굴이 나타났다. 눈에 익은 그 모습이다. 그러나 불유쾌한 모습이다.

"이 불필요한 거울의 영상을 지워 버려야 합니다. 간단한 일입니다. 마음껏 큰 소리로 웃고, 이 거울을 들여다보면 충분합니다. 당신은 지금 유머 학교에 와 있으니까, 웃음은 똑똑히 배우셔야 합니다. 모든 고급 해학은 자기 존재라는 것을 진지하게 생각하는 버릇을 초탈하는 데서 시작되는 것입니다."

야무지게 '거울, 거울, 손에 쥔 거울'을 나는 들여다보았다. 거기서는 하리 늑대가 경련을 일으키고 있었다. 순간 내 마음속에서는 깊고 아련히 아파오며 기억·향수·후회와도 비슷한 것이 움직였다. 그 가벼운 고통은 어떤 감정과 자리를 바꾸었다. 그것은 코카인으로 마취된 입에서 썩은 이빨을 뽑아 버렸을 때와 같은 느낌이었다. 이 감정과 함께 억누를 수 없는 활발한 기운이 웃음의 감정과 같이 일어났다. 나는 대담하게 그것을 폭발시켜 버렸다.

흐리던 거울 속의 모습은 경련을 하더니 사라져 버렸다. 조그마한 거울 표면은 갑자기 불에 그을린 것처럼 불투명해졌다. 웃으면서 파브로가 그것을 받아쥐고 던져 버렸다. 그것은 긴 복도를 데굴데굴 굴러 이내 없어지고 말았다.

"멋진 웃음이오, 하리." 파브로가 외쳤다.

"지금부터는 불사(不死)인의 웃음을 배워야 합니다. 자, 군은 기어이 늑대를 퇴치해 버렸다. 면도칼로는 도저히 그렇게 하지 못하는 일이다. 그의 죽은 모양을 보게. 곧, 군은 무딘 현실을 버릴 수 있게 될 것이오. 자, 그러면 우리 우애의 잔을 들도록 하자. 오늘처럼 군이 내 마음에 든 날은 없었어. 그런데 군이 아직도 거기에 뜻을 두고 있다면, 서로 철학적 토론을 해서 음악·모차르트·행복·플라톤·괴테의 관하여 실컷 논쟁을 해도 좋네. 왜 전에 그것을 하지 않았던가. 지금 군은 그것을 이해했을 것이네. 군은 오늘에서야 황야의 늑대에서 떠났다. 그것이 잘 되어 주기 바라네. 이런 말을 하는 까닭은 군의 그 자살이라는 것이 결정적인 것이 아니었기 때문이네. 우리는 지금 마술 극장에 와 있다. 여기 와 있는 것은 형상뿐이지, 현실은 아니다. 군이 좋아하는 명랑한 형태, 모든 비장한 형상을 골라잡아 보게. 그리하여 군이 이제는 군의 그 애매한 개성을 갖고 있지 않다는 것을 실증하게. 그리고 만일, 군이 그 개성을 다시 찾고 싶어지면 이 거울을 보면 되는 걸세. 그러나 군은 옛 속담을 알고 있을 걸세. 손에 쥔 거울은 벽에 걸린 두 거울보다 낫다고. 하, 하, 하(그는 다시 멋지게 웃어댔다). 그러면 이제 하나 더 아주 간단한 즐거운 절차만 마치면 다 되는 것이네. 군은 이제 막 개성의 안경을 떼어 버렸네. 이번에는 저기 진짜 거울을 보게. 틀림없이 재미있을 걸세."

웃으면서 내게 조그마한 애무를 던져 주었다. 그는 내게 뒤를 돌아보라고 하였다. 그러자 나는 큼직한 벽에 걸려 있는 거울을 바로 눈앞에서 보고 있었다. 거기 내가 있었다.

나는 잠깐 내가 알고 있는 하리, 단 여느때와는 달리 아주 기분이 명랑해진 그가 웃고 서 있는 것을 보았다. 그러나 내가 그를 보자마자 그는 분해되어 버리는 것이었다. 제2의 모습이 그곳에서 떠났다. 제3, 제10, 제20의 모습이 또, 그리하여 큼직한 거울은 온통 하리와 하리의 파편, 무수한 하리로 꽉 차 있었다. 그 하나하나를 나는 번갯불에 콩볶아 먹듯 얼른 보고 말았다. 그 중의 몇 개는 나와 비슷한 나이였다. 어떤 것은 더 나이 먹었고, 어떤 것은 아주 늙은 것이었다. 또다른 것은 젊은 하리로서 청년·소년·초등학생, 코흘리는 아이들이었다. 쉰 살의 하리와 스무 살의 하리가 서로 싸우고 있었다. 서른 살의 하리와 쉰 살의 하리, 점잔을 빼는 측과 명랑한 것과 엄숙한 것과 우스꽝스러운 것, 훌륭한 옷을 입은 것과 누더기를 걸친 것과, 발가벗은 것과 대머리와 긴 곱슬머리 따위가 비비대고 있었다. 그러나 그것이 모두 나였던 것이다. 어느것 할 것

없이 번갯불같이 내게 인정되고 식별된 후 꺼져 버렸다. 여러 방향으로 그들은 흩어져 갔다. 오른쪽, 왼쪽, 거울 안과 밖으로. 단정하게 생긴 어떤 청년은 웃으면서 파브로의 가슴에 뛰어들어 그와 같이 뛰어다녔다. 특히 내 마음에 든 열일곱 여덟 가량의 깨끗하고 매력적인 젊은이는 번갯불처럼 복도로 뛰어나가 문짝마다 붙어 있는 게시문을 주린 듯이 훑어보고 있었다. 나는 그를 뒤쫓았다. 어떤 문짝 앞에서 그는 멈춰 섰다. 나는 거기에서 다음과 같은 글을 읽었다.

'모든 소녀는 너의 것! 1마르크씩 던져라'

그 젊은이는 좋아라고 날뛰었다. 머리를 내밀고 입장료 투입구로 뛰어들어가서 문 저쪽으로 사라져 버렸다. 파브로도 사라졌다. 거울도 사라져 버린 것 같았다. 그리고 또 거울과 함께 모든 하리의 모습도 다 사라져 버렸다. 나는 이제 내 마음대로 이 극장에서 행동해도 괜찮게 되었구나 하고 느꼈다. 그래서 호기심에서 이 문 저 문 돌아다녀 보았다. 그리하여 나는 문짝마다 게시한 문장, 달콤한 약속과 유혹의 글귀를 읽었다.

— 게 시 —
즐거운 사냥으로!
자동차의 대사냥.

그것이 내 마음을 끌었다. 나는 비좁은 문을 열고 들어

갔다.

　나는 후다닥 광분의 세계로 휩쓸려 들어갔다. 길에는 일부 장갑차가 통행인을 몰아대고 있었다. 눈코 뜰새없이 마구 깔려 죽였다. 남의 집 담에다 그들을 떼밀어 박살을 냈다. 나는 곧 깨달았다. 이것은 오랫동안 준비되고 예상되고 겁을 먹고 있었던 것으로 지금 막 폭발한 인간과 기계와의 전쟁이라고. 곳곳에 시체와 중상자가 수두룩하게 쌓였다. 또 여기저기 파괴되고, 비뚤어지고 반은 타버린 자동차가 널려 있었다. 이런 참담한 광경 위에는 비행기가 맴돌고 있었다. 그 비행기를 겨누어 지붕과 창에서 소총과 기관총이 불을 뿜고 있었다. 벽에 붙은 선동적인 포스터에는 횃불 같은 큰 글자가 민중을 선동하고 있었다. 기계에 항거하라, '인간'에게 몸을 바쳐라. 기계의 힘을 빌려 남의 피와 기름을 짜서 살찌고, 화려하게 차려 입고, 향수를 뿌리고 다니는 부자들을, 그들의 거대하고 사악한 악마적인 기침소리를, 고함을 지르면서 붕붕거리던 그들의 자동차와 함께 넘어뜨려라. 공장에 불을 질러라. 오물투성이인 땅을 치워라. 사람을 줄여라. 그리하여 풀이 나게 하여라. 먼지투성이의 시멘트 세계에서, 다시 숲과 들과 목장과 개울과 늪을 만들어라, 등등. 또한 한쪽에는 교묘한 그림과 훌륭한 문체로 더 조용하고 찬찬한 색채와 아주 현명하고 적절한 내용을 담은 포스터가 모든 유산자와 분별력과 지각 있는 사람을 향하여 무정부적 혼란의 위협을 경고하고 질서·노동·소유·문화·권리를 축복하고, 기계를 인간의 최고 최후의 발명, 인간을 신에게까지 끌어올리는 것이라고 극구 찬양하고 있었다. 나는 때로는 생각에 잠겨, 때로는 놀라면서 붉고 푸른 많은 포스터를 보았다. 한쪽의 불을 뱉는 듯한 웅변과 또 한쪽의 정연한 논리는 무서운 힘으로 나를 끌었다. 어느 쪽에도 마땅한 이유가 있다. 나는 한 포스터 앞에서 신념을 정하고, 또다른 포스터 앞에서 다른 사상을 얻었다. 그리고 한결같이 주위의 시끄러운 총 소리 때문에 방해를 받았다. 그런데 요점은 지극히 간단하다. 이것은 전쟁인 것이다. 순수하고 가장 동정하여야 할 전쟁인 것이다.

카이젤 국경, 공화국, 기치와 색채, 기타 장식적이고 연극적인 자질구레한 것들에 관한 전쟁이 아니고, 속이 답답한 인간, 생활의 즐거움을 잃어버린 인간들이 그들의 불만과 고통을 적절히 표현하여 창백해진 문명을 장송하기 위한 전쟁인 것이다. 사람들의 눈에 파괴욕과 살인욕이 타오르고 있었다. 그리고 나 자신도 이런 욕정의 붉은 꽃이 타오르고 있었다. 나는 분연히 일어나서 이 전쟁에 참가했다.

그런데 제일 기뻤던 일은 내 곁에 2, 30 년 동안 소식이 없던 학창 시절의 친구 구스타프가 나타난 일이었다. 내 소년 시절의 친구 중에서 제일 불량스러웠고 제일 생활력이 강하던 녀석이었다. 그의 푸른 눈동자가 옛날과 똑같이 나를 쳐다보았을 때 내 마음은 흐뭇해졌다. 그는 내게 눈짓을 해 보였다. 나는 곧 그를 따랐다. "구스타프!" 나는 기뻐서 불렀다. "너를 다시 만날 수 있게 되다니, 여태까지 어떻게 살아 온 거냐?" 그는 소년 시절과 조금도 다름없이 성급하게 웃어댔다.

"바보 같은 소리. 그따위 여러 말을 물을 게 뭐 있어. 나는 신학 교수가 되었어. 그러나 다행히도 신학이고 뭐고 없어졌다. 전쟁이 전부다. 자, 가자."

바로 그때 쏜살같이 우리 쪽으로 향해 달려오던 화물 자동차의 운전수를 쏘아 떨구어 버렸다. 그리고 나서, 원숭이 같은 날랜 재주로 뛰어올라가서 차를 멎게 하여 나를 태웠다. 우리는 악마와도 같이 총탄이 비처럼 퍼붓는 사이와 넘어진 자동차 사이를 뚫고 시내로, 교외로 마구 차를 몰았다.

"넌 공장주의 편인가?" 나는 그에게 물어 보았다.

"뭐, 그건 결국 취미 문제지. 저쪽에 가서 천천히 생각해 보도록 함세. 그런데 가만히 있자, 어느쪽이라도 상관없는 일이지만, 나는 오히려 반대쪽에 붙고 싶군그래. 나는 신학자다. 내 선조 루터는 귀족과 부자들 편을 들어 백성들에 대항했거든. 지금 조금 그것을 물려 주고 있는 것이야. 차도 엉망이군. 한 2,3킬로미터만 견뎌 주었으면 좋겠는데."

바람처럼 천사와도 같이 우리는 잽싸게 달려 푸르고 조용한 풍경 속으로 들어섰다. 몇 마일이나 되는 큰 들을 지나, 거기서 또 고개를 타고 올라가서 큰 산중으로 들어갔다.

그곳의 평탄한 길 위에 우리는 차를 세웠다. 험준한 바위와 나지막한 방벽 사이의 위험한 커브 길이었다. 멀리 푸른 호수가 내려다보였다.

"경치가 좋은데." 하고 내가 말했다.

"좋은 경치다. 여기를 차심대 거리라고 불렀으면 좋겠어. 차심대가 여기서 부서지기 쉽겠는데 말야. 하리, 잠깐 기다려 줘."

한 그루의 큰 소나무가 길 옆에 있었다. 그 나무 위에 널빤지로 만든 집 같은 것이 눈에 띄었다. 망대였다.

구스타프가 그 푸른 눈을 가느다랗게 껌벅거리면서 쾌활한 웃음을 던졌다. 급히 우리는 차에서 내려 나무 위로 올라갔다. 우리는 숨을 죽이고 꼭 우리 마음에 드는 그 망대 속에 몸을 감추었다.

그곳에는 소총과 피스톨과 탄약 상자가 있었다. 그런데 우리가 사격 준비도 채 못하고 있었는데, 제일 가까운 커브 길을 큼직하고 화려한 승용차가 거만스럽게 경적을 울리면서 전속력으로 달리고 있었다. 우리는 곧 사격 준비를 끝냈다. 희한한 긴장과 기대의 순간이었다.

"운전수를 겨누어 쏴라." 구스타프가 재빠르게 명령을 내렸다. 바로 그때 그 육중한 자동차는 우리 발밑을 달리고 있었다. 나는 겨냥을 잘 하여 쏘았다. 운전수의 푸른 모자를 보고.

그가 앞으로 고꾸라졌다. 차는 바위에 부딪히고 덜커덩거렸다. 성난 벌떼와 같이 아래쪽 방벽과 충돌하곤 곤두박질치면서 큰 폭음과 함께 멀리 굴러떨어져 버렸다.

"깨끗이 해치웠어!" 구스타프가 웃었다.

"다음번에는 내가 쏘겠어."

또 한 대의 자동차가 달려왔다. 서너 사람이 쿠션 속에 파묻힌 채 앉아 있었다. 부인의 머리에 두른 베일 한쪽 끝이 바람에 나부끼고 있었다. 엷은색의 베일이었다. 그 베일이 나를 슬프게 했다. 매우 아름다운 여자가 거기 미소를 띠고 앉아 있을지도 알 수 없는 일이다. 지금 우리가 하고 있는 짓이 도적과 같은 일인데, 우리의 과감한 살인욕을 아름다운 여인에게까지 미쳐서는 안 된다는 그들의 위대한 모범성에 따르는 것이 옳고 훌륭한 일일 것이다. 그러나 구스타프는 벌써 발사해 버렸다. 운전수의 몸은 푹 거꾸러졌다. 차는 절벽에 부딪혀서 훌쩍 뛰어오르더니, 거꾸로 길 위에 나동그라졌다. 우리는 마른 침을 삼켰다. 아무 일도 일어나지 않았다. 차 안의 사람은 덫에라도 걸려 버린 듯 잠잠했다. 그러나 갑자기 차는 일대 폭발과 함께 화염에 싸여 버리고 말았다.

"포드다." 라고 구스타프가 말했다. "내려가서 길을 치워 놓고 와야겠어."

우리는 나무에서 내려와 잠시 동안 타고 있는 무더기를 보고 있었다. 점점 타들어 가고 있었다. 우리는 그러는 동안에 나무로 지렛대를 만들어 그것을 한쪽으로 모아서 방벽 저쪽 골짜기로 떨어뜨려 버렸다. 그것은 나무 사이를 한참 굴러갔다. 사망자 중의 두 사람은 차가 커브를 돌 때 밖으로 나가 떨어져서 길바닥에 쓰러져 있었다. 그 중 한 사람의 상의는 거의 불에 타지 않았다. 나는 신원을 조사해 볼 생각에서 주머니를 뒤져 보았다. 가죽 지갑이 나타났다. 명함이 들어 있었다. 거기에는 '타트 짬 아시'라고 인쇄되어 있었다.

"이것 참 재미있는데." 라고 구스타프가 말했다 "그러나 사실 말이지, 우리가 죽여 버린 녀석들이 어떠한 이름을 갖고 있든 상관없어. 저 녀석들이나 우리나 다같이 불쌍한 인간인 거야. 이름 따위야 어떻더라도 좋다. 이놈의 세계는 망해 버려야 한다. 우리와 함께 온세계가 한 10분쯤 물난리를 만났으면 제일 편할 텐데. 자, 일을 시작하자."

우리는 시체를 골짜기의 자동차 있는 쪽으로 집어던졌다. 벌써 다른 차가 다가오고 있었던 것이다. 우리는 곧 그것을 쏘아 맞춰 버렸다.

그 차는 취한 것처럼 빙빙 돌다가 조금 더 앞으로 나가는 듯하더니 바위에 부딪히고는 멎고 말았다. 안에 타고 있던 사람은 그냥 앉아 있었다. 또 귀엽게 생긴 한 처녀가 상처도 입지 않고 밖으로 나왔다. 창백한 얼굴에 온몸을 떨고 있었다. 우리는 그녀에게 인사를 하고 도와 주겠다고 하였다. 그녀는 놀란 나머지 입도 벌리지 못했다. 정신 나간 사람처럼 멀건이 우리를 바라보았다.

"먼저 노인을 살펴보자."라고 하면서 구스타프가 죽은 운전수 뒷자석 쪽을 돌아보았다. 백발의 노신사였다. 상처를 많이 입은 것 같았다. 입에서 피가 흐르고 있었다. 목을 비스듬히 모로 젖히고 있었다.

"죄송합니다, 노인장. 구스타프라고 합니다만, 당신 운전수를 쏜 사람입니다. 실례의 말씀입니다만 성함이 무엇입니까?"

 노인은 조그마한 잿빛 눈 속에 슬픔을 담고 쌀쌀맞게 우리를 쳐다보았다.

 "나는 검찰총장 레링이다." 그의 목소리는 흐릿했다. "너는 내 운전수를 죽였고, 심지어는 나까지도……아마도 어려울 것 같아. 대관절 무슨 이유로 우리를 노린 것인가?"

 "너무 속도를 내셨기 때문입니다."

 "우리는 규정된 속도로 달리고 있었다."

 "어제까지의 규정은 통용되지 않습니다. 총장 각하, 우리는 현재, 자동차의 어떠한 속력도 다 빠르다는 의견을 갖고 있는 사람입니다. 우리는 지금 자동차란 것을 모조리 부숴 버리려고 하고 있습니다. 그밖의 모든 기계도요."

 "너희들의 그 총도 말인가?"

 "네, 이것도 때가 되면 물론입니다. 아마 내일이나 모레쯤 해치우게 될 것입니다. 보시다시피 우리가 살고 있는 이 대륙은 비좁아 가고 있지 않습니까. 그래서 조금 편하게 만들어 보아야 합니다."

 "그래서 너희들은 가리지 않고 마구 쏘아 죽인단 말인가?"

 "그렇답니다. 물론, 많은 사람을 동정하긴 합니다. 이를테면 젊고 아름다운 부인인 줄을 알았더라면 동정했을지도 모르지요. 따님이십니까?"

 "내 속기사일세."

 "네, 알겠습니다. 그러나 부디 차를 버리고 가 주십시오. 자동차는 못 쓰게 되어 있으니까요."

"나도 같이 파괴되어 버리기를 바란다."

"그렇게 되기를 희망하신다면 한 가지 더 물어 보겠습니다. 당신은 검사지요. 참 이해할 수 없는 일이었습니다만, 어째서 사람이 검사가 될 수 있습니까. 당신은 남을, 특히 가난한 사람을 기소하여 처벌함으로써 생활하고 계시지요."

"그렇다. 나는 의무를 다하고 있다. 그것이 나의 직무이다. 그것은 내가 구형한 사람을, 사형 집행인이 처형해 버리는 것이 또한 그들의 직무인 것과 마찬가지다. 너희들도 너희들의 직무를 수행하고 있는 것이 아닌가. 너희들도 사람을 죽이고 있지 않나."

"그렇긴 합니다. 다만, 우리는 의무로서 사람을 죽이고 있는 것이 아니고, 자기 만족을 얻기 위해서 죽입니다. 차라리 불만이라고 할까요. 아니, 세계에 대한 불만 때문이라고 하겠습니다. 그러므로 살인은 우리에게 일종의 기쁨을 줍니다. 당신네들은 살인을 하고 즐거워지지 않던가요?"

"난 너희들의 말이 듣기 싫어졌다. 네 일이나 해라. 의무란 관념이 너희에게 없거든, 좋을 대로……."

그는 말을 끊고 침을 뱉으려고 입을 오므렸다. 그러나 조금 피가 나왔을 뿐이었다. 그것도 그의 턱에 붙어 버렸다.

"잠깐 기다려 주십시오." 라고 구스타프가 정중하게 말했다. "확실히 우리는 이제 의무감을 모르게 되어 버렸습니다. 전에는 직업상 의무란 것을 다소 알기는 하였습니다만. 나는 신학 교수였었습니다. 군인이 되어 전쟁에도 갔다 왔습니다. 그 당시에 내가 의무라고 생각한 것과 권위있는 사람이나 상관의 명령 따위는 다 무가치한 것이었습니다. 오히려 명령과 반대되는 일을 해야만 했다고 생각하고 있습니다. 그러나 의무란 관념은 없어졌다 하더라도 죄의 관념은 알고 있습니다. 결국 마찬가지겠지만, 어머니가 나를 낳았을 그 순간 나는 죄를 짊어지고 살아야 한다는 선고를 받은 것입니다. 나라의 소유물이 되어, 군인이 되어 살인을 하고, 군비를 위해서 세금을 내도록 의무가 지워졌던 것입니다. 지금 이 순간에, 날 때의 그 죄가 다시 나타나서 일찍이 싸움터에서 하던 살인을 또 하게 만들고 있는 것입니다. 그러나 이번에는 하기 싫은 살인을 하는 것이 아니랍니다. 나는 죄에 몸을 맡겨 버렸습니다. 이 어리석고 앞길이 막막한 세계가 산산조각나도 달리 이의가 없는 사람입니다. 나는 기꺼이 그리 되도록 원조를 아끼지 않을 것이며, 기꺼이 같이 멸망해 버렸으면 하는 것입니다."

검사는 피 묻은 입술로 조금 웃으려고 하였지만 그러지는 못하였다. 그러나 어진 마음속만은 알 수가 있었다.

"좋다. 그러면 우리는 동료다. 부디, 자네는 자네 의무를 다해 주게."

귀여운 처녀는 그 사이에 정신을 잃고 길바닥에 쓰러져 있었다.

그때 또다른 자동차가 경적을 울리면서 전속력으로 달려왔다. 우리는 그 처녀를 조금 옆으로 옮겨놓고 바위 뒤에 숨어서, 그 자동차가 아까 그 부서진 차를 들이받도록 했다. 급브레이크를 걸었기 때문에 차가 공중으로 튀었다.

그러나 파손되지 않은 채 멈추었다. 곧 우리는 총을 들이밀었다.

"내려와!" 구스타프가 명령했다. "손을 들어!"

자동차에서 내려온 사람은 세 사람이었다. 그들은 순순히 손을 들었다.

"너희들 가운데 의사는 없는가?"라고 구스타프가 물었다. 없다는 대답에, "그러면 부탁이 하나 있다. 이 신사를 여기서 조심해 내려서 너희들 차로 모셔라. 중상을 입었으니 얼른 다음 마을까지 데려다 주기 바란다. 자!"

노신사가 곧 다른 차에 옮겨졌다. 구스타프의 명령으로 차는 곧 떠났다.

이러는 동안에 그 여자 속기사는 제정신이 돌아와서 가만히 일이 되어 가는 것을 보고 있었다. 이런 아름다운 여성을 손에 넣은 것이 우리는 대만족이었다.

"아가씨!" 하면서 구스타프가 말을 걸었다.

"당신은 당신의 주인을 놓쳐 버렸답니다. 아마, 그 노신사는 당신을 고용하고 있었다는 것뿐이겠지요. 이번에는 내가 당신을 고용할 차례인가 봅니다. 우리들의 충실한 조수가 되어 주시오. 좀 서둘러야 합니다. 여기 오래 있을 수는 없으니까요. 아가씨, 나무에 오를 줄 아십니까. 자, 그러면 우리 곧 시작합시다. 당신은 우리 두 사람 사이에서 올라가시오. 위아래에서 당신을 도울 테니까요."

우리는 얼른 나무 위의 그 조그마한 집으로 올라갔다. 위에 올라가서도 처녀의 기분은 좋지 않은 것 같았다. 코

냐을 마시고는 기운을 회복했다. 그녀는 호수와 아름다운 경치를 알아 보았고, 자기 이름이 '도라'라고 우리에게 알려 주었다.

그러자 또 자동차가 한 대 오는 것이었다. 그 차는 파괴된 앞 차 옆을 조심스럽게 비켜서 다시 속력을 내어 달리려고 하였다.

"놓친다." 구스타프가 웃더니, 이내 운전수를 쏘아 버렸다. 자동차는 훌쩍 한 번 솟더니 그냥 방벽 밑으로 비스듬히 나가떨어져 버렸다.

"도라, 총 쏠 줄 알아?" 하고 내가 물었다.

그녀는 총을 쏠 줄은 몰랐으나, 우리한테서 장전법을 배웠다. 처음에 그녀는 서툴러서 손을 상하고 피까지 흘렸다. 큰 소리로 반창고를 찾았다. 그러자 구스타프가 그녀에게 타일렀다. 지금은 전쟁중이니까, 그녀가 용감하고 씩씩한 처녀라는 것을 증명해야만 한다고.

"그래도 우리는 장차 어떻게 되는 거에요?" 라고 그녀가 물었다.

"모르지."라고 구스타프가 대답했다. "내 친구 하리는 예쁜 여자를 좋아하는 사람이니까 당신과는 좋은 친구가 될 수 있을 거야."

"그렇지만, 그 사람들이 경관과 군인을 데리고 올 거에요. 그리고 우리들을 죽이지 않겠어요?"

"경관 따위는 이제 존재해 있지 않아, 도라. 우리에게는 선택만이 남아 있을 뿐이야. 이런 높은 곳에 숨어 있다가

통과하는 자동차를 쏘든지, 우리 자신이 자동차를 타고 가다가 사격을 당하든지 둘 중의 하나다. 어느 편을 들더라도 마찬가지다. 나는 여기 남아 있기로 했어."

밑을 내려다보니 또 자동차가 경적을 울리면서 올라오고 있었다. 그것도 곧 해치웠다. 차가 뒤집힌 채 나자빠져 버렸다.

"쏜다는 것이 이렇게 재미가 나다니 이상한 일이다. 나는 전쟁 반대론자였는데."

구스타프가 미소를 지었다. "정말이지, 세상에는 너무 사람이 많아. 전에는 그렇게 느끼지 않았는데. 사람이 공기를 호흡할 뿐만 아니라, 이렇게 자동차를 기다리다 보니까 그런 것을 느끼게 되었어. 물론, 우리가 하고 있는 짓은 이상적은 아니야. 어린애 장난 같은 것이지. 이렇게 말할 것 같으면, 전쟁도 좀 규모가 큰 어린애 장난에 지나지 않거든. 장래에는 인류도 인류의 증가를 이성적인 수단으로 억제할 수 있었지만, 현재로는 이 참을 수 없는 상태에 비이성적인 반항을 할 수밖엔 별 도리가 없는 거야. 그러니 근본적으로는 옳은 일을 하고 있는 것이지. 인간 수를 줄이고 있으니 말이야."

"그렇다." 나는 말했다. "우리가 하고 있는 짓이 미친 짓 같이 보일지도 몰라. 그러나 아마도 착하고 필요한 일일 거야. 사람이 너무 이성 이성 한 결과 이성과는 아무런 관련도 없는 것까지 이성으로 처리하려고 하는 것은 옳지 못해. 이와 같은 생각이 결국은 미국 사람의 이상과 볼셰비

키 사상을 낳게 한 거야. 양쪽 다 너무 이성적이어서 인생이란 것을 수월히 단순화함으로써 인생 자체를 아주 망치고 있거든. 일찍이 이상적이었던 인간의 모습이 석판 인쇄물이 되어 버리려고 하고 있거든. 우리들 광인은 아마 그것을 다시 본 위치에까지 끌어올려 놓고야 말 것일세."

구스타프는 웃으면서 대답했다. "자네는 참 현명한 말을 하는군. 이 지혜의 샘에 귀를 기울인다는 것은 아주 즐겁고 도움이 되는 일일세. 게다가 또 자네의 말은 진리일세. 그러나 제발, 총에다 탄환을 재어 주게. 난 자네가 꿈을 좀 지나치게 꾸고 있는 것 같은 생각이 드네. 언제 사슴이 나타날지 모르지 않는가. 철학을 가지고서는 그것을 쏘아 맞히지 못하거든. 언제든지 총에 탄환을 재어 두는 것을 잊어서는 안 되는데."

자동차가 왔으나, 이어 또 나자빠져 버렸다. 길이 막혔다. 살아 남은 뚱뚱한 붉은 더벅머리 한 남자가 부서진 차체 옆에서 몸을 쥐어흔들고 이리저리 살펴보더니, 마침내 우리가 숨어 있는 곳을 알아내고선, 고함을 지르면서 다가와 몇 번인가 피스톨을 발사했다.

"여기에서 떠나라. 그러잖으면 쏘고 말 테다." 구스타프가 밑을 향해 소리를 질렀다. 그 사나이는 구스타프를 보고 한 방 쏘았다. 우리는 두 방을 쏘아 그를 거꾸러뜨리고 말았다.

또 자동차가 두 대나 왔으나, 하나하나 다 해치워 버렸다. 그 뒤로부터는 거리는 조용해져서 아무것도 지나가지 않았다. 위험하다는 소문이 퍼진 모양 같았다. 우리는 조용히 아름다운 경치를 감상했다. 호수 저쪽 골짜기에는 조그마한 마을이 보였다. 연기가 오르고 있었다. 불이 지붕에서 지붕으로 건너갔다. 또 총소리가 들려 왔다. 도라가 우는 것 같았다. 나는 그녀의 눈물에 젖은 뺨을 훔쳐 주었다.

"우리는 죄다 죽어야 하나요?"라고 그녀가 물었으나, 아무도 대답하지 않았다. 그때 저쪽에서 사람이 하나 걸어왔다. 부서져 나자빠진 자동차를 돌아보더니 차 안으로 몸을 밀어넣어, 멋진 양산과 바구니와 포도주 병을 하나 끄집어내었다. 그리고 나서 기쁜 듯이 방벽에 걸터앉아 포도주를 마시고, 주머니 속에서 은종이에 싼 것을 끄집어내어 먹고 나서 양산을 옆에 끼고 또 걷기 시작하는 것이었다. 평화스러운 광경이었다. 그래서 나는 구스타프에게 물어 보았다.

"자네, 저 사나이에게 총알을 퍼붓고, 머리에 구멍을 뚫어놓을 수 있겠는가? 난 자신 없네."

"기분 좋은 일은 아닐 걸세." 라고 내 친구는 중얼거리듯이 말했다. 우리는 이와 같이 순진하고 천진하고 어린아이같이 죄없는 짓을 하고, 태연한 저런 사람을 보자마자 우리가 칭송해 마지않는 이런 필연적인 행위가 갑자기 싫어져 버렸다. "제기랄, 이 피는 무슨 놈의 피란 말인가."

나는 부끄러웠다. 그렇다. 전쟁시에는 장군도 가끔 그런 기분에 빠지는 수가 있다고 하지 않는가.

"난 이제 여기 있기가 싫어졌어요."라고 도라가 말했다. "내려가도록 해요. 틀림없이 자동차 안에는 무엇인가 먹을 것이 있을 거에요. 배도 고프시지 않나봐, 볼셰비스트 씨."
 건너편 불타오르고 있는 마을에서는 총 소리가 불안스럽게 울리기 시작했다. 우리는 내려가기 시작했다. 나는 도라가 판자집의 문지방을 넘어서려고 할 때, 손을 내어주면서 그녀의 무릎에다 키스를 했다. 그녀는 명랑하게 웃었다. 그때 널빤지가 무너졌다. 우리 두 사람은 끝없는 허공 속으로 떨어져 내려갔다.
 다시 나는 원형의 복도에 서 있는 나 자신을 발견했다. 자동차 사냥의 흥분이 아직 가라앉지 않고 있었다. 도처에서 수많은 문짝의 게시문이 내게 손짓하고 있었다.

— 변생(變生) —
어떠한 동물, 식물로든지 변형 자유

— 카마스트람(愛經) —
인도 연애술 교수
초학자 입문 연애 연습의 오의(奧義)

쾌락적 자살!
자기를 웃어 죽인다

자기의 영화(靈化)를 바라는가?
동방의 지예

오오, 나에게 혓바닥이 천 장 있었더라면!

부녀자는 못 들어옴

서양의 몰락
염가판, 여전히 매상고 제1위

예술의 정수
음악에 의한 시간에서 공간으로의 전화(轉化)

눈물의 웃음
유머의 방

은사(隱士) 놀이
모든 사교의 대용품
가치 백 퍼센트

게시문은 한없이 계속되었다. 그 하나에,

개성 건설의 입문
효과 보증함

이것이 나의 주의를 끌었다. 나는 그 문을 밀고 들어섰다. 어둑어둑한 조용한 방이었다. 한 사나이가 동양식 방바닥에 책상다리를 하고 앉아 있었다. 앞에는 커다란 장기판 같은 것을 놓고 있었다. 처음에 나는 이 사나이가 파브로인 줄 알았다. 그는 파브로의 것과 같은 호사스런 자켓을 입고 있었으며, 똑같이 검은 눈을 가지고 있었다.

"당신, 파브로가 아니요?"라고 내가 물었다.

"나는 누구도 아니요." 그는 점잖게 설명했다.

"여기서는, 우리는 이름을 갖지 않는다. 여기서는, 우리는 아무도, 그 누구도 아닌 것이다. 나는 장기를 두는 사람에 불과하다. 너는 개성 건설의 교수를 받고 싶은 게로군." "그렇소 부탁하오."

"그렇다면, 네 모습을 두서너 타스 내 앞에 놓아 주게."

"내 모습이라고……."

"너의 그 개성이란 것이 붕괴된 모습 말이다. 그것이 없고서는 나는 이 장기를 둘 수 없단 말이다."

그는 나에게 거울을 내주었다. 거기서 나는 다시 나의 통일 인격이 수많은 '나'로 분열되는 것을 보았다. 그 수는 전보다 더 많은 것같이 보였다. 다만 아주 작아졌을 뿐이었다. 장기의 말 정도의 크기만 했다. 술자(術者)는 조용히 야무지게 말을 2,3타스 집어들고, 그것을 장기판 옆 방바닥 위에 놓았다. 억양없는 목소리로 언제나 똑같은 강의나 이야기만을 되풀이하는 사람같이 그는 거기에 설명을 붙였다.

"인간이라는 것을 영속적인 통일체라고 한, 그릇되고 불행한 견해를 너도 귀로 들은 적이 있겠지. 그리고 인간은 다수의 혼, 즉 많은 자기로써 형성되어 있다는 사실도 너는 알고 있을 것이다. 인격의 외관적 통일이 이런 여러 모습으로 되는 경우에 미쳤다고 하는 것이다. 과학은 거기다 정신 분열이라는 이름을 붙였다. 물론 통제와 질서가 있어야 한다는 점에서 과학은 옳다. 그렇다고 수많은 자아의 통일이라는 것이 그 사람의 일생을 통하여, 단 한 번밖에 안 일어난다고 믿고 있는 점에서 과학은 또 과오를 저지르고 있는 것이다. 이 과학의 미망은 많은 불상사를 야기시키고 있다. 그 효과는 행정관에 의하여 임명된 학교 교사나 교육자가 그들의 일을 간단히 처리하고 사색과 실험을 절약할 수 있다는 점에서 나타나는 것이다. 이런 미망의 결과 구할 길 없는 광증에 빠져 있는 많은 사람들이 '일반 상태', 아니 오히려 사회적으로 '가치있는 자'로 인정받고, 그와 반대로 많은 천재적 인간이 광증을 부리는 자라고 간주되어 온 것이다. 그래서 우리는 건설술이라고 하는 개념에 의하여 이 과학의 정신관의 결함을 보충하는 것이다. 우리는 자기 분열을 체험한 자에게, 그 사람이 좋아하는 자기의 분열상을 그대로 조립할 수가 있고 그것에 의하여 여러 가지 생활 유희를 추구할 수 있도록 가르쳐 줄 수 있다. 시인이 얼마 되지 않는 사람들을 등장시켜 희곡을 써내는 것과 같이, 우리도 우리의 분열상에서 새로운 방법에 의한 영원히 새로운 구도 아래 줄곧 새로운 무리를 건설해 가는 것이다. 자, 보아라."

침착한 손끝으로 그는 내 모습을 집어 들었다. 늙은 것, 젊은 것, 아이, 여자, 쾌활한 것, 슬픈 것, 강한 것, 약한 것, 민첩한 것, 미련한 것들 모조리.

그리하여 잽싸게 장기판 위에 그것들을 올려놓고 움직였다.

그들은 곧 한 무리, 한 가족, 전투, 적, 아군으로 형태를 갖추어 전체로서 한 개의 소우주를 이루었다. 내가 보고 있는 눈앞에서 그는 잠시 그 활발하고 질서정연한 소우주 안에서 동맹을 맺게 하고, 싸움을 하게 하고, 또는 사랑의 경쟁과 결혼을 연출케 하고, 또 수를 늘여 여러 가지 운동을 시켰다. 그것은 많은 인원이 등장하는 희곡 같았다.

 그리고 나서, 그는 명랑한 몸짓으로 장기판을 쓰다듬더니 말을 눕혀 그것을 한데 뭉치고 생각을 해보다가, 또 아주 까다로운 예술가 같은 태도로 전연 다른 관계, 다른 조합으로 짜서 다른 승부를 시키는 것이었다. 그것은 최초와 똑같은 재료, 똑같은 세계에서 조립되었기 때문에 먼저것과 무관계하지는 않았지만, 아주 다른 템포와 박자를 가지고 있었다. 동기의 역점이 달랐으며, 배치 상황이 달랐다.

 이와 같이 현명한 건설자는 그 모든 것을 나라는 모습을 갖고 되풀이하여 새로운 국면을 만드는 것이었다. 모두 비슷비슷했고 같은 세계, 같은 계통에 속해 있음은 틀림없었으나 그래도 모두 각각 새로운 것이었다.

 "이것이 처세술이란 것이다."라고 하면서 그는 강의를 시작했다. "너도 지금부터 너 혼자 몸으로 네 생활의 국면을 멋대로 만들어 놓고 활기를 주어 더욱더 복잡하고 풍부하게 꾸며 볼 수가 있게 된다. 모든 것이 네 뜻대로다. 높은 의미에서의 광증이라는 것이 모든 지혜의 시초인 것과 마찬가지로, 정신분열은 모든 기술이나 공상의 시초이다. 학자들도 희미하나마 이것을 알고 있다. 이를 테면, 저 사랑스러운 책 ≪공자(公子)의 마적(魔笛)≫도, 한 학자의 노작이 미쳐 버린 정신병원 안의 예술가들의 천재적인 협력에 의하여 이루어진 것이다. 자, 네 모습들을 집어넣어 두게. 다음부터는 이 유희가 너를 즐겁게 해줄 것이다. 오늘 거드름을 피우면서 국면을 엉망으로 만들어 버리던 모습도, 내일에는 아주 얌전한 모습으로 변하기도 할 것이다. 불운과 재난을 숙명처럼 지고 있는 듯이 보이던 가련한 모습도, 그 다음 국면에서는 여왕의 지위까지 오를 수도 있을 것이다. 자, 너도 많이 재미를 보아 보게."

나는 이 뛰어난 술자에 대하여 깊이 감사의 뜻을 표하며 인사했다. 그리고 나서 그 조그마한 모습을 주머니에 집어넣고 좁은 문을 열고 아까 그곳으로 돌아갔다.

나는 그 복도바닥에 앉아서 몇 시간이라도 아니 영원히 장기를 두어 보기로 했다. 그러나 내가 다시 그 밝은 원형극장의 복도에 서자, 그런 생각 이상으로 나를 무서운 힘으로 끄는 것이 있었다. 한 장의 게시문이 눈에 띄었던 것이다.

황야의 늑대, 훈련의 경이

이 글귀는 여러 가지 감정을 일으키고 말았다. 나의 과거의 생애, 포기해 버린 현실 세계의 가지각색의 고뇌와 압박이 내 마음을 졸라매었다. 떨리는 손으로 나는 문을 열고 들어가 보았다. 안에는 격자 창살이 있어서 그것이

나와 무대의 경계를 이루고 있었다. 무대에는 맹수를 다루는 사람이 서 있었다. 잘난 체하는 방울장수 같은 사나이였다. 그러나 그 훌륭한 콧수염과 힘줄이 드러나 보이는 팔과 괴팍스러운 복장을 했음에도 불구하고, 이 사나이는 기분 나쁠 만큼 나 자신과 닮은 데가 많았다. 이 우악스러운 남자는 —아아, 비참한 광경— 한 마리의 아름답기는 했으나 바싹 마른 노예 같은 눈을 하고 있는 늑대를 개처럼 묶어 가지고 데리고 나왔다. 이 잔인한 남자가, 고귀하지만 굴종적인 이 맹수에게 몇 가지 재주와 아슬아슬한 연극을 시키는 것을 본다는 것은 불쾌와 흥미, 혐오와 불가사의한 쾌감이 뒤섞인 일종의 미묘한 감정이었다.

나의 저주스럽고 일그러진 거울에 비친 쌍둥이 의형제 같은 그 남자는 늑대를 익숙한 솜씨로 길들이고 있었다. 늑대는 그의 명령을 잘 들었다. 개처럼 그의 질타 소리와 회초리에 반응을 일으켰다. 무릎을 꿇기도 하고, 죽은 시늉도 하고, 빵 조각, 계란, 살점, 조그마한 바구니를 시키는 대로 입으로 물어 날랐다. 그뿐만 아니라 그 남자가 떨어뜨린 회초리를 그를 위해서 물어다 주기도 했다. 그때에는 차마 보지 못할 만큼 굴종적으로 꼬리를 치는 것이었다. 늑대 앞에 한 마리의 토끼와 흰 염소를 데려다 놓았다. 그는 이빨을 내밀면서 침을 질질 흘리기는 했으나 꼼짝 않고 있었다. 아니, 주인의 명령을 좇아 그 두 마리가 무대 위 마룻바닥에서 벌벌 떨고 있는 위를 그는 아주 점잖게 뛰어넘기도 했고, 두 마리 사이에 앉아서 앞발로 그들을 안고 하면서 단란한 한 가족을 이루는 것이었다. 또 그는 사람 손에서 초콜릿을 받아 먹기도 했다. 이 늑대가 고치기 어려운 천성을 고쳐 나가는 것을 보는 것은 하나의 가책이 아닐 수 없었다. 내 머리카락이 곤두섰다.

그러나 흥분해 버린 이 관객은 그 가책을 연기의 후반부에 가서 그 늑대로 해서 씻어 버리고 만다. 그 세련된 재주의 프로가 끝나고, 그 남자가 자랑스럽게 서서 얼굴에 미소를 띠면서 고개를 한번 끄덕이자 역할이 바뀌어 버렸다. 하리와 닮은 그 남자는 갑자기 몸을 낮추고 고개를 숙여 회초리를 늑대 발밑에 놓고는 아까 그 늑대 모양으로 벌벌 떨면서 형편없는 꼴이 되어 버린 것이다. 늑대는 미소를 지으면서 혀를 날름거렸다. 경련과 거짓은 그에게서 떠나 버렸다. 그의 눈은 빛났다. 그의 몸은 긴장하고 회복한 야성미로 넘쳤다.

이렇게 하여 이번에는 늑대가 명령을 내렸다. 인간이 명령에 복종하지 않으면 안 된다. 명령대로 그는 무릎을 꿇고 늑대의 시늉을 했다. 혓바닥을 내밀고 이빨로 자기 옷을 찢어야만 했다. 그는 '인간을 부리는 짐승'이 시키는 대로 일어서고, 기고, 죽은 시늉을 하고 늑대를 위로 올리고 그를 위해서 회초리를 날랐다. 그는 개와 똑같이 묘하게 모든 굴종을 꺼리지 않았다. 귀여운 소녀가 하나 무대로 나와서 이 인간에게 다가오더니 턱을 문지르고 뺨을 비벼 댔다. 그러나 네 발 짐승의 본성을 지켜 머리를 흔들고 이빨을 내밀었다. 그것이 너무도 늑대와 흡사하게 위협적이었기 때문에 소녀는 달아나 버렸다.

 초콜릿을 주니까 그는 냄새를 맡더니 모욕을 당하기라도 한 것처럼 밀쳐 버렸다. 그리고 끝으로 염소와 흰 무늬가 있는 토끼가 다시 등장했다. 그러자 이 온순하던 인간은 그의 마지막 것을 완전히 포기해 버리고 완전한 늑대가 되어 버렸다. 이빨과 손톱, 발톱으로 발악하는 어린 짐승들을 움켜쥐고는 가죽과 살을 찢고 생살을 뜯어먹었다. 눈을 지그시 감고 그 따뜻한 생피를 빨아먹었다.

 나는 깜짝 놀라 문 밖으로 도망쳐 나와 버렸다. 이 마술 극장은 결코 낙원이 아니었다. 지옥이 그 표면 뒤에 감춰져 있다. 아아, 하느님, 여기에도 구원의 길이 없다는 말씀입니까.

 불안감에 사로잡힌 채 나는 쫓아다녔다. 입 속에는 선혈과 초콜릿의 뒷맛 같은 것이 느껴지는 듯했다. 구역질이 날 만큼 불쾌했다. 어찌하든간에 이곳에서 빠져나가려고만 했다. 내 내부에서는 더 점잖고 부드럽고 참을 수 있는 모습을 열렬히 구했다. '친구여, 다른 것을!' 나는 마음속으로 외쳤다. 나는 멈칫 전쟁중에 많이 본 일이 있는 무서운 전쟁터의 사진, 이중 삼중으로 포개져 있는 시체의 산더미, 악마의 상을 하고 있는 그 광경을 생각해 내었다. 당시에 전쟁 반대를 부르짖으면서, 이와 같은 광경을 보고 놀라는 것이 인도주의라고 생각했던 나는 참 어리석기 짝이 없었던 것이다. 나는 오늘 비로소 알았다. 맹수를 다루는 사람, 정치가, 지휘관, 미치광이도 내 내부에 살고 있는 부랑하고, 야만스럽고, 무지하고, 타기해야 할 사상과 상상 이상의 것을 그들의 머릿속에 가지고 있지는 않다고.

나는 그들과 똑같은 나 자신의 모습을 보았다. 나는 맨 먼저 그 미소년이 기운좋게 뛰어 들어간 그 게시문을 생각해 내고 안도의 한숨을 쉬었다.

모든 소녀는 너의 것

지금 이 위에 더 바랄 것이 없을 듯했다. 저주스러운 늑대의 세계에서 도망쳐 나올 수 있는 것을 기뻐하면서, 나는 급히 안으로 들어섰다.

이상하게도 —그것이 너무나 소설적이고, 또 친절미에 충만한 것이었기 때문에 어떤 전율 같은 것이 몸 안을 흘러내리는 것 같았다— 나의 청춘의 향기가 날아왔다. 내 소년 시절과 청년 시절의 그 공기다. 내 심장에는 그때의 피가 흐르기 시작했다. 아까까지의 나의 행위·사상·존재는 모두 뒤로 숨어 버렸다. 나는 다시 젊어졌다. 한 시간 전, 아니 일순간 전까지만 해도 나는 사랑·동경·욕망이라는 것이 무엇인지를 충분히 알고 있다고 생각했다. 그러나 그것은 노인의 사랑과 동경에 지나지 않았다. 지금 나는 다시 젊어진 것이다. 그리고 나 자신의 내부에 느끼는 것, 타오르는 불, 동경의 폭력, 봄바람같이 만물을 녹이고 마는 정열, 이 모든 것은 젊고 새롭고 절실한 것이었다. 아아, 잊어버렸던 불이 다시 타오르는 것이다. 예전의 음조가 다시 울려 오는 것이다. 이 피가 끓어오르는 것을 보아라. 나는 열대여섯의 소년이다. 내 머릿속에는 라틴어와 희랍어와 아름다운 시구로 가득 찼다. 내 사상은 명예심과 노력으로 가득차 있다. 내 공상은 예술가의 꿈이었다. 그러나 이와 같은 모든 불꽃보다도 더 깊고, 더 강하고, 더 심하게 내 속에서 타고 있던 것은 사랑의 불, 성의 굶주림, 몸을 불태우는 듯한 쾌락의 예감인 것이다.

나는 내 조그마한 고향이 내려다보이는 언덕 위에 서 있었다. 눈을 녹인 바람과 봄의 사자인 오랑캐꽃 냄새가 풍겼다. 시내와 우리 집의 창에 불빛이 환했다.

그리고 모든 것이 내 청춘의 터질 듯한 시적인 시대의 모습 그대로 취해 있는 듯, 새로운 힘에 차 향기를 피우고 아름답게 피고 있었다. 그 위로는 봄바람이 부드럽게 불고 있었다. 나는 언덕에 서 있었다. 바람은 내 머리카락을 날렸다. 꿈꾸듯 나는 사랑에 못이겨 손을 내밀어 신록의 나무에서 새 움을 따서 눈과 코 밑에 대어보고 냄새를 맡아 보았다(그 냄새에 의하여 그때 일을 더 절실하게 회상했다). 그리고 나는 그 새 움을 만지작거리다가 아직 어느 처녀와도 키스해 본적이 없는 내 입술로 꼭꼭 물어 씹어 보는 것이었다.

그리하여 나는 그 향기나는 쓴맛에 의하여 지금 내가 체험하고 있는 것이 무엇인지 똑똑히 알았다. 모든 것이 되살아왔다. 나는 내 소년 시절의 마지막 한 시간, 이른 봄 어느 일요일 오후, 혼자 산보길에서 로자 크라이스와 만났

던 것이다. 수줍어하면서 그녀에게 인사하고, 그녀에게 홀
딱 반해 버렸던 그날의 일을 체험하고 있는 것이다.

그때, 내가 와 있는 것도 모르고 혼자 생각에 잠겨 언덕
을 올라오고 있는 소녀를 나는 괴롭게 지켜보고 있었다.
나는 그녀의 땋아내린 긴 머리가 두 볼 사이에서 바람에
하늘거리는 것을 보았다. 나는 평생 처음으로 이 소녀가
아름다운 것을 알았다. 바람에 나부끼는 그녀의 머리, 푸
른 그녀의 옷이 아름답게 그녀의 몸을 싸고 있는 것을 보
았다. 그리고 입에 문, 향기좋은 쓴맛이 애절한 봄날의 기
쁨과 고뇌를 맛보게 한 것같이 이 소녀의 모습을 한 번 본
것은 사랑의 괴로운 예감, 여성의 예감, 무수한 약속과 가
능, 이름지을 수 없는 환희, 생각도 못할 혼란, 불안과 고
뇌, 통절한 속죄와 깊은 죄 따위가 마음을 뒤흔드는 것 같
은 예감으로 가득채워 주었다.

아, 봄의 싱그러운 맛이 내 혀끝에 타오름이여. 아, 봄
바람의, 소녀의 머리카락의 희롱. 이윽고 그녀는 눈을 치
켜들고 내가 와 있는 것을 알아 보았다. 그 순간 그녀는
얼굴을 붉히더니 시선을 돌렸다. 나는 모자를 벗고 인사를
했다. 로자는 품위있는 얼굴에 미소를 지으면서 어른처럼
점잖게 인사를 받아 주었다. 그리고 천천히 저쪽으로 발길
을 돌려 가 버리는 것이었다. 그녀의 등뒤에다 대고 얼마
나 수천 수만의 사랑이 호소와 요청을 던졌던가.

그것이 35년 전 어느 일요일 나의 체험이었다. 그 당시
일들이 이 순간에 모두 되살아난 것이다. 언덕과 거리와

이른 봄의 봄바람과 움 냄새도, 로자, 그녀의 밤색 머리, 넘쳐 흐르던 그리움, 가슴을 죄는듯한 그 달콤한 불안조차 그때의 그대로였다. 지금 나는 그때 이후로 내 평생을 통하여 로자에게 품었던 정도의 사랑을 느낀 일이 없는 듯 느껴졌다.

그런데 이번에는 내가 그때 처음으로 그녀를 맞았을 때와는 다른 태도를 취할 수 있다. 나는 그녀가 나를 발견하고 얼굴을 붉히던 것을 보았다. 그래서 나는 곧 그녀도 나를 좋아하고 있고, 그녀에 대해서도 이 만남이 나와 마찬가지로 중요한 의미를 가지고 있다는 것을 알았던 것이다. 그래서 나는 이번에는 모자를 벗고 그녀가 지나갈 때까지 점잖게 서 있기를 그만두고, 불안과 괴로움을 무릅쓰고 내 피가 명하는 대로 좇았다. 나는 외쳤다.

"로자! 네가 와 주어서 나는 참 행복해. 아름답고 아름다운 사람. 난 너를 얼마나 사랑하고 있는지 몰라." 그것은 이런 경우의 말로서는 잘 어울리는 말이 아니었는지도 모른다. 그러나 그게 무슨 상관이랴. 이것만으로도 충분했다. 로자는 이번에는 점잔을 빼지 않았다. 그냥 걸어가 버리지도 않았다. 그녀는 멈춰 서서 나를 바라보았다. 그녀의 얼굴은 화끈 달아오르고 있었다. 그녀가 말했다.

"아아, 하리, 정말 나를 사랑하고 있어요?" 이 말을 했을 때 그녀의 긴장한 얼굴과 밤색 눈매가 참 고왔다. 나는 지금 처음으로 느낀다. 나의 과거의 전생활과 사랑이 그날 로자를 놓쳐 버렸기 때문에 그릇되고 어리석고 불행하게 되어 버린 것이라고. 그러나 이제 그 과실은 충분히 속죄가 된 것이다. 모든 것이 전과는 달리 행복하게 되어 버렸다.

우리는 서로 손을 마주잡고 천천히 걸었다. 행복에 겨운 일이었다. 그런데 걷다가 우리는 매우 당황했다. 무슨 말을 해야 하며, 무슨 짓을 해야 하는지를 몰랐기 때문이었다. 당황한 나머지 우리는 달려 보았다. 숨이 차서 섰지만 손은 그대로 쥔 채였다. 둘다 아직 어렸다. 나도 그녀도 어찌할 바를 몰랐던 것이다. 우리는 그날 첫키스를 한 것도 아니었다. 그래도 우리는 정말 행복했다. 우리는 서서 숨을 쉬었다. 그리고 나서 풀을 깔고 앉아서, 나는 그녀의 손을 어루만졌다. 그녀는 내 머리를 쓰다듬었다. 우리는 일어서서 키도 재어 보았다. 사실은 내가 손가락 하나만큼 더 컸지만, 그녀가 인정하지 않았기 때문에 똑같다고 해주었다. 그리고 하느님이 우리를 꼭 맞도록 만들어 주셨으니까, 우리는 커서 결혼하게 될 것이라고 했다. 그랬더니 그녀는 오랑캐꽃 냄새가 난다고 했다. 우리는 풀밭에 앉아서 그것을 찾아 보았다. 그래서 작은 것을 서너 포기 찾아내었다. 둘은 서로의 것을 교환했다. 바람이 차가워지고, 해도 많이 기울었으므로 그녀는 집으로 가야 한다고 했다. 우리는 몹시 섭섭했다. 같이 가며 그녀를 바래다 줄 수 없었기 때문이었다. 그래도 우리는 비밀을 만들었고, 비밀을 지니게끔 되었다. 그리고 그것은 아름다운 비밀 중의 비밀이었다. 나는 바위 위에 앉아 로자의 오랑캐꽃 냄새를 맡았다. 나는 언덕의 흙 위에 누워서 얼굴을 아래로 향하고 비스듬히 누워 마을을 내려다보면서, 그녀의 조그마한 모습이 멀리서 샘을 지나고 다리를 건너가는 것을 지켜보았다. 지금 그녀는 자기 집에 다다른 것이다. 그녀는 자기 방으로 들어간다. 그리고 나는 여기, 그녀와는 떨어져서 몸을 눕히고 있다. 그래도 우리 사이에는 무엇인가 흐르고 있다. 무엇인가? 비밀이 통해서 흐르고 있었다.

우리는 그 뒤에도 여기저기에서 만났다. 바위 위에서, 뜰 울타리 옆에서. 봄 동안 접골나무가 피기 시작했을 무렵 우리는 처음으로 키스라는 것을 했다. 우리들이 서로 주고받은 키스는 변변찮은 것이었다. 우리들의 키스에는 아직 정열이 없었다. 그리고 그녀의 귀밑 머리에 나는 손을 대어 보았다. 비록 우리들의 사랑과 환희에의 능력이 아무리 어린 것이라고 하더라도, 우리는 모든 것을 소유하고 만족했던 것이다. 그리고 우리는 신체적 접촉과 미숙한 사랑의 밀어에 불안을 느껴 가면서 행복이라는 것을 하나씩 하나씩 배워 갔으며, 사랑의 사닥다리를 한 계단 한 계단씩 올라갔던 것이다.

이렇게 하여, 나는 로자와 조그마한 오랑캐꽃에서 시작된 내 모든 연애 과정을 다시 한번, 그러나 예전보다는 더 행복한 별빛 아래에서 경험하게 되었던 것이다.

로자가 사라지고 이름가르트가 나타났다. 태양 광선이 뜨거워지고 별은 도취의 빛을 발산했다. 그러나 로자도 이름가르트도 내것이 되지 못했다. 나는 한 계단 한 계단씩 올라가면서 여러 가지 일을 체험하고, 여러 가지 일을 배우지 않으면 안 되었다. 그래서 이름가르트도 안나도 잊어 버려야만 했다. 나는 내가 청년 시절에 사랑한 모든 처녀를 다시 사랑해 보았다. 나는 사랑을 일으키고, 선물을 주고 무엇인지 받을 수 있었다. 일찍이 내 공상 속에서만 살고 있던 소원과 꿈과 기대는 이제 현실에서 생명을 갖고 있었다. 아아, 너희들 아름답던 꽃들아 이다여, 로레여, 내가 일찍이 한해 여름, 한 달 또는 하룻동안일지라도 사랑한 바 있는 너희들아.

나는 처음에 내 눈에 띈 사랑의 문으로 뛰어들어간 그 미소년이 나 자신이었다는 것을 깨달았다. 그리고 지금의 나의 일부, 즉 내 존재와 생애의 십분의 일, 천분의 일인 이 부분을 나의 자아의 다른 어떤 모습에 의해서도 방해받지 않고 즉 '사상가'에게도 방해받지 않고 '황야의 늑대'에게도 고생하지 않고 '시인'·'공상가'·'도덕가'에게도 속박받지 않고 완전하게 키워낸 것을 자각하는 것이었다.

그렇다, 나는 지금 연애하고 있는 인간 외에 아무것도 아니고, 연애 이외의 어떠한 행복도 고통도 호흡하고 있지 않았다. 이미 이름가르트는 나에게 춤을, 이다는 키스를 가르쳐 주었다. 그리고 그 중 가장 아름다웠던 엠마는 어느 가을날 밤 바람에 흔들리던 느티나무숲 밑에서 그녀의 유방에 키스할 것을 허락해 주어, 내게 환락의 잔을 맛보게 한 최초의 여자였다.

많은 것을 나는 파브로의 조그마한 극장에서 체험했다. 그 천분의 일이라도 말로 표현하기는 거의 불가능할 정도로 어렵다. 내가 여태까지 사랑해 본 여자는 모두 내것이었다. 어느 처녀도 그녀만이 줄 수 있는 것을 내게 주었고, 그녀만이 받을 수 있는 것을 나한테서 받았다. 많은 사랑, 많은 행복, 많은 환락 그리고 많은 혼란과 고통도 나는 맛보았다. 내 생애에서 흘러간 많은 사랑이 이 꿈속에서 마술처럼 내 정원에서 피어났다.

동정(童貞)의 얌전한 꽃, 타오르는 듯 눈부신 꽃, 곧 시들고 마는 꽃, 불꽃 속에서 하늘거리는 환락, 꿈꾸는 듯한 기분과 우울, 무서운 죽음, 빛나는 재생, 폭풍같이 날쌔게 손에 넣을 수 있는 여자도 보았고, 오래오래 구애를 하는 편이 더 많은 행복을 주는 여자도 보았다. 일찍이 그것이 단 1분간이란 짧은 동안의 일이었다고 하여도, 성의 소리가 내게 말을 걸고, 여자의 모습이 내게 불을 질러 처녀의 하얀 살갗이 나를 유혹한 일이 있던 내 생애의, 기억 속의 모든 흐릿한 구석마다 다시 생명을 가지고 나타났다. 그래서 놓쳐 버렸던 모든 것을 되찾을 수 있었다. 어떤 여자도 다 내것이 되었다. 일찍이 달리는 급행열차에서 15분간이나 창가에 나란히 서 있었던 여자, 그 뒤 종종 내 꿈에 나타난 여자, 그 여자는 삼단 같은 머리 아래 눈길을 끄는 진한 갈색 눈을 가진 여자였지만 그 여자도 나타났다. 그녀는 한 마디 말도 하지 않았다. 그러나 그녀는 내게 상상도 못할 놀랄 만한 치명적인 연애기술을 가르쳤다. 또 마르세이유 항구에 있는 납작하고 고요한 유리같이 물기 없이 미소를 짓던 중국 여자, 반지르르한 검은 머리와 힘없는 눈을 가진 그녀도 전대미문의 기술을 알고 있었다. 모두 그녀만의 비밀을 지니고 있고, 그녀가 속하는 대륙의 냄새를 풍기고, 자기 스타일로 키스를 하고 웃고, 자기만의 독특한 수치심을 가졌었다. 그녀들은 왔다간 갔다. 조수가 그녀들을 내게로 데려다 주고 나를 그녀들에게 부닥치게 하고 또 떼어 버렸다. 그것은 매력과 위험과 놀라움에 찬 성의 조류 속을 장난 삼아 치는 헤엄이었다. 그리고 나는 나의 생활, 얼른 보아 가난하고 사랑이 모자라는 '황야의 늑대'의 생활이 얼마만큼 연모와 기회와 유혹에 차 있었나 하는 것을 보고 놀라 마지않았다. 나는 그것들을 돌보지 않고 내버렸다. 그것을 뛰어넘어 곧 잊어버렸던 것이다. 그러나 여기 그들은 모두 그대로 보존되어 있었다. 그래서 지금 그들을 보고, 그들에게 몸을 맡기고, 그들에게 가슴을 열어 헤치고, 그들의 장미색의 흐릿한 세계로 내려갔던 것이다. 파브로가 일찍이 내게 제의한 유혹도 되살아 왔다. 또 그와는 별도로 훨씬 더 이전에 내가 통 영문을 몰랐던 쾌락, 서너덧 사람이 하는 광상적 유희도 미소를 지으면서 나를 그 틈바구니 속으로 끌어 넣었다. 말로써 다할 수 없는 사건이 일어나고 많은 유희가 연출되었다.

유혹과 권모술수, 방탕의 끝없는 흐름에서 나는 조용히 지식을 쌓고 경험을 얻어 다 큰 인간이 되어 헬미네 앞에 나타난 것이다. 내 무수한 형상이란 신화가 보여 준 최후의 모습, 무한한 계열의 최후의 이름으로서 헬미네가 떠올라온 것이다. 동시에 내 의식은 되살아서 동화 같은 사랑의 세상은 끝났다. 나는 이 흐릿한 마술의 거울 속에서 그녀와 만나기를 원하지 않았다. 내 장기의 말 하나만이 그녀에게 속해 있는 것이 아니기 때문이다. 그녀에게는 하리 전부가 속해 있었다. 오오, 나는 지금 내 모습의 장기 놀이 그 일체를 그녀와 관련시켜 그리하여 최후의 성취를 이룰 수 있도록 고쳐 세웠으면 싶었다.

물살은 나를 다시 육지에 부딪히게 했다. 그래서 나는 다시 말없이 극장의 복도에 서 있었다. 자, 이번에는 무엇일까. 나는 주머니 속에 든 모습을 한 움큼 끄집어 내었다. 그러나 이제 이 자극도 빛이 바래었다. 한없이 이 문짝과 게시문과 마술과 거울의 극장은 나를 포위하고 있었다. 나는 무심코 가까이 있는 게시문을 읽고 전율했다.

사랑에 의해서 어떻게 사람을 죽일 것인가?

순간, 한 기억 속의 모습이 내 머릿속에서 눈을 번득였다. 헬미네는 레스토랑의 테이블에 기대어 포도주와 요리에서 갑자기 깊은 웅덩이를 기웃거리는 듯한 대화로 옮겨갔다. 무서울 만큼 엄격한 시선으로 내게 말했었다. 그녀는 다만 내 손에 죽기 위해서 내가 그녀를 사랑하게 만들 것이라고 했다. 불안과 암흑의 무거운 파도가 내 마음에서 부딪쳤다. 갑자기 나는 운명과 필연을 마음속에 느꼈다. 절망적으로 나는 주머니 속의 내 모습을 쥐려고 했다. 마술에 의하여 장기판의 배치를 바꾸기 위해서였다. 그러나 벌써 모습은 사라져 하나도 없었다. 모습 대신에 나는 주머니 속의 칼을 쥐었다. 죽도록 놀란 나는 복도를 달렸다. 갑자기 커다란 거울이 내 앞에 서 있었다. 그것을 들여다 보았다. 거울 안에는 내 키만한 커다랗고 아름다운 늑대가 있었다. 그것은 가만히 서서 불안스럽게 눈을 꿈벅이고 있었다. 횃불 같은 빛을 발하며 나를 쳐다보았다. 그리고 웃었다. 입술이 찢어지고 새빨간 혓바닥이 보였다.

파브로는 어디 있을까. 헬미네는 어떻게 되었을까. 묘하게 개성의 건설을 말해 준 저 현명한 남자는 어디로 갔을까. 다시 한번 나는 거울을 들여다보았다. 나는 지나쳤던 것이다. 높다란 거울 속에 붉은 혓바닥을 날름거리고 있는 늑대는 없었다. 거기에는 내가 서 있었다. 하리가 서 있었다. 핏기 없는 얼굴을 하고, 모든 유희에서 낙오되고, 모든 방종에 지쳐 무섭게 창백한 얼굴을 하고 서 있었다. 그래도 그는 역시 인간이며, 말을 주고받고 할 수 있는 존재이다.

"하리!" 라고 내가 말했다. "무엇을 하고 있어?"

"아무것도 하고 있지 않아."라고 거울 속의 하리가 대답했다. "나는 그저 기다리고 있는 거야. 죽음을 기다리고 있는 거야."

"죽음이 어디 있지?"라고 나는 물었다.

"왔다."하고 그는 말했다. 그러자, 극장 안의 넓은 공간에서 음악 소리가 들려 왔다. 아름다우나 무서운 음악이다. 돈판의 돌멩이의 손의 등장을 알리는 그 음악이다. 싸늘한 음향은 도깨비 같은 집안을 무섭게 울렸다. 저승에서 불사자들의 세계에서 오는 소리다.

"모차르트!" 라고 나는 생각했다. 동시에 내 내면생활의 가장 높고 가장 사랑하는 심상을 불러일으켰다.

그때 내 뒤에서 웃음소리가 들렸다. 인간이 생각할 수도 없는 고난의 과거와 신들의 유머에서 생겨난 맑고 얼음같이 싸늘한 웃음소리다. 몸까지 얼어버릴 듯한 웃음이었다. 그래도 나는 최상의 행복의 세례를 받은 것처럼 돌아보았다.

사실 모차르트가 왔다. 웃으면서 내 곁을 지나 천천히 걸어서 어떤 문을 열고 들어갔다. 그래서 나는 열심히 그의 뒤를 좇았다. 내 청년 시절의 신, 내 사랑과 존경과 일생의 목적이었던 그 사람 뒤를. 음악은 아직도 울렸다. 모차르트는 관람석 벽 옆에 서 있었다. 무대에는 아무것도 보이지 않았다. 공간은 어둠 그자체였다.

"어때?" 하고 모차르트가 말했다. "색소폰은 없지만 잘하고 있다. 물론 나는 이 멋진 악기를 너무 가까이 하려고 하지는 않지만."

"어느 대목을 하고 있는 것입니까?"라고 나는 물었다.

"돈 조바니의 최후의 막이지. 레포레로는 벌써 무릎을 꿇고 있다. 훌륭한 장면이다. 음악도 들을 만하다. 그것은 여러 가지 인간적 요소를 품고 있지만, 그래도 거기에는 벌써 피안을 느낄 수 있다. 웃음을 말이다. 어때?"

"그것은 사람 손으로 씌어진 최후의 위대한 음악입니다." 라고 나는 학교 교사 같은 태도로 엄숙하게 말했다. "물론, 그 뒤에 슈베르트가 나왔고, 유고 볼푸가 나타났으며 또

저 불쌍한 쇼팽도 잊어서는 안 됩니다. 선생님, 당신은 이마에 주름살을 짓지만 그렇습니다. 베토벤도 있습니다. 그도 경이에 찬 사람입니다. 그러나 그것들이 아무리 아름답다고 하여도 이미 단편적, 붕괴적인 요소를 포함하고 있습니다. 완전무결한 작품은 돈 조바니 이래 사람 손으로는 제작되지 못했습니다."

"너무 긴장하지 말게."라고 말하면서 모차르트는 웃었다. 무서운 조소의 빛을 섞어 가면서.

"자네도 음악가 같군. 그런데 말일세, 나는 내 직업을 그만두고 편하게 살고 있다네. 그저 위안 삼아 해보기도 하지만."

그는 음악을 지휘하듯이 두 팔을 올렸다. 그러자 달인지 파란 별인지가 어디서인지도 모르게 떠올랐다. 나는 관람석의 잴 수 없는 공간의 깊이를 느꼈다. 안개와 구름이 그 사이를 흐르고 있었다. 산줄기와 해안이 희끄무레하게 빛나고 있었다.

우리들 발밑에는 광대한 황무지와 같은 평지가 세계 자체처럼 퍼져 있었다. 이 광야 가운데, 우리는 긴 수염을 기른 점잖은 노인 한 분을 보았다. 그는 서글픈 표정으로 검은 옷을 입은 2,3만 명이나 되는 군중을 인솔하고 있었다. 그것은 비참한 광경이었다. 모차르트가 말했다.

"보게, 저것이 브람스야. 그는 구원의 손길을 원하고 있다. 그러나 그 손길은 아직 거리가 멀다."

그 검은 옷을 입고 있는 몇만 명이나 되는 사람은 모두 브람스의 작품 가운데서 신에게서 필요없다는 판결을 받은 악보나 선율을 연주한 자들이라는 것을 알았다.

"너무 악기를 많이 사용했어. 너무 재료를 낭비했던 것이다."라고 모차르트는 고개를 끄덕이면서 말했다.

바로 그 다음에 우리는 똑같은 많은 군중을 이끌고 리하르트 바그너가 오는 것을 보았다. 많은 사람들이 그에게 매달리고 있는 것을 보았다. 그는 피로하고 욕을 당한 사람의 발걸음으로 몸을 끌다시피하며 걷고 있었다.

나는 측은한 마음에서 이렇게 말했다. "내 청년 시절에는 이 두 음악가는 극단적인 대조를 이루는 사람으로 생각했지요."

모차르트가 웃었다.

"그렇다, 바로 그래. 조금 떨어져서 보면, 그 대조는 점점 닮아보이는 것이다. 그리고 저렇게 악기가 많다는 것은 바그너나 브람스의 개인적 과실은 아니야. 그것은 시대의 과오다."

"네? 그렇다고 해서 그분들이 저렇게 무서운 속죄를 해야 합니까?"

"물론일세. 그것이 심판의 순서라네. 먼저 그들이 시대의 죄를 다 씻고 난 뒤에야 보답을 받을 만한 개성적인 것의 잔존 유무가 밝혀지는 것일세."

"그래도 그것은 그들의 탓이 아니지 않습니까?"

"물론 그렇다. 아담이 사과를 먹은 것도 그들의 탓은 아니었다. 그래도 그 죄는 그들이 갚아야 하거든."

"무서운 일이군요."

"그렇다. 인생이란 항상 무서운 거다. 우리는 그것을 어찌할 수 없다. 그래도 거기에 대해서 책임을 져야 하는 것이다. 날 때부터 벌써 사람에게는 죄가 따르는 것이다. 여태까지 이런 것을 모르고 있었다면 자네는 지금 훌륭한 종교 공부를 한 셈이 되었네."

나는 한 대 세게 얻어맞은 기분이었다. 나는 반사경에 이른 한 사람의 순례자, 즉 나 자신이 피안의 황야를 헤매는 모습을 보는 것이었다. 그는 자기가 쓴 쓸데없는 많은 책, 많은 논문, 많은 잡문 부스러기를 짓고 있다. 그리고 그것을 위해 일한 식자공의 무리, 그것을 읽은 독자 대군을 이끌고 있다. 아아, 신이여. 그 위에 또 아담의 사과와 그 외의 원죄가 모조리 존재하고 있다. 이 모든 죄를 갚지 않으면 안 된다. 무한한 정죄(淨罪)의 불이다. 그리고 나서, 비로소 다음과 같은 문제에 부닥치는 것이다. 이런 일체의 것 뒤에 개인적인 것이 있는가, 독특한 것이 존재하는가, 혹은 내 행위와 결과는 모조리 큰 강의 공허한 거품, 현상의 흐름의 무의미한 유희에 지나지 않았던가 하는······.

모차르트는 내가 슬퍼하는 모습을 보고 큰 소리로 웃었다. 웃다가 그는 한 번 곤두박질을 하더니 발로써 트리아라(顫音)를 쳤다. 동시에 그는 나를 보고 소리를 질렀다. "하하하, 젊은이, 혓바닥이 너를 깨무는가. 폐가 너를 꼬집는가. 너의 독자, 뚱쟁이, 불쌍한 대식가(大食家)의 일을 생각하고 있는가. 식자공, 사교도, 저주받은 몰이꾼, 칼 연마공의 일을 생각하고 있는가. 웃을 일이다. 많이 웃을 일이다. 파산해야 할 일이다. 바지 속에 집어넣어 버릴 일이다. 아, 신앙심 많은 너, 인쇄소의 검은 잉크와 영혼의 괴로움을 갖고 있는 너, 나는 너를 위해서 양초 한 자루를 세우겠다. 농담이다. 어리석은 소설가의, 장난의, 대소동을 일으킬 초다. 꼬리가 있는 초다. 오래 타지는 않아. 안녕히. 너의 저작과 잔소리 때문에 악마가 너를 데리고 가버린 것이다. 너를 마구 칠 것이다. 다 네가 표절한 것이다. 잡동사니지."

이 말은 너무 심했다. 화가 나서 슬픔에 몸을 맡겨 놓을 수도 없었다. 나는 모차르트의 가발을 쥐었다. 그는 달아났다. 가발은 늘어져서 혜성 꼬리처럼 길어졌다. 끄트머리를 붙잡고, 나는 세상을 뱅뱅 돌았다. 세상의 쌀쌀함이란 말이 아니었다. 이 불사의 군상들은 굉장히 희박한 얼음과 같은 공기 속에서 태연하게 살고 있다. 그래도 이 공기 속에는 어딘지 모르게 쾌감이 있었다. 정신을 잃기 전에 나는 조금 그것을 느껴 보았다. 아팠다. 날카로웠다. 강철같이 하얀 빛을 내는 얼음 같은 쾌활, 모차르트의 그것과 같은 밝고 격렬한, 초현세적인 웃음의 욕망이 나를 꽉 채웠다. 그러나 그때 내 호흡과 의식은 벌써 종지부를 찍고 있었다.

형편없이 얻어맞고, 다시 나는 내 존재라는 것을 깨닫게 되었다. 복도에 새어 흐르는 흰빛은 번지르르하게 마룻바닥에 반사되었다. 나는 아직도 수수께끼와 고뇌와 황야의 늑대와 같이 고통스러운 혼란의 이쪽에 있는 것이다. 참을 수 없는 체재, 불쾌한 장소, 최후의 해결을 짓지 않으면 안 되겠다.

벽에 걸린 큰 거울 속에는 하리와 내가 서로 맞서고 있었다. 점잖은 꼴은 아니다. 저 교수댁 방문과, '흑취정'의 무도회가 있던 그날밤과 별다름이 없었다. 그러나 다 옛날 일이다. 몇 년, 아니 몇 세기가 지난 과거의 일이다. 하리는 나이를 먹었다. 그는 춤을 배웠다. 마술 극장을 구경했다. 모차르트의 웃음소리도 들었다. 그는 춤에 대하여, 여성에 대하여, 주머니 칼에 대하여 이제는 아무런 불안도 공포도 느끼지 않는다. 아무리 하리가 나쁜 사람이라도 몇 세기 동안 경험만 하면 손에 익게 되는 것이다. 오랫동안 나는 하리를 쳐다보았다. 아직까지 구별해 낼 수가 있다. 그는 아직도 15년 전의 하리, 이른 봄날 일요일 바위산 언덕 위에서 로자와 만나, 모자를 벗고 인사를 했을 때의 그와 조금 닮아보인다. 벌써 2,3백 년이라는 세월이 흘러갔다. 음악과 철학을 전공했다. 슈탈헬름에서 에르자스 포도주를 마시고, 훌륭한 학자와 크리슈나에 관하여 논쟁을 하였다. 에리카와 마리아를 사랑했다. 헬미네의 친구가 되었다. 납작한 얼굴의 중국 여자와 같이 잤다. 괴테와 모차르트를 만나서 자기가 아직도 얽매어 있는 시간과 환상의 그물에 몇 개의 구멍을 뚫었다. 희한한 장기의 말과 닮은 그의 모습은 잃었지만, 주머니 속에는 주머니 칼이 들어 있다. 나아가라 늙은 하리, 피로한 하리.

악마 놈, 인생의 쓰디쓴 맛이여. 나는 거울 속의 그에게 침을 뱉었다. 발로 들이차서 산산조각을 내어 버렸다. 조용히 울리는 복도를 걸었다. 조심스럽게 나는 훌륭한 약속들이 수없이 걸려 있는 문짝을 쳐다보면서 걸어 보았다. 어느 문짝에도 게시문은 붙어 있지 않았다. 조용한 걸음걸이로 마술 극장의 백 개나 되는 문짝을 골고루 보고 다녔다. 나는 오늘 가장 무도회에 출석하지 않았던가. 그로부터 수백 년이 지났다. 오래지 않아서 시간은 존재하지 않게 되겠지. 그리고 아직도 할 일이 남아 있다. 헬미네가 기다리고 있는 것이다. 그것은 이상한 결혼식이겠지. 슬픈 파도를 타고 나는 저쪽으로 건너갔다. 종놈, 황야의 늑대 놈, 이 악마.

최후의 문앞에서 나는 발을 멈추었다. 슬픈 파도가 나를 그리로 날랐던 것이다. 오오 로자여 아득한 청춘이여, 오오 괴테여, 모차르트여.

나는 문을 열었다. 그곳에서 내가 발견해 낸 것은 단순하고 아름다운 광경이었다. 마루에 깔린 양탄자 위에는 두 사람의 벗은 몸이 잠들어 있었다. 아름다운 헬미네와 파브로였다. 피곤해서 깊은 잠에 빠져 있었다. 만족이란 것이 없을 듯하면서도, 곧 싫어지기도 하는 인간의 유희 뒤의 피로다. 아름답다 아름다운 인간, 멋진 모습, 경탄할 만한 몸. 헬미네의 왼쪽 유방 밑에는 둥글고 검은 사마귀가 있었는데, 피부 속은 검은 피가 맺혀 있었다. 파브로가 물어

뜯은 사랑의 상처다. 그 사마귀 근처를 나는 주머니 칼로 깊이 자루가 파묻히도록 푹 찔렀다. 희고 부드러운 피부에 피가 흘러 내렸다. 만약 이런 일이 다른 때의 일이었더라면 나는 그 피를 모조리 빨고 핥아 들이마셨을 것이다. 나는 그저 피가 흐르는 것을 구경하고 있었을 뿐이었다. 그때 그녀가 괴로운 듯, 놀라는 듯 눈을 가느다랗게 뜨는 것을 보았다. "그녀가 왜 놀라는 것일까?" 하고 나는 생각했다. 나는 그녀의 눈을 감겨 주어야겠다고 생각했다. 그러나 눈은 저절로 감겼다. 일은 끝났다. 그녀는 몸을 조금 구부렸다. 어깨죽지에서 유방으로 아름답고 부드러운 그림자 같은 것이 흐르는 것을 보았다. 생각이 나지 않았다. 그리고는 그 여자는 고요해져 버렸다.

오랫동안 나는 그녀를 내려다보고 있었다. 이윽고 나는 잠에서 깨어난 사람처럼 몸을 떨고 도망치려고 했다. 그러나 바로 그때 파브로가 모로 고쳐 눕더니 눈을 뜨고 손발을 뻗었다. 그는 아름다운 시체를 굽어보더니 빙긋이 웃는 것이었다. 나는 그것을 목격했다. 이 사나이는 진지해질 수 없는 사람이라고 생각했다. 모든 것이 그에게는 미소를 짓게 해줄 뿐이다. 정성스럽게 파브로는 양탄자 끝을 접어서 헬미네의 가슴까지 덮어 주었다. 그래서 그 상처는 이젠 보이지 않았다. 그리고 나서 그는 일어서서 나가 버렸다. 어디로 간 것일까. 모든 것이 나를 버려 두고 가 버리는 것일까. 나는 내가 사랑하고 또한 질투해 온 반나체의 시체와 함께 머물러 있었다.

그녀의 파래진 이마에는 소녀의 곱슬머리 같은 머리카락이 흩어져 있었다. 핏기가 사라진 얼굴에는 반쯤 벌린 입술만이 붉었다. 그녀의 머리에서는 향내가 그윽하게 풍겨 왔고, 조그맣고 잘생긴 귀가 유난히도 들떠 보였다.

 그런데 그녀의 소원은 실현된 셈이다. 그녀가 내것이 되어 버리기도 전에 나는 그녀를 죽여 버렸다. 나는 상상조차 할 수 없는 일을 저질러 버린 것이다. 그리고 나는 지금 이렇게 무릎을 꿇고 응시하면서 이 짓이 무엇을 의미하는 것인지, 그것이 옳은 짓인지 잘못한 짓인지를 판단하지 못하고 있는 것이다.

 저 현명한 장기수와 파브로는 이것을 무엇이라고 말할까. 통 모르겠다. 아무것도 생각할 수 없다. 루즈를 칠한 입술은 핏기가 사그라져 가는 얼굴에서 점점 붉게 빛났다. 나의 전생애, 나의 변변찮던 사랑과 행복은 이 응고해 버린 입술과 같은 것이었다. 그것은 죽은 얼굴 위에 그려진 보잘것없는 루즈였었다.

 그리하여 그 죽은 얼굴, 죽은 흰 어깨, 죽은 흰 팔에서 차츰차츰 천천히 하나의 전율이 겨울과 같은 적막과 고독이, 천천히 그 도를 더해 가는 생각이 숨을 내쉬기 시작하였다. 그 숨에 닿은 내 손과 입술은 굳어 버렸다. 나는 태양을 꺼 버린 것일까. 모든 생명체의 심장을 찔러 버린 것일까. 우주의 싸늘한 죽음이 엄습해 온 것일까.

 전율을 느끼면서 나는 돌과 같이 되어 버린 이마, 굳어 버린 곱슬머리, 싸늘해진 귓볼의 미광을 응시했다. 거기에서 흘러나오는 냉기는 사람을 죽음으로 이끄는 냉기다. 그래도 그것은 아름다웠다. 놀랄 만큼 그것은 떨고 있었다. 그것은 음악이었다.

나는 언젠가 단 한 번이라도, 공포와 동시에 행복과도 같은 이 전율을 느껴 본 일이 없었단 말인가. 나는 전에 이 음악을 귀에 담아 본 적이 없었단 말인가. 그렇다, 모차르트에게서다. 저 불멸의 사람들에게서다. 전에 어디에서 본듯한 시가 머릿속에 떠올랐다.

> 그러나 우리는 별빛을 낸다.
> 에테르의 얼음 속에 나를 발견해 내고,
> 세월을 모르고,
> 남녀노소의 어느 쪽에도 속해 있지 않다.
> 우리의 영원한 존재는 싸늘하게도 움직이지 않고,
> 우리의 영원한 웃음은 싸늘하게 별과도 같이 빛난다.

그때 관람석 문이 열렸다. 다시 보고야 비로소 알았다. 모차르트가 가발도, 반바지도, 구두도 신지 않고 근대적인 복장을 하고 나타난 것이다. 그는 바로 내 곁으로 왔다. 그는 자기 몸을 내게 스쳤다. 나는 마룻바닥에 흐르고 있는 헬미네의 피가 그에게 묻을 것 같아 떼밀어 놓으려고 했다. 그는 자리잡고 앉더니, 열심히 주위에 놓여 있던 두서넛의 조그마한 기계를 만지작거리기 시작했다. 그에게 아주 소중한 물건인 것같이 보였다. 그는 그것을 밀어 보고, 나사를 틀어보곤 하였다. 나는 놀란 눈으로 그의 민첩하고 묘한 손동작을 보고 있었다. 그의 손가락이 피아노의 건반 위에서 움직이는 것을 얼마나 보고 싶어했는지 모른다. 나는 착실하게 그의 모습을 보고 있었다. 그러나 별다른 깊은 생각 따위를 품고 있었던 것은 아니었다. 그의 아름답고 영리한 손동작에 매혹되어 내가 그의 곁에 있다는 생각이 마음을 느긋하게 해주었으나, 동시에 어딘지 모르게 불안과 공포가 따르는 그런 마음이었다. 그는 대체 무엇을 하고 있는 것일까. 무슨 나사를 감았다 풀었다 하는 것일까. 나는 그런 것에는 관심이 없었다. 그가 장치해 놓은 것은 라디오 기계였다. 거기에다 이번에는 확성기를 달고서 말했다. "뮌헨이다. 헨델의 F장조의 콘체르토 글로리다."

나는 말문이 막힐 정도로 놀랐다. 이 함석 깔대기는 저 기관지염의 가래와, 축음기의 소유자나 라디오 가입자들이 음악이라고 부르는 저 뜯어먹힌 고무의 혼합물을 뱉어내었다. 그 진득진득한 가래침과 목쉰 소리의 그늘에게는 흡사 켜켜의 때 속을 빠져나온 것같이 거룩한 음악의 고귀한 구상, 왕국의 건설, 냉랭하고 넓은 호흡, 폭넓은 현악기의 음이 들려 왔다.

"어찌된 일입니까." 나는 놀라서 소리를 질렀다. "모차르트, 당신은 무엇을 하고 있는 것입니까. 당신은 제정신으로 자기에게, 나에게 이런 추한 짓을 하고 있는 것입니까. 현대인의 승리, 예술 파괴 전쟁에서 그들을 이기게 한 이 기계를. 어찌된 일입니까, 모차르트."

그때 이 사람은 얼마나 기분 나쁜 웃음을 웃었는지 모르겠다. 그는 냉정하고 처참한 웃음을 웃었다. 말없이 웃는 그 웃음은 모든 것을 부숴놓고도 남음이 있었다. 지극히 만족하여 그는 나의 고뇌를 쳐다보았다. 저주스러운 나사를 돌리고, 함석으로 만든 깔때기를 움직였다. 웃으면서 그는 한층 일그러진, 넋도 없는 독기를 품은 그 음악을 공간에다 내쏟았다.

웃으면서 그는 내 말에 대답했다.

"여보게, 비분강개는 그만두게. 그런데 자네는 이 리타르탄드를 주의해 보았는가. 훌륭한 착상이었네. 음, 자네는 성급한 사람이니까, 이 리타르탄드의 사상을 배워두게 — 베이스가 들리는가, 흡사 신들린 발 소리다— 이 노헨델의 착상으로써 자네 마음을 채우고 그 마음을 가라앉히게. 비분과 조롱을 그만두고, 먼저 이 우습게 생겨먹은 기계의 백치의 베일 그늘로 신들린 음악이 아득하게 지나가는 것을 엿들어 보게. 조심하게, 무엇인지를 배우게 될 것일세. 이 미친 듯한 음향관은 얼른 보아, 세계에서 가장 어리숙하고 필요도 없는 짓을, 허락할 수 없는 짓을 하고 있네. 어디에선가 연주되고 있는 음악을 닥치는 대로 형편없이 조작을 부려 아무런 연고 관계도 없는 공간에다 퍼뜨리고 있는 것이네. 그래도 이 음악의 근원적인 정신을 파괴해 버리지는 못한다네. 아니, 이 훌륭한 음악에 의하여, 더욱 자기 기술의 형편없음을 표명할 뿐이네. 이 사람아, 귀를 잘 기울여 보게. 그것이 필요하네. 그래, 그래, 자네는 라디오에 의해서 못 쓰게 되어 버린 헨델을 듣고 있는 것만은 아니겠지. 헨델은 이런 언짢은 모습 속에서도 여전히 거룩한 것이라네. 자네는 동시에 모든 인생의 교묘한 축도를 보고 듣고 하는 것이네. 라디오가 훌륭한 음악을 한 10분간 선택도 하지 않고 시민들의 객실, 지붕 밑 방, 하품이나 하고 낮잠이나 자는 가입자 사이에 던진다 해서, 음악이 지닌 감각적 미를 뜯고 빼앗고 부수고 더럽힌다고 해서 그 정신을 완전히 없애 버릴 수는 없다네. 마찬가지로 인생, 다시 말하자면 현실도 아주 멋진 가상의 유희를 주위에 뿌리고 있는 것이다. 헨델 다음에는 중소기업가의 청산표 허식법에 관한 방송 강연을 하고, 아름다운 오케스트라의 음향을 더러운 가래침 소리로 화하게 하여 그 기술과 헛수고와 추한 허영과 배설을 이념과 현실 사이, 오케스트라와 귀 사이의 어디에든지 들이미는 것이다. 인생이란 그런 것이야. 우리는 있는 그대로 보지 않으면 안 되지. 그리고 우리가 당나귀가 아닌 이상, 우리는 인정하는 동시에 웃기도 하는 것이다. 자네에게는 라디오와 인생을 비평할 권리는 아직 없네. 먼저 '듣기'를 배우게. 엄숙하게 보아야 하는 것은 엄숙하게 보게. 그리고 나머지는 다 웃어 버리게. 어때? 그래도 자네 자신은 좀더 멋지게, 고상하고도 현명하게 해나가고 있다는 것인가. 아닐세, 하리. 자네는 자네 생활을, 저주할 쇠약사(衰弱史)로 만들었고, 자네 재주가 자네를 불행하게 만들어 버렸다네. 그리고 자네는 한 처녀를 주머니 칼로 찔러 죽였다는 것 외에는 아무 데도 이용하지 않았던가 보네. 자네는 그것을 정당하다고 인정하는 것인가?"

"정당이라고요? 아닙니다, 아니에요." 나는 절망적으로 소리를 질렀다. "그렇습니다. 일체는 모두가 허위였습니다. 지독하게 어리석고 졸렬했습니다. 모차르트, 나는 짐승인 것이오. 약하고 비참한 그리고 못된 짐승입니다. 당신의 말씀은 다 옳습니다. 그러나 처녀의 일은, 그것은 그녀의 소원이었습니다. 나는 그녀의 소원을 이루게 해주었을 뿐입니다."

모차르트는 소리없이 웃었다. 그러나 이번에는 그는 대단한 호의를 보여서 라디오 기계를 치워 주었다.

그러나 나의 변명은, 조금 전까지 그것을 깍듯이 믿고 있었지만 이상하게도 어리석은 것처럼 느껴졌다. 일찍이 헬미네가 ─갑자기 나는 그 일을 상기해 냈다─ 시간과 영원에 관한 이야기를 했을 때, 나는 곧 그녀의 사상을 나 자신의 사상의 그림자 같은 것이라고 간주하려고 했다. 그런데 나는 내 손에 죽고 싶다고 한 생각만을 아무런 의심도 하지 않고 그녀 자신의 소원으로 믿었을 뿐, 조금도 나의 영향을 받은 것이라고는 생각지 않았던 것이다. 그런데 나는 그때 어떻게 해서 그런 무섭고 기괴한 사상을 그대로 받아들였고, 미리 그것을 예상조차 하고 있었던 것일까. 그것이 나 자신의 사상이었기 때문이 아니었을까. 그리고 또 나는 왜 헬미네를 그녀가 벗은 몸으로 남의 팔에 안겨 있을 때 죽였을까. 모차르트가 소리없이 웃는 웃음은 모든 것을 알고 있기나 하는 것처럼 조소에 가득 차 있었다.

"하리."라고 하면서 그는 말했다. "자네는 어릿광대다. 정말로 이 아름다운 처녀는 자네의 주머니 칼에 찔려 죽는 일밖에는 아무것도 원하지 않았다는 말인가. 그런 발뺌의 소리는 더는 하지 말게. 하여간 자네는 멋지게 찔렀다. 불쌍하게도 숨이 끊어져 버렸다. 그러나 이번에는 자네가 이 여성에 대한 그 예의의 결과가 어떤 것인가, 하는 것을 알아야 할 차례가 된 걸세. 자네는 그 결과를 면할 생각인가?"

"아닙니다." 나는 소리쳤다. "당신은 모르시는 말씀을 하고 계십니다. 내가 그 결과를 피하려고 하다니요. 나는 죄를 씻고, 도끼 아래 머리를 놓아 벌을 받고 처형받는 일 외에는 아무것도 바라지 않습니다."

견딜 수 없는 조소의 빛이 섞인 눈으로 모차르트가 나를 보았다.

"자네는 언제라도 너무 비장해서 탈일세, 하리. 유머를 배우지 않으면 안 되네. 어찌했으면 좋을지 모르는 교수대에서의 유머 말일세. 부득이하다면, 그것을 교수대에서라도 배워야 하네. 그럴 준비는 되었는가? 되어 있어? 좋아, 그러면 자네는 검사에게로 가게. 무뚝뚝한 배심원들 앞으로, 감옥으로 가서 차가운 이른 아침에 목을 잘릴 준비는 되어 있겠지?"

한 가지 게시문이 돌연 내 눈앞에 나타났다.

하리의 처형

그래서 나도 동의한다는 뜻을 나타냈다. 조그마한 격자 창문이 붙은 담에 둘러싸인 널찍한 뜰, 말쑥하게 설치된 교수대, 법관복과 연미복을 입은 열두 명의 신사, 그 가운데 나는 이른 아침의 잿빛 공기 속에 떨면서 가슴이 죄어 드는 듯한 마음을 안고, 그러나 각오를 단단히 하고 서 있었다. 시키는 대로 나는 앞으로 나섰다. 시키는 대로 나는 몸을 굽혔다. 검사는 모자를 벗고 기침을 했다. 다른 사람들도 다 기침을 했다. 그는 엄숙한 표정으로 쪽지를 집어 들고 낭독했다.

"제관 신사 여러분, 여러분 앞에 나와 서 있는 자는 하리 할라라는 자로서, 그는 우리들의 마술 극장을 남용한 나머지 기소되어 유죄의 언도를 받은 자입니다. 그는 우리들의 아름다운 가상의 방을 현실 그것이라고 잘못 보고, 영상의 처녀를 영상의 주머니 칼로 죽음에 이르게 하여 숭고한 예술을 더럽혔을 뿐만 아니라, 또 유머를 알지 못하고 우리들의 극장을 한 자살기관으로 이용코자 하는 명백한 의도를 표명했던 것입니다. 이로써 우리는 할라에게 판결을 내립니다. 영세(永世)의 죄와 우리들의 극장 입장권을 열두 시간 박탈할 것을 선고함. 또 하나 피고에 대한 철저한 소살(笑殺)의 벌도 면하지 못할 것임. 소리 모아 하나— 둘— 셋!"

셋! 하는 소리에 응해, 모든 사람들은 한결같은 웃음소리를 올렸다. 이 세상의 것이 아닌 웃음의 합창이었다. 저승의 무서운 소리였다.

내가 다시 제정신으로 돌아와 보니까, 모차르트는 여전히 내 곁에 서 있었다. 그는 내 어깨를 치면서 말했다.

"판결을 들었겠지. 자, 자네는 이제부터 인생의 라디오 음악에 귀를 익히는 버릇을 들여야 하네. 자네를 위하는 일이 되는 걸세. 자네는 너무 모자라는 사람이네. 그러나 차차 자네는 자네가 원하는 것을 손에 넣게 될 것일세. 자네는 인생의 유머, 교수대상의 인생의 유머란 것의 의미를 알아야 되네. 물론 자네는 세상의 모든 일과 모든 것에 대하여 준비는 하고 있지만, 다만 한 가지 우리가 요구하는 것에 대한 준비가 되어 있지 않다는 것뿐이네. 자네는 처녀를 죽일 준비도 하고 있었고, 엄숙한 처형을 받을 준비도 하고 있었네. 아마도 백 년간의 금욕과 회초리를 달게 받을 준비도 되어 있을 걸세."

"마음속에 다 준비되어 있습니다." 내 불쌍한 마음이 소리를 질렀다.

"그래, 어떠한 어리석고 유머 없는 사물에 대해서도 자네는 걱정 없네. 광대 같은 신사들과 흥미없는 사물에 대하여 준비가 되어 있는 것이지. 그래도 나를 상대로 해서만은, 그래가지고는 안 되지. 나는 자네의 로맨틱한 속죄에 대하여 한 푼도 지불해 줄 생각은 없네. 자네는 처형될 것을, 목을 잘릴 것을 원하고 있지. 만용가여, 이런 겁많은 이상 때문에 자네는 또 열 건이나 더 살인을 할지도 모른다. 자네는 죽음을 바라고 있다. 비겁한 사람 같으니, 삶을 바라지 않다니. 아아, 그러나 자네는 바로 그 삶을 살아야 하는 것이네. 아무리 그것이 가혹한 벌이라고 할지언정, 그것은 자네가 마땅히 받아야 할 벌이니까."

"아아, 이런 처벌도 있습니까?"

"이를 테면, 그 처녀를 다시 살려서 자네와 결혼시킬 수도 있다는 것일세."

"아닙니다. 그런 준비는 되어 있지 않습니다. 그건 불행한 일입니다."

"자네가 여태까지 해온 것이 벌써 불행한 일이었다는 것을 모르는 듯한 말투군. 그러나 이젠 '비장'과 살인은 그만두어야 해. 이성으로 돌아가게. 자네는 살아야 하네. 자네는 인생의 저주스러운 라디오 음악에 귀를 기울이는 것을 배워야 하네. 그 그늘의 정신을 존경하고, 그 속에 감춰져 있는 기만에 웃을 줄 알아야 하네. 그것뿐일세. 그 이상은 자네에게 바랄 것이 없다네."

나는 입을 다물고 물었다.

"그렇지만, 내가 싫다고 한다면? 그리고 만약 내가 당신에 대하여 모차르트여, '황야의 늑대'에게 지시하고 운명에 간섭할 권리가 당신에겐 없지 않는가라고 한다면?"

"그때에는?" 모차르트는 침착하게 말했다. "자네, 이 고급 담배를 한 대 피우게." 이렇게 말하면서 자켓 주머니에서 요술쟁이처럼 담배를 한 대 꺼내 주었다. 그는 이미 모차르트가 아니었다. 검은 눈동자가 점잖게 나를 쳐다보았다. 그것은 파브로였다. 또 내게 '모습'의 장기 놀이를 가르쳐 준 그 남자와 쌍둥이처럼 닮기도 했다.

나는 몸을 떨면서 소리를 질렀다.

"파브로, 파브로, 우리는 지금 어디에 있는 것인가?"

파브로는 내게 담배와 불을 주었다.

"우리는," 하고 파브로는 미소했다. '내 마술 극장에 와 있는 것이오. 당신이 탱고를 배우고 싶다, 장군이 되고 싶다, 알렉산더 대왕과 이야기가 하고 싶다고 한다면 소원대로 됩니다. 그러나 솔직히 말해서 하리, 당신은 나를 적지 않게 실망케 했소. 당신은 나라는 사람을 잊어버렸어요. 당신은 내 소극장의 유머를 부수고 돼지 같은 짓을 해버렸어요. 주머니 칼로 우리들의 그림과 같은 아름다운 세계에 현실이란 세계의 때를 묻혔소. 당신은 큰 실수를 하셨습니다. 아마, 당신은 헬미네와 내가 동침하고 있는 것에 질투를 느끼셨던 게지요. 이 광경을 어떻게 처치해야 좋을지 당신은 몰랐던 것입니다— 좀더 잘 이런 유희를 배우고 계실 것으로 생각하고 있었는데. 하여간 고치셔야 합니다."

그는 헬미네의 몸을 일으켰다. 그러자 그것이 장기알 한 개만 하게 되어 그의 손가락에 끼워졌다. 그리고 나서 아까 담배를 끄집어내던 그 주머니에 그것을 집어 넣어 버렸다.

달콤하고 짙은 연기가 좋았다. 나는 공허했다. 그래서 1년간 잠잘 준비를 하였다.

오오, 나는 모든 것을 이해했다(어디서인지는 확실하지 않으나, 내 등뒤에서 무서운 웃음소리가 들리는 듯했다). 내 주머니에 들어 있던 수만의 생활 유희의 모습을 똑똑히 알아차렸다.

나는 새삼스럽게 그 의미를 깨달았다. 그래서 다시 한번 이 유희를 시작해 보아서 그 고뇌를 맛보고, 그 무의미한 전율, 내 마음속의 지옥을 다시 한 번 아니 두 번, 세 번 돌아다녀 보고 싶어졌다.

언제가는 그 모습의 유희라는 것을 더 잘할 수 있게 되겠지. 언젠가는 저 웃음도 배우게 되겠지. 파브로가 나를 기다리고 있는 것이다. 모차르트가 나를 기다리고 있는 것이다.

옮긴이 약력

서울대학교 문리과대학 독문과 졸업
하이델베르크대학에서 독문과 연구
서울대학교 문리과대학 교수 역임

역　　서
G. 하우프트만 《소아나의 이단자》
헤세 《데미안》, 카프카 《성(城)》
괴테 《파우스트》
레마르크 《서부전선에 이상 없다》

황야의 늑대 〈서문문고002〉

초판 발행 / 1975년 6월 20일
개정판 발행 / 1996년 10월 30일
글쓴이 / 헤르만 헤세
옮긴이 / 강 두 식
펴낸이 / 최 석 로
펴낸곳 / 서 문 당
주소 / 서울시 마포구 성산1동 20—12호
전화 / 322—4916~8 팩스 / 322—9154
등록일자 / 1973. 10. 10
등록번호 / 제13-16

* 잘못된 책은 바꾸어 드립니다

서문문고 목록 1

서문문고 목록

001~303
◆ 번호 1의 단위는 국학
◆ 번호 홀수는 명저
◆ 번호 짝수는 문학

001 한국회화소사 / 이동주
002 황야의 늑대 / 헤세
003 고독한 산책자의 몽상 / 루소
004 멋진 신세계 / 헉슬리
005 20세기의 의미 / 보울딩
006 가난한 사람들 / 도스토예프스키
007 실존철학이란 무엇인가 / 볼노브
008 주홍글씨 / 호돈
009 영문학사 / 에반스
010 쯔바이크 단편집 / 쯔바이크
011 한국 사상사 / 박종홍
012 플로베르 단편집 / 플로베르
013 엘리어트 문학론 / 엘리어트
014 모옴 단편집 / 서머셋 모옴
015 몽테뉴수상록 / 몽테뉴
016 헤밍웨이 단편집 / E. 헤밍웨이
017 나의 세계관 / 아인스타인
018 춘희 / 뒤마피스
019 불교의 진리 / 버트
020 뷔뷔 드 몽빠르나스 / 루이 필립
021 한국의 신화 / 이어령
022 몰리에르 희곡집 / 몰리에르
023 새로운 사회 / 카아
024 체호프 단편집 / 체호프
025 서구의 정신 / 시그프리드
026 대학 시절 / 슈토름
027 태초에 행동이 있었다 / 모로아
028 젊은 미망인 / 쉬니츨러
029 미국 문학사 / 스필러
030 타이스 / 아나톨프랑스
031 한국의 민담 / 임동권
032 비계 덩어리 / 모파상
033 은자의 황혼 / 페스탈로치
034 토마스만 단편집 / 토마스만
035 독서술 / 에밀파게
036 보물섬 / 스티븐슨
037 일본제국 흥망사 / 라이샤워
038 카프카 단편집 / 카프카
039 이십세기 철학 / 화이트
040 지성과 사랑 / 헤세
041 한국 장신구사 / 황호근
042 영혼의 푸른 상흔 / 사강
043 러셀과의 대화 / 러셀
044 사랑의 풍토 / 모로아
045 문학의 이해 / 이상섭
046 스탕달 단편집 / 스탕달
047 그리스, 로마신화 / 벌핀치
048 육체의 악마 / 라디게
049 베이컨 수상록 / 베이컨
050 미뇽레스코 / 아베프레보
051 한국 속담집 / 한국민속학회
052 정의의 사람들 / A. 까뮈
053 프랭클린 자서전 / 프랭클린
054 투르게네프단편집 / 투르게네프
055 삼국지 (1) / 김광주 역
056 삼국지 (2) / 김광주 역
057 삼국지 (3) / 김광주 역
058 삼국지 (4) / 김광주 역
059 삼국지 (5) / 김광주 역
060 삼국지 (6) / 김광주 역
061 한국 세시풍속 / 임동권
062 노천명 시집 / 노천명
063 인간의 이모저모 / 라 브뤼에르
064 소월 시집 / 김정식
065 서유기 (1) / 우현민 역
066 서유기 (2) / 우현민 역
067 서유기 (3) / 우현민 역
068 서유기 (4) / 우현민 역
069 서유기 (5) / 우현민 역
070 서유기 (6) / 우현민 역
071 한국 고대사회와 그 문화 / 이병도
072 피사지에서 생긴일 / 슬론 윌슨

서문문고목록 2

073 마하트마 간디전 / 로망롤랑
074 투명인간 / 웰즈
075 수호지 (1) / 김광주 역
076 수호지 (2) / 김광주 역
077 수호지 (3) / 김광주 역
078 수호지 (4) / 김광주 역
079 수호지 (5) / 김광주 역
080 수호지 (6) / 김광주 역
081 근대 한국 경제사 / 최호진
082 사랑은 죽음보다 / 모파상
083 퇴계의 생애와 학문 / 이상은
084 사랑의 승리 / 모옴
085 백범일지 / 김구
086 결혼의 생태 / 펄벅
087 서양 고사 일화 / 홍윤기
088 대위의 딸 / 푸시킨
089 독일사 (상) / 텐브록
090 독일사 (하) / 텐브록
091 한국의 수수께끼 / 최상수
092 결혼의 행복 / 톨스토이
093 율곡의 생애와 사상 / 이병도
094 나심 / 보들레르
095 에머슨 수상록 / 에머슨
096 소아나의 이단자 / 하우프트만
097 숲속의 생활 / 소로우
098 마을의 로미오와 줄리엣 / 켈러
099 참회록 / 톨스토이
100 한국 판소리 전집 /신재효,강한영
101 한국의 사상 / 최창규
102 결산 / 하인리히 빌
103 대학의 이념 / 야스퍼스
104 무덤없는 주검 / 사르트르
105 손자 병법 / 우현민 역주
106 바이런 시집 / 바이런
107 종교론,국민교육론 / 톨스토이
108 더러운 손 / 사르트르
109 신역 맹자 (상) / 이민수 역주
110 신역 맹자 (하) / 이민수 역주
111 한국 기술 교육사 / 이원호
112 가시 돋힌 백합/ 어스킨콜드웰
113 나의 연극 교실 / 김경옥
114 목녀의 로맨스 / 하디
115 세계발행금지도서100선 / 안춘근
116 춘향전 / 이민수 역주
117 형이상학이란 무엇인가 / 하이데거
118 어머니의 비밀 / 모파상
119 프랑스 문학의 이해 / 송면
120 사랑의 핵심 / 그린
121 한국 근대문학 사상 / 김윤식
122 어느 여인의 경우 / 콜드웰
123 현대문학의 지표 외/ 사르트르
124 무서운 아이들 / 장콕토
125 대학·중용 / 권태익
126 사씨 남정기 / 김만중
127 행복은 지금도 가능한가 / B. 러셀
128 검찰관 / 고골리
129 현대 중국 문학사 / 윤영춘
130 펄벅 단편 10선 / 펄벅
131 한국 화폐 소사 / 최호진
132 시형수 최후의 날 / 위고
133 사르트르 평전/ 프랑시스 장송
134 독일인의 사랑 / 막스 뮐러
135 사서삼경 입문 / 이민수
136 로미오와 줄리엣 /셰익스피어
137 햄릿 / 셰익스피어
138 오델로 / 셰익스피어
139 리아왕 / 셰익스피어
140 맥베스 / 셰익스피어
141 한국 고시조 500선/강한영 편
142 오색의 베일 /서머셋 모옴
143 인간 소송 / P.H. 시몽
144 불의 강 외 1편 / 모리악
145 논어 /남만성 역주
146 한여름밤의 꿈 / 셰익스피어
147 베니스의 상인 / 셰익스피어
148 태풍 / 셰익스피어
149 말괄량이 길들이기/셰익스피어

서문문고목록 3

150 뜻대로 하셔요 / 셰익스피어
151 한국의 기후와 식생 / 차종환
152 공원묘지 / 이블린
153 중국 회화 소사 / 허영환
154 데미안 / 해세
155 신역 서경 / 이민수 역주
156 임어당 에세이선 / 임어당
157 신정치행태론 / D.E.버틀러
158 영국사 (상) / 모로아
159 영국사 (중) / 모로아
160 영국사 (하) / 모로아
161 한국의 괴기담 / 박용구
162 윤손 단편 선집 / 윤손
163 권력론 / 러셀
164 군도 / 실러
165 신역 주역 / 이기석
166 한국 한문소설선 / 이민수 역주
167 동의수세보원 / 이제마
168 좁은 문 / A. 지드
169 미국의 도전 (상) / 시라이버
170 미국의 도전 (하) / 시라이버
171 한국의 지혜 / 김덕형
172 감정의 혼란 / 쯔바이크
173 동학 백년사 / B. 윔스
174 성 도밍고성의 약혼 / 클라이스트
175 신역 시경 (상) / 신석초
176 신역 시경 (하) / 신석초
177 베를렌느 시집 / 베를렌느
178 미시시피씨의 결혼 / 뒤렌마트
179 인간이란 무엇인가 / 프랭클
180 구운몽 / 김만중
181 한국 고사조사 / 박을수
182 어른을 위한 동화집 / 김요섭
183 한국 위기(圍棋)사 / 김용국
184 숲속의 오솔길 / A.시티프터
185 미학사 / 에밀 우티쯔
186 한중록 / 혜경궁 홍씨
187 이백 시선집 / 신석초
188 민중들 반란을 연습하다
　/ 귄터 그라스
189 축혼가 (상) / 샤르돈느
190 축혼가 (하) / 샤르돈느
191 한국독립운동지혈사(상)
　/ 박은식
192 한국독립운동지혈사(하)
　/ 박은식
193 항일 민족시집 / 안중근외 50인
194 대한민국 임시정부사 / 이강훈
195 항일운동가의 일기 / 장지연 외
196 독립운동가 30인전 / 이민수
197 무장 독립 운동사 / 이강훈
198 일제하의 명논설집 / 안창호 외
199 항일선언·창의문집 / 김구 외
200 한말 우국 명상소문집 / 최창규
201 한국 개항사 / 김용욱
202 전원 교향악 외 / A. 지드
203 직업으로서의 학문 외
　/ M. 베버
204 나도향 단편선 / 나빈
205 윤봉길 전 / 이민수
206 다니엘라 (외) / L. 린저
207 이성과 실존 / 야스퍼스
208 노인과 바다 / E. 헤밍웨이
209 골짜기의 백합 (상) / 발자크
210 골짜기의 백합 (하) / 발자크
211 한국 민속약 / 이선우
212 젊은 베르테르의 슬픔 / 괴테
213 한문 해석 입문 / 김종권
214 상록수 / 심훈
215 채근담 강의 / 홍응명
216 하디 단편선집 / T. 하디
217 이상 시전집 / 김해경
218 고요한물방아간이야기
　/ H. 주더만
219 제주도 신화 / 현용준
220 제주도 전설 / 현용준
221 한국 현대사의 이해 / 이현희
222 부와 빈 / E. 헤밍웨이
223 막스 베버 / 황산덕
224 적도 / 현진건

서문문고목록 4

225 민족주의와 국제체제 / 힌슬리
226 이상 단편집 / 김해경
227 심략신강 / 강무학 역주
228 굿바이 미스터 칩스 (외) / 힐튼
229 도연명 시전집 (상) / 우현민 역주
230 도연명 시전집 (하) / 우현민 역주
231 한국 현대 문학사 (상) / 전규태
232 한국 현대 문학사 (하) / 전규태
233 말테의 수기 / R.H. 릴케
234 박경리 단편선 / 박경리
235 대학과 학문 / 최호진
236 김유정 단편선 / 김유정
237 고려 인물 열전 / 이민수 역주
238 에밀리 디킨슨 시선 / 디킨슨
239 역사와 문명 / 스트로스
240 인형의 집 / 입센
241 한국 골동 입문 / 유병서
242 토마스 울프 단편선 / 토마스 울프
243 철학자들과의 대화 / 김준섭
244 파리시절의 릴케 / 버틀러
245 변증법이란 무엇인가 / 하이스
246 한용운 시전집 / 한용운
247 중론송 / 나아가르쥬나
248 알퐁스도데 단편선 / 알퐁스 도데
249 엘리트와 사회 / 보트모어
250 O. 헨리 단편선 / O. 헨리
251 한국 고전문학사 / 전규태
252 정을병 단편집 / 정을병
253 악의 꽃들 / 보들레르
254 포우 걸작 단편선 / 포우
255 양명학이란 무엇인가 / 이민수
256 이육사 시문집 / 이원록
257 고시 십구수 연구 / 이계주
258 안도라 / 막스프리시
259 병자남한일기 / 나만갑
260 행복을 찾아서 / 파울 하이제
261 한국의 효사상 / 김익수
262 갈매기 조나단 / 리처드 바크
263 세계의 사진사 / 버몬트 뉴홀
264 환영(幻影) / 리처드 바크
265 농업 문화의 기원 / C. 사우어
266 젊은 처녀들 / 몽테를랑
267 국가론 / 스피노자
268 임진록 / 김기동 편
269 근사록 (상) / 주희
270 근사록 (하) / 주희
271 (속)한국근대문학사상 / 김윤식
272 로렌스 단편선 / 로렌스
273 노천명 수필집 / 노천명
274 콜롱바 / 메리메
275 한국의 연정담 / 박용구 편저
276 심현학 / 황산덕
277 한국 명창 열전 / 박경수
278 메리메 단편집 / 메리메
279 예언자 / 칼릴 지브란
280 충무공 일화 / 성동호
281 한국 사회풍속야사 / 임종국
282 행복한 죽음 / A. 까뮈
283 소학 신강 (내편) / 김종권
284 소학 신강 (외편) / 김종권
285 홍루몽 (1) / 우현민 역
286 홍루몽 (2) / 우현민 역
287 홍루몽 (3) / 우현민 역
288 홍루몽 (4) / 우현민 역
289 홍루몽 (5) / 우현민 역
290 홍루몽 (6) / 우현민 역
291 현대 한국시의 이해 / 김해성
292 이효석 단편집 / 이효석
293 현진건 단편집 / 현진건
294 채만식 단편집 / 채만식
295 삼국사기 (1) / 김종권 역
296 삼국사기 (2) / 김종권 역
297 삼국사기 (3) / 김종권 역
298 삼국사기 (4) / 김종권 역
299 삼국사기 (5) / 김종권 역
300 삼국사기 (6) / 김종권 역
301 민화란 무엇인가 / 임두빈 저
302 건초더미 속의 사랑 / 로렌스
303 아스퍼스의 철학 사상
　　　/ C.F. 윌레프